国家重点基础研究发展计划项目("973"计划)(2007CB209405)
教育部高等学校博士学科点专项科研基金(20100023110003)
神华集团科技创新项目(SHGF-11-08)
国家自然科学基金重点项目(51034003)
湖北省"楚天学者计划"特聘教授岗位资助

矿井突水危险性评价理论与方法

Theory and Method of Water Inrush Risk Assessment in Coal Mine

孟召平　高延法　卢爱红　著

科学出版社

北　京

内 容 简 介

煤层顶底板突水危险评价与预测是矿井水害防治的重要基础和依据。本书以开滦矿区范各庄矿等典型大水矿井为依托,从地质条件和采动破坏分析入手,采用实验研究、理论分析和数值模拟计算等方法,从煤层顶底板突水的水源、通道和介质条件分析入手,系统研究煤层顶底板突水的地质力学条件,包括煤层顶底板突水地质条件、岩石力学条件和地应力条件等,剖析了煤层顶底板突水与这些条件之间的相关关系,揭示煤层顶底板突水控制因素和作用机理。根据隔水层的岩性和结构特征,提出评价隔水层隔水性能和抗水压能力的岩性-结构分类,建立基于岩性-结构的煤层底板突水危险性评价理论与方法,对范各庄井田12♯煤层底板突水危险性进行定量评价。针对煤层顶板含水层类型,根据上覆岩层的岩性、导水裂隙带高度和有效保护层厚度等参数,建立了煤层顶板突水危险性评价理论与方法,并对范各庄井田5♯煤层顶板进行评价分析。针对煤层底板多层介质特征,建立煤层底板突水复合板力学模型和计算方法。进一步从采场围岩的变形与破坏分析入手,研究了煤层顶底板的变形与破坏规律及其影响因素,介绍了计算采动引起的底板破坏理论模型和相应的计算公式,研究了覆岩导水裂隙带的发育规律和导水裂隙带高度确定方法,提出了巨厚松散层条件下的保护层厚度留设的非线性理论与方法,并开发了"煤层底板突水危险性评价专家系统",为矿井突水发生可能性的判断提供理论依据。研究成果对开滦矿区乃至全国其他大水矿区具有广泛的推广应用前景。

本书可供煤田地质、工程地质、水文地质、采矿工程、地质工程及矿井地质灾害等专业从事相关课题研究的科研人员、工程技术人员及大专院校的研究生和教师参考。

图书在版编目(CIP)数据

矿井突水危险性评价理论与方法/孟召平,高延法,卢爱红著.—北京:科学出版社,2011
ISBN 978-7-03-032135-0

Ⅰ.①矿…　Ⅱ.①孟…②高…③卢…　Ⅲ.①矿井突水-评价
Ⅳ.①TD742

中国版本图书馆 CIP 数据核字(2011)第 170461 号

责任编辑:贾瑞娜 / 责任校对:张小霞
责任印制:张克忠 / 封面设计:迷底书装

科 学 出 版 社 出版

北京东黄城根北街 16 号
邮政编码:100717
http://www.sciencep.com

新 蕾 印 刷 厂 印刷
科学出版社发行　各地新华书店经销

*

2011 年 6 月第 一 版　开本:787×1092　1/16
2011 年 6 月第一次印刷　印张:17
印数:1—2 000　字数:420 000

定价:49.00 元
(如有印装质量问题,我社负责调换)

前　言

在我国煤矿重、特大事故中,矿井突水事故在死亡人数上和发生次数上仅次于煤矿瓦斯事故,但造成的经济损失一直居各类煤矿灾害之首。随着矿井开采深度的增加,矿井突水事故居高不下,据统计,2000～2010年发生重、特大矿井突水事故586起,死亡达3011人。在过去的20年内,有250多对矿井被水淹没,经济损失高达350多亿元人民币,同时,对矿区水资源与环境也造成巨大的破坏。煤矿突水事故难以遏制的关键问题在于人们对突水发生机理的认识还不够深入,缺乏有效指导矿井突水预测和防治的系统理论和方法。因此,如何在煤炭开采前对煤层顶底板突水因素及危险性进行预测,并采取相应的防治措施,已成为迫切需要解决的问题。

煤层顶底板突水是一种复杂的地质及采动影响现象,是煤层上覆或下伏含水层水冲破顶板或底板隔水层的阻隔,以突发、缓发或滞发的形式进入采掘工作面,造成矿井涌水量增加或淹没矿井的自然灾害,其受地质因素与开采因素所控制。煤层顶底板突水危险性受控于含水层条件、隔水介质条件、导水通道条件及赋存环境条件(如地应力场条件)。含水层条件主要包括反映含水层富水性的承压水的厚度、裂隙发育程度和水压等因素,隔水介质条件包括煤层底板隔水层厚度、岩性和结构分布,导水通道条件包括断裂构造、岩溶陷落柱和采动裂隙。煤层顶底板突水不仅受地质条件所控制,而且与采动因素密切相关。因此,煤层顶底板突水是上述因素综合作用的结果,突水机理也具有多样性。2007年开始国家重点基础研究发展计划("973"计划)设立"煤矿突水机理与防治基础理论研究"项目,围绕矿井突水的含导水构造地质特征及条件、采动岩体结构破坏与裂隙演化及渗流突变规律,以及矿井突水预测与控制的基础理论和方法三个科学问题开展研究。矿井突水危险性评价与预测是矿井水害防治的重要基础和依据,是国家"973"计划项目研究的重要内容,并设立了专题"矿井突水的危险性评价理论与方法"(2007CB209405),重点从地质因素和采矿因素方面研究和解决矿井突水预测的科学评价问题,为矿井突水发生可能性的判断提供理论依据。

本书共11章,以开滦矿区范各庄矿等典型大水矿井为依托,从地质条件和采动破坏分析入手,采用实验研究、理论分析和数值模拟计算等方法,从煤层顶底板突水的水源、通道和介质条件分析入手,系统研究煤层顶底板突水地质条件、岩石力学条件、地应力条件及煤层顶底板的变形与破坏规律等,剖析了煤层顶底板突水与这些条件之间的相关关系,揭示煤层顶底板突水控制因素和作用机理,并开发了具有自主知识产权的"煤层底板突水危险性评价专家系统",为矿井突水发生可能性的判断提供理论依据。研究成果对开滦矿区乃至全国其他大水矿区具有广泛的推广应用前景。

全书由孟召平教授、高延法教授和卢爱红副教授合作完成,其中前言和第1～6章由孟召平教授撰写,第9～11章由高延法教授撰写,第7章由卢爱红副教授撰写,第8章由孟召平教授(8.1～8.3和8.6)和高延法教授(8.4和8.5)共同撰写,全书由孟召平教授统稿。

本书是作者负责承担的国家重点基础研究发展计划项目("973"计划)"矿井突水的危险性评价理论与方法"、教育部高等学校博士学科点专项科研基金"矿井动力现象与地应力的耦合模型及作用机理"(20100023110003)、神华集团科技创新项目"神东矿区现代煤炭开采技术下对地下水资源和生态影响规律研究"(SHGF-11-08)、煤炭资源与安全开采国家重点实验室自主研究课题"高产高效矿井地质保障系统标准"（SKLCRSM10B06），以及前期多项部门科研课题研究成果的整理和总结。需要指出的是，本书是我们研究集体的共同成果。参加这方面研究的成员还有易武博士和王睿博士。硕士研究生刘亮亮、王萌、兰华、谢晓彤、贾立龙、申正伟、张贝贝等为本书的插图进行了计算机清绘和部分资料的收集整理。在此特表谢意！

　　本书研究工作自始至终得到中国矿业大学彭苏萍院士、缪协兴教授、王家臣教授、孙亚军教授、武强教授、许家林教授、刘树才教授、白海波教授、崔若飞教授、刘盛东教授、茅献彪教授、陈忠辉教授和刘钦甫教授等；大连理工大学唐春安教授、梁正召博士；山东大学李术才教授、李树忱教授；东北大学杨天鸿教授、朱万成教授；三峡大学李建林教授、田斌教授、张国栋教授、彭慧明教授、易武教授、易庆林教授和程圣国老师；开滦（集团）有限责任公司洪益清副总工程师、刘伯科长，开滦能源化工股份有限公司范各庄矿业分公司冯树国副总工程师、王柏林科长，东欢坨矿业分公司张显峰总工程师和李瑛副总工程师的关心与帮助，在此表示衷心地感谢。同时，还要感谢书中引用文献作者的支持和帮助。

　　本书的出版得到了国家重点基础研究发展计划项目（"973"计划）、国家自然科学基金重点项目、教育部高等学校博士学科点专项科研基金、神华集团科技创新项目、煤炭资源与安全开采国家重点实验室自主研究课题，以及多项部门科研课题的资助，同时，也得到了湖北省"楚天学者计划"三峡大学地质工程专业特聘教授岗位的资助。在此表示衷心的感谢。

　　由于矿井突水的危险性评价理论与方法研究涉及多学科理论与方法，有许多理论和实践问题仍有待于深入探讨与揭示，因此书中不妥之处敬请读者批评指正。

李忠平

2011 年 5 月于北京

目　　录

第1章 绪 论

1.1 研究目的与意义

矿井突水是煤矿生产中的重大灾害之一。煤矿突水事故给煤炭企业带来的人身伤亡和经济损失极为惨重。在我国煤矿重、特大事故中,突水事故在死亡人数上和发生次数上仅次于瓦斯事故,给国家造成的直接经济损失一直居于首位。据统计,在过去的20多年里,有250多对矿井因突水而淹没,经济损失高达350多亿元人民币,同时,对矿区水资源与环境也造成巨大的破坏[1~3]。近年来,随着科学技术的进步,煤矿生产与建设过程中的装备、工艺、技术都有了极大的提高,但煤矿突水事故却频繁发生。特别是2000年以来,煤矿突水事故又呈上升趋势。据统计,2000～2010年发生重、特大矿井突水事故586起,死亡达3011人(表1-1)。

表1-1 2000～2010年煤矿重、特大突水事故统计

年 份	事故次数/次	死亡及失踪人数/人
2000	9	98
2001	38	176
2002	93	387
2003	92	424
2004	61	254
2005	104	593
2006	38	267
2007	63	255
2008	49	263
2009	21	125
2010	18	169
总计	586	3011

频繁发生的矿井突水事故不仅造成矿井人员的死亡,也严重影响煤矿的正常生产,特别对一些年产量达 500×10^4 t 以上的高产高效现代化矿井影响极大,一旦发生突水事故,即使不淹井、不死人,也可能造成综采机械设备的严重损坏,被迫停产,造成巨大的经济损失。因此,开展矿井突水危险性评价理论与方法研究,有效遏制矿井突水事故的发生,保障煤矿安全生产,是目前煤炭工业需要解决的问题。

我国煤矿开采的水文地质条件复杂,矿井突水类型多,成因机制和防治方法也渐趋复杂化[4]。我国主要开采的华北石炭二叠纪煤田和南方晚二叠世煤田主要含水层属于灰岩岩溶含水层类型,矿井涌水量很大,突水淹井事故频繁;黄淮平原的煤田又受到上覆第四纪冲积层水的危害。煤矿地下水害严重地威胁着煤矿的安全生产。据统计,我国有60%的煤矿不同程度地受到岩溶承压水的影响威胁,受水害的面积和严重程度均居世界各主要采煤国家的首位,且随着矿山开采深度的增加,水压不断增大,有些矿区底板承压已达10MPa以上,深部开采的水害问题日益

严重[15],有些矿井因为底板水的威胁而不能开采,如我国的开滦矿区在生产过程中受到煤层上覆的第四系冲积层、地表水体、煤层顶底板砂岩裂隙水及底部奥陶系石灰岩岩溶裂隙承压含水层的威胁,历史上曾发生过多种类型的突水,给开滦矿区煤炭安全生产造成重要影响。例如,1978年3月8日,范各庄矿二水平延深中 204 开拓工作面发生突水,最大涌水量达 468m³/min,经34h 15min 便淹没了二水平,开拓工程推迟了一年。突水的原因是 204 工程在 12♯煤层底板砂岩含水层施工时,揭露一条宽度达 0.4m 的大裂隙造成突水。1984 年 6 月 2 日,范各庄矿 2171综采工作面,揭露隐伏导水陷落柱,奥陶系岩溶强含水层的高压水经陷落柱溃入矿井,高峰期突水量达 2053m³/min,历时 20h 55min 便淹没了一个年产 300×10⁴t、开采近 20 年的大型矿井,因此矿井突水成为影响我国煤矿安全生产的重要地质因素。

矿井突水危险性评价与预测是矿井水害防治的重要基础和依据。由于矿井突水地质条件复杂,影响因素多,以往普遍使用的突水系数是用来判别突水与否的一个指标,在实际应用中,常常根据一个矿区的水文地质条件、底板受到的水压、厚度及岩性组合计算出一个确定的值。它与隔水层的阻水性能、岩性、地层结构、采煤方法、矿床充水含水层的富水性和水动力学特征等因素没有直接关系,也就是说,突水系数所包含的和反映的地质、水文地质及其他有关的信息量不够。突水事件发生的随机性与突水系数值的确定性在某些情况下是有矛盾的,实际应用受到了局限,尤其是在矿井深部开采时,其预测的准确度较低。矿井突水危险性评价与预测问题已成为迫切需要解决的问题。因此,在煤炭开采前对矿井突水危险性进行评价与预测,并采取相应的防治措施,对我国煤矿安全生产具有重要的理论和实际意义。

1.2　国内外研究进展

在世界产煤大国美国、中国、英国、澳大利亚、俄罗斯等国中,俄罗斯、匈牙利、中国等国地质和水文地质条件比较复杂,大水矿区分布较广,突水灾害严重。早在 20 世纪初,国外就有人注意到底板隔水层的作用,认识到隔水层越厚则突水次数及突水量越少。40~50 年代,匈牙利的韦格弗伦斯第一次提出隔水层厚度与水压之比的底板相对隔水层的概念,指出煤层底板突水不仅与隔水层厚度有关,而且还与水压力有关。

原苏联学者 B. 斯列萨列夫将煤层底板视作两端固定的承受均布载荷作用的梁,并结合强度理论,推导出底板理论安全水压值的计算公式。20 世纪 60~70 年代,匈牙利国家矿业技术鉴定委员会将相对隔水层厚度的概念列入《矿业安全规程》,并对不同矿井条件做了规定和说明,利用相对隔水层厚度进行突水判别。原苏联、原南斯拉夫等国的学者这期间也开始研究相对隔水层的作用,包括采空区引起的应力变化对相对隔水层厚度的影响,以及水流和岩石结构关系等。70~80年代末期,很多国家的岩石力学工作者在研究矿柱的稳定性时,研究了底板的破坏机理。其中,最有代表性的是 C. F. Santos(桑托斯)、Z. T. Bieniawski(宾尼威斯基)。他们基于改进的Hoek-Brown 岩体强度准则,并引入临界能量释放点的概念分析了底板的承载能力。原苏联学者 A. A. BOPИCOB 首先采用相似材料立体模型对采空区底板岩层的变形进行了研究,Faria 等从岩石力学的角度研究底板破坏机理,这些理论与方法对矿井突水研究具有重要的指导作用[16~20]。

我国的水文地质研究起步较晚,20 世纪 50 年代开始从原苏联引进教材,培养专业人才。60~70 年代,开展了全国范围内大规模的水源勘察和开发,对基岩裂隙介质和岩溶发育与富水规律有了一定的认识。70 年代末引入了欧美的地下水动力学的最新研究成果,丰富了地下水动力学的研究内容和方法。由单一的稳定流抽水试验发展到非稳定流,水文地质条件评价和计算方法由解析、经验方法到有限单元和边界元等数值方法模拟计算,为我国水文地质科学研究奠定了基础。

我国煤矿突水一直是制约煤矿安全生产的重大技术难题。针对煤矿生产过程中断层突水、底板突水和岩溶突水预测与防治问题,我国学者开展了大量的科研工作[21~31]。20世纪50年代我国首先引入了原苏联的斯列萨列夫理论进行突水预测。60年代我国学者总结了大量突水案例,统计了峰峰、焦作、淄博和井陉四个矿区与突水密切相关的水压和底板隔水层厚度资料,从促发与阻抗突水两方面的诸多因素中筛选出含水层水压和隔水层厚度两个主要因子,提出了突水系数的概念,建立了突水系数的经验公式并很快在全国推广使用。突水系数阈值(临界值)依据大量突水实测资料统计得到,确定为0.06~0.07MPa/m,并以此确定是否受水害威胁,不同矿区依据实际情况选择临界突水系数。由于突水系数物理概念比较确定,公式简单实用,对在煤矿生产实践中预测煤层底板突水和在一定水压条件下进行带压开采,解放受承压水威胁的煤炭资源起了积极作用,所以一直沿用至今。近些年来,在煤矿底板突水危险性评价研究方面,由单一考虑水压问题发展至考虑矿压与水压共同作用,引入渗流-损伤耦合理论研究应力场与渗流场相互作用,进一步贴近了突水问题的实质与过程,提出了各自的评价方法,取得了一定进展。值得指出的是,70年代,煤炭科学研究总院西安分院借鉴匈牙利的经验,考虑了矿压对底板的破坏作用,对突水系数公式进行了修正。在多年的使用中又逐渐加入了采矿破坏深度和原始导升高度等指标。长期以来,上述方法在我国的矿井防治水方面发挥了重要的作用,不仅被写入了有关规程,而且至今在某些方面仍有应用。但各矿区临界值难以确定,特别是在断裂和陷落柱等岩体强度减弱的区域更难使用。为解决高压水对煤矿的威胁,原煤炭部组织了"六五"、"七五"、"八五"等以探查和突水治理技术为目的的科研攻关。在隐伏陷落柱探测与防治、煤层底板测试与突水预测预报、带压开采、浅层帷幕截流和控制疏水技术方面,取得了一定的突破,提出了突水临界指数法、"下三带"理论[26]、原位张裂和零位破坏理论[7]、板模型理论[3]、关键层理论[8]、突变及非线性模型[24,25]、突水优势面理论[11]、底板突水的动力信息理论[5]、强渗流说、相似理论法[22,32]、岩-水应力关系说[10]等突水判据和理论,形成了包括防水煤岩柱留设、双降采煤、底板注浆等突水防治方法。目前这些成果为防治煤矿底板突水起到了积极的指导作用。

岩层采动破坏是形成矿井突水的通道,是进行矿井突水预测和制定矿井水害防治决策的重要理论基础。煤层顶底板岩石采动破坏受岩石类材料本身岩性及其力学性质和开采范围的影响。虽然完整描述采动覆岩变形—破断—移动及裂隙演化全过程十分困难,但采矿和力学等领域工作者从不同视角开展了系统研究[33~43]。刘天泉院士等对我国煤矿开采岩层破坏与导水裂隙分布作了大量的实测和理论研究,对采场岩层移动破断与采动裂隙分布规律提出了"横三区"、"竖三带"的总体认识,即沿工作面推进方向覆岩将分别经历煤壁支承影响区、离层区、重新压实区,由下往上岩层移动分为垮落带、断裂带、整体弯曲下沉带;并得出计算导水裂隙带高度的经验公式,有效指导了我国煤矿的水体下采煤试验[34]。原山东矿业学院荆自刚、李白英等[26]提出了"下三带"理论的概念,将煤层底板分为底板破坏带、完整岩层带、承压水导高带。随后,许多研究人员采用综合观测、相似材料模拟、有限元计算分析等方法,推动了"下三带"理论的应用和发展。高延法[38]采用多元统计回归方法,得到了底板破坏深度的统计公式。张金才[3]讨论了工作面底板的采动影响规律,并推导出底板采动裂隙带最大深度的计算公式。王成绪[39]采用结构力学的方法,运用极限弯矩理论,确定底板隔水层有效厚度的计算公式。冯启言等[40]利用ADINA有限元计算程序,计算了底板的破坏深度,得出在正常无断层的情况下,底板的破坏形状为"马鞍型"。这些理论和认识,在生产实践中得到了广泛的应用,并取得了好的效果。

国内许多学者还对覆岩离层进行了多方面的研究。在现场观测和试验的基础上,用静力平衡理论发展了弹塑性薄板理论和结构力学理论。认识到隔水层是由厚度较小的不同岩层组合而成,且其中的关键层起关键阻水作用[3]。钱鸣高、黎良杰等在采用定性立体模型和平面应力模型对无断层条件和有断层条件的底板突水机理研究的基础上,提出了煤层底板突水的关键层理论,揭示了煤层底板导水通道的形成和突水机理[33~37]。王作宇等基于现场观测实践和综合的理论试验研究,提出了突水通道形成的"零位破坏与原位张裂"概念和"承压水上采煤的采动应力场与承压水运动场耦合效应的底板突水机制"[7]。

煤层顶底板突水与地质条件密切相关。地应力是影响煤层顶底板岩层渗透性和水压致裂突水的重要地质因素之一。人们获得地应力状态的途径主要是通过现场实测。地应力是存在于地壳中的内应力,地应力的形成主要与地球的各种动力作用过程有关[44~53]。地应力的研究已有近百年的历史。从世界范围内看,地应力的研究领域涉及地质、地震、矿山、冶金、石油和建筑工程等部门。1912 年,瑞士地质学家海姆(A. Heim)在隧道施工中通过观察和分析,首次提出了地应力的概念,并假设地应力是一种静水应力状态,岩体深处的垂直应力与其上覆岩体重力成正比,其值等于单位面积上覆岩层的重量。1932 年美国垦务局进行了世界上第一次用解除法实测地应力的创举,设计了鲍尔德水坝。20 世纪 50 年代初瑞典科学家 N. Hast 发明了测试地应力的仪器,测得了岩石中的绝对应力的大小和方向。1975 年,南非的 N. C. Gay 等又建立了临界深度的概念:自临界深度以下,水平应力不再大于竖向应力。目前,已有 20 多个国家开展了地应力的测量及应用的研究工作。我国原岩应力测量及原岩应力预报地震的研究工作始于 60 年代,70 年代有较大的进展,发展了多种测量方法。李方全等在华北地区进行系统的应力测量,获得华北地区地应力的初步结果,随后又在西南、西北、华东、中南等地陆续进行了原岩应力测量,其研究成果为我国现今构造应力场研究提供了重要的基础资料。80 年代以来,开展了多种方法的地应力测量,如水压致裂法、应力(或应变)解除法、钻孔崩落法、单孔全应力测量和声发射法等,并在工程应用、地震预报和石油、煤炭开采等方面得到成功应用,其中应力(或应变)解除法和水压致裂法两种测量方法是目前地应力测量中应用较广的方法[44~53]。在诸多煤矿突水的主控因素中,地应力是最重要的因素之一。长期以来,由于地应力测量点资料有限,大多数学者对煤层顶底板突水危险性研究主要从含水层条件、隔水介质条件和断裂构造条件等方面出发进行研究,在研究突水地质条件中,对现代地应力条件及其对突水控制作用研究重视程度较低。随着我国煤矿开采深度的增加引起的高地应力、高水压和强烈的开采扰动引起矿井突水严重。在煤层顶底板突水危险性研究中分析地应力分布及其对突水的控制具有理论和实践意义。

已有矿井突水统计资料表明[54~58],80%以上的突水事件与断裂构造有关。针对断层突水问题,20 世纪 80~90 年代,国内外许多学者针对断层的水文地质类型(如富水断层、导水断层、储水断层、无水断层、阻水断层等)、断层突水类型划分(如断层揭露型突水、断层采动型突水)、断层诱发突水的原因(如削弱底板隔水层阻抗变形的能力、缩短了煤层与底板含水层之间的距离、断层或断裂构造作为弱化的导水通道)、水对断层的作用(软化作用、水楔作用)、断层突水防治等方面展开研究。岩溶陷落柱是影响煤矿安全开采的重要地质因素,在我国北方石炭二叠纪煤田中普遍存在,其导致的突水具有隐蔽性、突发性,如开滦范各庄矿于 1984 年 6 月 2 日,2171 综采工作面发生了世界采矿史上罕见的透水灾害,为岩溶陷落柱突水所致。其突水是由奥陶系石灰岩强含水层承压水经 9♯陷落柱溃入矿井,高峰期 11h 的平均突水量为 2053m³/min、仅历时 20h 55min 就淹没一个年产 300×10⁴t、开采近 20 年的大型矿井,造成经济损失 5 亿元人民币以上[58]。因此,开展断裂构造和岩溶陷落柱研究对于煤矿安全生产具有理论和实践意义。

20 世纪 80 年代以后,随着一些新理论、新观念的引入,国内对突水预测预报的研究出现了异乎寻常的繁荣现象,许多新理论、新方法开始应用于矿井突水预测。目前应用较多的突水预测方法大体上可分为两类,即条件分析法和模型拟合法。前者主要是根据工作面的水文地质条件,预测工作面有无突水发生的可能,为超前疏放水提供依据。这种预测通常是分采区或采面进行的,侧重于定性分析。后者在不同程度上具有定量的特点,可以预测整个矿井存在突水的地点。模型拟合法又可以分为统计模型、GIS 模型、模糊综合评判模型等[59~66]。

随着计算机技术的发展,以 GIS 为工作平台,利用其强大的空间分析等功能,建立多因素突水预测模型,对突水进行预测预报,取得了显著进展。

在对突水水源及通道评价与预测中,应用地球物理和化探技术如槽波地震、坑道透视、地质雷达、瞬变电磁、井下电法、连通试验和氡气测定等方法。发现地质异常体,确定地下水水源和导水通道,其中抗干扰的瞬变电磁、红外探测和三维地震勘探及超前钻探等综合方法探测突水点,取得了好的应用效果,为煤炭安全开采提供了有效手段和方法。近些年,有关突水过程的动态监测,如通过传感器对岩体应力、应变、渗透和水压变化等参数的分析处理来预测突水区域,确定突水点位置受到广泛关注和重视,并取得了显著进展和成效。高性能的微震监测技术、网络传输技术、并行计算技术、渗流耦合力学和现代地质学理论与方法为矿井突水危险性评价与预测奠定了理论基础和条件。

虽然国内外对矿井突水危险性评价理论与方法进行了大量的研究,由于矿井突水地质条件复杂,影响因素多,仍有许多理论及实践问题仍有待于深入研究,如在突水预测与评价方面缺乏针对不同突水类型的系统性研究和矿井突水水源、通道的有效探测方法。因此本书针对矿井突水预测的科学评价问题,以开滦矿区典型矿井为依托,从地质因素和采矿因素入手,采用试验研究、理论分析和数值模拟计算等方法系统研究煤层顶底板突水地质条件、岩石力学条件和地应力条件,以及煤层顶底板的变形与破坏规律等,揭示煤层顶底板突水的地质力学特征和控制机理;并综合考虑与煤层顶底板突水有关的各种控制因素,建立煤层顶底板突水危险性评价理论与方法,为煤炭安全开采提供可靠的地质保障。

1.3 本书研究的内容和方法

煤层顶底板突水是一种复杂的地质及采动影响现象,是煤层上覆或下伏含水层水冲破顶板或底板隔水层的阻隔,以突发、缓发或滞发的形式进入采掘工作面,造成矿井涌水量增加或淹没矿井的自然灾害,其受地质因素与开采因素所控制。煤层顶底板突水危险性受控于含水层条件、隔水介质条件、导水通道条件及赋存环境条件(如地应力场条件)。含水层条件主要包括反映含水层富水性的承压水的厚度、裂隙发育程度和水压等因素,隔水介质条件包括煤层底板隔水层厚度、岩性和结构分布,导水通道条件包括断裂构造、岩溶陷落柱和采动裂隙。煤层顶底板突水不仅受地质条件所控制,而且与采动因素密切相关。因此,煤层顶底板突水是上述因素综合作用的结果,突水机理也具有多样性。

1.3.1 主要研究内容

1. 矿井突水地质力学条件分析

以开滦矿区范各庄矿为依托,系统收集试验区矿井突水点资料,从煤层顶底板突水的水源、通道和介质条件分析入手,系统研究煤层顶底板突水的地质力学条件,包括煤层顶底板突水地质条件、岩石力学条件和地应力条件等,剖析煤层顶底板突水与这些地质力学条件之间的相关关系,揭示煤层顶底板突水控制因素和作用机理,为煤层顶底板突水危险性评价提供理论依据。

2. 煤层顶底板突水危险性地质评价理论与方法研究

针对煤层底板隔水介质条件,分析煤系岩石力学性质,煤层底板突水的岩性、结构和厚度特征,根据隔水层的岩性和结构特征,提出评价隔水层隔水性能和抗水压能力的岩性-结构分类,建立基于岩性-结构的煤层底板突水危险性评价理论与方法。对范各庄井田 12♯煤层底板突水危险性进行定量评价。针对煤层顶板含水层类型,根据上覆岩层的岩性、导水裂隙带高度和有效保护层厚度等参数,建立煤层顶板突水危险性评价理论与方法,并对开滦范各庄井田 5♯煤层顶板进行评价分析,为本区煤炭安全开采提供理论依据。

3. 煤层顶底板采动破坏规律及其预测理论与方法研究

煤层顶底板突水是地质因素和开采因素综合作用的结果,由于采动影响,破坏了岩体中原岩应力平衡状态,导致煤层顶底板岩体移动变形和破坏。从采场围岩变形与破坏分析入手,研究煤层顶底板的变形与破坏规律,揭示煤层顶底板采动破坏的受控机制;建立煤层顶底板采动破坏及煤层底板突水复合板力学理论与方法,为煤层顶底板突水危险性评价和防治提供理论依据。

4. 煤层底板突水危险性评价专家系统研究

煤层底板突水危险性评价专家系统(简称系统)属预测、咨询型专家系统,综合考虑与底板突水有关的各种控制因素,运用目前形成的突水危险性预测与评价理论、方法,按照领域专家的推理逻辑和经验,对受承压水威胁矿井在巷道掘进、煤炭开采过程中的突水危险性作出预测和评价,指导现场工作人员采取合理的掘进、开采方法和措施,防止底板突水的发生。系统由知识库、推理机、动态数据库、解释机制和人机接口五个部分组成,建立突水案例知识库,提出并采用依据突水优势面理论的推理途径,即在开采平面内搜索四类突水优势面,根据其特征分别进行突水条件分析和突水案例类比,计算其突水概率,最终判断是否突水。

为了能对上述问题深入研究,必须采用合理的研究方法。因为任何问题研究的成败都与所采用的研究方法有直接关系,目前研究煤层顶底板突水危险性时,广泛采用综合研究方法。

本书通过地质分析、实验研究、数值模拟计算及现场观测等方法综合研究。在充分利用我们及前人研究成果的基础上,首先进行野外和井下实测、描述与样品采集,然后进行室内试验分析和数值模拟计算,以开滦矿区范各庄矿等典型大水矿井为依托,并有计划地对全国有关矿区进行广泛调研,收集水文地质条件和突水案例开展研究。

1.3.2　主要研究方法

1. 资料收集与地质分析研究

系统地收集研究区水文地质勘探资料和突水点资料,现场分别对开滦矿区范各庄矿、东欢坨矿、钱家营矿等进行地质编录。针对深部开采地质条件复杂、钻孔资料少的特点,采用采区三维地震勘探技术,查清三维地震勘探区内 5m 以上断层、裂隙带分布及小褶曲等构造形态及其分布,并加强微构造或隐伏构造的研究。编制井田含水层水压等值线图、突水系数等值线图和底板承压含水层与开采煤层之间隔水岩柱的岩性分布图,研究煤层底板突水与煤炭开采的关系及其时空规律。系统收集试验区煤层底板突水点资料,通过对突水动态数据的系统分析和统计学研究,分析煤层底板突水地质条件,揭示煤层底板突水的地质特征和控制性因素。地质分析开展如下几方面的研究:

(1) 研究含水层的水文地质特征及其边界条件。查清研究区范围内含水层的分布范围、厚度、岩性及岩性分层组合,在空间上的变化规律,对岩溶含水层进一步研究岩溶发育特征;研究含水层的含水性、补给条件及地下水的径流特征,分析含水层之间的水力联系,确定矿井水文地质边界。

(2) 承压含水层与开采煤层之间隔水岩柱的介质条件研究。研究隔水岩柱的岩性、厚度、分布规律及其力学特性和其与可采煤层的空间位置,对隔水岩柱的岩性、厚度及分布规律进行分区评价。

(3) 井田断裂构造研究。研究井田断裂构造的规模、大小、方向及其分布规律和断裂构造结构面力学性质,研究断层影响带及其附近煤岩体物理力学性能,分析在水压和矿压作用下断层带煤岩体变形与破坏特征,分析断裂构造与含水层之间的导通关系,以及断裂构造本身的导水性能和断裂构造的量化评价。

2. 实验研究和数值模拟分析

采集研究区煤层及其顶底板样品,在室内进行煤层岩石微观结构和物质成分定量分析,以及岩石物理力学实验研究,揭示煤岩石应力-应变-渗流规律。结合开滦矿区实际,建立不同岩性和不同构造条件(断层和陷落柱)地质模型,借助于岩石力学分析软件进行数值模拟分析,分析各种地质因素和采矿因素对煤炭开采过程中顶底板突水的影响程度,并将获得的参数与实际观测结果进行对比分析,研究煤炭开采过程中底板隔水岩层在承压水水压、矿压和采动破坏作用下的变形、破坏特征及突水规律,揭示煤层底板突水控制因素和作用机理。

3. 理论分析和预测模型研究

在煤层顶底板突水地质特征分析的基础上,研究煤炭开采过程中底板隔水岩层在承压水水压、矿压和采动破坏作用下的变形、破坏特征和突水规律以及顶板岩层的变形破坏规律针对煤层底板多层介质特征,建立煤层底板突水复合板力学模型和计算方法;剖析煤层顶底板突水与煤层顶底板介质条件、构造条件和地应力条件等因素之间的相关关系,分析各种地质因素和采矿因素对煤炭开采过程中顶底板突水灾害的影响程度,建立煤层顶底板突水危险性评价理论与方法,对煤层顶底板突水危险性进行定量评价与预测。

4. 煤层底板突水危险性评价专家系统开发

专家系统作为一个程序系统,其开发也存在一个生命周期的问题,称为知识工程生命周期。专家系统是一种能够对领域问题给出具有专家水平结论的特殊复杂程序,鉴于其开发难度、领域问题的特点,为解决知识获取及其形式化方面存在的瓶颈问题,引入原型技术的专家系统开发方法,即在开发一个实用专家系统之前先开发一个专家系统原型,然后在此基础上逐步开发实用的专家系统。引入原型技术的专家系统开发过程的生命周期可分为问题选择与任务确定、需求分析、原型化设计、规划与设计、系统实现、测试与评价、系统维护与完善 7 个阶段。

(1) 初步知识获取。知识获取主要是由知识工程师从领域专家等知识来源获取知识,并将这些解决领域问题所需的专门知识以正确的形式表达并存储到知识库中,可能的知识来源包括领域专家、领域研究专著、领域研究的文献资料库、相关专业知识的教科书、现场技术工程师的经验及现场实践资料等。知识获取是建立专家系统过程当中最为困难的阶段之一。

（2）基本问题求解方法的确定。基本问题的求解是开发一个专家系统最终所要达到的目标。明确基本问题的求解方法是开发专家系统的一个基本前提条件，该求解方法对专家系统方法的适应性及其实现效率、求解精度的高低，都决定着预开发专家系统所具备的特征和功能，也决定着知识表达方式及推理方法的确定。

（3）知识表达方式的确定。知识表达是将知识工程师所获取的领域专业知识转换为计算机程序的过程，也是建立专家系统知识库的重要前提。知识表达方式决定了专家系统对领域专业知识反映的准确度及可靠度。

（4）推理方式的确定。知识工程师在初步获取领域知识、选择了知识的表达方式之后，就要选择合适的推理方法进行求解。专家系统的推理方式要反映领域基本问题的求解方法，能正确、充分地利用知识库中的领域专业知识进行专家级的推理。推理机的设计要便于冲突消解，求解过程尽量简单，并能通过解释机将推理过程呈现给用户。

（5）专家系统开发工具的选择。选择合适的开发工具对开发一个专家系统具有举足轻重的作用。开发工具决定了专家系统的开发周期和开发成本，影响到专家系统的效率和适用性等。因此，必须在研究所求解领域问题的特点、领域知识的特征、领域问题求解方法及系统求解目标等问题的基础上，选择出既能很好地解决所求解问题，又符合当前系统开发实际情况的开发工具。

（6）专家系统的编程开发。系统的编程开发是专家系统开发的关键环节，是专家系统方法与领域知识结合的最终载体。通过编程可将前述各环节的研究成果以软件实体的形式展现给用户，让用户体会系统的人机交互界面和基本功能特点，为之后的系统测试及完善提供条件，为系统的实用化奠定基础。

（7）专家系统的测试与修改。系统测试与修改是专家系统开发的最后一个环节。通过领域专家、知识工程师及部分用户对系统的测试可以验证前述诸环节研究成果的可行性、适用性及准确性，通过知识工程师对系统的修改可以进一步完善系统的各种功能、校正系统开发中出现的各种错误等，使系统最终走向实用化。

参 考 文 献

[1]　魏久传,李白英.承压水上采煤安全性评价.煤田地质与勘探,2000,28(4):57-59

[2]　彭苏萍,王金安.承压水体上安全采煤.北京:煤炭工业出版社,2001

[3]　张金才,张玉卓,刘天泉.岩体渗流与煤层底板突水.北京:地质出版社,1997

[4]　仵彦卿,张倬元.岩体水力学导论.成都:西南交通大学出版社,1995

[5]　宋振琪,蒋宇静,杨增夫.煤矿重大事故预测和控制的动力信息基础研究.北京:煤炭工业出版社,2003

[6]　王永红,沈文.中国煤矿水害防治及治理.北京:煤炭工业出版社,1996

[7]　王作宇,刘鸿泉.承压水上采煤.北京:煤炭工业出版社,1992

[8]　钱鸣高,缪协兴,徐家林等.岩层控制的关键层理论.北京:中国矿业大学出版社,2000

[9]　许延春,耿德庸,官云章等.深厚含水层松散层的工程特性及其在矿区的应用.北京:煤炭工业出版社,2003

[10]　赵阳升,胡耀青.承压水上采煤理论与技术.北京:煤炭工业出版社,2004

[11]　高延法,施龙青,娄华君.底板突水规律与突水优势面.北京:中国矿业大学出版社,1999

[12]　李元辉,南世卿,赵兴东等.露天转地下境界矿柱稳定性研究.岩石力学与工程学报,2005,24(2):278-283

[13] 黄润秋,王贤能,陈龙生.深埋隧道涌水过程的水力劈裂作用分析.岩石力学与工程学报,2000(9):573-576

[14] 白明洲,许兆义,王勐.长大隧道施工过程中突水突泥灾害预测预报技术研究.2005,22(6):124-126

[15] 彭苏萍,孟召平.矿井工程地质理论与实践.北京:地质出版社,2002

[16] Wolkersdorfer C,Bowell R. Contemporary reviews of mine water studies in Europe . Mine Water and the Environment,2004,23:161

[17] Salis M,Duckstein L. Mining under a limestone aquifer in southern Sardinia:a multiobjective approach. Geotechnical and Geological Engineering ,1983,1(4):357-374

[18] Singh R N,Jakeman M. Strata monitoring investigations a round Longwall Panels Beneath the cataract reservoir. Mine Water and the Environment ,2001,20:55-64

[19] Nevolin N V,Shilkov B P,Potepko V M. Sudden rock failures in mining coal seams of the kizel basin. Journal of Mining Science,2003,39(1):21-28

[20] Kuznetsov S V,Trofimov V A. Hydrodynamic effect of coal seam compression. Journal of Mining Science,2002,39(3):205-212

[21] 杨栋,赵阳升.裂隙底板采场流固耦合作用的数值模拟.煤炭学报,1998,23(1):37-41

[22] Wang J A,Park H D. Coal mining above a confined aquifer. Int J Rock Mech Min Sci,2003,40(4):537-551

[23] 郑少河,朱维申,王书法.承压水上采煤的流固耦合问题研究.岩石力学与工程学报,2000(7):421-424

[24] 白晨光,黎良杰,于学馥.承压水底板关键层失稳的尖点突变模型.煤炭学报,1997,22(2):149-154

[25] 王连国,宋扬.煤层底板突水突变模型.工程地质学报,2002,8(2):160-163

[26] 李白英.预防矿井底板突水的"下三带"理论及其发展与应用.山东矿业学院学报,1999,8(4):11-18

[27] Wu Q,Wang M,Wu X. Investigations of groundwater bursting into coal mine seam floors from fault zones. International Journal of Rock Mechanics & Mining Sciences,2004;41:557-571

[28] Zhang J,Shen B. A Coal mining under aquifers in China:a case study. International Journal of Rock Mechanics & Mining Sciences,2004,41:629-663

[29] Wang J A,Park H D. Fluid permeability of sedimentary rocks in a complete stress-strain process. Engineering Geology,2002,63:291-300

[30] Zhang J C. Stress-dependent permeability variation and mine subsidence,Pacific Rocks 2000 // Girard J,Liebman M,Breeds C et al. Rotterdam:Belkema,2000,811-816

[31] 缪协兴,刘卫群,陈占清.采动岩体渗流理论.北京:科学出版社,2004

[32] 黎良杰,钱鸣高,殷有泉.采场底板突水相似材料模拟研究.煤田地质与勘探,1997,25(1):37-40

[33] 黎良杰,钱鸣高等.底板岩体结构稳定性与底板突水关系的研究.中国矿业大学学报,1995,24(4):18-23

[34] 刘天泉.矿山岩体采动影响与控制工程学及其应用.煤炭学报,1995,20(1):1-5

[35] 茅献彪,缪协兴.钱鸣高.采动覆岩中关键层的破断规律研究.中国矿业大学学报.1998,27(1):39-42

[36] 缪协兴.钱鸣高.采动岩体的关键层理论研究新进展.中国矿业大学学报,2000,29(1):25-29

[37] 刘卫群,顾正虎,王波等.顶板隔水层关键层耦合作用规律研究.中国矿业大学学报,2006,35(4):427-430

[38] 高延法.煤层底板破坏深度统计分析.煤田地质与勘探,1988,16(1):38-41

[39] 王成绪.研究底板突水的结构力学方法.煤田地质与勘探,1997(增刊):48-50

[40] 冯启言,陈启辉.煤层开采底板破坏深度的动态模拟.矿山压力与顶板管理,1998(3):71-73

[41] 杨善安.采场底板断层突水及其防治方法.煤炭学报,1994,19(6):620-625

[42] 黎良杰,钱鸣高,李树刚.断层突水机理分析.煤炭学报,1996,21(2):119-123

[43] 刘伟韬,武强.范各庄矿 F0 断层滞后突水数值模拟.岩石力学与工程学报,2008,27(2):3604-3610

[44] 孟召平,程浪洪,雷志勇.淮南矿区地应力条件及其对煤层顶底板稳定性的影响.煤田地质与勘探,2007,35(1):21-25

[45] 李方全,王连捷.华北地区现今构造应力场.北京:地质出版社,1981,142-150

［46］　李方全.地应力测量.岩石力学与工程学报,1985,4(1):95-111

［47］　蔡美峰,乔兰,李华斌.地应力测量原理和技术.北京:科学出版社,1995

［48］　张宏伟.采矿工程中的原岩应力测量.阜新矿业学院学报,1997,(6):25-29

［49］　康红普,林健,张晓.深部矿井地应力测量方法研究与应用.岩石力学与工程学报,2007,26(5):929-933

［50］　陈庆宣,王维襄,孙叶等.岩石力学与构造应力场分析.北京:地质出版社,1998,58-182

［51］　钱鸣高,刘听成.矿山压力及其控制.北京:煤炭工业出版社,1984

［52］　Hoek E,Brown E T. Underground excavation in rock,London:the institute of mining and metallurgy,1980

［53］　Köse H. Modeltheoretische untersuchung der gebirgsdruckverteilung beim Abbau,Glückauf-Forschung-shefte,1987,48(1):17-22

［54］　Wu Q,Wang M,Wu X. Investigations of groundwater bursting into coal mine seam floors from fault zones. International Journal of Rock Mechanics & Mining Sciences,2004,41:557-571

［55］　武强,刘金韬,钟亚平等.开滦赵各庄矿断裂滞后突水数值仿真模拟.煤炭学报,2002,27(5):512-515

［56］　孙方斌.断层对底板突水的影响作用(PHM).青岛:山东科技大学,2006

［57］　张建华.煤层底板突水机理的基础研究.徐州:中国矿业大学出版社,1992

［58］　孟召平,易武,兰华等.开滦范各庄井田突水特征及煤层底板突水地质条件分析.岩石力学与工程学报,2009,28(2):228-237

［59］　Zhu W,Wong T F. The transition from brittle faulting to cataclastic flow:permeability evolution. Journal of Geophysical Research,1997,102(B2):3027-3041

［60］　Yuan S C,Harrison J P. A review of the state of the art in modelling progressive mechanical breakdown and associated fluid flow in intact heterogeneous rocks. International Journal of Rock Mechanics and Mining Sciences,2006,43:1001-1022

［61］　许学汉,王杰等著.煤矿突水预报研究.北京:地质出版社,1991

［62］　黄国明,苏文智.利用神经网络预测煤层底板突水.华东地质学院学报,1996,19(2):170-172,182

［63］　郑世书,孙亚军等.GIS在殷庄煤矿微山湖下采区工作面涌水预测中的应用.中国矿业大学学报,1994,23(2):48-56

［64］　王秀辉.采煤工作面底板突水预报的多参数测试方法.煤田地质与勘探,1998,26:36-39

［65］　孙亚军,杨国勇,郑琳.基于GIS的矿井突水水源判别系统研究.煤田地质与勘探,2007,35(2):34-37

［66］　武强.华北型煤田矿井防治水决策系统.北京:煤炭工业出版社,1995

第 2 章　矿井水文地质条件

2.1　引　　言

矿井突水是一种复杂的地质及采动影响现象,是煤层上覆或下伏含水层水冲破顶板或底板隔水层的阻隔,以突发、缓发或滞发的形式进入采掘工作面,造成矿井涌水量增加或淹没矿井的自然灾害[1~3]。矿井突水地质条件是控制突水的主要因素。矿井水的来源和导水通道条件是井下突水的基本条件[4~6]。早在 20 世纪初,国内外学者注意到矿井突水与地质条件的关系,认识到隔水层岩性和厚度及断裂分布与突水之间的关系。60 年代我国学者总结了大量突水案例,筛选出含水层水压和隔水层厚度两个主要因子,提出了突水系数的概念,建立了突水系数的经验公式并很快在全国推广使用[7~9],但应用效果受到限制,究其原因还是对矿井突水地质条件和影响因素认识不够深入,缺乏有效指导矿井突水预测和防治的系统理论与方法。因此,在煤炭开采前掌握矿井突水地质条件是矿井突水危险性评价与预测的前提。本章从矿井涌水基本条件分析入手,分析了开滦范各庄井田水文地质条件,包括水源条件和构造条件以及地下水的补给、径流和排泄条件,为矿井突水危险性评价与预测奠定基础。

2.2　矿井涌水基本条件

在煤矿建设和生产过程中,各种类型水源进入采掘工作面的过程称为矿井涌水。矿井涌水的形式有渗入、滴入、淋入、流入、涌入和溃入等。因涌入和溃入的水量大,来势猛,所以又称为突水。矿井涌水主要受控于水源条件和导水通道条件。

2.2.1　矿井水的来源

在形成矿井涌水的过程中,必须有某种水源的补给,这些水源可以通过一个或数个途径而来,它们可以是赋存于岩体空隙中的地下水,或者是老窑水、地表水、也可以是大气降水直接渗入。

在生产过程中,正确地判断矿井涌水来源,对计算涌水量、预测涌水的可能性以及制定矿井的防治水措施等工作都具有重要意义。

1. 岩石空隙中的地下水

煤层本身通常不含水,但邻近的围岩往往具有大小不等、性质不同的空隙,其中常含有地下水,当它们有通道与采掘空间连通时,就会成为井下涌水的水源。根据含水岩层空隙的性质不同,这些地下水可以分为孔隙水、裂隙水和溶洞水[10]。

1) 孔隙水

存在于疏松岩层孔隙中的地下水,称为孔隙水。这里所说的疏松岩层,包括新生代沉积物及坚硬基岩的风化壳。孔隙水的存在条件和特征,取决于岩层的孔隙情况。这是由于岩层孔隙的大小,不仅直接关系到岩层透水性能的强弱,而且也影响到岩层中地下水的运动条件及水量的大小。孔隙水因埋藏条件的不同,可以形成上层滞水、潜水和承压水,它们分别称为孔隙-上层滞水、孔隙-潜水和孔隙-承压水。由于孔隙水的分布及其形成规律直接与松散岩层的形成条件有关,因此不同成因的松散岩层中的孔隙水、往往具有不同的分布规律和形成特征。矿井开采中最常见的孔隙水是新生代洪积物中的地下水和冲积物中的地下水。

2) 裂隙水

埋藏于基岩裂隙中的地下水,称为裂隙水。裂隙的成因和发育程度不同,裂隙水的赋存和运动条件也有差异。按岩石裂隙的成因,裂隙水可分为风化裂隙水、成岩裂隙水和构造裂隙水三种类型。按含水裂隙的产状,又可分为层状裂隙水和脉状裂隙水;此外,按埋藏条件,还可分为裂隙潜水和裂隙承压水。

实际上各种类型的裂隙水很少单一出现,往往是几种裂隙水交织存在。例如,在成岩裂隙和构造裂隙发育的岩层,其裸露部分风化裂隙也往往很发育。因此,同一岩层中不仅存在着成岩和构造裂隙水,同时也存在着风化裂隙水,只不过有主次之分罢了。通常所说的某种裂隙水,是指占主要地位的那种裂隙水。一般来说,裂隙水富水区的形成受岩性、结构面及其力学性质、地貌等因素的影响。

(1) 在地应力作用下,力学性质不同的岩石其裂隙发育程度不同,由此导致地下水的径流和储存条件的不同。

(2) 不同力学性质的结构面,其富水性是不同的。通常情况下,张性结构面富水性较强,压性结构面则较差。

(3) 不同的构造部位,裂隙的发育程度不尽相同,因此其富水性差别很大。例如,一条大的断层,往往某些地段含水,某些地段则不含水,而含水的地段也不是各处的富水性都相同。通常,在断层的交叉部位、断层分布密集地段及大断层的尖灭部位,富水性较强。

(4) 不同的地貌部位地貌类型组合及其发育情况,是区域地层和构造在内、外营力综合作用下外部形态的反映。有利的汇水地形,往往是裂隙水富集的重要标志,特别是裂隙潜水。

必须指出,在分析结构面的富水性时,不能孤立地看结构面的性质,而应结合其他条件综合考虑,才能得出正确的结论。

3) 岩溶水

当碳酸盐、硫酸盐及卤化物等可溶性岩石与水流接触时,便产生溶蚀和冲蚀作用,其结果在可溶性岩体中形成一些溶蚀裂隙、溶洞和溶蚀通道,在可溶性岩体的表面形成大小不等、形态不一的石林、干河床、落水洞、漏斗、溶蚀洼地、盲谷甚至大面积的塌陷等独特的地貌景观,这些现象统称为岩溶现象或岩溶(卡斯特)。储存和运动于可溶岩中的地下水称为岩溶水。岩溶水不仅是一种具有独特性质的地下水,同时也是一种地质营力,它在运动过程中,不断地与可溶性岩石发生作用,从而不断地改变着自己的赋存和运动条件。

岩溶水的分布规律和运动特征与岩溶的发育规律密切相关,而岩溶的发育则取决于岩石本身的可溶性和透水性,以及水的流动性和侵蚀性。岩溶水的分布是不均匀的,在通常情况下,岩溶水的赋存条件仍然与岩性、构造及地形地貌条件密切相关,因此岩溶水富水地段的分布也受上述因素控制。

由于含水空间不同,造成岩溶水与孔隙水的特征差别很大。其主要表现在以下三个方面:

(1) 富水性在空间上变化大。岩溶介质是一种极不均质的含水介质。在岩溶体内,存在着含水和不含水体、强含水体和弱含水体、均匀含水体与集中渗流通道的特点。之所以形成这种特点,这与岩溶发育程度、各种形态岩溶通道的方向性,以及连通程度在不同方向上的差异有关。因此,在生产实践中,常常可以见到不同的地段,岩溶的富水性差别很大,即使是同一地段,相距很近的两个钻孔,或者是同一钻孔不同的深度,富水性差别也很显著。

(2)水力联系的各向异性。当岩溶化岩层的某一个方向岩溶发育比较强烈,通道系统发育比较完善,水力联系好时,这个方向就成为岩溶水运动的主要方向,在另一些方向上,由于岩溶裂隙微小,或因通道系统被其他物质所堵塞,致使水流不畅,水力联系差。因此,在岩溶含水层的不同方向上,透水性能差别很大,出现水力联系各向异性的特点。

(3)动态变化显著。岩溶水的动态变化非常显著,尤其是岩溶潜水。其动态最显著的特点之一是变化幅度大。例如,水位的年变化幅度一般可达数十米,流量的年变化幅度可达数十倍,甚至数百倍。但是补给水源丰富,补给区分布面积大的地区,其动态则比较稳定。动态的特点之二是对大气降水的反应灵敏,有的在雨后一昼夜甚至几个小时即出现峰值。但分布在河谷两岸的岩溶水,其动态变化与河水的动态变化基本一致。

岩溶含水层由于具有强大的吸水能力,水的运动速度快,当其吸收大量的水后,除能引起地下水的水位、流量等的显著变化外,对地下水的化学成分和矿化度也有明显的影响。

总之,地下水往往是矿井涌水最直接、最常见的主要水源。突水量的大小及其变化,则取决于围岩的富水性和补给条件。地下水流入矿井通常包括静储量与动储量两部分。开采初期或水源补给不充沛的情况下,往往是以静储量为主。随着生产的发展,长期排水和采掘范围不断扩大,静储量逐渐被消耗,动储量的比例就相对增加。

2. 地表水

开采位于海、河、湖泊、水库、池塘等地表水体影响范围内的煤层时,在某种情况下,这些水便会流入坑道成为矿井涌水的水源。

地表水能否进入井下,主要取决于巷道距水体的远近和水体与巷道之间的地层及构造,其次是所采用的开采方法。

我国华北与华南许多煤田分布在山区边缘,矿区中常有小河和湖泊分布,它们多处于渗透良好的砂、砾石层之上,这是地表水体下渗的有利条件。

另外,多数季节性河流,在旱季地表虽然断流,但冲积层中地下径流却依然存在,仍然起到补给基岩含水层的作用。例如,山东淄张煤田,有淄河流过,其最大流量为 $3200\mathrm{m}^3/\mathrm{min}$,最小流量 $27\mathrm{m}^3/\mathrm{min}$。据 121 队资料,有 47% 的流量转为地下径流,成为该煤田的主要补给水源。

地表水渗入井下,通常有如下几个途径:

(1)通过第四系松散砂、砾层及基岩露头,先是渗入补给地下水,然后在适当条件下进入巷道。

(2)通过构造破碎带或古井直接溃入井下。

(3)洪水期间可通过地势低洼处的井口(或冲破围堤)直接灌入。

(4)在水体下采煤时,由于煤层开采后,顶板岩层冒落和产生裂隙,使地表水进入井下。由于地表水对采矿的威胁很大,所以在开采过程中,必须查清地表水体的大小,距离巷道的远近(垂直、水平),以及最高洪水位淹没的范围等,事先采取有效的措施,以避免地表水的危害。

3. 大气降水的渗入

大气降水是很多矿井涌水的经常补给水源之一。特别是开采地形低洼且埋藏深度较浅的煤层时,大气降水往往是矿井涌水的主要水源。大气降水的渗入量,与该地区的气候、地形、岩石性

质、地质构造等因素有关,当其成为矿井涌水水源时,有如下规律:

(1) 矿井涌水的程度与地区降水量的大小、降水性质、强度和延续时间有相应关系。降水量大和长时间降水对渗入有利,因此矿井涌水量也大。一般来说,我国南方矿区受降水的影响就大于北方的矿区。

(2) 矿井涌水量随气候具有明显的季节性变化,但涌水量出现高峰的时间则往往比雨季后延,后延时间的长短,不同的具体条件有所不同。

(3) 大气降水渗入量随开采深度的增加而减少,即同一矿井不同的开采深度,影响程度差别很大。

4. 老窑及淹没井巷的水

我国许多矿区部分布有古代小窑和现在已停止排水的旧巷道,当井下采掘工作面接近它们的时候,小窑和旧巷的积水便会成为矿井涌水的水源。这种水源涌水时有如下特点:

(1) 在短促的时间内可以有大量的水涌入矿井,来势猛,具有很大的破坏性。

(2) 水中含有大量的硫酸根离子,因此,具有腐蚀性,容易损坏井下设备。

(3) 当其与其他水源无联系时,则易于疏于;若与其他水源有联系时,则可造成量大而稳定的涌水,危害较大。

上述是常见的几种主要水源。在某一具体涌水事例中,常常是由某一种水源起主导作用,但也可能是多种水源的混合。因此,我们在分析矿井涌水水源时,必须要进行充分的调查研究,找出它们的主次关系。

2.2.2　矿井涌水的通道

水源只是可能构成矿井涌水的一个方面。矿井是否涌水还取决于另一个重要方面,即涌水通道(包括通道的类型和具体位置)。根据涌水途径的类型和地下水的水力特征,通常将天然通道分为如下三种[10]。

1. 岩层的孔隙

这种通道通常多存在于疏松未胶结成岩的介质中。其透水性能取决于孔隙的大小和连通情况,而不取决于孔隙度。岩层的孔隙大、连通程度好,则巷道穿过时,涌水量大;否则涌水量就小。

单纯的孔隙水,只有在煤层围岩是大颗粒的松散岩层并有固定的强大的补给水源,或围岩本身是饱水的流沙层时,才能造成灾害性的突水。

2. 岩层的裂隙

岩层的风化裂隙、成岩裂隙、构造裂隙都能构成矿井涌水的通路。对矿井涌水具有普遍而严重威胁的是构造裂隙(断裂),其中包括各种节理、断层和巨大的断裂破碎带。

任何矿井所揭露的地层,都分布有不同数量、不同性质、不同规模和不同时期所形成的构造断裂。在开采过程中,当采掘工作面和它们相遇或接近时,与它有关的水源则往往会通过它们导入井下,造成突水。

在采矿过程中,遇见最多、危险性最大的是各种中、小型断裂。例如,开滦矿区井下发生突水,大多与构造断裂有关。

构造断裂对矿井涌水的影响,一方面表现在它本身的富水性;另一方面又往往是各种水源进入采掘工作面的天然途径。

为便于在生产中加深对断裂带透水性的认识和研究,根据断裂带的透水性能,划分为如下几种类型,如表 2-1 所示。

表 2-1　断裂带透水类型划分表

断裂带类型	透水性能		
隔水的断裂带		天然隔水	开采后仍然是隔水
		天然隔水	开采后变为透水
透水的断裂带	与其他水源无联系		本身透水
			本身及两侧皆透水
	与其他水源有联系		有垂直水力联系
			有水平水力联系
			有垂直和水平水力联系

现将上述各类型的水文地质特点概述如下。

1) 隔水的断裂带

隔水的断裂带主要是针对断裂带本身及其两侧的含水层无水力联系而言。此类型多出现在较松软的黏塑性岩层中,多数是由压应力及部分扭力作用所形成的,少数是张性及张扭性断裂被后期充填而胶结致密的破碎带。因此,不仅断层带本身不含水,还可使被切断的含水层之间无水力联系。

应该指出的是,隔水断裂带的隔水性,在水平和垂直剖面上经常是不一样的,这种变化与隔水断裂带的规模和穿过的岩层性质有关。因此,在研究隔水断裂带的隔水性时必须注意这一特点。

在隔水的断裂带中,根据开采后的表现又可分为两种,即开采后仍能起隔水作用的和开采后透水的。开采后透水是指开采后在静水压力和矿山压力作用下,促使断裂带进一步破碎或因其中的疏松充填物被冲蚀掉而变为透水。据统计,开采巷道穿过某些断裂带时无水或涌水量很小,但经过一段时间或回采工作面扩大到一定宽度时,开始发生底鼓、破裂、塌帮,继之突水,这种“迟到”突水的例子在各大矿区的开采史上并不少见。

2) 透水的断裂带

透水的断裂带多数是张性和张扭性断裂,少数是压性和压扭性断裂。前者一般分布在各种岩层中,后者主要分布在弹、脆性岩层中;根据是否有补给水源,透水的断裂带又可分为两种。

(1) 与其他水源无联系的:透水而与其他水源无联系的断裂带,由于它不与固定水源(巨大含水层、老空水、地表水体等)相联系,因而成为孤立的含水断裂带。主要是一些分布在裂隙不甚发育的细粒沉积岩、岩浆岩和某些变质岩地层中的较破碎的张性断裂带。这种水可以有巨大的水头压力,但一般水的储量不大。坑道接近或揭露这种断裂带时,会发生突然涌水,但通常是开始水量大,以后逐渐减少甚至干涸,对采矿工作无多大影响,一般不需采取复杂的措施。在此类型断裂带中,有的是断层带本身透水,有的是断层本身和其一侧或两侧破碎带皆透水。它们在透水后的动态变化规律是一样的,但在防探水工作上则有差别。

(2) 与其他水源有联系的:这种断裂带对采矿工作影响很大,几乎较大的淹井事故都与这种断裂带有关,因为它不仅本身含有大量的水,而且还与其他水源有水力联系。一旦这种断裂带引起矿井突水,补给水源则会通过它不断地流入井巷,水量大而稳定,不易疏干,常常会造成淹井事故。这种突水的水量大而稳定,且不易恢复。

根据补给水源和断层两侧含水层的相对位置,可以形成两种水力联系,即垂直水力联系与水平水力联系[9]。

(1)水平水力联系

水平水力联系是因断裂使上、下两个不同含水层直接接触并发生水力联系的一种方式。但由于断裂两盘的岩性、断裂带宽度和充填物不同,其水文地质特征也会有所差异。

(2)垂直水力联系

因断层落差关系,两侧含水层不直接接触,而是通过导水的断裂破碎带,才能使上、下两个含水层之间发生垂直水力联系。某些压性断裂带,结构面本身因为有致密的充填物而透水性能变差,但在断裂面的一侧或两侧,常因低序次张性羽状裂隙发育而透水。

开采华北型石炭二叠纪的煤田,普遍规律之一是由于断层的破坏常把奥陶系岩溶含水层抬高到与开采煤层直接接触或接近的部位,因为断层带不起隔水作用而形成强烈的水平水力联系。

3. 岩层的溶隙

当煤系的下伏岩系为石灰岩、白云岩、石膏等可溶性岩矿层时,由于流动地下水的长期溶蚀作用,形成了大量的岩溶洞穴,可溶性岩层中形成的岩溶洞穴统称为溶隙。当岩溶洞穴规模越来越大,在上覆岩系的重力作用下,溶洞上覆的煤层及其围岩逐渐垮落,产生塌陷现象,叫做岩溶陷落。塌陷体呈一柱体形状,习惯上称为"陷落柱"(图 2-1)。

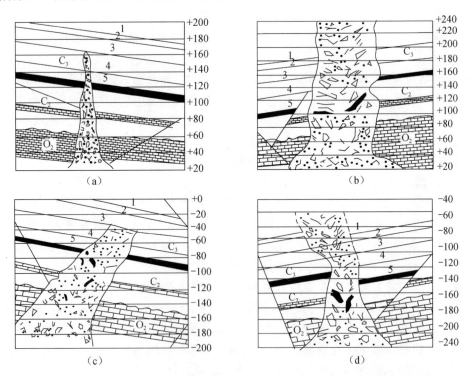

图 2-1　几种典型陷落柱剖面形状示意图(图中 1、2、3、4、5 为煤层编号,C 为石炭系,O 为奥陶系)

(a) 锥体形陷落柱;(b) 筒形陷落柱;(c) 斜塔形陷落柱;(d) 不规则陷落柱

陷落柱有大有小,截面直径为数米、数十米甚至数百米。柱状陷落使煤层的连续性遭到破坏,使矿山地质条件复杂化。陷落柱密集的井田,甚至完全丧失开发价值。陷落柱具有一系列的特征,易与构造变动相区别。柱状陷落均被上覆的岩、煤碎块所充填,棱角明显,形状很不规则,大小不一,杂乱无章,并为黏土充填胶结;陷落柱与围岩的接触面,界线分明,多呈锯齿状折线;常见红色铁质沉积物以及钙质或高岭石沉积物等充填。陷落柱一般呈上小下大的柱状体,但在含水较多、较松散的岩层中,则见有上大下小的漏斗状陷落柱。陷落柱的发育受构造和水文地质条件控制,常沿构造线排布,时常在两组断裂交汇处发育,在平面上具有带状分布的特点。岩溶体积越大,地下水的排泄条件越好,陷落柱的塌陷高度越大,反之越小。岩溶一般沿断裂带、节理裂隙及层面裂隙发育,这是由于地下水通过构造破碎带和裂隙面作用于可溶性岩石的结果。岩溶发育的主导因素与岩溶化的程度,由地质条件(岩性结构、地质构造、成层条件)和水动力条件以及地下水交替循环的强烈程度所决定。构造是产生岩溶发育差异的基础,流动着的具有侵蚀性的地下水是动力,二者相辅相成。

岩溶多分布于含水层的浅部及顶部,随深度增加而逐渐减弱。一般岩溶风化面层位的巷道突水点最多,水量也大。突水点常向地下水补给源移动。矿井总涌水量随主要巷道的增长和开拓面积的增大而有规律地增大。

陷落柱的中心轴与岩层层面近似垂直,上煤层如遇到陷落柱,则下煤层在相应部位上也一定会出现,且规模更大,并向上山方向偏移。陷落柱规模较大时,可直达地表,地貌上或呈圆形凸包,或为环形凹地。例如,沁水盆地东北部和顺勘探区浅部地表揭露的 51 个陷落柱表明,出露形态多为椭圆及近似圆形,少数为不规则状,直径最小 15m,最大 345m,一般 20～70m。垂直剖面形状为上小下大的锥形、筒形或葫芦形,与围岩呈锯齿状接触,陷落角为 70°～85°,在陷落柱边缘 10m 左右,煤层及其顶板裂隙密集,有时伴有小断层或煤层底板牵引下弯现象,在平面上成群、成片,大致沿一定的方向呈带状分布。区内已揭露的陷落柱在平面呈现为沿北东-南西向和北西-南东向两组交叉发育的现象。

我国华北石炭二叠纪含煤构造形成于奥陶纪灰岩的古老侵蚀面上,陷落柱比较发育,尤以汾河流域的太原西山和霍县两个煤田最为严重。华南晚二叠世龙潭组,其下伏岩系也有灰岩,因而陷落柱也有所见。

2.2.3　矿井水文地质类型划分

为了有针对性地做好煤矿防治水工作,从矿区水文地质条件和井巷充水特征出发,《煤矿防治水规定》(2009)根据矿井及其周边是否存在老空积水、矿井受采掘破坏或影响的含水层性质和富水性及补给条件、矿井涌水和突水分布规律及水量大小、煤矿开采受水害威胁程度以及防治水工作难易程度等,将矿井水文地质划分为简单、中等、复杂、极复杂四种类型(表 2-2)。

表 2-2　矿井水文地质类型

分类依据	类别	简　单	中　等	复　杂	极复杂
受采掘破坏或影响的含水层	含水层性质及补给条件	受采掘破坏或影响的孔隙、裂隙、岩溶含水层,补给条件差,补给来源少或极少	受采掘破坏或影响的孔隙、裂隙、岩溶含水层,补给条件一般,有一定的补给水源	受采掘破坏或影响的主要是岩溶含水层、厚层砂砾石含水层、老空水、地表水,其补给条件好,补给水源充沛	受采掘破坏或影响的为岩溶含水层、老空水、地表水,其补给条件很好,补给来源极其充沛,地表泄水条件差
	单位涌水量 $q/[L/(s \cdot m)]$	$q \leqslant 0.1$	$0.1 < q \leqslant 1.0$	$1.0 < q \leqslant 5.0$	$q > 5.0$

续表

分类依据 ＼ 类别		简 单	中 等	复 杂	极复杂
矿井及周边老空水分布状况		无老空积水	存在少量老空积水,位置、范围、积水量清楚	存在少量老空积水,位置、范围、积水量不清楚	存在大量老空积水,位置、范围、积水量不清楚
矿井涌水量/(m^3/h)	年平均 Q_1 年最大 Q_2	$Q_1 \leqslant 180$ (西北地区,$Q_1 \leqslant 90$) $Q_2 \leqslant 300$ (西北地区,$Q_2 \leqslant 210$)	$180 < Q_1 \leqslant 600$ (西北地区,$90 < Q_1 \leqslant 180$) $300 < Q_2 \leqslant 1200$ (西北地区,$210 < Q_2 \leqslant 600$)	$600 < Q \leqslant 2100$ (西北地区,$180 < Q_1 \leqslant 1200$) $1200 < Q_2 \leqslant 3000$ (西北地区,$600 < Q_2 \leqslant 2100$)	$Q_1 > 2100$ (西北地区,$Q_1 > 1200$) $Q_2 > 3000$ (西北地区,$Q_2 > 2100$)
突水量 Q_3/(m^3/h)		无	$Q_3 \leqslant 600$	$600 < Q_3 \leqslant 1800$	$Q_3 > 1800$
开采受水害影响程度		采掘工程不受水害影响	矿井偶有突水,采掘工程受水害影响,但不威胁矿井安全	矿井时有突水,采掘工程、矿井安全受水害威胁	矿井突水频繁,采掘工程、矿井安全受水害严重威胁
防治水工作难易程度		防治水工作简单	防治水工作简单或易于进行	防治水工程量较大,难度较高	防治水工程量大,难度高

注:1. 单位涌水量以井田主要充水含水层中有代表性的为准。
　　2. 在单位涌水量 q,矿井涌水量 Q_1、Q_2 和矿井突水量 Q_3 中,以最大值作为分类依据。
　　3. 同一井田煤层较多,且水文地质条件变化较大时,应分煤层进行矿井水文地质类型划分。

2.3　研究区水文地质条件

2.3.1　区域地质背景

　　开滦矿区位于中国河北省唐山市境内,隶属于开滦(集团)有限责任公司,其始建于1878年,为国有特大型煤炭企业,现有生产矿井11座(图2-2),目前,采煤机械化程度已达到85.38%,已初步建成国内先进的现代化原煤生产基地。2010年在全国500强中位列第103名,是河北省目前第二大煤炭企业。京沈、通坨、大秦和坨港四条铁路干线,京沈、唐津、唐港三条高速公路纵横其中,各矿都有支路相通,交通便利。研究区主要为范各庄井田(图2-2)。

　　1. 矿区主要地层

　　开平煤田是华北的一个小规模的古生代含煤沉积盆地。矿区地层区划属华北地层区,基底由太古代变质杂岩和元古界的变质岩系及花岗岩系组成;下古生界地层与下伏上元古界清白口群平行不整合接触。大地构造发展经历了太古代-早元古代的基底发展阶段、古生代-三叠纪的盖层发展阶段和中新生代的"活化"阶段。早元古代末期发生的吕梁运动,使包括本区在内的整个华北地区完全拼合成一个坚硬而稳定的地块,形成了本区的结晶基底;中元古代以来处于相对隆升状态;古生代的沉积盖层发育较为完整。区域范围主要地层有:太古界(A);上元古界震旦系(Z);古生界寒武系、奥陶系、石炭系、二叠系和新生界第四系等地层,其中石炭系、二叠系为煤系地层。本地区地层缺失奥陶系上统、志留系、泥盆系和石炭系下统,使石炭系中统的唐山组地层直接覆于奥陶系中统的马家沟石灰岩之上(表2-3)。

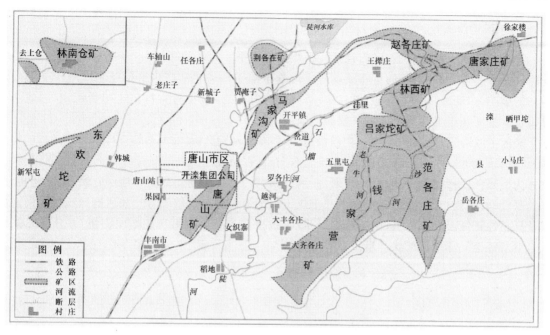

图 2-2　开滦矿区矿井分布及交通位置平面图[9]

表 2-3　区域地层表

界	系	统	年　代	组	厚度/m
新生界	第四系		Q		$0 \sim 890$
上古生界	二叠系	上统	P_2^2	------ 不整合 ------ 洼里组	280
			P_2^1	古冶组	346
		下统	P_1^2	唐家庄组	$120 \sim 237$
			P_1^1	大苗庄组	$58 \sim 107$
	石炭系	上统	C_3^2	赵各庄组	$58 \sim 100$
			C_3^1	开平组	$48 \sim 76$
		中统	C_2	唐山组	$50 \sim 65$
下古生界	奥陶系	中统	O_2	----- 平行不整合 ----- 马家沟组	345
		下统	O_1^2	亮甲山组	115
			O_1^1	冶里组	203
	寒武系	上统	$\in_3^3$	凤山组	68
			$\in_3^2$	长山组	48
			$\in_3^1$	崮山组	82
		中统	$\in_2$	张夏组	120
		下统	$\in_1^2$	馒头组	150
			$\in_1^1$	景儿峪组	263
元古界	震旦系	上统	Z_2^W	迷雾山组	1200
			Z_2^Y	杨庄组	400
		下统	Z_1^K	高于庄组	600
			Z_1^{T+H}	大红峪黄崖关组	450
太古界	前震旦		Ar	------------- 五台群	

注:据 2001 年全国地层委员会和 2004 年国际地层委员会发布的时代划分方案,石炭纪二分,二叠纪三分,但为了便于与矿区其他资料吻合起见,本书仍沿用旧的时代划分方案。

2. 矿区构造

开滦矿区位于燕山南麓,区内包括开平煤田的开平主向斜和车轴山向斜两个含煤构造,为华北断块的一部分,因此区域构造特征及地应力分布都受到华北断块构造的控制。由于受加里东运动的影响,中朝地台自中奥陶世以后一直处于上升状态,至早石炭世仍未接受沉积,因此开平煤田也缺失了从中奥陶统至下石炭统的各地层。

矿区主体构造形态为开平复式向斜构造,向斜东北端抬升封闭,西南端开口呈半封闭性的构造盆地,面积约 800km² 。向斜的总体轴向为北东向,自古冶以北主向斜轴逐渐转为东西向(图 2-3)。主体为一隔挡式褶皱,呈线性平行排列,向斜开阔,背斜紧闭;向斜北西翼地层陡倾,甚至倒转,南东翼平缓;背斜则相反,多呈不对称。开平煤田内的断裂构造也较发育。北西翼以压性走向逆断层及压扭性正断层发育为主;南东翼则以张性、张扭性的高角度斜交正断层为主,并伴有岩浆岩呈岩墙状甚至局部呈岩床状产出。

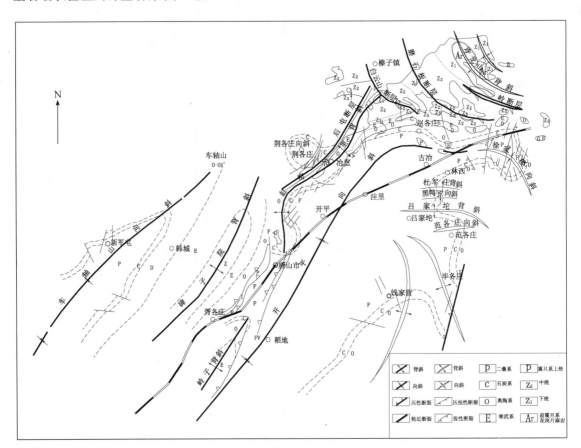

图 2-3　开平煤田构造纲要图

开平复式向斜构造两翼不对称,西北翼地层倾角比较大,局部地层倒转,发育落差及走向长度较大的逆断层或逆掩断层;东南翼地层倾角比较平缓,由北往南发育两组轴向与主向斜轴斜交或直交的短轴倾伏褶皱构造:一组由杜军庄背斜、黑鸭子向斜、吕家坨背斜、塔坨向斜、毕各庄向斜及南阳庄背斜等组成;另一组出现在宋家营以南,由李新庄向斜、刘唐堡背斜组成,其规模不如前者。东南翼较缓,地质条件较为简单,断层发育程度较西北翼明显要低,且以张性、张扭性的高角度斜交正断层为主。

开滦矿区地质发展与整个华北板块相一致,中奥陶世受加里东期构造运动的影响,整体抬升并经过长期的剥蚀作用,形成准平原化地貌。自中奥陶世以后一直处于上升状态,至早石炭世仍未接受沉积,中石炭纪后地壳缓慢下沉,接受了一套石炭-二叠系海陆交互相含煤沉积。含煤岩系主要为中石炭统唐山组,上石炭统开平组和赵各庄组,下二叠统的大苗庄组、唐家庄组。在这期间地壳虽有几次波动,但没有造成明显的沉积间断。

三叠纪晚期,构造环境发生变化,华北板块内部开始强烈分异,除了在鄂尔多斯盆地保留了完整的三叠纪地层外,其他地区均强烈上升,多数地区剥蚀到二叠纪地层。燕山期构造活动是本区最强烈的一次,褶皱、断裂、岩浆活动均达到了顶峰期。使完整、连续的华北石炭二叠纪巨型聚煤盆地被分割成十数个大小不一的含煤区。在侏罗纪晚期,由于受燕山运动的影响,在北西—南东向挤压应力场作用下形成北东—南西向的褶皱并使得古生代地层产生逆冲作用,且形成今日区内的含煤岩系构造基底以及较大范围内分布的剥蚀面。始新世(5000万年)以后,构造环境再次发生较大变化,主要表现为华北盆地由于板内裂谷作用发生张开。喜马拉雅期构造活动继承了燕山期的作用特征,强度大、形式多、岩浆活动强烈,尤以张性深断裂发育为特征,形成一系列断陷盆地。在断陷盆地的两侧形成正性断裂带,进一步破坏了煤层的完整性,并可能成为煤层气和地下水的通道。

开滦矿区位于华北断块的北缘及燕山的山前地带,在第四纪(200万年)后才开始快速沉降,并接受第四系沉积,厚度由北向南增厚,最大可达1000m,这些沉积物以不整合的形式直接覆盖于古生界含煤岩系之上。因此,该区在含煤岩系沉积后地壳经历了沉积—抬升到新生代又快速沉降的过程。

2.3.2　开滦范各庄井田水文地质条件[10]

范各庄井田位于河北省唐山市古冶区境内。井田南北走向长12.25km,东西最大倾斜长3.92km,井田总面积为32.33km²。本区为广阔平原,被第四纪冲积层所掩覆。地面标高北部约34m,南部约22m,平均坡度1‰～2‰,地势平坦。范各庄矿是新中国第一座自行勘察、自行设计、自行建造的大型现代化矿井。

1. 矿井的补给水源和含水层

1) 矿井的补给水源

矿区气候属大陆型季风气候,夏季炎热多雨,冬季寒冷干燥,气候变化较大。春季东风和西风交替出现,气候干燥少雨;夏、秋两季东南和南风常由海面带来潮湿空气,使矿区多雨;冬季因受西伯利亚蒙古一带冷气压影响,多为西北风,气候寒冷干燥。根据1958年建井以来的气象资料统计,多年年平均降雨量为617.45mm。降雨多集中在7～9三个月,多年平均7～9三个月的降雨量为463.79mm,占多年年平均降雨量的75.1%。矿井涌水量无季节性变化,不受大气降雨的直接影响。因为煤系地层上覆盖着巨厚的冲积层,大气降雨后,大部分从地表流走,少部分渗入地下,首先形成潜水,然后再慢慢地向下渗透到底部卵砾石层,形成孔隙承压水。通过基岩隐伏露头补给煤系地层,然后经构造和裂隙渗入巷道和采空区,变成矿井涌水。

井田范围内有沙河自井田北部流向西南,流向大致与地层走向一致,河面开阔,水力坡度较小,仅为1‰～2‰。在井田北部,沙河已与地面塌陷坑连为一体。冬、春河水近于干涸,只排泄矿井水。夏、秋流量显著增大,汛期有时泛滥,流量随上游北部山区降雨量而变化。地表水体与第四系冲积层中的浅水层水量呈互补关系。在雨季地表水体水位高于潜水层水位,地表水补给潜水;在旱季地表水体水位低于潜水位,潜水补给地表水。地表水体和大气降水一样,在正常情况下,只是通过渗透补给冲积层底部卵砾石含水层,间接补给煤系地层。在特殊情况下,沙河洪水泛滥、塌陷坑水漫溢,可能出现流入井筒、淹没矿井的问题。

2) 矿井直接充水含水层及其主要特征

在煤系地层中,对矿井直接充水的含水层是 5♯ 煤层顶板砂岩裂隙承压含水层和 12～14♯ 煤层间砂岩组裂隙承压含水层及 5～12♯ 煤层间砂岩裂隙承压含水层。

A. 5♯ 煤层顶板砂岩裂隙承压含水层

该层在 5♯ 煤层顶板以上,平均厚度约 74.4m,岩性主要为中、细砂岩及粉砂岩。该层裂隙发育,含水较丰富。当煤层采出后或回采过程中大都表现为淋滴水,局部表现为涌水现象。该含水层在井田东部隐伏露头区与第四系中积层底部砾石含水层直接接触,并接受其补给。在井田北部、西部和南部分别与吕家坨矿、钱家营矿、毕各庄矿相连,无自然边界。整个含水层在井田范围内具有典型的裂隙水特点,裂隙较为发育,充水及导水性较好,含水较为丰富,单位涌水量为 0.328L/(s·m),渗透系数为 0.339m/昼夜,水质类型为重碳酸-钙镁钠型或重碳酸-钠型,属于软水。

B. 12～14♯ 煤层间砂岩裂隙承压含水层

该段平均厚度约 60m,岩性主要为中、粗砂岩以及含砾粗砂岩。中部的一层含砾粗砂岩,裂隙发育、含水丰富,当开拓巷道通过该层时大多表现为裂隙出水。

该含水层在井田东部与第四系冲积层底部卵砾石含水层直接接触,并接受其补给;在井田北部、西部及南部分别与吕家坨矿、钱家营矿、毕各庄矿相连,无自然边界。在井田范围内,该含水层接受奥陶系灰岩含水层的补给,其补给途径大多是通过岩溶陷落柱、导水断层及导水裂隙等。由于构造发育的不均一性,导致了该含水层在井田范围内富水性的不均一。在井口区及北翼,由于岩溶陷落柱及导水构造较为发育,12～14♯ 煤层间砂岩组含水层与奥灰岩溶水联系密切,含水极为丰富,不易疏干。

该含水层据范 45 孔抽水试验结果,单位涌水量为 0.845L/(s·m),渗透系数为 1.725m/昼夜。水质类型为重碳酸-钙镁型,局部为重碳酸-钙镁钠型和重碳酸-钠型,属于淡软水。

C. 5～12♯ 煤层间砂岩裂隙承压含水层

该含水层由几层互不联系的含水亚层组成,主要有 5～7♯ 煤层间砂岩裂隙承压含水层,7～9♯ 煤层间砂岩裂隙承压含水层,9～11♯ 煤层间砂岩裂隙承压含水层,11～12♯ 煤层间砂岩裂隙承压含水层。其中,以 5～7♯ 煤层间砂岩裂隙承压含水层和 9～11♯ 煤层间砂岩裂隙承压含水层富水较强。该含水层在井田东部露头区接受第四系冲积层含水层的补给,煤层采掘过程中充水形式为顶板淋滴水和底板缓慢渗水,目前主要消耗其静储量。另外,7♯ 煤层采出后,通过回采冒落裂隙带接受上部 5♯ 煤层顶板砂岩裂隙承压含水层的补给。据抽水试验结果,单位涌水量为 0.0022～0.845L/(s·m),渗透系数为 0.012～1.725m/昼夜。水质类型变化较大,为重碳酸-钠钙镁型,重碳酸-钙型,重碳酸、硫酸-钙镁型,属于淡软水,局部矿化度较高。

3) 矿井间接充水含水层及其主要特征

煤系地层基底的奥陶系灰岩强含水层和上覆的第四系冲积层强含水层,煤系地层中的唐山灰岩含水层是矿井充水的间接补给水源。

A. 第四系冲积层含水层

本区为广阔平原,被第四纪冲积层所掩覆。冲积层在井田北部较薄,南部渐厚。冲积层多由黏土质层、砂层、卵石层所组成。第四系冲积层厚度在井田北部为 50m 左右,南部渐厚,范 57 孔达到 152m,向南则更厚,到井田南部厚度已达 400m 以上。本层可分为四个含水段,第一个含水段为潜水层,其他三个含水段为承压含水层。

(1) 潜水层:本层主要由混合砂组成,分布于整个井田,为一层状孔隙含水层,厚度平均 12m 左右。由于地势平坦,主要接受大气降水的补给,与地表水体为互补关系。雨季接受地表水补给,旱季向地表水体排泄。潜水的流动方向大致与沙河流向一致。潜水水位埋深与地形有关,受降雨影响水位动态季节性变化明显。平水期渗透系数为 1.925m/昼夜,单位涌水量为 0.364L/(s・m);多雨期渗透系数为 5.061m/昼夜,单位涌水量为 0.891L/(s・m)。水质类型为重碳酸-钙镁型,属于淡软水。

(2) 上部砂岩含水层:该层埋藏深度 23～36m,其厚度一般为 13m,为承压含水层。本层主要由粗砂和细砂组成,局部有粗砂含砾,含水层顶部有一厚达 3m 左右的砂质黏土或黏土层。

据钻孔抽水试验结果,该含水层渗透系数为 1.95～5.06m/昼夜,单位涌水量为 0.232～0.865L/(s・m),水质类型为重碳酸-钙镁型,属于淡水。

(3) 中部卵石层含水层:本层埋藏深度 35～65m,含水丰富,分布较广,为承压含水层,主要由卵石组成。井田北部发育,厚度约 10m,向南逐渐变薄,其含砂量也越来越多,至范各庄乡张庄窝村、大赤口村一带变成粗砂层而尖灭。据 F13 钻孔抽水试验结果,渗透系数为 12.307m/昼夜,单位涌水量为 2.339L/(s・m),水质类型为重碳酸-钙钠型,属于碱性淡水。

(4) 底部卵砾石含水层:本层为冲积层最底部的含水层,井田北部范区埋藏在 53～170m,南部毕区埋藏在 230～424m。顶部多中细砂层,底部为含砂砾石层,分布广呈多层透镜状。在井田中部约有 9.33km² 的底部卵石层直接与基岩接触,其厚度为 3～10m;毕区较厚,厚度达 15m 以上。井田范围内底部卵砾石层与基岩直接接触面积累计约 21.24km²,占整个井田面积的 68.5%。据抽水试验结果,单位涌水量为 2.887L/(s・m),渗透系数为 35.46m/昼夜。其水质类型为重碳酸-钙镁钠型,属于淡软水。

井田范围内有 31.5% 的面积为黏土层与基岩直接接触,在井田北部其厚度为 3～6m,局部达 10m 以上;在井田南部其厚度为 6～8m,局部厚达 10m 以上。

B. 奥陶系灰岩岩溶含水层

奥陶系石灰岩在井田东部、北部埋藏较浅,在西部、南部埋藏较深;在井田外部为隐伏露头,直接与第四系冲积层接触。整个井田奥陶系石灰岩中构造裂隙和岩溶发育,但不同区域发育程度有很大差异。在塔坨向斜至井口向斜区岩溶发育且有较大溶洞存在,并造成煤系地层陷落,已相继发现了 12 个岩溶陷落柱;井田南翼单斜区,奥灰岩溶发育则较差,如南二、南三石门钻孔只有小的构造裂隙和溶孔。根据抽水试验和对该含水层动态长期观测资料,奥陶系石灰岩是一个互相连通的岩溶含水整体,是煤系地层的主要补给水源,又可通过导水断裂和岩溶陷落柱成为矿井的直接突水水源。

奥灰岩溶富水性是极不均一的,井田北部一些钻孔单位涌水量可达 6.593L/(s・m),渗透系数为 31.87m/昼夜,而井田南部有的钻孔单位涌水量不足 0.01L/(s・m);建井前该含水层原始水位可达 +31～+33m,由于 30 年的疏降,现水位为 +2～+4m。该含水层水位季节变化明显,年变化范围在 2m 左右。奥灰水水质类型为重碳酸-钙镁型,属于淡软水。

奥陶系灰岩距最下一个稳定可采煤层(12#煤层)的间距一般为 160～220m,在正常情况下对矿井无直接充水关系,但由于岩溶陷落柱及导水断裂构造的存在,将奥灰水直接导入煤系地层,可成为矿井水的直接补给水源。

C. 14♯煤层唐山灰岩间砂岩、灰岩裂隙承压含水层

该含水层由 14♯煤层底板砂岩唐山灰岩组成,厚度为 40m,该层裂隙发育,北部唐山灰岩中有溶洞存在。该含水层在隐伏露头区接受冲积层含水层渗透补给,在井田中部接受下伏奥灰含水层越流补给。由于其裂隙发育的不均一性,其含水性由北向南、由浅至深逐渐减弱。但由于隐伏导水构造影响,局部区域含水性强。根据抽水试验结果,单位涌水量为 0.036~0.665L/(s·m),渗透系数为 0.275~46.83m/昼夜。其水质类型为 HCO_3-Ca-Mg 水,属于淡软水。

该含水层由于处于奥灰强含水层与 12~14♯煤层间砂岩含水层中间,其含水性强弱可间接反映出奥灰含水层对上部含水层的越流补给关系。因此,了解该含水层的含水性及水位、水温情况有助于查明奥灰含水层对上部含水层的补给情况。

2. 矿井构造及漏水通道

1) 地质构造

范各庄矿井田煤系地层下部以奥陶系石灰岩为基底,上部有巨厚冲积层覆盖。井田南、北两翼均为向斜构造,中间为单斜构造,有良好的储水条件,地下水极易沿岩层的孔隙、裂隙集中而达到饱和,其结果使所有含水层均为承压状态。经钻孔实测奥陶系石灰岩含水层水压在 −310m 水平为 3.0~3.3MPa,在 −490m 水平为 4.8~5.0MPa。突水与构造密切相关,断裂构造规模和力学性质以及区域内断裂构造的复杂程度是发生突水的重要因素。

本井田所揭露的地质构造,总体来看,区内褶皱轴线短,以断裂构造为特征(图 2-2 和图 2-3),在塔坨向斜区和毕各庄向斜区构造比较复杂,形成的断裂构造多与区域构造应力场有关,有明显的规律性。中部单斜区构造相对比较简单,同时随着井田开发往深部延深,构造发育越来越复杂,断层落差增大,断层面形式多样化,特别是 F0 断层及伴生构造的存在对生产的影响也越来越大。

塔坨向斜轴线总体呈东西向,枢纽呈弧形向北凸出。受塔坨向斜影响,往南伴生发育了北二背斜和井口向斜,并在轴部附近产生了小型断层,落差较小。毕各庄向斜轴线总体呈北西向,枢纽呈马鞍状起伏较大,沿轴线形成两个小型盆地。

井田内较大的断裂构造主要分布于毕各庄向斜区域的南部边缘,其中一组是以 F5 正断层为主的断层带,走向呈北北东向,落差达 200 余 m,造成煤系地层与奥陶系灰岩对接,成为开平煤田的边界;另一组是以 F4、F11、F12 断层组为主的断层带,落差在 25~30m。另外,在井田中部发育有 F0 断层为主的断裂构造带,走向为南北向。

根据构造样式和特征,范各庄井田划分为三个构造区(图 2-3),即井田北部的塔坨向斜区、中部单斜构造区和南部的毕各庄向斜区。北部的塔坨向斜区,以褶皱和陷落柱发育为主要特征,小型断裂构造发育;中部单斜构造区,地层走向变化不大,倾向 NWW 向,地层倾角 8°~24°,由北往南倾角逐渐减小,一般在 15° 以下,以小型断裂为主,F0 断层贯穿该区域;南部的毕各庄向斜区,主体以毕各庄向斜和 F5 大断层为特征(图 2-4 和图 2-5)。

井田内的三个地质构造单元对矿井充水的影响各有所不同。

中部单斜区:该区构造简单,各含水层之间联系不明显,采掘工程揭露后的涌水量比较小,该区域目前总涌水量为 5.0m³/min 左右,约占全矿总涌水量的 28%,主要是冲积层水通过基岩露头的顺层补给和消耗直接充水含水层的静储量,奥灰水对煤系地层的补给较差。区域内 12~14♯煤层间砂岩含水层水位标高最低已降至 −500m 以下。该区域内沿走向发育的 F0 断层,据已有工程揭露,F0 断层附近各含水层含水较为丰富。

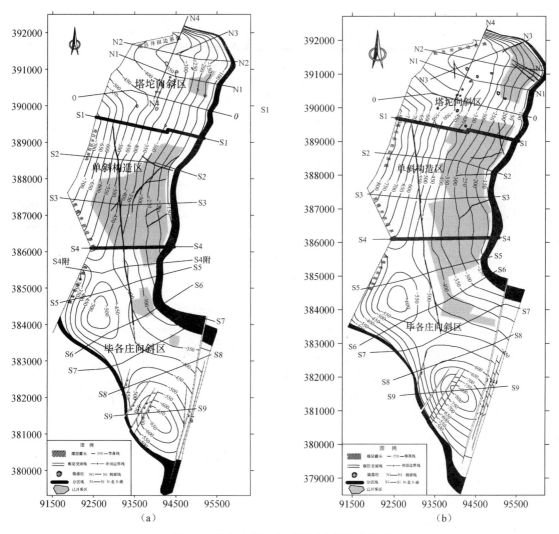

图 2-4　范各庄井田主采煤层底板等高线图

（a）5♯煤层；（b）12♯煤层

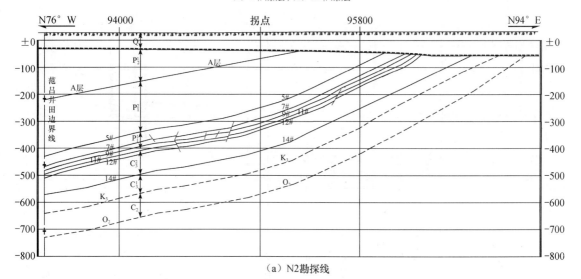

（a）N2 勘探线

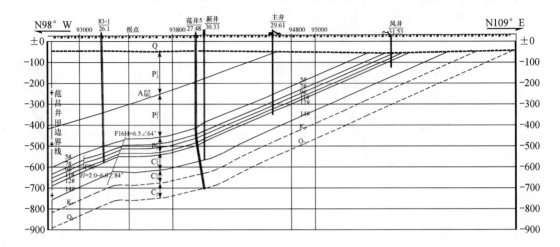

（b）0勘探线

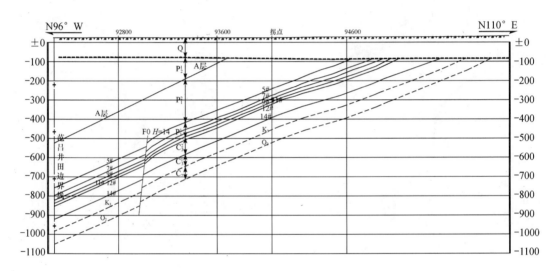

（c）S2勘探线

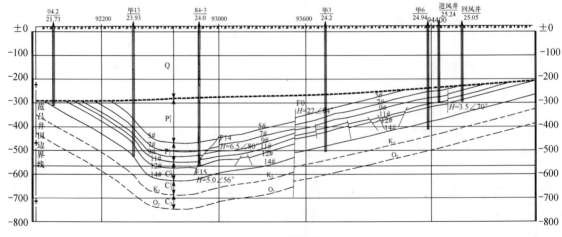

（d）S6勘探线

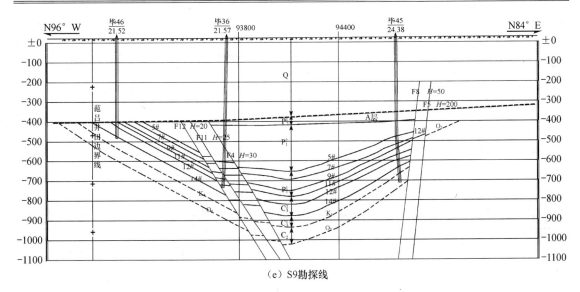

（e）S9 勘探线

图 2-5　范各庄井田主要勘探线剖面图

北部塔坨向斜区：该区由塔坨向斜、井口向斜和北二背斜组成，在两个向斜的轴部附近断裂构造发育，它们往往沟通各个含水层而发生突水。在井口向斜轴部，1978～1990 年先后因岩溶陷落柱和断裂构造发生了 204、2176、208 平 7 孔三次突水。在塔坨向斜轴附近，1987 年发生 2298 运道底板裂隙涌水。投产以来，该区域先后揭露了 14 个岩溶陷落柱。由于对 10# 陷落柱的治理，该区域目前总涌水量已由 32m³/min 左右下降至 10m³/min 左右，占全矿井总涌水量比例也由 80% 左右下降至 55% 左右。

南部毕各庄向斜区：毕各庄向斜区地层褶皱变形强烈，南及东南部多为大中型断裂构造，12～14# 煤层间砂岩含水层及 K3 灰岩含水层水位偏高，12～14# 煤层间砂岩含水层水温整体偏高。从已有的资料分析，区域水文地质条件极为复杂，是井田内另一重要水害区域。首先，F5～F8 断层组中 F5 断层落差达 200m，造成煤系地层与奥陶系石灰岩对接，增加了矿井水文地质条件的复杂性。根据已有的水文资料分析，F5 断层北部奥灰含水层水位与 12～14# 煤层间砂岩含水层水位相差 185m 左右，奥灰含水层抽水中 12～14# 煤层底板含水层不受影响，说明断层带的北部导水性较差。F5 断层南部奥灰含水层与 12～14# 煤层间含水层水位相差仅 10m 左右，说明南部 F5 断层组存在导水的可能。

2）岩溶陷落柱

岩溶陷落柱是范各庄矿煤系地层与奥灰强含水层之间的特殊导水通道，也是最难防治的充水因素。至今已经发现的 14 个岩溶陷落柱，分布在北二石门至南一石门的范围内，在二水平井口区较为集中。从揭露的情况看，陷落柱内部的充水和导水情况不同，大致可分为三种类型。

（1）全充水型：陷落柱内充填物未被压实，水力联系好，沟通了几个含水层，奥灰水直接导通到陷落柱上部，采掘工程一旦揭露就会发生突水，水量大而稳定，长疏不衰。2171 综采工作面揭露的 9# 陷落柱，1984 年 6 月 2 日发生特大突水，高峰期 11h 平均突水量高达 2053m³/min，稳定水量 300m³/min 左右；在 208 原皮带巷施工的平 7 号探水孔于 1990 年 6 月 25 日钻进到 43.12m 时揭露 10# 陷落柱突然涌水，高峰期涌水量为 26.68m³/min，平 7 孔涌水量长期稳定在 14m³/min 左右。9#、10# 陷落柱为全充水类型。

（2）边缘充水型：陷落柱内充填物压实紧密，风化程度强，柱内水力联系不好，只是陷落柱边缘发育的次生裂隙充水。采掘工程揭露时一般以滴、淋水或涌水为充水形式,涌水量不大,主要疏降煤系含水层水,经过一段时间的疏放,涌水量大幅度减少或疏干。例如,一水平北翼运输大巷所揭露的 2♯陷落柱,开始揭露涌水量达 7.2m³/min,水压 1.76MPa,连续五年涌水量保持在 3.0m³/min 以上,目前水量基本疏干。1♯、2♯、3♯、5♯、6♯、8♯、12♯、13♯陷落柱为边缘充水类型。

(3) 疏干型:陷落柱内充填物压实紧密,风化程度极强,边缘裂隙水已被疏干,揭露时有少量滴水、小淋水或无水,采掘工程可以由柱内通过。例如,2104 开拓掌通过 4♯陷落柱时,柱内充填物压实紧密,柱内及边缘裂隙已疏干无水;2172 板层综采工作面回采时遇 7♯陷落柱,柱内无水,采面直接采过陷落柱。4♯、7♯、11♯、14♯陷落柱为疏干类型。

总之,岩溶陷落柱沟通各含水层造成极复杂的水文地质条件,并能直接将奥灰水导入煤系地层给矿井安全造成极大的威胁。从已揭露的陷落柱的情况看,陷落柱的导水程度是不同的。以全充水型陷落柱导水最强,对矿井安全威胁最大。搞清岩溶陷落柱的分布及其导水性是范各庄矿防治水工作的重要任务。

3) 老塘、老巷积水和封闭不良钻孔

(1) 老塘、老巷积水对矿井充水的影响。由于范各庄矿采掘工作面均按方向线布设,受地质构造影响,工作面、巷道起伏不平,一旦工作面采掘过程中出现涌水,采后便在老塘、老巷低洼处形成积水,其积水量受其涌水量大小和老塘、老巷起伏程度的制约,积水量从几十立方米到数万立方米,对相邻及下伏采掘工程构成水害威胁。例如,2027ˢ 老塘疏放积水 25000m³,B2572 老塘疏放积水超过 900000m³。因此,随采掘工程施工确定老塘、老巷的积水范围和积水量及其与相邻采掘工程的关系,有计划地按规程要求疏放积水,也是范各庄矿防治水工作的一项重要内容。

(2) 封闭不良钻孔对矿井充水的影响。井田南翼毕各庄区的 84-7 孔(坐标为(381542.21,93430.62))钻进至 634.83m 时发生钻杆折断事故,钻杆掉在 377.69～634.83m 位置,共丢失钻杆 257.14m,钻孔在各煤层中的偏斜位置也不清楚。尽管采取了一些力所能及的措施,在 377.69m 以上封了黄土,但只是对冲积层进行了一些封堵(冲积层底面深度为 368.29m)。该孔在煤系地层中仍起导水作用,属于水害隐患,采掘工程接近该孔时应给予高度重视。此外,89-J3 (391135.66,93941.63)孔、95-J1(385372.1,92549.97)等长期水文观测孔已被村民破坏,地面无标志,需根据采掘工程安排提前做好封孔工作。同时,井田内长期水文观测孔受采掘波及影响,应及时封孔处理。

3. 地下水的补给、径流和排泄

范各庄井田位于开滦开平向斜的东南翼,井田范围内有沙河自井田北部流向西南,流向大致与地层走向一致,沙河平时水量很小,甚至断流。范各庄井田为第四系底部卵砾石层孔隙水,石炭、二迭系砂岩裂隙水与奥灰岩溶水共同组成的承压水力系统。

大气降水通过下渗补给第四系底部卵石含水层,然后通过顺层和垂向补给下部其他含水层,其中以顺层补给为主。由于在基岩含水层组的隐伏露头部位,第四系底部黏土隔水层沉积很薄,局部地段甚至完全缺失,松散底卵含水层直接沉积在煤系基岩和奥灰岩溶含水层之上,形成了渗透或"越流"式的补给条件。而第四系底部卵砾石层孔隙水上部为第三隔水层,由黏土和亚黏土组成,厚度稳定,其厚度在 11～25 m,即使有采空塌陷,也不致使黏土层断开,阻隔大气降水的向下补给,下渗补给量较小,故大气降水对下部含水层及矿井涌水量不会造成大的影响,也决定了冲积层水向含煤地层的补给是稳定的,不受季节性变化影响;对上部上层含水层水下渗起到明显的阻滞作用,大大降低了此承压水力系统与地表水的联系。在研究区西南部和东部露头处接受冲积层的补给。砂岩裂隙含水层在西北翼接受新生界松散含水层地下水补给,然后向东南方流动,又补给东南翼新生界松散含水层,形成较完整的补径排条件(图 2-6)。目前排泄包括潜水蒸发、河流排泄、侧向径流排泄和人工开采,潜水蒸发和人工开采占有主导地位。

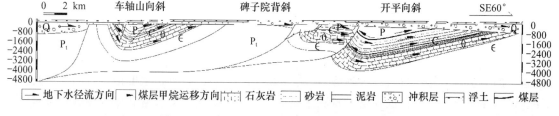

图 2-6　开滦矿区构造剖面及地下水径流分布图

唐山灰岩(K3)底至奥陶系灰岩间 50～70m,主要由隔水的黏土岩组成(其中 K1 至奥陶系灰岩间 30～40m 段全部为隔水的黏土岩)。奥陶系灰岩水不能直接补给含煤地层。奥陶系灰岩距最下一个稳定可采煤层(12♯煤层)的间距一般为 160～220m,在正常情况下对矿井无直接充水关系,但由于岩溶陷落柱及导水断裂构造的存在,将奥灰水直接导入煤系地层,可成为矿井水的直接补给水源。

参 考 文 献

[1] 张金才,张玉卓,刘天泉.岩体渗流与煤层底板突水.北京:地质出版社,1997

[2] 王连国,宋扬.煤层底板突水突变模型.工程地质学报,2002,8(2):160-163

[3] 孟召平,郑玉柱.焦作矿区演马庄井田突水地质条件分析.煤田地质与勘探,1997,25(1):37-40

[4] 孟召平,易武,兰华.开滦范各庄井田突水特征及煤层底板突水地质条件分析.岩石力学与工程学报,2009,28(2):228-237

[5] 孟召平,王睿,汪元有等.开滦范各庄井田 12 煤层底板突水危险性的地质评价.采矿与安全工程学报,2010,27(3):310-315

[6] 邵军战.淮北煤田矿井充水因素与防治水措施研究.中国煤田地质,2006,18(3):43-45

[7] Wu Q,Wang M,Wu X. Investigations of groundwater bursting into coal mine seam floors from fault zones. International Journal of Rock Mechanics & Mining Sciences,2004,41:557-571

[8] Zhang J,Shen B. A Coal mining under aquifers in China:a case study. International Journal of Rock Mechanics & Mining Sciences,2004,41:629-639

[9] 钟亚平.开滦煤矿防治水综合技术研究.北京:煤炭工业出版社,2001

[10] 彭苏萍,孟召平.矿井工程地质理论与实践.北京:地质出版社,2002

[11] 开滦股份范各庄矿业分公司.矿井地质报告.2009

第3章 煤层顶底板岩石力学条件

3.1 引　言

岩石的力学性质是指岩石在各种静力、动力作用下所表现的性质，主要指岩石的变形与强度特性。可以在实验室或现场的仪器设备测定获得岩石力学参数。实验室利用刚性试验机对圆柱形岩石样品进行单轴或三轴压缩试验是研究岩石强度、变形特性及岩石发生破裂发展过程的最基本手段[1~3]。岩石力学的发展是和人类工程实践活动分不开的。最初，由于工程数量少，规模也小，从事工程建筑时，测试技术受到当时技术水平的限制，往往凭经验来解决问题。岩石(体)力学的研究历史不长，早期多为零星研究，主要围绕天然岩石的基本力学特性进行，且多数借用土力学理论，发展缓慢[1]。20 世纪 50 年代以后，由于世界采矿工程的发展，尤其是受到大型水电工程和军事工程的推动，岩石(体)力学无论是在实验手段上还是在理论上，都有了比较显著的进展，如英国、美国、原苏联等矿业大国，为解决地下开采对围岩的维护及露天开挖对边坡稳定的影响等问题，加强了对岩石(体)力学性质的研究，并随着矿山开采中所面临的重要问题的研究和解决极大地推动了岩石(体)力学的发展[4~10]。

煤层开采过程中评价顶底板突水危险性需要考虑顶底板岩石力学性质，以及原岩应力分布、天然断裂构造和岩体结构特征与采动条件下断裂过程等因素，并采用合理的设计方案，确保开采和有效支护可行。早在 20 世纪初，国内外学者就认识到隔水岩层的力学性质和厚度与突水之间存在密切的关系，隔水岩层的力学性质不良常导致煤层突水事故的发生。因此，开展煤层顶底板岩石力学特性研究对于煤层顶底板突水危险性评价与预测研究具有理论和实践意义。本章基于开滦矿区典型矿井煤层顶底板岩层主要岩石类型，从决定岩石力学性质的主要控制因素(如岩性、地应力和水)入手，通过岩石力学试验和工业 CT 分析方法，探讨不同岩性的岩石在不同侧压力和不同含水条件下的力学特征，建立研究区煤层顶底板岩石力学性质与岩性、地应力和水等主要控制因素之间的相关关系；进一步分析不同岩性岩石全应力-应变-渗透性规律和岩石破坏的基本形式及机理，为煤层顶底板突水预测与评价奠定理论基础。

3.2 煤层顶底板岩石力学性质

开滦矿区煤层顶底板岩性由陆源碎屑岩的砂岩、粉砂岩、砂质泥岩、泥质岩等组成。根据开滦矿区范各庄矿、赵各庄矿和东欢坨矿的岩石力学试验测试资料，统计结果表明(表 3-1)，本区中粗砂岩的单轴抗压强度为 129~179MPa，细砂岩为 18.30~181MPa，粉砂岩为 30~154MPa，砂质泥岩为 51~117MPa，泥岩为 25~128MPa。

表 3-1　开滦矿区典型矿井岩石力学性质测试结果

力学性质	中粗砂岩	细砂岩	粉砂岩	砂质泥岩	泥　岩
密度 $\rho/(\mathrm{g/cm^3})$	2.73	2.76	2.76~2.77 2.77	2.73~2.74 2.74	2.71

续表

力学性质	中粗砂岩	细砂岩	粉砂岩	砂质泥岩	泥 岩
抗压强度 R_c/MPa	129~179 157	18.30~181 91.07	30~154 81.66	51~117 81.54	25~128 69.80
抗拉强度 R_t/MPa	3.75~6.16 4.34	3.37~4.43 3.36	3.26~4.64 3.31	0.96~8.86 4.00	2.59~2.69 2.50
黏聚力 C/MPa	11~16.6 13.05	4.5~13 8.75	5.9~11.2 8.22	3.5~16.1 9.03	4.1~9.1 6.6
内摩擦角 φ/(°)	31.04~60.06 46.67	21.80~59.04 48.48	41.53~61.65 49.92	29.74~47.35 42.16	16.31~62.27 48.19
弹性模量 E_{50}/GPa	14~22 18.60	2.90~24 11.63	3.90~17.40 9.01	6.70~12 8.52	3.80~14 8.46
泊松比 μ	0.21~0.26 0.23	0.21~0.35 0.28	0.23~0.32 0.28	0.25~0.30 0.28	0.26~0.33 0.29

注:表中第一行为最小值~最大值,第二行为平均值。

不同岩性岩石的力学性质变化范围较大,不同岩石种类之间的单轴抗压强度、抗拉强度、黏聚力等参数的范围都有重叠。尽管同一类岩性的岩石力学性质变化较大,但仍然可以看出,开滦矿区典型矿井岩石的单轴抗压强度和抗拉强度值以中粗砂岩类最大,平均值分别为 157MPa 和 4.34MPa;细砂岩次之,平均值分别为 91.07MPa 和 3.367MPa;泥岩最小,平均值分别为 69.80MPa 和 2.50MPa。中粗砂岩的平均单轴抗压强度和抗拉强度分别为泥岩的 2.25 倍和 1.74 倍。因此,岩性类型对开滦矿区顶底板岩石强度的影响表现为由中粗砂岩、细砂岩、粉砂岩、砂质泥岩到泥岩变化,岩石的单轴抗压强度和抗拉强度值随之减弱(图 3-1)。

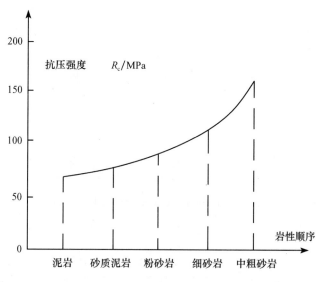

图 3-1　不同岩性岩石单轴抗压强度对比

岩石力学性质是评价顶底板岩层突水的关键参数,力学强度高的岩石,抗水压能力强,因而具有较高的阻水能力;反之,抗水压能力低,阻水能力就差。

岩石承载后发生的变形及破坏与其所承受的有效围压的大小有关,岩石的抗压强度和弹性模量均随围压的增大而增大(图 3-2 和图 3-3),说明岩石原来具有较多的孔隙裂隙,在围压作用下,孔隙裂隙被压密闭合,而使岩石强度和弹性模量加大。

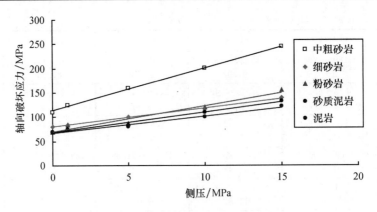

图 3-2　岩石轴向破坏应力与侧压关系图

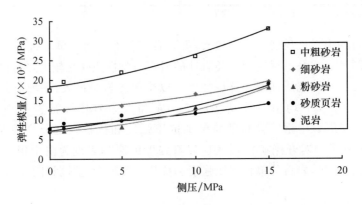

图 3-3　岩石弹性模量与侧压关系图

　　试验结果统计表明,不同岩性的岩石,随着侧压(σ_3)的增大,岩石的轴向破坏应力(强度)也增大,但其增大的速率受岩性所控制,则不完全相同,经回归分析,不同围压下岩石的抗压强度表示为

$$\sigma_1 = \sigma_c + k\sigma_3 \tag{3.1}$$

式中,σ_1 为轴向破坏应力(MPa);σ_3 为围压(MPa);σ_c 为试样的单轴抗压强度,且 $\sigma_c = 2C\sqrt{\dfrac{1+\sin\phi}{1-\sin\phi}}$,

C 为黏聚力,ϕ 为内摩擦角;k 为主应力 σ_1 与 σ_3 线性关系的比例系数,且 $k = \dfrac{1+\sin\phi}{1-\sin\phi}$,为岩石强度岩性影响系数,如表 3-2 所示。

表 3-2　岩石强度岩性影响系数统计表

岩　性	σ_c	k	相关系数 R
中细砂岩	113.70	8.79	0.99
细砂岩	80.18	3.84	0.99
粉砂岩	70.22	5.32	0.96
砂质泥岩	68.24	4.19	0.98
泥岩	67.28	3.47	0.98

　　从开滦矿区煤层顶底板岩石可以看出,中粗砂岩的强度与刚度随着围压增加较明显,而细砂

岩、粉砂岩、砂质泥岩和泥岩的强度与刚度增加比较一致。在侧压力为 10MPa 时,与单轴压缩时相比,中粗砂岩的弹性模量增加了 65%,细砂岩、粉砂岩、砂质泥岩和泥岩的弹性模量增加在 30%～17%。

开滦矿区煤层顶底板岩石的弹性模量与围压之间具有明显的幂函数关系

$$E = k_2\sigma_3^2 + k_1\sigma_3 + k_0 \tag{3.2}$$

式中,E 为岩石弹性模量(GPa);σ_3 为侧压力(MPa);k_0、k_1 和 k_2 为岩石弹性模量影响系数,开滦矿区顶底板岩石的弹性模量影响系数如表 3-3 所示。

表 3-3　岩石弹性模量、岩性影响系数统计表

岩　性	系数 k_0	系数 k_1	系数 k_2	相关系数 R
中细砂岩	18.252	0.5288	0.0295	0.99
细砂岩	12.3147	0.1852	0.0205	0.99
粉砂岩	7.1974	0.0826	0.0435	0.99
砂质泥岩	8.0993	0.274	0.0077	0.97
泥岩	7.3258	0.3888	0.0243	0.97

围压除影响顶底板岩石的变形和强度特性外,对顶底板岩石的破坏机制也产生了重要的影响。在没有围压的条件下,顶底板岩石试件呈典型的脆性张破坏,即破裂面平行于主压应力作用力方向;随着围压的增加,围压试件由剪张破坏(即以张破坏为主,剪破坏为辅的破坏形式)到张剪破坏(即剪破坏为主,张破坏为辅的破坏形式);然后,向典型的剪切破坏转化。在高侧压条件下,顶底板岩石试件呈塑性破坏,试件表面形成密集的"X"节理,剪切破裂面上有很多岩粉,破裂面交汇处有较大范围的挤压粉碎区,并有显著的侧向膨胀。但不同岩性的岩石存在一定的差异。泥岩和煤试样在单轴压缩条件下为剪张破坏,在一定侧压条件下为弱面剪切破坏和塑性破坏;并且,随着侧压的增大,顶底板岩石应力-应变曲线由应变软化性态向近似应变硬化性态过渡,并伴有体积膨胀现象。砂质泥岩试样在单轴压缩条件下为脆性张裂破坏,随着侧压的增加,岩石便进入剪切破坏状态;岩石应力-应变曲线表现出一定的应变软化特性。砂岩试样在试验的侧压范围内均为脆性张裂破坏和剪切破坏,破坏时发出较大的声响和振动,岩石应力-应变曲线表现出明显的脆性和应变软化特性。由上可知,围压对顶底板岩石的力学性质的影响十分明显,在矿井突水评价时,只有认真地考虑岩体环境应力因素,才能作出正确的评价。

3.3　岩石全应力-应变-渗透规律

为了了解煤炭开采过程中变形破坏与渗透规律,采用 MTS 电液伺服控制试验系统对煤层底板岩石样品进行全应力-应变-渗透试验研究。岩石样品全应力-应变-渗透试验表明,不同岩性岩石全应力-应变-渗透曲线变化趋势近乎一致[11~13](图 3-4)。

不同岩性岩石全应力-应变曲线在峰值强度之前,都呈现有一个微裂纹压密闭合阶段;然后有一段较好的线性段(弹性变形阶段);进入裂纹扩展的非线性变形阶段(塑性变形阶段),达到峰值强度后,随着应变值的增加,应力迅速降低,发生应变软化,同时伴随体积膨胀(扩容);直至达到一个残余强度值,因此,由峰值强度至残余强度这一区段可以看做是岩石由完整发展到破碎的过程。

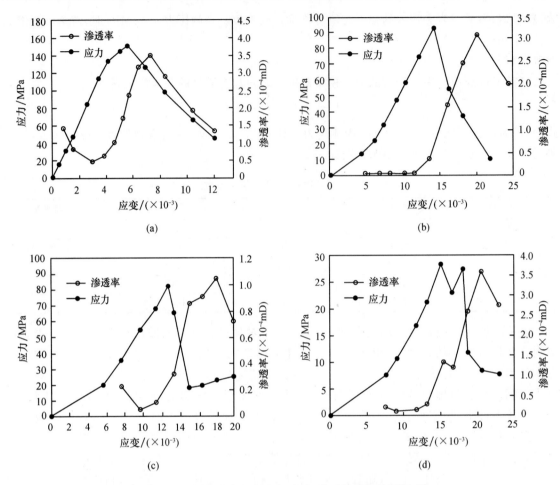

图 3-4　不同岩性岩石全应力-应变-渗透关系曲线图[11~13]

(a) 中粗砂岩,围压 6MPa,孔压 2.8MPa,压差 $\Delta p=1.5$MPa;(b) 中砂岩,围压 4MPa,孔压 3.8MPa,压差 $\Delta p=1.5$MPa;
(c) 细砂岩,围压 4MPa,孔压 3.8MPa,压差 $\Delta p=1.5$MPa;(d) 泥岩,围压 4MPa,孔压 3.8MPa,压差 $\Delta p=1.5$MPa

　　在全应力-应变过程中岩石渗透率变化的总体规律是在微裂隙闭合和弹性变形阶段,岩石体积被压缩、岩石体积应变曲线降低、地震波速度增高;岩石渗透率随应力的增大而略有降低或渗透率变化不大;在岩石的弹性极限后,随着应力的增加,岩石进入裂纹扩展阶段,岩石体积由压缩转为膨胀、岩石体积应变曲线升高、地震波速度降低,岩石的渗透率先是缓慢增加然后随着裂隙的扩展而急剧增大;在岩石峰值强度后的应变软化阶段,岩石体积应变曲线急剧升高、地震波速度急剧降低,岩石的渗透率达到极大值,然后均急剧降低;在残余强度阶段,随应变的增加,岩石体积应变、地震波速度和渗透率降低平缓(图 3-5)。

　　不同岩性的岩石试验表明,岩石的渗透性在全应力-应变过程中为应变的函数,在微裂隙闭合和弹性变形阶段,岩石的原生孔隙和裂隙容易被压密,岩石的渗透率随应力的增加由大变小明显,当应力增大至极限强度时岩石试件破坏形成贯穿裂隙,岩石的渗透率迅速增大至最大渗透率 k_{max},不同岩性岩石存在一定差异性。

　　从试验结果可以看出,岩石全应力-应变过程的渗透性变化具有如下规律:

　　(1) 对于应力-应变曲线,峰后岩石的渗透系数值普遍大于峰前,渗透系数的最高值点位于峰后软化段,而最低值点位于弹性阶段。

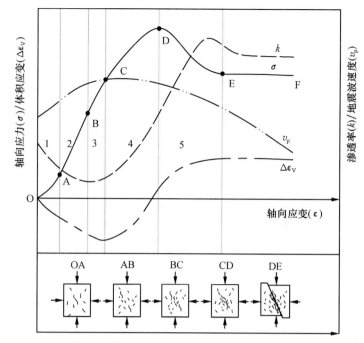

图 3-5　岩石全应力-应变-渗透过程曲线变化图

（2）岩石渗透系数值常在应力-应变曲线峰后出现突然增大的"突跳"现象。

（3）岩石的渗透系数值与其应力状态密切相关。岩石达到峰值后，内部裂隙已经贯通，使得渗透系数值达到最大或接近最大，随后岩石的渗透系数值趋于平稳，形成稳定渗流的趋势。

在相同的有效围压和渗透压差条件下，不同岩性岩石的平均最大渗透率依次排列顺序是泥岩＜砂质泥岩＜粉砂岩＜细砂岩＜中粗砂岩，因此在煤炭开采过程中泥岩和细砂岩以及砂质泥岩是比较好的隔水岩层。

李世平等对殷庄 16 个砂岩试样进行了全应力-应变过程的渗透试验[14]，研究表明，岩石渗透率在全应力-应变过程都是应变函数，并归纳出三种类型（图 3-6），即

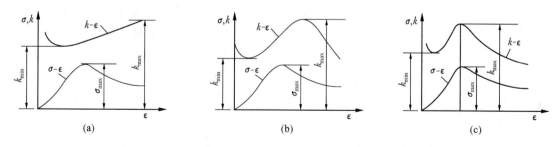

图 3-6　典型的全应力-应变-渗透关系曲线类型[14]

（a）型的最大渗透率 k_{max} 出现在塑性流动阶段，发生频率为 4/16；

（b）型的 k_{max} 发生在应变软化阶段，频率为 11/16；

（c）型的 k_{max} 与应力峰值 σ_{max} 重合，发生频率仅为 1/16。

岩石应力-应变过程中最大渗透率 k_{max} 主要发生在岩石的应变软化阶段，说明岩石的破坏并非与渗透率极大值同步，只有岩石破坏后变形的进一步发展，才会导致峰值渗透的到来。因此，

防止岩石破坏,与控制岩石破坏后应变软化阶段变形的进一步发展,在防治煤矿顶底板岩层突水方面是同等重要的。

根据岩石全应力-应变-渗透试验,将岩石变形-破坏过程划分为 6 个阶段(图 3-5),即微裂隙闭合阶段(OA)、弹性变形阶段(AB)、裂隙发生和扩展阶段(BC)、裂隙不稳定发展直到破裂阶段(CD)、应变软化阶段(DE)和残余强度阶段(EF)。岩石全应力-应变过程中最大渗透率 k_{max} 发生在岩石的应变软化阶段。

(1) 微裂隙及孔隙压密阶段。OA 段,在这一阶段,岩石的应力-轴向应变曲线微呈上凹形,斜率随应力增大而逐渐增大。体积随压力增加而压缩,即 ε_V 为正值。这表明在荷载作用初期,岩石中的裂隙及孔隙逐渐压密,形成早期的非线性变形,岩石渗透率出现下降。

(2) 弹性变形阶段。AB 段,岩石的应力-轴向应变曲线近似呈直线。这表明经压密后,随着荷载的增加,轴向变形成比例增长,岩石应力-应变曲线呈直线,岩石进入弹性变形阶段,岩石渗透率缓慢增加。

(3) 裂隙发生和扩展阶段。BC 段,曲线由 B 点开始偏离直线,岩石的体积由压缩转为膨胀。岩石超过弹性极限后,进入塑性变形阶段,开始出现微破裂,且随着应力的增大而发展。这时岩石压密至最密实状态,体积应变趋于零,岩石渗透率剧增。

(4) 裂隙不稳定发展直到破裂阶段。CD 段,应力-轴向应变曲线斜率迅速减小,岩石体积膨胀加速,变形随应力迅速增长。至 D 点,应力达最大值。这表明岩石超过屈服极限后,微裂隙迅速增加和不断扩展,形成局部拉裂或剪裂面,岩石的渗透率也达到峰值。

(5) 应变软化阶段。DE 段,岩石通过峰值应力后,岩石内部结构不断破坏,应力随应变的增加而降低,直至达到某一稳定值,称为残余强度(相应于 E 点的应力值),破裂岩石的渗透性下降。这一阶段明显地表现出应变软化效应。

(6) 残余强度阶段。EF 段,岩石应变软化后,应力随应变的增加而达到某一稳定值。

3.4　水对岩石力学性质的控制

由于沉积岩形成于地壳浅部,其生成和赋存环境与岩浆岩或变质岩显然不同,岩性较为软弱,变化较大,成分复杂,其力学性质除受岩石的物质成分、结构影响外,主要取决于它所处的条件,尤其是受地下水的影响明显。从许多工程实例可以看出,水对岩石的影响作用不可忽视。水在岩石中的作用有两方面:一是水对岩石的物理化学作用,二是水对岩石的力学效应[15]。

水的物理化学作用和水的力学效应,都会对岩石的力学特性产生重要的影响。岩石被水饱和后会使岩石的强度降低。当岩石与水接触时,水沿着岩石中的孔隙、裂隙浸入,浸湿岩石全部自由表面上的矿物颗粒,并继续沿着矿物颗粒间的接触面向深部浸入,削弱矿物颗粒间的连接,使岩石的强度受到影响。

3.4.1　含水量对岩石变形与强度的影响

试验结果表明,水对煤层顶底板岩石力学性质的影响明显。湿样和干样的岩石力学试验结果表明,湿样的单轴抗压强度和弹性模量明显低于干样(图 3-7 和图 3-8)。

由图 3-7 和图 3-8 可以看出,中粗砂岩、粉砂岩、砂质泥岩和泥岩的单轴抗压强度和弹性模量值因含水量增加而降低。

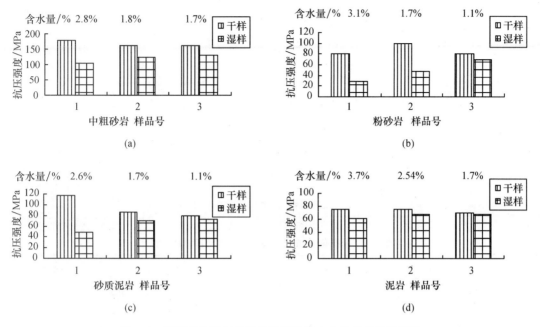

图 3-7　不同岩性岩石单轴抗压强度随含水量的变化关系图
（a）中粗砂岩；（b）粉砂岩；（c）砂质泥岩；（d）泥岩

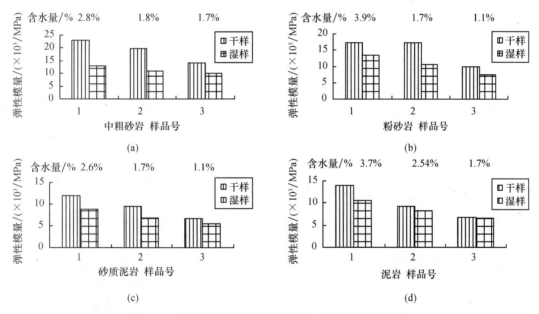

图 3-8　不同岩性岩石弹性模量随含水量的变化关系图
（a）中粗砂岩；（b）粉砂岩；（c）砂质泥岩；（d）泥岩

　　由于岩石的岩性和结构不同,降低的速率不同(图 3-9)。这主要取决于岩石本身胶结状况、结晶程度和是否含有亲水性黏土矿物等因素。

　　对于同一岩性岩石,单轴抗压强度受含水量影响具有如下关系:

$$\sigma_c = \sigma_0 - kw \tag{3.3}$$

式中,σ_c 为不同含水量状态下岩石单轴抗压强度(MPa);σ_0 为干燥状态下岩石单轴抗压强度(MPa);k 为水对岩石强度影响系数(表 3-4);w 为含水量(%)。

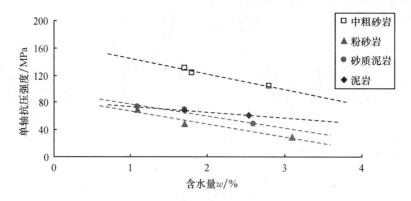

图 3-9　不同岩性岩石强度随含水量的变化关系图

表 3-4　岩石单轴抗压强度含水量影响系数统计表

岩　性	σ_0/MPa	k	w/%	相关系数 R
中粗砂岩	167.34	−22.70	≤2.8	0.97
粉砂岩	86.90	−19.27	≤3.1	0.93
砂质泥岩	94.77	−17.28	≤2.6	0.91
泥岩	80.16	−8.33	≤3.7	0.99

　　除了水对岩石的强度产生重要影响外,当岩石内的含水量不同时,其变形特征也受到显著影响。

　　据周瑞光的研究成果[16],进一步证实了弹性模量及泊松比与含水量的关系服从指数函数关系的规律:

$$E = E_0 \exp(-bw) \tag{3.4}$$

$$\mu = \mu_0 \exp(cw) \tag{3.5}$$

式中,E_0,μ_0 分别为岩石干燥时的弹性模量和泊松比;E,μ 分别对应一定含水量 w 时的弹性模量和泊松比;c 为与岩性有关的试验常数。

3.4.2　不同含水量下的岩石变形破坏机制

　　含水量不仅影响着岩石的强度和变形参数的大小,而且影响到岩石的变形破坏机制。随着含水量的增加,泥岩的弹性模量及峰值强度均急剧降低,且峰值强度对应的应变值有随之增大的趋势。同时,在干燥或较少含水量情况下,岩石表现为脆性和剪切破坏,具有明显的应变软化特性,且随着含水量的增加,峰值强度后岩石主要为塑性破坏,应变软化特性不明显[15]。

　　岩石是由多种矿物成分组成的,不同岩石所含的矿物成分不同,因而遇水软化的性态也不同。大部分岩石中含有黏土质矿物,这些矿物遇水软化泥化,降低了岩石骨架的结合力,如黏土矿物中蒙脱石吸水膨胀。另外,当岩石中含有石英和其他硅酸盐时,受水的作用 SiO_2 键因水化作用而削弱,致使岩石强度降低。岩石强度试验结果也证明,岩石浸水后强度明显降低,并且岩石浸水时间越长,其强度降低越大,水对岩石的这种作用称为岩石的软化。岩石软化系数(K_R)是指岩石饱水抗压强度(R_{cw})与干燥岩石试件单轴抗压强度(R_c)的比值,即

$$K_R = \frac{R_{cw}}{R_c} \tag{3.6}$$

式中,R_{cw}、R_c 分别为水饱和岩石与干燥岩石试件的单轴抗压强度(MPa)。

岩石弹性模量降低系数(K_E)是指岩石饱水弹性模量(E_{cw})与干燥岩石试件弹性模量(E_c)的比值,即

$$K_E = \frac{E_{cw}}{E_c} \tag{3.7}$$

式中,E_{cw}、E_c分别为水饱和岩石与干燥岩石试件的弹性模量(GPa)。

显然,K_R和K_R值越小则岩石的软化性越强。当岩石的$K_R > 0.75$时,岩石软化性弱;同时也可说明其抗冻性和抗风化能力强。统计表明(表 3-5),煤系沉积岩石软化系数(K_R)为 0.36～0.97,弹性模量降低系数为 0.46～0.97,反映煤系沉积岩软化性较强,在一般情况下,水饱和后岩石力学强度和弹性模量可以下降为干燥岩石的 30%,因此,在地下水的影响下煤系岩石易于变形与破坏;在高压水的作用下有可能由渗水发展成涌水,最后演化为强渗流通道。

表 3-5　开滦矿区煤层顶底板岩石受水影响程度统计表

岩　性	岩石软化系数(K_R)	岩石弹性模量降低系数(K_E)	含水量/%
中粗砂岩	0.58	0.57	2.8
	0.76	0.56	1.8
	0.80	0.71	1.7
细砂岩	0.56	0.60	2.7
	0.70	0.49	1.7
	0.62	0.46	1.7
粉砂岩	0.36	0.78	3.1
	0.48	0.61	1.7
	0.88	0.75	1.1
砂质泥岩	0.41	0.73	2.6
	0.81	0.73	1.7
	0.91	0.82	1.1
泥岩	0.75	0.75	3.7
	0.80	0.89	2.54
	0.97	0.97	1.7

水溶液对岩石变形与强度影响是由于水的加入而使分子活动能力加强,在岩石孔隙、裂隙中的液体或气体会产生孔隙压力,抵消一部分作用在岩石内部任意截面的总应力(包括围压和构造运动所产生的应力),使岩石的弹性屈服极限降低,易于塑性变形,同时还会降低岩石的抗剪强度,使岩石剪切破坏。例如,水库蓄水使地下水位抬升,由于岩体中空隙水压力增高,岩体的抗剪强度降低。而大面积的长期抽取地下水引起的地下水位的降低,会造成大范围内的地面沉降。

K. V. Terzaghi(1923)在研究饱和土的固结、水与土壤的相互作用时,提出了有效应力理论。Robinson(1959)、Handin(1963)等研究得出了在水压力作用下岩石的有效应力为

$$\sigma'_{ij} = \sigma_{ij} - \alpha p \delta_{ij} \tag{3.8}$$

式中,σ'_{ij}为有效应力张量;σ_{ij}为总应力张量;δ_{ij}为 Kronecker 符号;α为等效孔隙压力系数,取决于岩石的孔隙和裂隙的发育程度,$0 \leqslant \alpha \leqslant 1$;$p$为水压力。

含水量对岩石变形破坏影响机理可用有效应力和莫尔-库仑理论说明。我们知道:表征岩石破坏准则的莫尔-库仑公式为

$$\tau = \sigma \tan\varphi + C \tag{3.9}$$

当岩体孔隙及裂隙上作用有水压力时,其有效正应力为 $\sigma' = \sigma - \alpha p$,则此时岩体强度公式表示为

$$\tau = (\sigma - \alpha p)\tan\varphi + C = \sigma\tan\varphi + (C - \alpha p\tan\varphi) \tag{3.10}$$

也可写成

$$\tau = \sigma\tan\varphi + C_w \tag{3.11}$$

式中,C_w 为水影响后岩石的内聚力

$$C_w = C - \alpha p\tan\varphi \tag{3.12}$$

同样可得由于水的影响岩石的抗压强度

$$R_w = R_c - \frac{2\alpha p\sin\varphi}{1 - \sin\varphi} \tag{3.13}$$

式(3.11)即为水压力作用下的莫尔-库仑强度准则,可以看出,有水压力作用使得岩石内聚力减少了 $\alpha p\tan\varphi$,抗压强度减小了 $\dfrac{2\alpha p\sin\varphi}{1 - \sin\varphi}$。

同样,水压力还会降低岩石的弹性模量,岩石的弹性模量与水压力有如下关系:

$$E = c - dp \tag{3.14}$$

式中,c、d 为系数。

3.5 沉积结构面及其对岩体力学性质的影响

3.5.1 引言

结构面是决定岩体力学性质的重要因素。岩体的力学性质一方面受岩石材料性质的影响,另一方面受结构特征(结构面方向、性质、密度(间距)和组合方式等)和赋存条件(地应力、地下水和温度等)的控制。在探索影响岩体力学性质各因素力学效应方面,前人对构造结构面做了大量的观测和模拟试验研究,取得了不少成果[17~21]。沉积结构面是在沉积作用过程中形成的,其与成岩后所形成的构造结构面是有区别的,对岩体力学性质的影响也各不相同。沉积结构面分布广,延展好,通常是具有高度贯通性的结构面,岩体强度相对较低。沉积结构面的存在削弱了岩体的力学强度,控制着岩体的变形和破坏规律。B. A. 布克林斯基用衰减函数描述了岩体内部移动等值线。当考虑岩体分层性时,计算出的移动等值线不是平滑的,而是出现折线形状,线的转折发生在两个岩性不同的接触面处[22]。Reik(1981)应用一种实验模型计算了组合层状岩体的强度。Gerrard C. M. 给出了以复合材料为基础的混合层数学模型[23]。潭学术探讨了层状复合岩体的宏观强度及其当量物理力学性质,对不同岩石组成的层状岩体,在假设层内均质条件下,给出了三维应力状态最大应力理论的强度条件表达式[24]。邓喀中在现场实测、相似模拟试验和计算机模拟基础上,获得了层面滑移规律,分析了层面对岩层及地表移动的影响[25]。过去,在分析岩体工程地质问题时往往忽视了原始沉积作用这个主要因素,使对解决问题的认识受到局限。到目前为止,对沉积结构面的几何形态和力学性质的描述依然十分粗糙,沉积结构面对岩体力学性质影响尚缺乏可靠的实验依据。因此,有必要从沉积结构面的成因类型入手,研究沉积结构面对岩体力学性质的影响,获取符合实际的工程岩体力学参数,建立可靠的沉积岩体结构力学理论和方法,已成为当前沉积岩体力学研究的重要课题,这将使得复杂的地下工程设计与施工决策更趋于合理与可靠。

3.5.2 沉积结构面的成因类型

沉积结构面是在沉积建造阶段,即在沉积过程中、成岩作用结束之前所形成的构造。沉积结构面按其成因与特征可分为以下几种类型[26]。

1. 层理

层理是沉积岩区别于岩浆岩、变质岩的最主要的客观标志,是最重要的原生构造。沉积岩的层理是由其成分、结构、颜色,以及结核、包体等在垂向上的变化所表现出来的成层现象。层理的出现说明沉积条件的变化,沉积岩体因层理的存在而显出非均一性。层理可进一步划分为细层、层系和层系组。层理面是指层系的上、下界面,层系上下之间的距离为层系厚度。根据层理面上的强度特征可将层理分为弱面型与非弱面型。

非弱面型层理是在水动力较强,且变化不大,或者说是在持续较强的水动力条件下形成的,并保存在砂岩和粉砂岩中的沉积构造,如一些交错层理。岩体受力变形过程中一般不会沿这些层理面破坏,这表明此类层理的细层之间黏结坚硬致密。因此这种类型的层理对岩石(体)力学性质影响不大,如研究区内分流河道砂岩和一些决口扇砂岩常见此型层理发育。

弱面型层理是在水动力强弱交替的条件下形成的。当水动力弱时形成泥质、云母片、植物碎屑和碳质等定向排列而呈现层理。这类层理的细层之间黏结较弱,形成沉积弱面,如交错层理、砂纹层理、潮汐层理、互层层理和水平层理等。岩体受力变形过程中,岩体易产生垂直于沉积结构面的张性破坏或沿沉积弱面的剪切破坏。

层系或层系组界面和岩层面及不整合面也均为沉积构造弱面,对岩石(体)力学性质具有重要影响。如老顶砂岩对直接顶及煤层冲刷形成的界面,由于砂岩与泥岩力学性质差异较大,岩性交界面黏聚力差,砂体下直接顶泥岩层往往易离层破坏。因此,在成岩作用过程中,其接触面附近常发育有较多的垂直于接触面的原生裂隙,进一步造成岩体的不连续性,对顶板稳定性产生重要影响。

2. 岩层面

岩层(Strata)是指那些顶面和底面由两个沉积不连续面所限定的沉积物层,或者指那些由连续沉积作用形成的层理面所限定的沉积物层,或者那些由一个沉积不连续面与一个沉积连续面所限定的沉积物层。因此,岩层面为岩层的顶界面和底界面。层面可能是由于程度不等的长期沉积作用中断所引起,也可能由于沉积物岩性及岩石学特征的相继迅速递变所引起。

3. 不整合面

不整合面为较大的不连续面,上下地质时代不连续,存在明显的沉积间断和地层缺失。根据形态特征及成因,不整合面可分为平行不整合、角度不整合和冲刷不整合。在煤层顶板岩体中,常常存在河流冲刷作用(包括河流同生冲蚀和后生冲蚀),冲蚀接触面凹凸不平,犬牙交错,冲蚀带边界断裂发育。这些将对岩石(体)力学性质产生重要影响。

4. 软弱夹层

沉积岩体中软弱夹层实质上是具有一定厚度的岩体软弱结构面。它与围岩相比,具有显著低的强度和显著高的压缩性,其抗压、抗剪和抗拉强度均低于围岩。在采动影响下,软弱夹层易于沿层面脱落。原生软弱夹层是岩体中最薄弱的部位,也是后期改造中性能最易恶化的部位,对岩体稳定性起着极为重要的控制作用。

3.5.3　沉积结构面对岩体力学性质的影响

力学强度理论指明,应力集中在键、槽等连接处。在构造应力作用下,在岩性-岩相变化处(如层理面和相变带)岩体产生大量的裂隙——从微观裂隙到区域构造断裂。

1. 由沉积结构面导致的各向异性

层理构造是沉积岩的最基本特征。沉积岩体中的层理面在地质上代表的是一种沉积环境向另一种沉积环境过渡的转换面,代表一个沉积间断面,其形态具有多样性。层理面上常可见大量植物碎屑和云母片等软弱成分的定向排列,在力学上属于一种软弱结构面。当顶板悬空时,沿层理面易出现离层而发生顶板冒落。在室内对层状岩石进行试验研究,结果表明,加载方向不同,岩石表现出不同的力学性质,如图 3-10～图 3-12 及表 3-6 所示。由这些图表可归纳出如下规律:

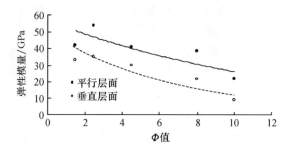

图 3-10　沉积结构面对陆源碎屑岩弹性模量影响曲线

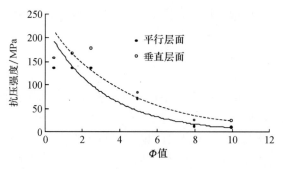

图 3-11　沉积结构面对陆源碎屑岩抗压强度影响曲线

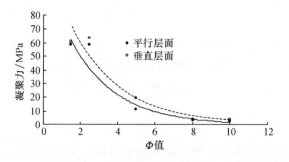

图 3-12　沉积结构面对陆源碎屑岩抗剪强度影响曲线

表 3-6　沉积结构面对岩体力学参数的影响系数(a、b 值)

岩体力学参数		a	b	相关系数
弹性模量/GPa	平行层面方向	56.892	-0.078	0.83
	垂直层面方向	49.139	-0.143	0.91
单轴抗压强度/MPa	平行层面方向	224.500	-0.324	0.96
	垂直层面方向	235.000	-0.242	0.96
凝聚力/MPa	平行层面方向	116.500	-0.417	0.98
	垂直层面方向	127.440	-0.384	0.98

（1）无论在垂直层面方向，还是平行层面方向，碎屑岩单轴抗压强度和弹性模量值均随 Φ 值增大而降低，当 Φ 值增大到 5Φ 时（相当于细粉砂岩），直至达到一个稳定的较小强度和刚度值[22]，且服从指数函数关系

$$S = ae^{b\Phi} \tag{3.15}$$

式中，S 为垂直层面方向或平行层面方向上碎屑岩单轴抗压强度值（MPa）或弹性模量值（GPa）；Φ 值为碎屑颗粒粒径，代表不同颗粒粒径岩石[①]；a 和 b 为沉积结构面对岩体力学参数的影响系数（表 3-6）。

（2）垂直层面方向加载时的弹性模量比平行层面方向加载时的弹性模量低（图 3-10）。这是因为层面间结合力较差，甚至有空隙。因此，垂直层面方向易被压缩，应变量大。岩石的强度表现为：平行层面方向加载时的抗拉强度大于垂直层面方向的抗拉强度（表 3-7）；而平行层面方向加载时的抗压强度与凝聚力小于垂直层面方向的抗压强度与凝聚力（图 3-11、图 3-12）。纵波速度和动弹模亦表现出垂直于层面方向比平行于层面方向低的特征，且各向异性指数表现出顶底板泥岩层明显大于老顶砂岩（表 3-7）。这是由于顶底板泥岩层面富集植物碎屑和碎片，以及水平层理发育所致。

表 3-7　沉积结构面对岩体力学性质影响试验分析表

岩石名称	抗拉强度/MPa		纵波速度/(m/s)		动弹模/GPa		各向异性指数 k/%
	平行层面	垂直层面	平行层面	垂直层面	平行层面	垂直层面	
中粒砂岩	7.55	5.10	4834	4197	—	—	13.20
细砂岩	10.67	6.66	5116	4487	—	—	12.30
粉砂质泥岩	—	—	4662	3705	—	—	20.50
顶板泥岩	—	—	3768	1548	—	—	58.90
底板泥岩	—	0.86~2.10	2167	1696	10.90	6.68	22.00
煤层	—	—	2151	1790	6.35	4.21	16.78

注：k 为各向异性指数，用来反映岩体各向异性性质，即为平行于层面的纵波速度 $v_{p//}$ 与垂直于层面的纵波速度 $v_{p\perp}$ 之差，与平行层面的纵波速度之百分比。

由此可知，由于沉积岩体中层面和层理的存在，沉积岩体的力学性质明显地表现为各向异性或横观同性特征。在煤炭开采过程中，随着工作面的推进，顶板沉积岩层经历了一个在煤壁前方支承压力作用下的压缩（密）变形和沿层面方向的剪切滑移变形，最后在采空空间易于沿层面产生拉张离层破坏的过程。

---

① Φ 标准是 Krumbein(1934)根据 Udden-Wentworth 的粒级标准经过对数变换而来。Udden-Wentworth 的粒级标准是以 1mm 为基数，公比为 2 的等比级数数列。Krumbein 将其进行对数变换：$\Phi = -\log_2 d$，式中为粒径，mm。

2. 沉积结构面对岩体中应力分布的影响

沉积岩体变形与破坏是受岩体的力学强度和岩体中应力分布所决定的。对于沉积岩体,由于沉积结构面的存在不但对岩体的力学强度产生影响,而且对岩体中应力分布产生重要影响。原苏联学者 E. G. Gaziev 和 S. A. Enlikhman(1971)采用石膏-硅藻土矩形棱柱体组成两组结构面正交的结构体模型,模拟了沉积岩体中应力分布随结构面产状而变化的情况。其中一部分应力直接沿贯穿性结构面限定的岩块内传播,一部分垂直于贯穿性结构面方向传播,这样出现了应力分叉现象(图 3-13)。

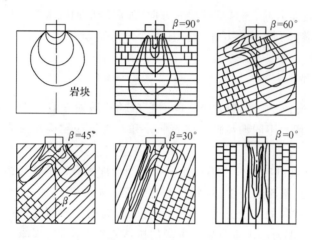

图 3-13　沉积结构面对岩体中应力分布的影响

从图 3-13 可以看出,在回采工作面煤壁正下方的底板岩层类似受集中应力作用。在相同应力作用下,当地层倾角小于 45°时,应力在岩层中的传播表现为垂直层面方向传播深度大于平行层面方向;当地层倾角大于 45°时,则相反。当地层倾角为 45°时,应力在岩层中传播表现为垂直层面方向传播深度与平行层面方向相同。因此,在煤炭开采过程中,层面及其倾角大小将控制着回采工作面底板岩层的变形与破坏深度。

3. 沉积结构面的变形与破坏机制

由于沉积结构面受力作用的方式不同,沉积岩体变形破坏机制也不相同。

1) 法向变形与破坏

(1) 当结构面法向力 σ_n 为压应力时,结构面(包括软弱结构面)产生法向压缩(压密)变形。开始先为点或线接触,经过挤压,局部破碎或劈裂,接触面增加。结构面压缩量呈指数曲线特征[11],其指数函数为

$$u = u_0 \left(1 - \exp\left(-\frac{\sigma_n}{k_n} \right) \right) \tag{3.16}$$

式中,u 为结构面法向压缩(密)量(cm);u_0 为结构面最大压缩(密)(cm);σ_n 为法向压应力(MPa);k_n 为结构面法向刚度(MPa/cm),实际上为法向变形曲线的斜率$\left(k_n = \dfrac{\partial \sigma_n}{\partial u_n} \right)$。

(2) 当结构面法向力 σ_n 为拉应力时,将产生拉伸破坏,如在采动影响下顶板岩体沿岩层层面产生分离的现象,且

$$\sigma_n \geqslant R_t \tag{3.17}$$

式中,σ_n 为结构面法向拉应力(MPa);R_t 为结构面层间黏结强度(抗拉强度)(MPa)。

2) 剪切变形与破坏

在一定的法向压应力作用下,沉积结构面在剪应力作用下产生沿层面方向的滑移,形成层间剪切带。结构面在剪力作用下产生塑性变形和脆性破坏。可用应力-变形(位移)关系表征其变形规律,即用剪切刚度 k_s 表示其变形特征,且剪切刚度 k_s 实际上是剪切变形曲线斜率:

$$k_s = \frac{\partial \tau}{\partial u_s} \tag{3.18}$$

式中,k_s 为结构面剪切刚度(MPa/cm)。对于结构面的抗剪强度,可以用库仑-莫尔准则来表达:

$$\tau_n = \sigma_v \tan\phi + C \tag{3.19}$$

式中,τ_n 为平行结构面的剪应力(MPa);σ_v 为垂直结构面的正应力(MPa);ϕ 为结构面内摩擦角,(°);C 为结构面的凝聚力(MPa)。

表 3-8 给出了一些结构面的切向刚度和法向刚度值。由表 3-8 可以看出:①不同类型结构面凝聚力 C 都很低,切向刚度小于法向刚度。②对于沉积结构面,由于上下层岩性特征不同,影响着结构面的法向变形和剪切变形。③沉积岩体易于产生垂直于结构面方向的张性破坏和沿结构面方向的剪切破坏。

表 3-8　沉积岩体某些结构面的力学参数

结构面	切向刚度 k_s/(MPa/cm)	法向刚度 k_n/(MPa/cm)	凝聚力 C/MPa	摩擦系数
石灰岩与煤层	2.45	9.81	0.20	0.58
煤层与页岩	1.47	5.88	0.10	0.58
页岩与砂岩	1.47	5.88	0.10	0.58
充填黏土的断层,岩壁风化	5.00	15.00	0.00	0.65
充填黏土的断层,岩壁轻微风化	8.00	18.00	0.00	0.75

注:本表引自文献[28]、[29],并略有改动。

3.6　断层带附近煤岩体物理力学性质

从目前已有的各矿区突水的统计资料来看,矿井大部分突水事故都是由于构造引起的,而由于断裂构造导致的突水事故更是占到了各类突水事故的 80% 之多。断裂之所以成为影响突水的主要因素,具体表现在三个方面。第一,断裂构造的存在破坏了煤岩层的完整性,断裂带的几何结构常常是非常复杂的,常以某一主断层为核心,在其两侧发育不同级别、不同方向的次级结构面,断裂带规模越大,其结构越复杂,因此,在断层带附近煤岩体力学强度大幅度降低,在断层影响带范围内,煤层及其顶底板岩层产状变化明显,裂隙增多。在断层带,煤层及其顶底板岩体破坏呈角砾状,并且常常见到不规则的摩擦镜面,裂隙十分发育,煤层一触即碎。第二,断层上、下两盘错动的结果,缩短了煤层与底板含水层之间的距离,或使一盘煤层与另一盘的含水层直接接触,使隔水层部分或全部失去隔水性能。第三,断层或断裂构造的存在,将导致一定厚度的断层或断裂破碎带的存在,这些破碎带物质长期受到底板含水层水的浸泡作用,其强度必会大大降低,这就必然形成一个潜在的导水通道,加上开采活动对底板的影响,使其阻水能力大大降低。

在宏观系统观察的基础上,利用光学显微镜进行显微观察,并在显微镜下定量统计裂隙的发育程度。从观察和统计中得出了如下几点认识[30]。

（1）煤层裂隙的发育程度随距断层距离的变小而增强（图 3-14）。正断层的影响宽度在上盘为落差的 2 倍,在下盘为落差的 1.5 倍,但在微观特征上,正断层影响的宽度明显较大,由图 3-14 不难看出,在正断层的上盘,影响宽度均为落差的 4 倍,但破裂较为明显的区域仍位于落差的 2 倍之内。

（2）正断层上盘煤层中裂隙发育程度明显高于下盘,一般平均高一倍左右（图 3-14）。例如,当 L/H 值等于 1 时,断层上盘裂隙率变化在 $8.0\%\sim13.5\%$,而下盘仅为 $2.0\%\sim7.0\%$。煤层及其顶板岩体裂隙越发育,在漫长的地质历史中越易造成煤层气逸散。在井下采动过程中,常见正断层上盘煤层瓦斯涌出量小于下盘。

（3）断层影响带内物质主要由断层角砾岩和糜棱碎屑等组成,取样实测密度为 $1.5\sim2.3\mathrm{g/cm^3}$,单轴抗压强度为 $0.51\sim0.65\mathrm{MPa}$,弹性模量为 $66.4\sim101.4\mathrm{MPa}$,泊松比为 $0.37\sim0.38$,断层带内物质表现为力学强度和刚度极低,泊松效应明显,易于发生变形破坏和突水,本区断层破碎带临界突水系数（水压与隔水层厚度比）的经验值为 $0.06\mathrm{MPa/m}$。

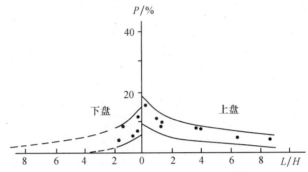

图 3-14　正断层附近煤层裂隙的发育程度

P-裂隙率；L-距断层距离；H-断层落差；右-上盘；左-下盘

（4）越靠近断层煤（岩）体的力学强度越低,表现在其单轴抗压强度大幅度降低（图 3-15）。但煤的孔隙率在断层附近大幅度升高（图 3-16）,比较图 3-15 和图 3-16 可看出,正断层对煤层孔隙的影响宽度远远小于对煤力学强度的影响宽度,其影响宽度与断层落差之比为 $1:1$,即正断层对煤孔隙率的影响宽度大致等于其落差；而对煤的力学强度的影响宽度约为落差的 6 倍,但影响比较明显的宽度是落差 $2\sim4$ 倍。这说明在断层带一定范围内越靠近断层,煤岩层孔隙和裂隙越发育,煤岩体力学强度也越低,从而控制着突水发生。

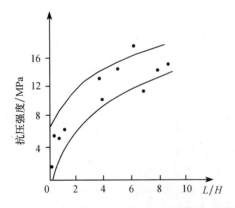

图 3-15　断层附近煤体单轴抗压强度的变化

L 为距断层距离；H 为断层落差

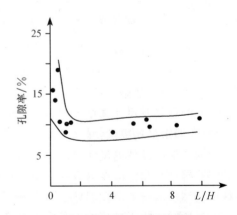

图 3-16　正断层附近煤的孔隙率的变化

L 为距断层距离；H 为断层落差

（5）比较图 3-15 和图 3-16 不难看出，煤的力学强度是受结构面密度所控制的。它表明煤岩体内发育的结构面数量越多，即密度越大，其强度越低，变形越大。但不是无限降低或增大，而是有限的。当煤岩体内发育的结构面多于一定数量后，则它对煤岩体强度和变形的影响就不继续增加，而是趋于一稳定值。这种现象称为尺寸效应。

（6）煤层裂隙的力学性质在距断层不同距离处转化。在距断层较远处，煤中裂隙基本上表现为张性，裂隙产状不稳定，延伸距离也较短。在靠近断层处，裂隙也表现为张性，可见典型的"Z"形追踪张裂隙。但在距断层一定距离处，煤层中出现大量张扭性和压扭性裂隙，它们往往呈"X"形和雁行的形式排列，裂面平直、光滑，且延伸距离也较远，与前述张裂隙形成鲜明的对比。裂隙的宽度也随裂隙的力学性质变化呈现出相应的变化特征，从整体上看，裂隙的宽度在向断层的方向逐渐增大，但在压扭性和张扭性裂隙发育处裂隙宽度明显变窄。裂隙的力学性质由张性向张扭、压扭性再到张性转化，这对井下突水和煤层瓦斯突出以及顶板稳定性研究具有重要意义。

断层带附近煤岩体力学性质的上述变化特征是与正断层的形成过程和特点密切相关的。在断层的形成过程中断层面附近为一明显的应力集中带，其变形破裂也最明显，在该带煤岩层强度大幅度降低，远离断层，应力作用强度降低，相应地其变形破裂也较弱，故在平面上越靠近断层，煤层孔隙和裂隙越发育，煤岩体力学强度也越低。在正断层形成的过程中，其上盘为主动盘。在断裂面形成后，上盘会因重力作用而向下滑动，从而产生次生压力。此外，正断层的上盘可由断块在不规则断层面上活动或断块内小断块之间的相互作用而产生局部压应力，正断层的上述特征势必导致上盘的裂隙发育程度大于下盘。上、下盘相对滑动产生的次生应力不仅会使上盘的破坏程度大于下盘，而且会使伴生的剪裂隙和张裂隙进一步扭转，同时这类断层的断层带及其附近存在着因脱空而产生的薄弱带，在扭应力的作用下，其中的破裂面及与断层平行的裂隙会发生扭张而转化为张扭性裂隙。从而导致在距断层一定距离处出现大量张扭性裂隙等特征。

断层突水是由于断层对煤岩层的破坏作用导致在断层附近煤岩层裂隙和孔隙增加，强度大幅度降低的结果。

3.7　岩石破坏的工业 CT 分析

3.7.1　工业 CT 分析

1. 工业 CT 试验原理

计算机断层成像技术（CT）是物理学与计算机科学的发展产物。基于射线与物质的相互作用原理，通过投影重建方法获取被检测物体的数字图像。工业 CT（ICT）是计算机断层成像技术的工业应用，目前也是一种飞速发展的高技术。ICT 主要用于工业产品的无损检测和探伤，根据被检工件的材料及尺寸选择不同能量的 X 射线。ICT 技术能紧密、准确地再现物体内部的三维立体结构，能定量地提供物体内部的物理、力学特性，如缺陷地位置及尺寸、密度的变化及水平、异型结构的形状及精确尺寸，物体内部的杂质及分布等。

ICT 的功能和特性在很多方面超过其他无损检测手段，如常规 X 光检测、超声检测、涡流检测技术，为航空、航天、兵器等工业领域的精密零部件的无损检测提供了新的手段。ICT 技术被国际无损检测届称为最佳无损检测手段。ICT 系统中使用的射线源可分为 X 射线源和 γ 射线源，其中 X 射线源又可分为低能 X 射线源（keV 量级）和高能 X 射线源（MeV 量级）。低能 X 射线一般从放射性同位素或 X 光管中获得,高能 X 射线主要从加速器(高压加速器,电子直线加速器,回旋加速器等)中获得,而 γ 射线源一般是从放射性同位素源获得,射线能量的高低决定了被检测工件的尺寸大小,因为射线能量越高,波长越短,穿透能力越强,同时射线能量也对成像质量产生重要影响。需要指出的是,目前基于加速器的高能 X 射线 ICT 系统国外是对我国严格禁运的,而对一些大型工件如导弹、固体火箭发动机以及一些高密度特种材料(铀、钚等)的无损检测只能使用高能 X 射线 CT。

　　2. CT 扫描图分析

　　试验采用中国矿业大学(北京)煤炭资源与安全开采国家重点实验室,X 射线 ICT 检测系统(ACTIS300-320/225)(图 3-17 和图 3-18)。对 5 块三轴试验的岩样试件作了 CT 扫描分析。每块岩样分布取其上、中、下部作 CT 扫描,通过 CT 扫描图片的分析可以直观地观察岩石试样内部某一切面的破坏形态特征,从而从另一个方面对岩石的破坏特征有了进一步了解。

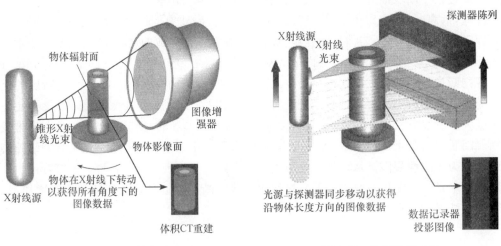

图 3-17　体积 CT 扫描　　　　　　　图 3-18　数字射线成像

　　从 CT 扫描图片对比对应的岩样可以清楚地看到岩样内部破坏特征,根据岩石本身性质的差异和受力条件的不同,将其破坏形式分为脆性破坏和延性破坏两种。

3.7.2　岩石破坏的基本形式

　　当岩石由于变形过大或丧失对外力的抵抗能力时就称为破坏。破坏时的应力称为破坏应力或强度。对于理想塑性材料,当材料产生无限制的塑性流动时就称为破坏。显然,理想塑性材料没有相继屈服阶段,屈服就意味着破坏。只不过屈服与破坏的变形不同而已。对于应变硬化材料,相继屈服或加载应力达到一定程度后,屈服应力不再增加,材料产生无限制的塑性变形,这时称为破坏。

　　根据岩石本身性质的差异和受力条件的不同,将其破坏形式分为脆性破坏和延性破坏两种。在围压较小、温度较低、岩性坚硬的情况下,多呈脆性破坏方式;而在围压较高、温度较高和岩性较软的情况下,多称延性破坏形式。不论哪种破坏形式,它们都是就岩石在达到破坏时的应变大小而言的,并没有指出岩石破坏的机制。

　　煤层及其顶底板岩石变形破坏过程受多种因素的影响,除了煤岩本身的成分、结构特征对其具有控制作用以外,试件尺寸、含水状态、加载速率和试件端部条件等外部因素对其变形破坏机制也有影响,因此煤岩的变形破坏机制非常复杂,其变形破坏形式也多种多样(图 3-19和图 3-20),岩石在复杂受力条件下,其破坏形式和机制主要表现为:张破裂和剪破裂。

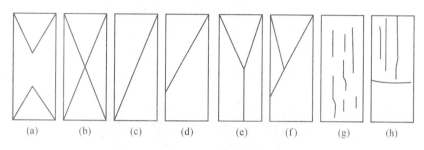

图 3-19　岩石压缩变形破坏类型示意图

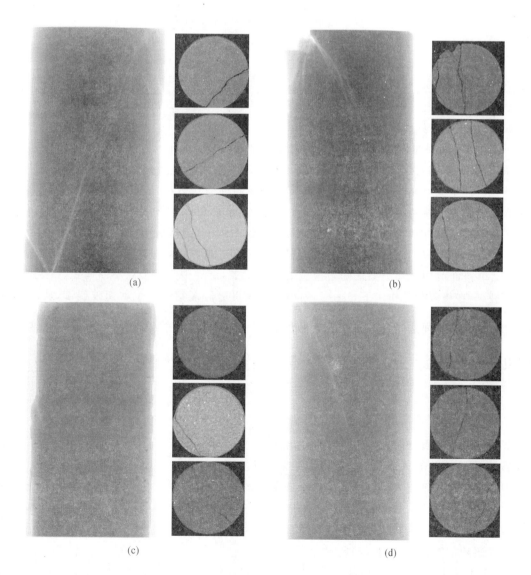

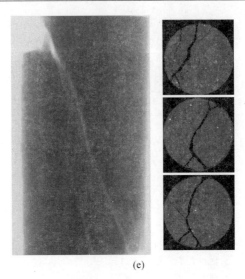

(e)

图 3-20　砂岩岩石压缩变形破坏类型照片

1. 剪切破坏

由于煤层顶底板岩石中存在着微节理、裂隙和层理、层面等软弱结构面,岩石的整体性受到破坏。在荷载作用下,当这些软弱结构面上的剪应力大于该面上的强度时,岩石就产生沿着软弱结构面的剪切破坏,从而使整个岩石滑动失稳。其类型进一步又可以分为:

(1) X状共轭斜面剪切破坏类型。此类破坏形式主要出现在较坚硬的岩石中。试样在单轴压缩条件下,随着轴向荷载的增加,试样的应变呈线弹性增加,当外在荷载超过其极限强度时,突然释放大量弹性变形能,导致试块瞬间呈 X 状共轭斜面剪切破坏,并伴随有巨大的响声。试件的绝大部分呈鱼肚状条块或凸镜状小块弹射到远方,最后在原试件的两端处只剩下两个呈轴对称状的圆锥体。这种破坏机理显示出岩石的岩性较为均一、隐微裂隙不起控制作用。变形破坏类型如图 3-19(a)和(b)所示。破坏后试样照片如图 3-20(a)所示。

(2) 单斜面剪切破坏类型。随着荷载的不断增加,试件中的微裂纹不断萌生、扩展,形成许多小张裂纹,在极限荷载作用下,这一系列小张裂纹贯通后汇集成一个剪切破裂带,从而突然发生剪切破坏。破坏面法线与试件轴向的夹角 $\beta=\dfrac{\pi}{4}+\dfrac{\varphi}{2}$,其中 φ 为煤岩的内摩擦角。这种破坏形式在煤岩中是最常见的。变形破坏类型如图 3-19(c)和(d)所示,破坏后试样照片如图 3-20(c)和(d)所示。

2. 脆性张破坏

煤层顶底板岩石在荷载作用下没有显著觉察的变形就突然破坏,产生这种破坏的原因主要是张破坏,是由于岩石内部微裂纹扩展的结果。该类型主要表现为如下 2 种形式:

(1) 楔劈型张剪破坏类型。试件在轴向荷载的作用下,试件中的微裂纹不断积累、扩展,形成许多小的纵向裂纹在张力的作用下汇集成楔形体的两个侧面,然后试件在张变形和轴向压力所形成的楔劈剪切力的共同作用下,试件被劈裂破坏。变形破坏类型如图 3-19(e)和(f)所示,破坏后试样照片如图 3-20(b)和(e)所示。

(2) 拉伸破坏类型。在轴向压应力作用下,在横向将产生拉应力,这是泊松效应的结果。这种类型的破坏就是横向拉应力超过煤样的抗拉极限所引起的。变形破坏类型如图 3-19(g)和(h)所示,均是在轴向压力作用下形成的条柱状张性破坏。试件破坏是由轴向纵张裂纹贯通破坏引起的。

3.7.3 煤层顶底板岩石微观破坏机理

从微观结构上说,岩石是由按力学性质规律黏结在一起的颗粒所组成的,包括大量的裂隙、孔隙空间、原生和次生微裂隙缝等。它们在岩石中分布不均匀,可能出现在颗粒边界,也可能出现在矿物颗粒内部。

在初加载时,开始处于岩石加密阶段,岩石内部的这些微裂隙和孔隙压密闭合,体积减小。随着荷载不断加大,岩石内部产生微裂隙,体积又开始膨胀。Brace 和 Bombalakis 经过大量试验研究后指出,在压应力作用下,宏观断裂破坏不能由单一预先存在的微裂隙扩展而成,而必定是各微裂隙、颗粒边界及孔隙聚集的结果。

由于裂隙性砂岩自身微结构的特点,其微裂隙形式与碎屑颗粒粒度、含量和颗粒矿物成分,以及充填物和充填类型密切相关。岩石在受压达一定值的条件下,在碎屑颗粒与周围基质具有不同弹性的物质处均可形成局部集中应力,如果颗粒是石英、长石、重矿物等刚度较大的矿物,且充填物强度小于颗粒本身强度,使微裂纹在扩展过程中易于在颗粒前受阻,进而沿颗粒与充填物之间的固-固交界弱面继续扩展。如果充填物强度接近于颗粒本身强度,则微裂纹可能切穿颗粒。但一般来说,大多数裂纹是沿着颗粒边界及充填物发生扩展的。

然后随着荷载加大,微裂隙活动迅速加剧,试件体积也相应增大,在荷载快接近峰值强度前,微裂隙急剧扩展,在最大拉应力区域内趋于集束状,形成拉伸破坏或剪切面。继续加载,应力超过试件峰值强度时,此时如果压力机刚度不够,试件则会发生沿拉伸破坏面或剪切面的碎性破坏。如果压力机的刚度很大,试件变形进入应变软化和塑性流动阶段,岩石内部结构进一步破坏,内部裂隙排列成分叉状,并结合成宏观裂隙或断裂面,这时岩石基本上已分裂成一系列块体而不是整体结构。这些块体相互交叉滑移,应变进一步增大,直至最后试件破坏。

岩石的破裂方式、应力大小、应力作用方式、应力施加的速度,是控制裂隙力学性质、发育程度及分布规律的主要因素。岩石的破裂变形有两种方式:张裂和剪裂。张裂是在外力作用下,当张应力达到或超过岩石抗张强度时,在垂直于主张应力轴(或平行于主压应力轴)方向上产生的破裂,即张性缝的产生。剪裂是岩石在外力作用下,剪应力达到或超过岩石抗剪强度时发生的破裂,产生剪裂隙。

本区煤层顶底板岩层破坏所见的裂隙以张性缝、剪切缝和张剪性缝为主。一般张性缝裂面不平直、开度较大、大多数裂隙半充填,显微张性缝可以绕矿物颗粒发育。常发育有垂直缝面的次生矿物,常有高序次分支构造,多数被钙质、硅质充填或被半充填。有些张性缝绕过矿物颗粒。

剪性缝较为平直,是由于剪切作用形成的,其特征是延伸较远、缝壁平直。缝面发育有擦痕、镜面、阶步,倾角大、切割深,延伸大小不一,一般呈共轭产出,常呈现"X"状共轭节理系,两盘具有一定的剪切错动。显微剪性裂隙可以切穿矿物晶体,剪裂角小于40°。

3.8 煤层顶底板岩石破坏准则

3.8.1 莫尔-库仑(Mohr-Columb)准则

库仑(Columb)早在1773年就将静摩擦的概念推广开来,首次提出了材料断裂的剪应力准则,认为材料破坏的临界条件是某一截面上所受剪应力等于该面上内聚力(单剪强度)加上正应力产生的内摩擦力。

库仑判据可用下述公式表示:

$$\tau = C_0 + \sigma_n \tan\varphi \tag{3.20}$$

式中,τ 为临界剪应力(MPa);σ_n 为垂直于剪切面上的法向正应力(MPa);C_0 和 φ 为材料常数,分别为内聚力和内摩擦角。

莫尔假设认为当沿某平面发生剪切破坏时,作用在该平面上的正应力和剪切力之间的关系与材料性质有关,具有下面的通式:

$$\tau = f(\sigma) \tag{3.21}$$

式(3.21)代表一条曲线,该曲线并不是一个明确的数学表达式,而是通过试验,在不同条件下得到不同的莫尔圆后,绘出莫尔包络线代表莫尔准则。破坏面的角度是通过垂直莫尔包络线来确定的[17]。试验绘出的莫尔包络线可以出现直线型、双直线型和双曲线型等,但莫尔包络线通常下凹,如图 3-21 所示,工程实践中多用直线型(图 3-22)或双直线型莫尔包络线来确定岩石强度和破裂面,这时莫尔准则等价于库仑准则,因此岩石力学中称其为莫尔-库仑准则。

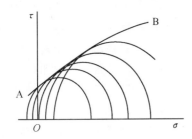

图 3-21　下凹的莫尔包络线

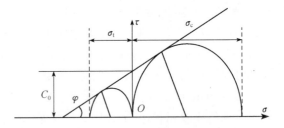

图 3-22　直线型莫尔包络线

由应力转化方程可得

$$\tau = \frac{\sigma_1 - \sigma_3}{2}\sin 2\alpha \tag{3.22}$$

$$\sigma_n = \frac{\sigma_1 + \sigma_3}{2} + \frac{\sigma_1 - \sigma_3}{2}\cos 2\alpha \tag{3.23}$$

将方程式(3.22)和式(3.23)代入方程式(3.20)得到主应力表示的莫尔-库仑准则:

$$\frac{\sigma_1 - \sigma_3}{2}\sin 2\alpha = C_0 + \left(\frac{\sigma_1 + \sigma_3}{2} + \frac{\sigma_1 - \sigma_3}{2}\cos 2\alpha\right)\tan\varphi \tag{3.24}$$

由方程式(3.23)可得任意 α 角的平面上极限应力为

$$\sigma_1 = \frac{2C_0 + \sigma_3\sin 2\sigma + \tan\varphi(1 - \cos 2\alpha)}{\sin 2\alpha - \tan\varphi(1 + \cos 2\alpha)} \tag{3.25}$$

由图 3-23 中的莫尔圆,极限破坏平面的方向可由下式表示:

$$\alpha = 45° + \frac{\varphi}{2} \tag{3.26}$$

由于 $\sin 2\alpha = \cos\varphi$,$\cos 2\alpha = \sin\varphi$。方程式(3.21)和(3.22)可以简化为

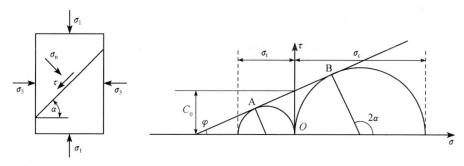

（a）平面a-b上的剪切破坏　　　　　　　　　（b）极限平衡条件

图 3-23　莫尔-库仑强度理论参数的求取

$$\frac{\sigma_1 - \sigma_3}{2} = C_0 \cos\varphi + \frac{\sigma_1 + \sigma_3}{2}\sin\varphi \qquad (3.27)$$

即

$$\sigma_1 = \frac{2C_0 \cos\varphi - \sigma_3(1 + \sin\varphi)}{1 - \sin\varphi} \qquad (3.28)$$

直线型莫尔-库仑准则物理概念明确,其材料参数内摩擦角 φ 与内聚力 C_0 可从图 3-23 中计算得出

$$\sigma_t = \frac{2C_0 \cos\varphi}{1 + \sin\varphi}, \quad \sigma_c = \frac{2C_0 \cos\varphi}{1 - \sin\varphi} \qquad (3.29)$$

式中,σ_t、σ_c 代表单轴抗拉强度和单轴抗压强度(MPa),其他参数物理意义同前。

值得指出的是,如果 φ 是一个常数,则 σ_t、σ_c 与 C_0 呈比例关系。

莫尔-库仑强度理论比较全面地反映了岩石的强度特性。它既适合于塑性材料也适合于脆性材料的剪切破坏。同时,也反映岩石抗拉强度远小于抗压强度这一特性和对静水压力的敏感性,并能解释岩石在三向等拉时会破坏,而在三向等压时不会破坏(曲线在受压区不闭合)。莫尔-库仑强度理论简单实用,材料参数 φ、C 可以通过各种不同的常规试验仪器和方法测定。因此,在岩土力学和塑性理论中得到广泛应用,并且积累了丰富的试验资料与应用经验。但是莫尔-库仑强度理论以剪切破裂为判据,只考虑了最大主应力 σ_1 和最小主应力 σ_3 对岩石强度的影响,它没有考虑中间主应力 σ_2 对岩石强度的贡献,是一种等效的最大剪应力模式,岩石破裂的方向可用破裂角 θ 描述,即 $\theta = 45° - \varphi/2$,为裂隙面长轴与最大主压应力之间的交角,破裂面为图 3-23中所示 A、B 两点对应的截面。

3.8.2　格里菲斯(Griffith)准则

格里菲斯于 1920 年研究认为破坏是从微小裂纹处开始发生的,并提出了一套现今称为格里菲斯强度理论的学说。格里菲斯最初是从能量的观点来研究这一问题的,建立了裂纹扩展的能量准则。后来又应用应力的观点来研究,建立了格里菲斯应力准则。格里菲斯裂隙本身在横断面上呈椭圆形,随机取向。当岩体受到施加的应力时,一系列的格里菲斯裂隙由此也受到应力作用,就在裂隙末端附近形成局部的应力集中,裂隙末端弯曲的曲率半径越小,椭圆形裂隙长、短轴之比越大,那么裂隙末端附近的局部应力就越高。这种局部的应力水平可以高到足以导致微裂隙扩展,并通过裂隙之间互相连接,最终引起贯穿性的、不连续的剪破裂发育[31,32]。

按照格里菲斯强度理论,岩石在平面应力状态下的破裂条件为:

当$(\sigma_t + 3\sigma_3) > 0$ 时,破裂准则为

$$(\sigma_3 - \sigma_1)^2 = 8(\sigma_3 + \sigma_1)\sigma_T$$

即

$$\begin{cases} \sigma_T = \dfrac{(\sigma_1 - \sigma_3)^2}{8(\sigma_1 + \sigma_3)} \\[3mm] \cos 2\beta = \dfrac{(\sigma_1 - \sigma_3)}{2(\sigma_1 + \sigma_3)} \end{cases} \tag{3.30}$$

当$(\sigma_1 + 3\sigma_3) \leqslant 0$ 时,破裂准则为

$$\begin{cases} \sigma_3 = -\sigma_T \\ \sin 2\beta = 0 \end{cases} \tag{3.31}$$

式中,σ_T 为岩石单向拉伸试验的抗拉强度(MPa);β 为椭圆裂隙长轴与主压应力轴 σ_1 之间的夹角,破裂角 $\theta = \beta$。

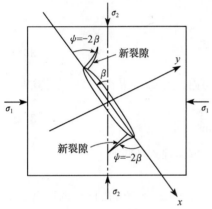

图 3-24　椭圆裂隙端部开始
破裂扩展方向[18,19]

若发生新的破裂,新生裂隙方向应指向椭圆裂痕边界的法线方向。用 ψ 表示新裂隙与原裂隙长轴之间的夹角(图 3-24),据上述破裂准则(3.27)与式(3.28)可分别得到下面两式:

$$\psi = -2\beta \tag{3.32}$$
$$\psi = 0 \tag{3.33}$$

式(3.32)说明新生裂隙与原椭圆裂隙长轴之间夹角为 2β(条件为$(\sigma_1 + 3\sigma_3) > 0$),负号表示新生裂隙方向与主压应力轴顺时针转 β 角的方向(图 3-24)。当$(\sigma_1 + 3\sigma_3) \leqslant 0$ 时,式(3.33)说明新裂隙沿原椭圆裂隙延伸,也是图 3-24 的一种特殊情况。

对于三维问题,格里菲斯破裂准则可表述为如下公式:

当$(\sigma_1 + 3\sigma_3) > 0$ 时,破裂判据为

$$\begin{cases} (\sigma_1 - \sigma_2)^2 + (\sigma_2 - \sigma_3)^2 + (\sigma_3 - \sigma_1)^2 = 24\sigma_T(\sigma_1 + \sigma_2 + \sigma_3) \\[2mm] \cos 2\theta = \dfrac{\sigma_1 - \sigma_3}{2(\sigma_1 + \sigma_3)} \end{cases} \tag{3.34}$$

当$(\sigma_1 + 3\sigma_3) \leqslant 0$ 时,破裂判据可简化为

$$\begin{cases} \sigma_3 = -\sigma_T \\ \theta = 0 \end{cases} \tag{3.35}$$

格里菲斯破裂准则从微观机理出发,经过细密严格的推导得出,具有较强的理论基础,并成为断裂力学的经典理论。但是格里菲斯以张性破裂为前提,实际上是一种等效的最大张应力理论,适合于对张性破裂进行判断。

参 考 文 献

[1]　彭苏萍,孟召平.矿井工程地质理论与实践.北京:地质出版社,2002

[2] 周维垣. 高等岩石力学. 北京:水利电力出版社,1990

[3] 孟召平,苏永华. 沉积岩体力学理论与方法. 北京:科学出版社,2006

[4] 陶振宇,潘别桐. 岩石力学原理与方法. 武汉:中国地质大学出版社,1991:1-2

[5] 谷德振. 岩体工程地质力学基础. 北京:科学出版社,1979

[6] 孙广忠. 岩体结构力学. 北京:科学出版社,1988:23~204

[7] 王思敬. 地下工程岩体稳定分析. 北京:科学出版社,1984

[8] Brady B H G,Brown E T. Rock mechanics for underground mining. Kluwer Akademic Publishers,1993

[9] Hudson J A,Harrison J P. Engineering rock mechanics an introduction to the principles,Pergamon,1997

[10] 孟召平,彭苏萍. 不同侧压下沉积岩石变形与强度特征. 煤炭学报,2000,25(1):15-18

[11] 孟召平,彭苏萍. 煤系岩石渗透性变化的控制因素探讨. 深部开采基础理论与工程实践. 北京:科学出版社,2005:95-101

[12] 彭苏萍,孟召平. 不同围压下砂岩孔渗规律试验研究. 岩石力学与工程学报,2003,22(5):742-746

[13] 彭苏萍,王金安. 承压水体上安全采煤. 北京:煤炭工业出版社,2001

[14] Li S P,Li Y S,Wu Z Y. 1994. Permeability-strain equations corresponding to the complete stress-strain path of Yinzhuang sandstone. Int J. Rock Mech. Min. Sci. & Geomech. Abstr. 31:4,383-391

[15] 孟召平,潘结南,刘亮亮等. 含水量对沉积岩力学性质及其冲击倾向性的影响. 岩石力学与工程学报,2009,增(1):2637-2643

[16] 周瑞光. 山东龙口北皂煤矿软岩力学特性试验研究. 工程地质学报,1996,4(4):55-60

[17] Beacher G B. Statistical analysis of rock massfractures. Mathematical Geology, 1983, 5(3):329-348

[18] 陶振宇,唐方福,张黎明,等. 节理与断层岩石力学. 武汉:中国地质大学出版社,1991

[19] Brady B. H. G,Brown E T. Rock mechanics for underground mining. Kluwer Akademic Publishers,1993

[20] Singh K B. Effects of discontinuities on strata-movement problems in collieries:a review. Geotechnical and Geological Engineering,1994,12:43-62

[21] Meng Zhaoping, Zhang Jincai. Influence of sedimentary environments on mechanical properties of classic rocks. Environmental Geology,2006,51:113-120

[22] 孟召平,陆鹏庆,贺小黑. 沉积结构面及其对岩体力学性质的影响. 煤田地质与勘探. 2009,37(1):33-37

[23] Gerard C M. Equivalent elastic model of a rock mass consisting of orthorhombic layers. Int. J. Rock Mech. Min. Sci. & Geomech. Abstr. 1982, 19:9-14

[24] 潭学术. 复合岩体力学理论及其应用. 北京:煤炭工业出版社,1994

[25] 邓喀中. 开采沉陷中的岩体结构效应研究. 北京:中国矿业大学学位论文,1993

[26] 张鹏飞. 沉积岩石学. 北京:煤炭工业出版社,1990

[27] 孙广忠. 岩体结构力学. 北京:科学出版社,1988

[28] 李智毅,杨裕云. 工程地质学概论. 武汉:中国地质大学出版社,1999

[29] 于学馥. 地下工程围岩稳定性分析. 北京:煤炭工业出版社,1983

[30] 孟召平,彭苏萍. 正断层附近煤的物理力学性质变化及其对矿压分布的影响. 煤炭学报,2001,26(6):561-566

[31] 孙业恒. 史南油田史深100块裂隙性砂岩油藏建模及数值模拟研究. 中国矿业大学(北京)博士学位论文. 2009

[32] 华东水利学院. 岩石力学. 北京:水利电力出版社,1986

第 4 章　地应力条件及其对矿井突水的控制

4.1　引　　言

地应力是存在于地壳中的内应力,地应力的形成主要与地球的各种动力作用过程有关,按不同成因,地应力可分为:自重应力、构造应力变异及残余应力和感生应力(附加应力)等类型[1]。人们获得地应力状态的途径主要是通过现场实测。我国原岩应力测量及应用原岩应力预报地震的研究工作始于 20 世纪 60 年代,70 年代有较大的进展,发展了多种测量方法。李方全等在华北地区进行系统的应力测量,获得华北地区地应力的初步结果,随后又在西南、西北、华东、中南等地陆续进行了原岩应力测量,其研究成果为我国现今构造应力场研究提供了重要的基础资料[2,3]。80 年代以来,开展了多种方法的地应力测量,如水压致裂法、应力(或应变)解除法、钻孔崩落法、单孔全应力测量和声发射法等,并在地震预报和石油、煤炭开采等方面得到成功应用,其中应力(或应变)解除法和水压致裂法两种测量方法是目前地应力测量中应用较广的方法。自 80 年代后期以来,煤炭系统随着锚杆支护技术的推广应用和进行矿井动力现象区域预测研究等,采用应力(或应变)解除法对多个矿井开展了深部应力测量,获得了一些可靠地应力资料,取得了卓有成效的研究成果[4~12]。水压致裂法是 70 年代迅速发展起来的方法,作为一种深部应力测量技术,首先在美国油气田中得到应用,此法具有很大优点。它可以直接测定应力,操作方便,不需要精密的井下电子仪器,不依赖于岩石弹性参数的精确测定,测量应力是一个较大范围内的平均应力值,而不像应力解除法是一个点的应力值[13~15]。80 年代以来,随着我国经济发展对煤炭能源需求量的增加和煤矿深度开采的不断增大,煤矿突水已成为影响煤矿安全生产的重要因素之一。对突水机理、突水预测和突水防治工作的研究也越来越引起国内广大学者的重视。在诸多煤矿突水的主控因素中,地应力是最重要的因素之一。长期以来,由于地应力测量点资料有限,大多数学者对煤层顶底板突水危险性主要从含水层条件、隔水介质条件和断裂构造条件等方面出发进行研究,在研究突水问题的过程中,对现代地应力条件及其对突水控制作用研究重视程度较低。随着开滦煤矿开采深部的增加引起的高地应力、高水压和强烈的开采扰动引起矿井突水严重。在煤层顶底板突水危险性研究中分析地应力分布及其对突水的控制具有理论和实际意义。本章在结合开滦矿区现代地应力实测资料基础上,重点研究了开滦矿区现代地应力场的特征,总结了矿区地应力随深度的变化规律、地应力场的方向以及渗透性随地应力和深度的变化规律。最后依据水压致裂理论基于水压与岩体破裂压力关系和水压与最小主应力关系对突水危险性进行评价分析。

4.2　岩体中地应力场构成

地应力是存在于地壳中的未受工程扰动的天然应力,也称岩体初始应力、绝对应力或原岩应力。地应力场是在漫长的地质历史时期中逐渐形成的,主要有如下 3 类[16,17]。

1. 重力应力

重力应力是指岩体到上覆岩层重力作用而形成的应力分布。上覆岩层重力为

$$\sigma_z = \int_0^H \rho_s(h) g \, dh \tag{4.1}$$

式中，σ_z 为深度 H 处的垂向应力；$\rho_s(h)$ 为随深度变化的上覆岩体密度；H 为压裂层位深度。

在地层中孔隙流体压力作用下，有效垂向应力为

$$\bar{\sigma}_z = \sigma_z - a p_s \tag{4.2}$$

式中，α 为等效孔隙压力系数，取决于岩石的孔隙和裂隙的发育程度，$0 \leqslant \alpha \leqslant 1$；$p_s$ 为水压力。

Terzaghi 认为：地层岩石变形由有效应力引起。假设地层岩石为理想的均质各向同性线弹性体，弹性状态下垂向载荷产生的水平主应力分量由广义胡克(Hook)定律计算。

$$\begin{cases} \varepsilon_x = \dfrac{1}{E} [\bar{\sigma}_x - \mu(\bar{\sigma}_y + \bar{\sigma}_z)] \\[2mm] \varepsilon_y = \dfrac{1}{E} [\bar{\sigma}_y - \mu(\bar{\sigma}_x + \bar{\sigma}_z)] \end{cases} \tag{4.3}$$

式中，$\bar{\sigma}_x$、$\bar{\sigma}_y$ 分别为地层水平面 x 和 y 方向的有效应力；ε_x、ε_y 分别为地层水平面 x 和 y 方向的应变；E、μ 分别为地层岩石杨氏弹性模量和泊松比。

E 和 μ 为岩石力学参数，典型值如表 4-1 所示。它们与岩石类型和所受到的围压、温度有关。

表 4-1　常见岩石的泊松比与杨氏模量

岩石类型	杨氏模量/($\times 10^4$ MPa)	泊松比	岩石类型	杨氏模量/($\times 10^4$ MPa)	泊松比
硬砂岩	4.4	0.15	砾岩	7.4	0.21
中硬砂岩	2.1	0.17	白云岩	4.0~8.4	0.25
软砂岩	0.3	0.20	花岗岩	2.0~6.0	0.25
硬灰岩	7.4	0.25	泥岩	2.0~5.0	0.35
中硬灰岩	—	0.27	页岩	1.0~3.5	0.30
软灰岩	0.8	0.30	煤	1.0~2.0	0.30

因岩体水平方向上应变受到限制，即 $\varepsilon_x = 0$，$\varepsilon_y = 0$，则泊松效应引起的水平应力场为

$$\bar{\sigma}_x = \bar{\sigma}_y = \frac{\mu}{1 - \mu} \bar{\sigma}_z = \lambda \bar{\sigma}_z \tag{4.4}$$

式中，μ 为泊松比，λ 为侧压力系数。

重力应力为垂直方向应力，它是地壳中所有各点垂直应力的主要组成部分，但是垂直应力一般并不完全等于自重应力，因为板块移动、岩浆对流和侵入、岩体非均匀扩容、温度不均和水压梯度均会引起垂直方向的应力变化。考虑孔隙流体压力后的地层水平主应力为

$$\bar{\sigma}_x = \bar{\sigma}_y = \frac{\mu}{1 - \mu} (\sigma_z - \alpha p_s) + \alpha p_s \tag{4.5}$$

坚硬岩石的 $\mu = 0.2 \sim 0.3$，$\lambda \approx 0.25 \sim 0.43$，因而地壳岩体的自重应力一般其垂直应力总是大于水平应力。但在地壳深部、岩体在上覆岩层的较大荷载长期作用下，或者当浅部岩石比较软

弱的情况下,$\mu \approx 0.5$,这时水平应力接近于垂直应力,符合瑞士学者海姆在 1905~1912 年提出的静水压力状态理论。大量实测资料表明,不少地区的地应力往往是水平应力大于垂直应力,在河谷底部的地应力往往比平坦地区同样深度处的地应力要大得多,这说明地应力的来源还有其他方面的因素。

2. 构造应力

构造应力指由构造运动引起的地应力,它可分为活动的和残余的两类:活动的构造应力是近期和现代地壳运动正在积累的应力,也是地应力中最活跃、最重要的一种,常导致岩体的变形与破坏。中国大陆板块受到印度洋板块和太平洋板块的推挤,同时受到西伯利亚板块和菲律宾板块的约束。在这样的边界条件下,板块发生变形,产生水平受压应力场。印度洋板块和太平洋板块的移动促成了中国山脉的形成,控制了地震的分布。

残余的构造应力是由古构造运动残留下来的应力。对残余构造应力的重要性,存在着不同的认识。有人根据应力松弛观点,认为在一次构造运动的数万年后,该期构造应力就会全部松弛而无存,现在岩体中的应力只能与现代构造运动有关,但是这种观点并未被人普遍接受。

构造应力的起源,一是用李四光的地质力学观点解释,认为是由于地球自转速度的变化产生了离心惯性力和纬向惯性力而引起的;二是用板块运动的观点解释,认为是由于地幔物质热对流使板块之间相互碰撞、挤压而引起全球构造应力场。

3. 变异及残余应力

变异应力来源于岩体的物理、化学变化及岩浆的侵入等,与岩体内天然应力形成的关系也较密切。例如,孔隙压力也就是煤储层中孔隙、裂隙中的流体压力。岩浆的侵入,一方面可对围岩在垂直于其接触面的方向上造成很大的压应力,另一方面又可使侵入岩体本身产生静水式应力状态。而喷出岩的迅速冷凝常使其自身沿某一方向产生收缩节理,从而使其中应力的分布具有明显的各向异性的特征等。这类应力都是由岩体的物理状态、化学性质或赋存条件方面的变化引起的,通常只具有局部意义,可统称为变异应力。热应力是由于地层温度发生变化在其内部引起的内应力增量,主要与温度变化和煤层底板岩体热力学性质有关。地层的温度随着深度的增加而升高。一般温度梯度为 3℃/100m,由于不同深度上地层的不相同膨胀,从而产生地层中的应力,其值可达相同深度自重应力的数分之一。另外,岩体局部寒热不均,产生收缩和膨胀,也会导致岩体内部产生局部应力。

承载岩体遭受卸荷或部分卸荷时,岩体中某些组分的膨胀回弹趋势部分地受到其他组分的约束,于是就在岩体结构内形成残余的拉、压应力自相平衡的应力系统,此即残余应力。

4.3　开滦矿区地应力场特征

4.3.1　开滦矿区原岩应力测量

开滦矿区自 20 世纪 80 年代后期以来,采用应力(或应变)解除法对多个矿井开展了深部应力测量,获得了一些可靠地应力资料,对开滦矿区荆各庄矿、唐山矿、钱家营矿、范各庄矿、东欢坨矿和赵各庄矿等的原岩应力测量结果如表 4-2 所示。

表 4-2　开滦矿区典型矿井原岩应力测量结果

矿　井	测点位置	最大主应力/MPa			最小主应力/MPa			垂直主应力/MPa	
		大小	方位角/(°)	倾角/(°)	大小	方位角/(°)	倾角/(°)	大小	倾角/(°)
荆各庄矿	井底车场绕道	27.4	136	3	14.3	46	1	12.8	84
	1137 下部车场	17.3	132	24	14	45	6	12.9	64
	1137 下部车场	18.7	130	8	15.1	42	17	10.8	70
唐山矿	801 大巷	29.5	131	2.8	12	41	11.2	21.3	78
	801 绕道	33.3	148	8.7	18.5	53	29.9	20.2	58.5
钱家营矿	−600 西大巷	31.8	131.6	4.1	15.3	223.9	29.5	16.8	60.1
	−600 东大巷	34.3	66	3	14.5	155	31.7	15.2	58.1
范各庄矿	−620 运输大巷	24.34	103	−3.78	13.9	193	10.66	16.01	78.67
	−620 井底车场	20.46	142	1.31	7.64	232	−8.01	15.31	81.88
	−420 六石门	18.91	119	0.73	12.31	209	−5.38	9.04	84.57
东欢坨矿	−500 中石门第二小川	22.96	259	8.16	7.38	169	9.96	12.09	85.9
	−230m 付石门	14.22	284	−8.11	6.5	194	7.51	7.15	78.91
赵各庄矿	−900	20.35	79.5		12.54			17.1	

注:资料来源于开滦矿业集团。

开滦矿区原岩应力实测结果统计具有如下特征:

(1) 本区在埋深 900m 以浅测得最大主应力为 14.22~34.30MPa,平均为 24.12MPa;最大主应力梯度 2.26~6.68MPa/100m,平均为 4.43MPa/100m;中间主应力 7.15~21.30MPa,平均为 14.98MPa;中间主应力梯度 2.36~3.68MPa/100m,平均为 2.81MPa/100m;最小主应力为 6.50~18.50MPa,平均为 11.83MPa;最小主应力梯度 1.18~3.15MPa/100m,平均为 2.18MPa/100m。

(2) 本区最大主应力方位角主要为北西-南东和北东东-南西西向,最大主应力倾角为 −8.11°~24°,近乎水平;最小主应力方位角主要为北东-南西和北北西-南南东向,除荆各庄和范各庄的 −420 六石门测试结果为近乎垂直外,最小主应力近乎水平;中间主应力除荆各庄和范各庄的 −420 六石门测试结果为近乎水平外,中间主应力近乎垂直方向。

(3) 由于测试点位于开平煤田不同构造位置,因局部层段受边界断层和地层产状影响导致最大主应力方向发生变化外,矿区内最大主应力近乎水平,为北东东-南西西方向;中间主应力近乎垂直方向,最小主应力近乎水平,为北北西-南南东方向。

根据地应力测量和对 1976 年地震后 250 多次余震的研究,发现区域性的应力方位均有变化,区域水平挤压应力作用由中生代的 NW~SE 向转变为近东西向,部分地区伴有地幔上隆作用。震源机制解表明,1976 年唐山地震震区 7.8 级、7.1 级和 6.9 级地震的主压应力轴的方位主要集中在 SWW—NEE 向的范围内,其仰角小于 30°的占 80%,由此推得本区现代最大主压应力轴方位为近东西向。

4.3.2　地应力随深度的变化

资料分析表明,尽管随着地质环境的变化原岩应力主应力方位有所差异,但最大水平主应力、最小水平主应力和垂直主应力随深度的增加呈线性增大的规律(图 4-1)。

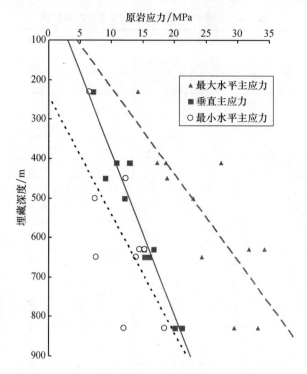

图 4-1　开滦矿区原岩应力与埋藏深度的关系

（1）最小水平主应力与深度的关系为

$$\sigma_h = 0.0142D + 3.50 \tag{4.6}$$

式中，σ_h 为最小水平主应力（MPa）；D 为煤层埋藏深度（m）；统计数 N 为 8，$R=0.65$。

（2）最大水平主应力与深度的关系为

$$\sigma_H = 0.03D + 8.499 \tag{4.7}$$

式中，σ_H 为最大水平主应力（MPa）；D 为煤层埋藏深度（m）；统计数 N 为 11，$R=0.81$。

（3）垂直应力 σ_v 与深度的关系为

$$\sigma_v = 0.0188D + 3.461 \tag{4.8}$$

式中，σ_v 为垂直主应力（MPa）；D 为煤层埋藏深度（m）；统计数 N 为 12，$R=0.91$。

由于所处构造位置不同，本区地应力随深度的变化规律及应力状态存在差异性，如开滦赵各庄矿，为了解 12♯煤层底板以下 30m 至奥灰顶面岩体应力状况，在 5 道巷中石门内进行了 3 个垂直孔水力压裂地应力测试，此石门周围巷道少，对原始地应力影响不大，且包含了 12♯煤层底板有效隔水层带的全部岩层，对于研究隔水层带是一个极好的地点。综合 3 个孔的测量结果及 1984 年在古冶黄坨苗圃 356m 深度钻孔中取得的测量数据，通过线性回归得水平主应力为

$$\sigma_H = 1.63 + 0.0194D \tag{4.9}$$

$$\sigma_h = 1.88 + 0.0077D \tag{4.10}$$

4.3.3　垂直应力与水平应力之间的关系

侧压系数被用来反映水平应力与垂直应力之间的关系（Hoek 和 Brown，1980）。侧压系数 λ 表示两个水平应力的平均值（$\sigma_H + \sigma_h$）/2 与垂直应力 σ_v 之比

$$\lambda = \frac{(\sigma_H + \sigma_h)/2}{\sigma_v} \tag{4.11}$$

全区实测结果表明,λ 值一般为 0.92~1.73,平均为 1.35,并且与测点距地表深度有一定的趋向性(图 4-2)。

由图 4-2 可以看出,开滦矿区侧压力系数 λ 与埋藏深度(h)的关系的变化趋势与 Hoek 和 Brown 统计的原岩应力数据变化规律基本相同。

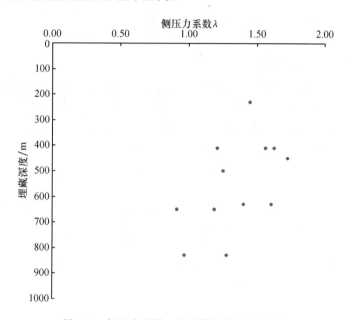

图 4-2　侧压力系数 λ 与埋藏深度(h)的关系

(1) λ 值变化大,表现为在浅部 λ 值较大,变化范围也大;而在深部 λ 值渐小,变化范围也缩小。在目前测试深度 900m 以浅范围内,侧压力系数 λ 一般为 0.92~1.73,平均为 1.35;但随着深度的增加,λ 值趋近于 1;两个水平主应力 σ_{hmax} 和 σ_{hmin} 之比在 1.24~3.11,平均为 2.03。

(2) 本区地应力状态表现为最大水平主应力大于垂直主应力,垂直主应力又大于最小水平主应力,即 $\sigma_{hmax} > \sigma_v > \sigma_{hmin}$,现今地应力为挤压应力状态,具有大地动力场型特征,这种应力状态有利于逆断层和平移断层活动。

(3) 由于研究区所处的构造位置不同地应力分布及状态存在差异性(表 4-2),如开滦赵各庄矿,地应力测试结果统计表明,在 -1200m 标高处,(埋藏深度 1400m)其主应力状态为 $\sigma_v > \sigma_H > \sigma_h$。垂直主应力为最大主应力,这是由局部应力作用和埋藏深度所决定的,这种应力状态有利于正断层活动。

(4) 由初始运动测量值推算得到的地震焦点平面的解也可以指示应力的分布状态。根据对 1976 年地震后 250 多次余震的研究,发现区域性的应力方位在横向及纵向上均有变化:

① 地震如果发生在 18km 以深,则应力场的反应基本上是纯右旋走滑运动。因此,垂直主应力(σ_v)大于两个水平应力。水平主应力方向为南北向或东西向。

② 深度在 13~18km 的地震,应力场反应为走滑及正断层活动的结合,且指示南北向的拉张,$\sigma_{hmax} > \sigma_v > \sigma_{hmin}$。最大水平主应力方向为近东西方向,最小水平主应力方向为近南北方向,中间主应力为垂直主应力。

③ 深度在浅于 3~10km 间的地震,应力场表现为逆冲断层的活动,并指示近东西向的挤压。

　　由上可以看出,在地壳浅部(<10km),本区现代地应力作用较强,整体处于近东西向挤压应力场中。在挤压应力作用下,煤岩层应力状态主要表现为水平主应力大于垂直主应力,原岩应力主要由构造应力和自重应力场构成。由于目前地应力测量资料有限,现有的地震资料分辨率太低,不足以预测面积较小区的应力分布,在不同构造位置,如断层及其他地质不连续面上会发生极大的变化。

4.4　地应力对煤层底板压裂破坏的影响

4.4.1　煤层底板水压破坏突水机理

　　在岩石力学中,"水压致裂"(hydraulic fracturing)一词是指在密封裸孔中注入压力水,使岩石发生张性破裂,是经典的流-固耦合作用下的渗流破坏问题,该现象与岩层破断突水具有相同的力学原理。在最初的水压致裂理论中,一个基于线弹性的破裂力学理论,一直被广泛地使用。Hubbert 和 Willis(1957)提出,当井壁的有效切向应力超过材料抗拉强度时,裸孔孔壁的裂纹将开始扩展。在进行水力压裂力学模型计算时,假定岩石是线弹性、各向同性的,并且岩石是完整的,岩石中有一个主应力分量方向与钻孔轴平行。在这种假设前提下,水力压裂的力学模型可简化为一个平面问题。相当于有两个主应力 σ_1 和 σ_2 作用在一个位于无限大平板上的半径为 a 的圆孔上[16]。如图 4-3 所示,当水平应力分量 σ_1、σ_2 和孔径 a 一定时,围岩应力 σ_r、σ_θ、$\tau_{r\theta}$ 是极坐标 r、θ 的函数。其分布特征随水平应力场的变化而有差异。若令 $r=a$(孔壁上)时,围岩应力为

$$\left.\begin{array}{l} \sigma_r = 0 \\ \sigma_\theta = (\sigma_1 + \sigma_2) - 2(\sigma_1 - \sigma_2)\cos2\theta \\ \tau_{r\theta} = 0 \end{array}\right\} \tag{4.12}$$

式中,σ_r 为径向应力;σ_θ 为切向应力;r 为点到圆孔中心的距离;$\sigma_{r\theta}$ 为剪应力。

　　由式(4.12)可知,孔壁上径向应力和剪应力都为零,仅有切向应力,且随位置(θ)的变化而变化。

　　由式(4.12),图 4-4 在孔壁 A、B 两点的应力集中分别为

$$\sigma_A = 3\sigma_2 - \sigma_1 \tag{4.13}$$

$$\sigma_B = 3\sigma_1 - \sigma_2 \tag{4.14}$$

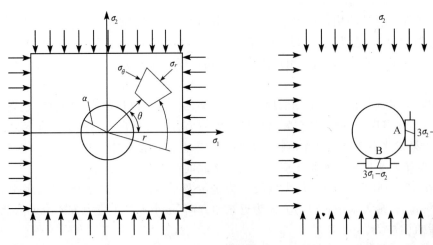

图 4-3　位于无限大平板上的孔受到正应力 σ_1 及 σ_2 的作用　　　　图 4-4　圆孔壁上的应力集中

若 $\sigma_1 > \sigma_2$，则 $\sigma_A < \sigma_B$，因此，当圆孔内施加液体压力使孔壁产生裂隙时，将在 A 点上发生破裂且将沿着垂直于 σ_2（最小主应力）的方向扩展。使孔壁产生张破裂的外加液压 p_f 称为临界破裂压力。临界破裂压力等于孔壁破裂处的应力集中加上岩石的抗拉强度 T，即

$$p_f = 3\sigma_2 - \sigma_1 + T \tag{4.15}$$

重张压力 p_r 可表示为

$$p_r = 3\sigma_2 - \sigma_1 \tag{4.16}$$

若考虑岩石存在孔隙压力 p_0，则

$$p_f = 3\sigma_2 - \sigma_1 + T - p_0 \tag{4.17}$$

$$p_r = 3\sigma_2 - \sigma_1 - p_0 \tag{4.18}$$

在铅直钻孔中测量原地应力时，设最大、最小水平主应力分别为 σ_{hmax} 和 σ_{hmin}（即 $\sigma_1 = \sigma_{hmax}$，$\sigma_2 = \sigma_{hmin}$），钻孔周围岩石的抗张强度为 T，岩石孔隙压力为 p_0，封隔孔段，注水增压到 p_f 使孔壁破裂，此时存在下述关系：

$$p_f = 3\sigma_{hmin} - \sigma_{hmax} + T - p_0 \tag{4.19}$$

式中，σ_{hmax} 和 σ_{hmin} 分别为水平最大和最小主应力；p_0 为初始孔隙压力；T 为考虑了水压作用的井孔抗拉强度。

孔壁破裂后，若继续注液且增大压力，则裂隙将向纵深扩展，若停止注液增压，并保持压裂回路密闭，则裂隙立即停止延伸，趋于闭合。当达到刚刚保持裂隙张开时的平衡压力叫做瞬时关闭压力 p_c，它等于垂直于裂隙面的最小水平主应力，即

$$p_c = \sigma_{hmin} \tag{4.20}$$

煤层底板突水的力学条件是：

(1) 若岩石破裂压力大于水压（$p_f > p_w$），则不产生突水。

(2) 若岩石破裂压力小于水压（$p_f < p_w$），则有可能突水。

4.4.2　煤层底板水压破裂与最小主应力的关系

实际地层中的煤、岩层是处于垂向应力（σ_z）和两个水平主应力（σ_x、σ_y）的三向应力状态下。作用于岩石单元体的垂向应力主要来自上覆岩层重力，水平应力一部分是由垂向应力诱导产生，同时受构造运动影响产生构造应力，两个水平应力一般不相等。

在构造稳定的地区，水平应力一般小于垂向应力，地应力表现为大地静力场型；在构造活动较强烈的地区和盆地的周边地区，水平应力一般大于垂向应力，地应力表现为大地动力场型（图 4-5）。

根据水力压裂的力学原理，当裂隙形成后，只要有足够的压裂液（水）及大于使裂隙张开的缝内压力，那么裂隙就会沿着阻力最小的方向延伸，且当岩石是各向同性的、均匀的，那么裂隙就会一直发展下去，直到遇到界面，然后根据界面的性质或下一岩层的性质决定裂隙能否发展下去。考虑

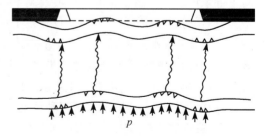

图 4-5　煤层底板突水破坏示意图

到具有原始裂隙的岩层，设在承压水的作用下使裂隙重新张开并得到延伸的最小压力为 $p_w > \sigma_{hmin}$，即欲使裂隙得到延伸，必须有一个能够克服最小主应力的压力才行。但裂隙扩展所

需的裂隙压力除了取决于最小主应力以外,还与裂隙的类型、尺寸及岩层的性质有关[18]。

(1) 当上层岩层中的弹性模量(E_2)比下层岩层的弹性模量(E_1)小得多时,则在下层岩层中裂隙越接近于交界面越易扩展,最后穿过界面延伸到上一岩层中。反之,当上一岩层的弹性模量(E_2)比下层岩层的弹性模量(E_1)大得多时,则在上一岩层对下一岩层中的裂隙扩展起着阻挡作用,最终使裂隙终止。

(2) 岩层界面的性质与裂隙的扩展有很大关系,弱的界面能终止裂隙的扩展,不论界面两边岩层的相对性质如何,迫使压裂液沿界面扩展。连接强的界面最终能使裂隙穿过界面而延伸且进入弹性模量较小的岩层。然而,如果在岩层中接近界面处含有天然裂隙,不论这些裂隙是否同界面串通,都将使该岩层减小对裂隙延伸的阻挡作用。

4.4.3　基于地应力的煤层底板采动破坏突水机理

由于采动影响使采场周围岩体应力重新分布,引起工作面顶、底板岩体发生破坏。煤层顶板岩层在纵向上在采空空间上方岩层自上而下形成三带,即弯曲下沉带(Ⅰ)、裂隙带(Ⅱ)和冒落带(Ⅲ),如果冒裂带高度扩展到煤层上覆含水层将会导致顶板突水。

根据煤层底板岩体受采动影响的特点,在横向上可以划分为四个区,即原岩应力区、超前压力压缩区、采动矿直接破坏区和底板岩体应力恢复区。煤层底板采动突水其实质是由矿压和底板承压水压共同作用的结果。在采掘前方一定范围内的底板岩体产生超前增压,即所谓超前支撑压力;在空顶区形成卸压,底板岩层应力下降,造成所谓卸压膨胀;在增压区与卸压区之间底板岩体即由压缩转化为膨胀状态时,会出现剪切面或局部化剪切带。当导水断裂的产状与破坏变形带一致时,或当底板隔水层破裂已经贯通时,其阻水能力就会大为下降。这种承压水的压裂扩容作用发生与否与底板隔水层中的最小水平主应力有直接关系,当承压水的水压(p_w)小于最小水平主应力(σ_{hmin})时,即 $p_w < \sigma_{hmin}$,不会产生压裂扩容作用。只有当承压水的水压(p_w)大于最小水平主应力(σ_{hmin})时,即 $p_w > \sigma_{hmin}$,才会产生压裂扩容作用。所以,底板突水的力学条件如下[18]。

(1) 存在导水破裂时,用公式可简单地表述为

$$M - (h_1 + h_3) = 0 \qquad (4.21)$$

式中,h_1、h_3 分别为采动破坏深度和水压破坏深度;M 为底板隔水岩层厚度。即不论它是地质构造作用先期形成的,还是后来井巷开拓与矿压造成的,只要使底板隔水岩层破坏至一定深度,且与下部承压水导升高度相沟通或波及到下部含水层时,其岩体强度就会降低,造成底板渗流强度增大,但这时不一定突水,因为这仅具备了突水的必要条件。

(2) 当承压水的水压(p_w)大于最小水平主应力(σ_{hmin})时,即 $p_w > \sigma_{hmin}$,才会具备突水的充分条件,此时承压水沿导水破裂进一步侵入岩体,因渗水软化,使导水破碎带的阻水能力继续降低,直至承压水大于或等于水平最小主应力时,便产生压裂扩容,造成底板突水。

这样,底板突水就出现以下三种情况:

① 采动矿压与承压水的水压未能使底板隔水层形成贯通的破裂,即

$$M - (h_1 + h_3) > 0 \qquad (4.22)$$

这时不会发生突水。

② 采动矿压与承压水的水压使底板隔水层形成贯通的破裂,但隔水层中的最小水平主应力大于承压水的水压,即

$$M - (h_1 + h_3) = 0, \quad \sigma_{hmin} > p_w \tag{4.23}$$

这时也不会发生突水。

③ 采动矿压与承压水的水压使底板隔水层产生贯通的破裂,且承压水的水压大于隔水层中的最小水平主应力,即

$$M - (h_1 + h_3) \leqslant 0, \quad p_w > \sigma_{hmin} \tag{4.24}$$

这时产生压裂扩容作用,出现管涌,发生突水。

综上所述,煤层底板突水是由采动矿压和底板承压水的水压共同作用而产生的,它主要取决于底板岩性、破坏区范围与破坏程度,以及地应力和承压水压力的相对大小。

煤层底板隔水层的抗水压能力主要是依靠其本身的厚度和强度在地应力的帮助下有效地阻抗承压水的突出[16]。只有在隔水层带具有一定的厚度时,才有可能使裂隙不连通。这样,在地应力的帮助下阻止承压水上升。有了一定的厚度之后,水对岩层的溶蚀作用的时间过程就很长了。隔水层带的强度主要是防止由于强大的矿压和水压联合作用将底板剪切破坏。由于岩层的抗张强度较小,所以只有在地应力的作用下,才能有效的阻止承压水对裂隙的扩展和延伸。地应力越大对阻止底板突水越有利。但事情总是一分为二的,如果底板较薄,煤层开采后,在采空区就会形成周围固结的薄板,若整体强度低,在强大的地应力作用下,就有可能产生底鼓、剪切及张裂破坏而突水。在此情况下,地应力又成了有利于突水的附加因素。据研究指出:当隔水层带的厚度大于其矿山压力对工作面底板岩体的影响深度时,则地应力将有利于阻止煤层底板的突水。

设隔水层带的厚度为 h,采空区底板应力降低区内的最小平面跨度为 L,则当 $h/L < 1/5$ 时隔水层类似薄板。这时地应力的增大将有利于煤层底板突水。

例如,开滦矿区在地震以后,一些矿井涌水量增大,突水次数明显上升,其原因是地震后地应力释放,使地应力减小,特别是断裂带中地应力的下降幅度很大,这样在震前不出水,震后在同样条件下就有可能出水。

4.5　裂隙岩体渗透特性与应力耦合关系

煤、岩体中存在原生裂隙和次生裂隙,其裂隙的张开程度影响到煤、岩体的渗透特性,而地应力又控制着裂隙的宽度。张金才等对裂隙岩体的渗透性和地应力的关系进行了研究[19]。

1. 裂隙岩体渗透系数与渗透量

由于不同地质年代的地质构造作用,岩体被大量的结构面所切割,这些裂隙虽然杂乱无章,但有一定的规律可循。地质调查发现,沉积岩作为层状岩体,往往为几组平行的裂隙所切割。所以,可以将岩体裂隙假设为平行、等间距、等裂隙宽度的裂隙组进行理论研究,由于岩石块体的渗透系数远远小于裂隙的渗透系数,研究中常常忽略岩块中的渗流作用,认为水仅在裂隙中流动。根据这些假设,可得到一组平行裂隙的渗透系数为

$$K_0 = \frac{\beta \rho g b^3}{12 s \mu} \tag{4.25}$$

式中,K_0 为裂隙岩体原始渗透系数;β 为裂隙网络的连通系数;g 为重力加速度;ρ 为水的密度;b 为裂隙原始等效隙宽;s 为裂隙平均间距;μ 为水的动力黏滞系数。

当应力发生变化时,将引起式(4.25)中裂隙的宽度 b 发生变化,则应力变化后的渗透系数 K 为

$$K = K_0 \left(1 + \frac{\Delta b}{b}\right)^3 \tag{4.26}$$

式中，Δb 为应力变化导致的裂隙宽度的变化量。

则由于应力变化造成的裂隙岩体渗流量 Q_0 的变化量 Q 为

$$Q = Q_0 \left(1 + \frac{\Delta b}{b}\right)^4 \tag{4.27}$$

2. 自重应力引起裂隙的压缩变形

首先分析裂隙受岩体自重力 γH 作用的力学模型。对于埋深为 H 的单一水平裂隙可由

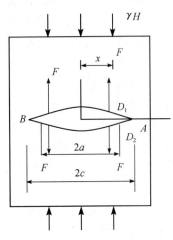

图 4-6　裂隙尖端力学模型

图 4-6 来表示。从裂隙尖端的应力场计算结果可知，对裂隙产生破坏影响的应力是垂直于裂隙面方向的应力，而平行于裂隙面方向的应力可忽略不计。此问题可简化为无限大板具有长度为 $2a$ 的中心裂隙、在远方受均匀压力 $p_0 = \gamma H$ 作用的模型，其中 $c - a$ 为由于压应力造成的裂隙尖端破坏长度。

在 D_1、D_2 两点引入一对虚力 F，其在裂隙尖端 A、B 处的应力强度因子为

$$K_{IF}^A = K_{IF}^B = \frac{F}{\sqrt{\pi c}} \sqrt{\frac{c+x}{c-x}} \tag{4.28}$$

把裂隙长度视为变量，即裂隙瞬时长度为 2ξ，代入式（4.28）得

$$K_{IF} = \frac{F}{\sqrt{\pi \xi}} \frac{2\xi}{\sqrt{\xi^2 - x^2}} \tag{4.29}$$

而已知远方受均匀应力 γH 作用在裂隙尖端处的应力强度因子为

$$K_{IP} = \gamma H \sqrt{\pi \xi} \tag{4.30}$$

应用 Paris 位移公式，并且考虑的问题为平面应变状态，则

$$\delta_1 = \frac{2(1-\mu^2)}{E} \int_0^x K_{IP} \frac{\partial K_{IF}}{\partial F} d\xi$$

$$= \frac{2(1-\mu^2)}{E} \left[\int_0^x K_{IP} \frac{\partial K_{IF}}{\partial F} 0 + \int_x^0 K_{IP} \frac{\partial K_{IF}}{\partial F} d\xi \right] \tag{4.31}$$

显然，当裂隙长度 $\xi < x$ 时. 虚力 F 作用不到裂隙表面，因而 D_1 与 D_2 两点重合，点力对 F 互相抵消，对 K_{IF} 无贡献。所以式（4.31）中第一项积分为 0，代入 K_{IF} 及 K_{IP} 后积分得

$$\delta_1 = \frac{4(1-\mu^2)\gamma H}{E} \sqrt{c^2 - x^2} \tag{4.32}$$

其在裂隙尖端 $x = \pm a$ 处产生的压缩位移为（张开位移为＋，压缩位移为－）

$$\delta_1 = \frac{-4(1-\mu^2)\gamma H}{E} \sqrt{c^2 - a^2} \tag{4.33}$$

对于垂直裂隙，引起裂隙在水平方向产生位移的应力为 $\lambda \gamma H$，则同样可以得到其位移值为

$$\delta_2 = \frac{-4(1-\mu^2)\lambda\gamma H}{E} \sqrt{c^2 - a^2} \tag{4.34}$$

考虑单一裂隙在自重力作用下的位移特征,此问题可应用 S. L. Crouch 提出的位移不连续法,裂隙两侧的相对位移可视为不连续位移,当法向刚度系数为 k_n 时,则应力与位移可表示为

$$\sigma_n = k_n u_n \tag{4.35}$$

对于自重力 γH 作用下的水平裂隙,其垂直压缩位移为

$$u_1 = \frac{-\gamma H}{k_n} \tag{4.36}$$

对于侧压力 $\lambda\gamma H$ 作用下的垂直裂隙在垂直裂隙方向的压缩位移为

$$u_2 = \frac{-\lambda\gamma H}{k_n} \tag{4.37}$$

对于倾斜裂隙,当裂隙面与水平面的夹角为 θ 时,可得自重作用下垂直裂隙面的压缩位移为

$$u_3 = \frac{-\gamma H(\cos^2\theta + \lambda\sin^2\theta)}{k_n} \tag{4.38}$$

3. 自重应力作用下裂隙岩体的渗透系数

1) 裂隙宽度的变化

综合考虑前面讨论的两种情况,可得由自重应力引起的水平裂隙在垂直裂隙面方向的压缩位移为

$$\Delta b_1 = \delta_1 + u_1 = \frac{-4(1-\mu^2)\gamma H}{E} \sqrt{c^2 - a^2} - \frac{\gamma H}{k_n} \tag{4.39}$$

自重力引起的垂直裂隙在垂直裂隙面方向的压缩位移为

$$\cdot \Delta b_2 = \delta_2 + u^2 = \frac{-4(1-\mu^2)\lambda\gamma H}{E} \sqrt{c^2 - a^2} - \frac{\lambda\gamma H}{k_n} \tag{4.40}$$

由以上分析结果可知,随着埋深增大,裂隙宽度逐渐减小,这与野外实测结果相一致。

2) 渗透系数和渗透量的变化

将式(4.39)及式(4.40)分别代入式(4.25)及式(4.26),可得自重应力引起的渗透系数及渗流量的变化值。

水平渗透系数

$$K_b = K_0 \left[1 - \frac{4(1-\mu^2)\lambda H}{Eb} \sqrt{c^2 - a^2} - \frac{\gamma H}{bk_n} \right]^3 \tag{4.41}$$

水平渗透量

$$Q_h = Q_0 \left[1 - \frac{4(1-\mu^2)\gamma H}{Eb} \sqrt{c^2 - a^2} - \frac{\gamma H}{bk_n} \right]^4 \tag{4.42}$$

垂直渗透系数

$$K_v = K_0 \left[1 - \frac{4(1-\mu^2)\lambda\gamma H}{Eb} \sqrt{c^2 - a^2} - \frac{\lambda\gamma H}{bk_n} \right]^3 \tag{4.43}$$

垂直渗透量

$$Q_v = Q_0 \left[1 - \frac{4(1-\mu^2)\lambda\gamma H}{Eb} \sqrt{c^2 - a^2} - \frac{\lambda\gamma H}{bk_n} \right]^4 \tag{4.44}$$

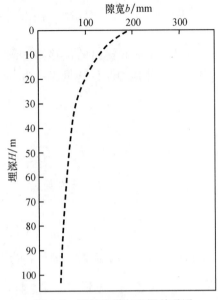

图 4-7　裂隙宽度与埋深关系图

当由自重力造成的裂隙尖端破坏程度较小时（$c \approx a$），上述公式可写成

$$K = K_0\left[1 - \frac{\gamma H(\cos^2\theta + \lambda\sin^2\theta)}{bk_n}\right]^3 \quad (4.45)$$

$$Q = Q_0\left[1 - \frac{\gamma H(\cos^2\theta + \lambda\sin^2\theta)}{bk_n}\right]^4 \quad (4.46)$$

据式（4.43）可以绘出渗透系数改变量与埋深的关系图（图 4-7），可以看出，随着埋深的增加，渗透系数逐渐减小，这与现场试验结果相符合。

4. 裂隙岩体渗透特征与水压的关系

1）水压力引起的裂隙尖端张开位移

对于单一裂隙受承压含水层水压力 p 的作用，此问题可以简化为无限大板具有中心裂隙，长度为 $2a$，在裂隙表面作用着均匀应力 p，见图 4-8。同样可以利用 Paris 位移公式求解：

$$\delta_w = \frac{4p(1-\mu^2)}{E}\sqrt{c^2-a^2} \quad (4.47)$$

可以看出，水压力 p 越大，裂隙尖端的张开位移越大。

2）水压力引起的裂隙的张开位移

在裂隙内部法向作用有水压 p 时，其法向张开位移为

$$u_w = \frac{p}{k_n} \quad (4.48)$$

3）水压力作用下裂隙岩体的渗透特征

综合考虑前面讨论的两种情况，可得由于水压力引起的裂隙的张开位移为

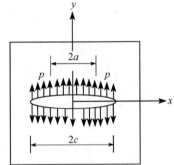

图 4-8　水压作用下裂隙尖端力学模型[19]

$$\Delta b_w = \delta_w + u_w = \frac{p}{k_n} + \frac{4p(1-\mu^2)}{E}\sqrt{c^2-a^2} \quad (4.49)$$

将式（4.49）代入式（4.26）及式（4.27），可得到由于水压造成渗透系数及渗流量的变化值

$$K_w = K_0\left[1 + \frac{p}{bk_n} + \frac{4p(1-\mu^2)}{Eb}\sqrt{c^2-a^2}\right]^3 \quad (4.50)$$

$$Q_w = Q_0\left[1 + \frac{p}{bk_n} + \frac{4p(1-\mu^2)}{Eb}\sqrt{c^2-a^2}\right]^4 \quad (4.51)$$

从式（4.51）可以看出，随着水压力的增加，裂隙岩体的渗透系数及渗流量增加。当裂隙尖端破坏长度较小时（$c \approx a$）时，可仅考虑式（4.48）的影响，此时有

$$K_w = K_0\left[1 + \frac{p}{bk_n}\right]^3 \quad (4.52)$$

$$Q_w = Q_0\left[1 + \frac{p}{bk_n}\right]^4 \quad (4.53)$$

可以看出，随着水压力的增加，渗透系数增加，室内试验结果证明，随着水压力的增加，裂隙岩样的渗流量显著地增加（图 4-9）。

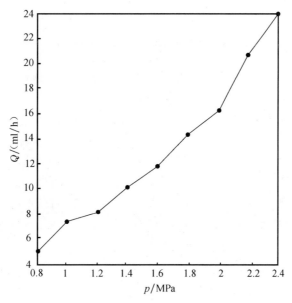

图 4-9　裂隙岩石水压和流量关系图[19]

5. 裂隙岩体渗透特征与埋深及水压的关系

综合考虑岩体自重力 γH 与水压力 p 的联合作用,裂隙岩体的渗透系数及渗流量表示如下。水平渗透系数及渗流量分别为

$$K_h = K_0 \left[1 + \frac{p - \gamma H}{bk_n} + \frac{4(p - \gamma H)(1 - \mu^2)}{bE} \sqrt{c^2 - a^2} \right]^3 \tag{4.54}$$

$$Q_h = Q_0 \left[1 + \frac{p - \gamma H}{bk_n} + \frac{4(p - \gamma H)(1 - \mu^2)}{bE} \sqrt{c^2 - a^2} \right]^4 \tag{4.55}$$

垂直渗透系数及渗流量分别为

$$K_v = K_0 \left[1 + \frac{p - \lambda\gamma H}{bk_n} + \frac{4(p - \lambda\gamma H)(1 - \mu^2)}{bE} \sqrt{c^2 - a^2} \right]^3 \tag{4.56}$$

$$Q'_v = Q_0 \left[1 + \frac{p - \lambda\gamma H}{bk_n} + \frac{4(p - \lambda\gamma H)(1 - \mu^2)}{bE} \sqrt{c^2 - a^2} \right]^4 \tag{4.57}$$

如果不考虑裂隙端部破坏引起的裂隙位移值,则上述关系式可表示为

$$K = K_0 \left[1 + \frac{p - \gamma H(\cos^2\theta + \lambda\sin^2\theta)}{bk_n} \right]^3 \tag{4.58}$$

$$Q = Q_0 \left[1 + \frac{p - \gamma H(\cos^2\theta + \lambda\sin^2\theta)}{bk_n} \right]^4 \tag{4.59}$$

可以看出,式(4.59)与 Louis 等根据钻孔抽水试验结果得出的经验公式相类似。

根据开滦矿区地层中主应力就能大致推测其渗透性。在构造应力松弛、转折端挠褶带、与断层有关的次生裂隙、破碎断层面等低应力分布地区,往往也是地层高渗透率分布地区;构造挤压区、逆冲推覆作用强烈地区、不同走向的断裂结合部位是构造应力集中的地区,往往也是低渗透率分布地区。不同应力状态下渗透率与地层埋藏深度的变化趋势不同。在应力松

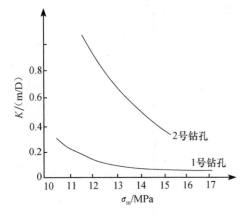

图 4-10　渗透系数与平均地应力的相关关系图

弛地区,渗透率高且随深度增加,变化幅度不大;在正常应力地区,渗透率中等且随深度增加而减少;在高应力地区,渗透率较低且随深度增加急剧减小[10]。开滦矿区现代地应力作用较强,地层处于闭合应力场中。

为研究应力状态引起裂隙张开或闭合而产生的渗透性变化,开滦(集团)有限责任公司在赵各庄矿进行了井下钻孔注水试验,根据压水观测资料获得渗透系数与平均应力 σ_m 的相关关系可知,随着应力的增加,岩层渗透系数降低,如图 4-10 所示。通过回归分析获得 1 号、2 号注水钻孔注水段岩层的渗透系数与原岩应力之间关系如下。

1 号钻孔

$$K = 0.043e^{-0.44(\sigma_m-14.4)}, \quad R = 0.94 \tag{4.60}$$

2 号钻孔

$$K = 0.61e^{-0.34(\sigma_m-13)}; \quad R = 0.95 \tag{4.61}$$

式中,K 为岩层渗透系数;σ_m 为平均应力,MPa,$\sigma_m = \dfrac{1}{3}(\sigma_x + \sigma_g + \sigma_z)$ 或 $\sigma_m = \dfrac{1}{3}(\sigma_1 + \sigma_2 + \sigma_3)$。

4.6　基于地应力的煤层底板突水危险性评价应用

开滦矿区范各庄矿和东欢坨矿采用应力解除法对煤层底板岩体原岩应力进行了测量,测试结果如表 4-3 所示。根据煤层底板的埋藏深度、最大主应力梯度和最小主应力梯度计算获得范各庄矿 12♯煤层底板和东欢坨矿 12-2♯煤层底板最大水平主应力和最小水平主应力分布,如图 4-11~图 4-14 所示。

表 4-3　范各庄矿和东欢坨矿原岩应力测量结果

矿 井	测点位置	最大主应力/MPa			最小主应力/MPa			垂直主应力/MPa	
		大小	方位角/(°)	倾角/(°)	大小	方位角/(°)	倾角/(°)	大小	倾角/(°)
范各庄	−620 运输大巷	24.34	103	−3.78	13.9	193	10.66	16.01	78.67
	−620 井底车场	20.46	142	1.31	7.64	232	−8.01	15.31	81.88
	−420 六石门	18.91	119	0.73	12.31	209	−5.38	9.04	84.57
东欢坨	−500 中石门	22.96	259	8.16	7.38	169	9.96	12.09	85.9
	−230m 付石门	14.22	284	−8.11	6.5	194	7.51	7.15	78.91

根据开滦矿区范各庄矿 12♯煤层底板和东欢坨矿 12-2♯煤层底板不同沉积岩石的抗拉强度(表 4-4)及其厚度分布,利用厚度加权平均方法计算出开滦矿区范各庄矿 12♯煤层底板和东欢坨矿 12-2♯煤层底板岩体抗拉强度(σ_t)分布,如图 4-15 和图 4-16 所示。

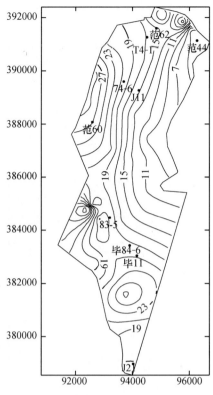

图 4-11　范各庄矿 12♯煤层底板最大
主应力分布图

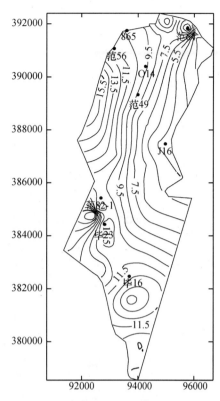

图 4-12　范各庄矿 12♯煤层底板水平
主应力分布图

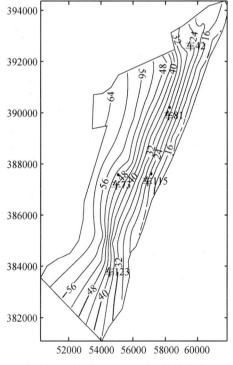

图 4-13　东欢坨矿 12-2♯煤层底板
最大主应力分布图

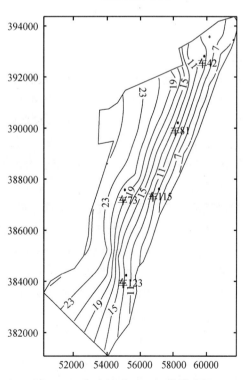

图 4-14　东欢坨矿 12-2♯煤层底板
最小主应力分布图

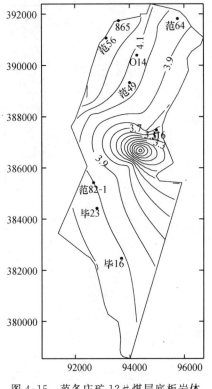

图 4-15　范各庄矿 12♯煤层底板岩体
抗拉强度分布图

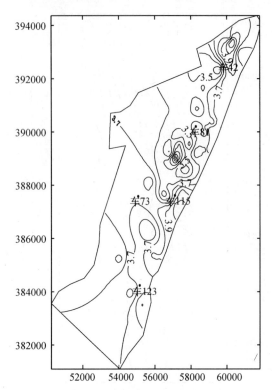

图 4-16　东欢坨矿 12-2♯煤层底板岩体
抗拉强度分布图

表 4-4　开滦矿区不同岩性岩石的抗拉强度

岩　性	中细砂岩	细砂岩	粉砂岩	砂质泥岩	泥　岩
σ_t/MPa	4.34	3.36	3.31	4.00	2.50

由开滦矿区范各庄矿 12♯煤层底板岩体和东欢坨矿 12-2♯煤层底板岩体的最大水平主应力(σ_{hmax})、最小水平主应力(σ_{hmin})和岩体抗拉强度(σ_t),利用公式(4.19)可以得到煤层底板岩体破裂压力(p_f),开滦矿区范各庄矿 12♯煤层底板和东欢坨矿 12-2♯煤层底板岩体破裂压力(p_f)分布如图 4-17 和图 4-18 所示。

开滦矿区范各庄矿 12♯煤层底板和东欢坨矿 12-2♯煤层底板所受水压(p_w)分布如图 4-19和图 4-20 所示。

根据范各庄矿 12♯煤层底板和东欢坨矿 12-2♯煤层底板破裂压力(p_f)与其底板岩体承受的水压(p_w)之间的关系可知,范各庄矿 12♯煤层底板和东欢坨矿 12-2♯煤层底板破裂压力(p_f)均大于其底板岩体承受的水压(p_w),因此当承压水上升至界面后,遇到完整岩体,由于水压值 p_w 小于煤层底板破裂压力 p_f,因此不可能将完整岩体压开,本区在无构造破坏的条件下是不会发生底板突水的。

同样,根据范各庄矿 12♯煤层底板水压(p_w)和东欢坨矿 12-2♯煤层底板水压(p_w)与其最小主应力(σ_{hmin})之间的关系可知,范各庄矿 12♯煤层底板水压(p_w)和东欢坨矿 12-2♯煤层底板水压(p_w)均小于其最小主应力(σ_{hmin}),根据水力压裂理论,承压水不可能克服最小主应力流动,因此当承压水上升至界面遇到完整岩体时,承压水不可能继续上升。即使遇到裂隙,由于水头压力小于此处的最小主应力值,因此也不可能继续上升。因此本区在没有受到断裂构造卸压和采动破坏形成贯通破裂的条件下是不会发生底板突水的。

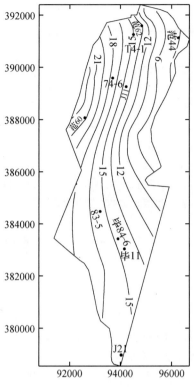

图 4-17　范各庄矿 12♯煤层底板
破裂压力分布图

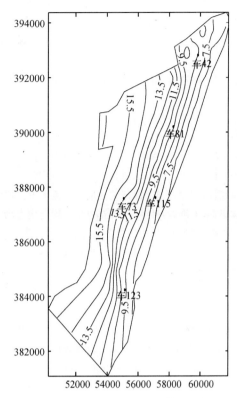

图 4-18　东欢坨矿 12-2♯煤层底板
破裂压力分布图

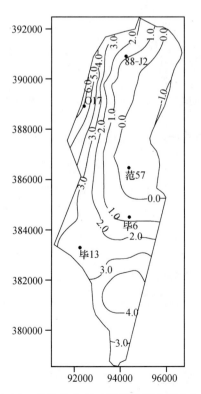

图 4-19　范各庄矿 12♯煤层底板水压分布图

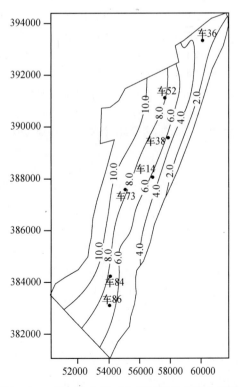

图 4-20　东欢坨矿 12-2♯煤层底板水压分布图

参 考 文 献

[1]　孟召平,程浪洪,雷志勇.淮南矿区地应力条件及其对煤层顶底板稳定性的影响.煤田地质与勘探,2007,35(1):21-25

[2]　李方全,王连捷.华北地区现今构造应力场.北京:地质出版社,1981,142-150

[3]　李方全.地应力测量.岩石力学与工程学报,1985,4(1):95-111

[4]　蔡美峰,乔兰,李华斌.地应力测量原理和技术.北京:科学出版社,1995

[5]　张宏伟.采矿工程中的原岩应力测量.阜新矿业学院学报,1997,(6):25-29

[6]　康红普,林健,张晓.深部矿井地应力测量方法研究与应用.岩石力学与工程学报,2007,26(5):929-933

[7]　陈庆宣,王维襄,孙叶等.岩石力学与构造应力场分析.北京:地质出版社,1998.58-182

[8]　钱鸣高,刘听成.矿山压力及其控制.北京:煤炭工业出版社,1984

[9]　Hoek E,Brown E T. Underground Excavation In Rock. London:The Institute of Mining And Metallurgy,1980

[10]　Köse H. Modeltheoretische untersuchung der gebirgsdruckverteilung beim Abbau,Glückauf- Forschungshefte,1987,48(1): 17-22

[11]　肖树芳,杨淑碧.岩体力学.北京:地质出版社,1987.68-90

[12]　韩军,张宏伟.淮南矿区地应力场特征.煤田地质与勘探,2009,37(1):17-21

[13]　尤明庆.水压致裂法测量地应力方法的研究.岩土工程学报,2005,27(3):350-353

[14]　韩金良,吴树仁,谭成轩等.东秦岭东江口花岗岩体水压致裂法与 AE 法地应力测量对比研究.岩石力学与工程学报,2007,26(1):81-86

[15]　刘允芳,刘元坤.单钻孔中水压致裂法三维地应力测量的新进展.岩石力学与工程学报,2006,25(增 2):3816-3822

[16]　钟亚平.开滦煤矿防治水综合技术研究.北京:煤炭工业出版社,2001

[17]　孟召平,田永东,李国富.煤层气开发地质学理论与方法.北京:科学出版社,2010

[18]　彭苏萍,王金安.承压水体上安全采煤.北京:煤炭工业出版社,2001

[19]　张金才,张玉卓,刘天泉.岩体渗流与煤层底板突水.北京:地质出版社,1997

[20]　孟召平,田永东,李国富.沁水盆地南部煤储层渗透性与地应力之间关系和控制机理.自然科学进展,2009,19(10):1142-1148

[21]　孟召平,田永东,李国富.沁水盆地南部地应力场特征及其研究意义.煤炭学报,2010,35(6):975-981

第5章 煤层顶底板突水危险性地质评价理论与方法

5.1 引　言

如何在煤炭开采前对矿井突水危险性进行定量评价与预测,并采取相应的防治措施,已成为迫切需要解决的问题。自1950年以来,我国煤矿曾发生过数百次突水事故,其中开滦范各庄矿于1984年6月2日发生突水量为2053m³/min的特大突水淹井事故,造成经济损失5亿元人民币以上。目前全国600余处国有重点煤矿中受水害威胁的矿井达285处,占47.5%,受水害威胁的储量达250×10^8 t[1,2]。随着矿山开采深度的增加,水压不断增大,深部开采的水害问题日益严重,煤矿突水已成为影响煤矿安全生产的重大关键问题之一。在世界产煤大国美国、中国、英国、澳大利亚、俄罗斯等国中,俄罗斯、匈牙利、中国等国地质和水文地质条件比较复杂,大水矿区分布较广,突水灾害严重。早在20世纪初,国内外学者注意到矿井突水与地质条件的关系,认识到隔水层岩性和厚度及断裂分布与突水之间的关系[1~8]。50年代,我国首先引入了原苏联的斯列萨烈夫理论,将采掘巷道的底板岩层视为两端固支、受均布载荷作用的梁进行突水预测。60年代,我国学者总结了大量突水案例,筛选出含水层水压和隔水层厚度两个主要因子,提出了突水系数的概念,建立了突水系数的经验公式并很快在全国推广使用[1~8]。由于突水系数物理概念比较确定,公式简单实用,在煤矿生产实践中预测煤层底板突水和在一定水压条件下进行带压开采,对解放受承压水威胁的煤炭资源起了积极作用,所以一直沿用至今。但是,由于突水系数仅仅考虑了采动破坏、水压和厚度等因素的影响,而对作为层状岩体的煤层底板岩性、结构特征、开采面积、边界条件等均未作分析,实际应用受到了局限,尤其是在深部开采时,其预测的准确度较低,因而承压水体上煤炭资源安全开采的预测方法,还有待于进一步发展完善[1,2]。近些年来,在煤矿底板突水危险性评价研究方面,虽然由单一考虑水压问题发展至考虑矿压与水压共同作用,引入渗流-损伤耦合理论研究应力场与渗流场相互作用,进一步贴近了突水问题的实质与过程,提出了各自的评价方法,取得了一定进展[9~18],但应用效果受到限制,究其原因还是对矿井突水地质条件及其影响因素认识不够,基础地质参数取值困难,建立的理论模型与实际存在偏差所致。实际上煤层底板突水危险性决定于含水层条件、隔水介质条件和断裂构造条件,其中隔水介质条件除与隔水层厚度相关外,还受控于岩性和断裂结构。因此,本章从矿井突水类型及典型案例分析入手,通过对煤层顶底板岩性和结构的分析,揭示隔水层的隔水性能和抗水压能力,建立煤层顶底板突水危险性评价理论与方法,对煤层顶底板突水危险性进行评价,将使得对复杂的水文地质条件评价和矿井设计更趋合理和可靠。

5.2　矿井突水类型及典型案例

矿井突水是煤层上覆或下伏含水层水冲破顶板或底板隔水层的阻隔,以突发、缓发或滞发的形式进入采掘工作面,造成矿井涌水量增加或淹没矿井的自然灾害,其受地质因素与开采因素所控制。

5.2.1　矿井突水类型

根据突水水源所在位置矿井突水分为顶板突水和底板突水。煤层顶底板突水是一种复杂的地质及采动影响现象。煤层顶底板突水危险性受控于含水层条件、隔水介质条件和导水通道条件(图 5-1),含水层条件主要包括反映含水层富水性的含水层的厚度、裂隙发育程度和水压等因素;隔水介质条件包括煤层顶底板隔水层厚度、岩性和结构分布;导水通道条件包括断裂构造、岩溶陷落柱和采动裂隙。煤层顶底板突水不仅受地质条件所控制,而且与采动因素密切相关。因此,煤层顶底板突水是上述因素综合作用的结果,突水机理也具有多样性。

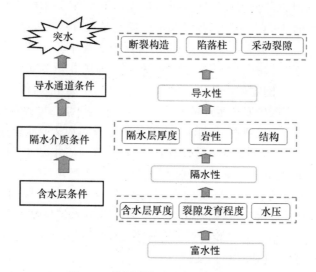

图 5-1　煤层顶底板突水危险性评价

根据突水通道条件的成因,将煤层顶底板突水划分为断裂构造突水、岩溶陷落柱突水、采动破坏突水和水压破坏突水四大类,进一步根据含水层条件和隔水层条件将煤层顶底板突水分为不同类型,其特征如表 5-1 所示。

表 5-1　矿井突水分类表

	突水类型		特　征
1	断裂构造突水	导水断层突水	存在切割顶或底板隔水岩层的导水断层,天然状态下断层导水性好,使含水层水与采掘空间直接沟通
		断层采动活化突水	断层切割顶或底板隔水岩层,但天然状态下断层不导水,在采动影响下断层活化突水,在采动影响下断层的上、下盘相互错动的过程称为"断层活化"。水压沿断层向上或向下扩展而与采动破坏相沟通
		断裂(裂隙)带突水	煤层顶或底板隔水层断裂(裂隙)带强度低、孔渗性好,沿断裂(裂隙)带突水
2	岩溶陷落柱突水	导水陷落柱突水	陷落柱为全充水型,陷落柱内充填物未被压实,水力联系好,沟通了几个含水层,尤其奥灰水直接导通到陷落柱上部,采掘工程一旦揭露就会发生突水,水量大而稳定,长疏不衰
		陷落柱边缘突水	陷落柱为边缘充水型,陷落柱内充填物压实紧密,风化程度强,柱内水力联系不好,只是陷落柱边缘发育的次生裂隙充水。采掘工程揭露时一般以滴、淋水或涌水为充水形式,涌水量不大,主要疏降煤系含水层水,经过一段时间的疏放,涌水量大幅度减少或疏干

续表

	突水类型		特　征
3	采动破坏突水	采动破坏突水	煤层顶板冒裂带导通煤层上覆含水层的水发生突水，或者煤层底板隔水岩层受采动破坏与含水层相连通突水
4	水压破坏突水	水压破坏突水	煤层顶或底板隔水岩层厚度较小，煤层上覆或下伏高承压含水层水压大，煤层顶或底板受水压致裂破坏突水

1. 断裂构造和岩溶陷落柱突水类型

断裂构造和岩溶陷落柱突水是煤层底板突水的主要类型。据统计，有 75% 以上的煤矿突水事件与断裂构造有关；另有 25% 与采动裂隙有关，断裂构造和岩溶陷落柱突水的受控机制表现如下[19]。

（1）断层突水是由于断层对煤岩层的破坏作用导致在断层附近煤岩层裂隙和孔隙增加，强度大幅度降低的结果（详见 3.5 节）。

（2）断裂和岩溶陷落柱的存在改变了地应力场的方向与大小。当煤层底板有断裂带、陷落柱或隐伏断裂带时，断裂带附近应力状态和大小发生变化，随着断裂带产状的不同，与区域构造场的最大主应力方向有着不同程度的偏离，而断裂带附近的三个主应力的大小，也随着断裂性质与断裂产状的不同，与区域构造场的主应力值的大小有所不同。对于自重应力，一般是随着断裂的存在而减小，张扭性断裂的减小程度比压扭性断裂的减小程度要大。张扭性断裂带附近的自重应力一般要减小约一倍，而压扭性断裂则减小 5% 左右。由于断裂带中地应力值降低，使得承压水的压力有可能大于水平方向的最小主应力，使裂隙带中的裂隙张开，导致承压水导升而突水。

（3）断裂和岩溶陷落柱的存在，提供了突水通道。断裂带和岩溶陷落柱周边裂隙比较发育，岩体破碎，给承压水的导升和断裂带内的开裂制造了空间。此外，断裂带中的充填物多为胶结不够紧密的泥质、炭质胶结，在承压水的长期作用下被软化、淘空和溶蚀，形成较高的原始导高，从而降低了有效隔水层的厚度，给突水造成了有利条件。

（4）采掘工作面揭露断层时并不导水，在回采工作面的推进过程中引起采场围岩岩体的移动变形，从而造成断层面的相对移动，煤层顶底板含水层水沿断层渗流，发生滞后型突水。

2. 水压破坏突水

在岩石力学中，"水压致裂"一词是指在密封裸孔中注入压力水，使岩石发生张性破裂，是经典的流-固耦合作用下的渗流破坏问题，煤层底板突水和水力压裂具有同源的力学机理，都是确定岩石（体）破坏的临界水压（详见 4.4 节）。

承压水的水压对底板隔水层的作用主要表现为压裂扩容作用和渗水软化作用。压裂扩容作用是指，承压水在小裂隙中进一步压裂岩体，使原有裂隙扩大。渗水软化是指承压水在底板隔水层中，降低有效应力和岩体的黏聚力，在与采动矿压联合作用下，使底隔水层强度软化，进一步产生更大破裂。

通过对现场压裂试验和实测各类岩层的阻水能力的资料分析，不同岩性岩石其抗水压能力存在一定差异性，中、粗砂岩阻水能力为 0.3～0.5MPa/m，细砂岩为 0.3MPa/m，粉砂岩为 0.2MPa/m，泥岩为 0.1～0.3MPa/m，石灰岩约 0.4MPa/m。断层带因其中充填物性质及胶结密实程度不同，阻水能力变化很大，按弱强度充填物考虑，其阻水能力为 0.05～0.1MPa/m[20]。

3. 采动破坏突水

由于采动影响使采场周围岩体应力重新分布,引起工作面顶、底板岩体发生破坏。煤层顶板岩层在纵向上在采空空间上方岩层自上而下形成三带,即弯曲下沉带(Ⅰ)、裂隙带(Ⅱ)和冒落带(Ⅲ),如果冒裂带高度扩展到煤层上覆含水层将会导致顶板突水。

煤层底板采动突水其实质是由矿压和底板承压水压共同作用的结果。在采掘前方一定范围内的底板岩体产生超前增压,即所谓超前支承压力;在空顶区形成卸压,底板岩层应力下降,造成所谓卸压膨胀;在增压区与卸压区之间底板岩体即由压缩转化为膨胀状态时,会出现剪切面或局部化剪切带。当导水断裂的产状与破坏变形带一致时,或当底板隔水层破裂已经贯通时,其阻水能力就会大为下降。这种承压水的压裂扩容作用发生与否与底板隔水层中的最小水平主应力有直接关系,当承压水的水压(p_w)小于最小水平主应力(σ_{hmin})时,即 $p_w < \sigma_{hmin}$,不会产生压裂扩容作用。只有当承压水的水压(p_w)大于最小水平主应力(σ_{hmin})时,即 $p_w > \sigma_{hmin}$,才会产生压裂扩容作用(详见 4.4 节)。

如开滦赵各庄矿－1200m 标高外的最小主应力值为 11.66MPa,当某一点的水压达到最大值即 11.76MPa 时,有可能使岩层中原有的裂隙裂开并向上延伸。当承压水上升至界面后,可分两种情况讨论。一是遇到完整岩体,由于水压值 $p_w = 11.76$MPa。比最小主应力 σ_h(11.66MPa)仅大 0.1MPa,因此不可能将完整岩体压开。这样承压水需要沿界面作水平向流动寻找裂隙向上发展。但垂直主应力值 $\sigma_v = 29.85$MPa,远远大于水压值,据水力压裂理论,承压水不可能克服 σ_v 而沿水平方向流动,因此当承压水上升至界面遇到完整岩体时,承压水不可能继续上升。另一种情况是遇到裂隙,当水头压力又大于此处的最小主应力值时,有可能继续上升。由于隔水层的厚度较大,岩层层数较多,这种上一岩层的裂隙正好和下一岩层的裂隙相对接且一直延伸到煤层底板的机会很少,因此底板突水的概率是非常小的[20]。

煤炭开采不仅造成围岩破坏,同时使部分地应力释放,使岩体渗透性增加。有些矿区在地震后涌水量大增,突水次数增多,其原因是地震后地应力释放,原岩应力值减小,特别是在断裂带中,起始应力值降低的幅度很大。这样出现震前不突水,震后在同样条件下就可能突水的现象。

5.2.2　开滦范各庄矿典型突水案例

1. 构造裂隙突水

开滦范各庄井田 1978 年 3 月 8 日 3 时 15 分,二水平 204 开拓掌发生突水,最大突水量为 47m³/min,仅用 34h15min 便淹没了－310 水平以下约 70188m³ 的空间,造成全矿停产 10 天,少产煤超过 9×10^4t,直接经济损失 1000 万元人民币以上,并使二水平开拓工程推迟一年左右。204 突水点位于井田北部井口向斜轴部,构造裂隙比较发育。突水点为 204 岩巷迎掌一垂直裂隙,裂隙方位为 N42°E,倾向 NW,倾角为 70°~80°,上宽 150mm,下宽 400mm。突水点位于 12 煤层以下 37m 的含砾粗砂岩中,距 K3 灰岩约 110m,距奥陶系石灰岩 160m。

为了减少受灾的损失,采用强排追水的方法,于 1978 年 3 月 19 日将矿井水位排至－356m 主井散煤收集以下,保证了一水平正常生产。于 10 月 28 日将矿井水位强排至－490m 水平,当时涌水量稳定在 27.7m³/min。通过对地质及水文地质条件的综合分析,认为用闸墙封闭堵水是最佳治理方案。11 月底闸墙竣工,闸墙厚 8m,中间安装 3 条 ϕ377mm 水管,并安装三个高压阀门进行控制。12 月 22 日关闭瓦路后,测得水压 4.12MPa;地面 12~14 煤层间砂岩含水层观测孔 J15 孔水位上升了 81.33m,恢复到透水前的水位标高;二水平涌水量由 41.7m³/min 减少到 12.04m³/min,与透水前相同。通过对 204 巷道打水闸封闭,缩短了治理时间,减少了受灾损失,使矿井迅速恢复生产,并为清污分流、合理利用矿井水创造了条件。但其水文地质条件尚未查清,给以后的矿井防治水工作带来了困难,以后又相继揭露了 4♯、5♯ 两个岩溶陷落柱。直到 1989 年进行放水连通试验,才查明 204 突水点直接水源为 12~14♯ 煤层间砂岩含水层水,补给水源以上部露头冲积层水补给为主,并有奥灰水的补给。2008 年 208 平 7 孔治理后,涌水量约为 3.5m³/min。

2. 导水断层突水

1983 年 6 月 3 日,开滦范各庄矿二水平北翼一采区 2176 综采工作面揭露了隐伏在工作面内部 8♯ 导水陷落柱,并且工作面向柱内推进了 10m。当揭露相通的导水断层时发生透水,最大涌水量为 14.08m³/min,致使工作面被迫部分重新开切眼绕过陷落柱,回采时间推迟了两个月,埋住两组综采液压支架,损失 14.6 万元人民币。

2176 综采工作面位于井口向斜轴与北二背斜轴之间的过渡带,受地质构造影响,煤层起伏较大,上风道标高 -319~-382m,下运道标高 -334~-414m,沿工作面推进方向煤层倾角也较大。工作面掘进中总涌水量为 3.2~4.2m³/min,充水形式以顶板淋、滴水为主。工作面自 1983 年 3 月开始回采,3~5 月底涌水量由 4.7m³/min 增加到 10.67m³/min。6 月 3 日在工作面下出口煤层顶板见 0.2m 宽的大裂隙,突水量达 5.0m³/min,全掌总涌水量增加到 14.08 m³/min,在工作面内透水点的北上方见 8♯ 陷落柱,长轴 76m,短轴 52m,工作面内一断层穿过陷落柱,致使采面下部无法推进,只好再掘一段巷道绕过陷落柱继续回采。由于这次突水的处理,采取了开巷绕过的措施,当时工作面虽回采完毕,但水文地质条件尚未查清。

1984 年 6 月份以前,2176 涌水量一直稳定在 9.0 m³/min 左右,2171 突水后,涌水量增大到 12.0 m³/min,1990 年 6 月 25 日平 7 孔突水前,涌水量为 7.0 m³/min 左右,水温、水质硝酸根含量、水电阻率、水同位素氚值均接近奥灰水。1990 年 6 月,在突水点下方揭露 10♯ 陷落柱。经过 1989 年以后的物、化、钻综合立体勘探和对 10♯ 陷落柱的治理,2176 涌水量减少到 1.4 m³/min 左右,水温、水质均与煤系地层水一致,对该区域水文地质条件有了较全面的认识。

3. 岩溶陷落柱突水

1984 年 6 月 2 日 10 时 20 分,开滦范各庄矿 2171 综采工作面发生了世界采矿史上罕见的突水灾害,奥陶系石灰岩强含水层承压水经 9♯ 陷落柱溃入矿井,高峰期 11h 平均突水量为 2053m³/min,仅历时 20h55min 就淹没了一个年产 300×10⁴t、开采近 20 年的大型矿井。

1984 年 6 月 6 日 15 时 30 分,当范各庄矿矿井水位淹没到 -156.17m 时又突然下降了 14.8m,此时涌水突破范各庄、吕家坨两矿边界煤柱而溃入相邻的吕家坨矿,最大过水量为 388.8m³/min,致使吕家坨矿也被淹没停产。6 月 25 日,当吕家坨矿淹没水位上升到 -207.47m 时,与其相邻的林西矿八水平以下发现渗水,最大渗水量为 17.66m³/min。随着吕家坨矿淹没水位的上升,林西矿受到威胁而被迫停产。与林西矿相邻的唐家庄、赵各庄两个矿井也由于矿井之间没有完整的隔离煤柱,受到涌水的威胁被迫处于半停产状态。

2171 综采工作面是二水平南一采区七煤层第一个工作面。工作面走向为 N22°E,走向长 1400m、倾斜长 140m,煤层倾角 12°~15°,平均煤厚为 4m。上风道标高为 -310~-332m,下运道标高为 -342~-372m。工作面无大断层,仅见落差 1m 左右的小断层 13 条。煤层顶板裂隙发育,局部有滴、淋水现象,掘进、回采期间工作面总涌水量为 0.3～0.4m³/min。经查明,2171工作面突水为岩溶陷落柱突水。

2171 工作面突水水源通道是隐伏在工作面内导水性极强的 9♯岩溶陷落柱。陷落柱距上风道 53m,距下运道 30m,采面推进位置距陷落柱 45m。陷落柱总体积为 861000m³,其中在相当7♯煤层位置以上有 8～32m 的大空洞,计算空洞体积为 39000 m³。陷落柱长轴 67m,短轴 46m,面积 2875m²,其空间形态在 12～14♯煤层一段距离内直径变小。陷落柱内的通道和裂隙将奥灰高压水导通到 5♯煤层顶板。

治理 2171 水患,采取了"排、截、堵"综合治理方针。"排"就是在范各庄、吕家坨两矿井筒安装了 20 台大型潜水泵,排水能力达 285.5m³/min,用强排控制水位上涨。同时采取了在吕家坨、林西边界打钻注浆加固煤柱;在林西、唐家庄、赵各庄三个矿井下建水闸墙,保住了林西矿未被水淹,该矿于 1984 年 8 月 1 日恢复了正常生产。"截"就是从地面打钻注浆堵截范各庄、吕家坨两矿边界三条过水巷道,即−310m 水平运输巷、12♯煤层导洞和−120m 水平回风巷。共施工钻孔 37 个,进尺 9730m,注沙子 58344m³,石渣 2120m³,水泥 9043t,水玻璃 91m³,共注入 90000m³的充填物,使过水量由 388.8m³/min 减少到 0.8m³/min,堵水效果达 99.6%。经过 183 天的注浆堵水,吕家坨矿于 1985 年 3 月 20 日恢复生产。"堵"即是通过物探、钻探及水文地质试验等手段,对 9♯陷落柱的水文地质条件进行勘查,在对其水文地质构造有较清楚认识的基础上,制定了对陷落柱上部灌注集料充填压实,中部注浆堵截通道,下部充填灌注拦截水源的"三段式"综合治理方案。

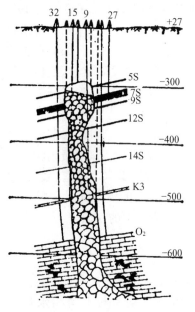

图 5-2　用注浆方法封堵陷落柱突水

从 1984 年 6 月 9 日第一台钻机开始工作,7 月 14 日开始第一次注浆,截至 1985 年 1 月共打钻孔 35 个,进尺 17333.3m,注入水泥 37911.98t,沙子 4653.374m³,石渣 25945.143m³,水玻璃 3662.954m³,计算堵水效率已达 99%以上。1985 年 3 月 15 日开始排水,6 月 13 日将矿井水位排至−310m 水平,11 月 4 日排至−490m 水平,1985 年四季度部分工作面恢复生产,产煤 10×10⁴t。为了彻底堵住陷落柱的导水通道,在排水复矿过程中一直进行陷落柱加固注浆工作,到 1986 年 6 月 7 日,钻探总进尺 34303m,共注入水泥 68569.06t,沙子 4678.347m³,水玻璃 4220.893m³,石渣 25945.143m³,成功地治理好了这次世界采矿史上罕见的特大透水灾害(图 5-2)。

4. 采动破坏突水

1987 年 12 月 24 日,开滦范各庄矿受 2278 综采工作面的采动影响,2298 运道距 2190 上山190～240m 范围巷道底板发生涌水,出现三个底板出水点,初始水量为 0.66m³/min,12 月 28 日涌水量增大至 2.60m³/min,出水点增加到 8 个,最大涌水量为 2.87m³/min,由于出水点位于向斜轴部,排水困难,致使 2278 工作面及整个矿井北翼停产,2278 综采工作面被淹。以后水量逐渐衰减,到 1990 年 3 月份,2278 综采工作面恢复生产前,2298 涌水量已减少到 0.65m³/min。2278 工作面回采后,2298 出水点再次受到影响,涌水量曾增大到 0.86m³/min,以后逐渐减小,到2008 年底涌水量稳定在 0.30m³/min 左右。

2298 运道底板出水点位于塔坨向斜轴南侧,小型断裂构造十分发育,据钻孔资料揭露,在塔坨向斜轴部发育一条近于平行向斜轴的断层,落差约 6m。2298 运道掘进中只发现落差 1m 以下的小断层,在向斜轴部有局部底水,无明显的出水点。1987 年 12 月 24 日,当 2278 工作面推进到 2190 上山以北 227m 时,发现 2298 运道在距 2190 上山 190～250m 范围底鼓严重,底板隆起形成裂隙,其宽度达 10～30mm;12 月 27 日在距 2190 上山 200.6m 处发现一个长 650mm、宽 240mm 的大裂隙。

2298 运道出水以后,给矿井生产造成了很大影响,被迫由原来的双翼开采改为单翼开采。为了查清此区域的水文地质条件,在以前探查的基础上,1988 年以后又相继施工了大量的井下放水孔和水文观测孔,其中 12～14♯ 煤层间砂岩含水层孔 43 个,K3 灰岩孔 3 个,形成了比较完善的水文观测网,通过物、化、钻综合勘探和放水连通试验等手段,基本上查清了 2298 区域的水文地质条件。

2298 运道底板出水是地质构造、区域水文地质条件及采动影响等诸多因素影响造成的。根据放水连通试验资料分析,出水点直接补给水源为 K3 灰岩含水层,间接接受奥灰水补给,水源通道为采动影响下的垂直裂隙。

5.3　煤层底板突水危险性地质评价

煤层底板突水危险性受控于含水层条件、隔水介质条件和导水通道条件,煤层底板隔水层的厚度、岩性和结构与突水密切相关。

5.3.1　煤层底板隔水介质条件

1. 煤层底板隔水层的岩性

在水文地质学中一般将钻孔单位涌水量小于 $0.001L/(s \cdot m)$ 的岩层视为隔水层。隔水层的抗水压能力与隔水层的岩性密切相关。对于煤系沉积岩石,隔水层岩性主要有泥岩、粉砂岩和砂岩。从岩性角度,可将隔水层岩性分为泥岩为主型、砂岩为主型和砂泥岩复合型。在隔水性能方面泥岩为主型表现为塑性,隔水性能好,从泥岩封盖能力的实验分析表明,平均渗透率为 $0.089 \times 10^{-3} \mu m^2$,平均孔隙度为 1.97%,平均突破压力为 20.6MPa,平均扩散系数为 1.33×10^{-5},说明该区泥岩具有较强的封盖能力。但泥岩力学强度相对较低,抗水压能力弱。砂岩为主型表现为脆性,隔水性能较差;但岩石力学强度相对较高,抗水压能力较强。而砂泥岩复合型处于两者之间。岩性不同则隔水性能和抗水压能力不同。

由于受沉积环境的控制,隔水层岩性在垂向上旋回变化,不同岩性的岩层作有规律的组合,称层组岩体(简称岩体),因此作为煤层底板隔水层的岩体力学性质及其稳定性,并不是由一层岩性所能代表的,而是多层岩性的组合,不同沉积岩性具有不同的力学性能。对于煤层底板沉积岩层采用泥岩百分比含量(K)来表示隔水岩层岩性特征

$$K = \frac{h}{H} \times 100\% \tag{5.1}$$

式中,h 为开采煤层与主要充水含水层之间各泥岩层厚度之和(m);H 为开采煤层与主要充水含水层之间总厚度(m)。

根据 K 值的大小将煤层底板隔水岩层岩性分为三类,即泥岩为主型、砂岩为主型和砂泥岩复合型(表 5-2)。

表 5-2　煤层底板岩性类型

顶板岩体岩性类型	K值/%	主要岩性	主要岩相	抗水压能力	隔水性能
泥岩为主型	≥65	砂泥岩、粉砂质泥岩和煤层	主要为泛滥平原、沼泽相和泥炭沼泽相、泻湖海湾相沉积等	弱	好
砂泥岩复合型	35～65	粉砂岩、粉砂质泥岩和泥岩	主要为分流间湾、泛滥平原和天然堤相沉积等	中等	中等
砂岩为主型	<35	砂岩、粉砂岩和石灰岩	主要为分流河道、河口沙坝和决口扇及小型水道相或浅海相沉积等	强	差

2. 煤层底板隔水层的断裂结构

根据煤层及其底板断裂构造发育程度和工程规模将煤层底板岩层划分为完整结构、块裂结构、碎裂结构和松散结构四类(表 5-3)。

表 5-3　煤层底板断裂结构分类依据及其力学特征

岩体结构类型	断裂发育程度	结构体特征	断裂面特征	地质构造特征	岩体变形破坏特征	力学模型	抗水压能力和隔水性能
完整结构	结构面不发育,1或2组,规则,结构面间距≥2m,RQD为75%～100%,或K_v值为0.75～1.0;Hoek-Brown经验系数值m=7.0～15,s=1	巨块状,结构体尺寸大于或相当于工程尺寸	无或偶见Ⅲ、Ⅳ级和Ⅴ级结构面,结构面闭合,粗糙无充填	地质构造变动小(轻微),节理不发育,断裂构造复杂程度为Ⅰ类,最大主曲率$K<1.0×10^{-4}$/m	脆性破坏和剪切破坏,少量沿沉积结构面分离	连续介质	抗水压能力和隔水性能好
块裂结构	结构面较发育,2或3组,呈X形,较规则,结构面间距1～2m,RQD为50%～75%,或K_v值为0.50～0.75;Hoek-Brown经验系数值m=0.7～7.5,s=0.004～0.1	大块状,结构体尺寸小于工程尺寸,但属于同一量级	Ⅱ、Ⅲ级结构面为主,Ⅳ、Ⅴ级不太发育,至少有一组软弱结构面,张开、粗糙、有充填	地质构造变动较大(较重),位于断层或褶曲轴的邻近地段,可有小断层,节理较发育,断裂构造复杂程度为Ⅱ类,最大主曲率K=1.0～2.0×10^{-4}/m	压缩变形量大,沿弱面剪切破坏	非连续介质	抗水压能力和隔水性能取决于断裂结构面封闭性
碎裂结构	结构面发育,3～5组,不规则,呈X形或米字形,结构面间距0.1～1m,RQD为25%～50%,或K_v值为0.25～0.50;Hoek-Brown经验系数值m=0.14～0.3,s=0.0001	碎块状,结构体尺寸远小于工程尺寸,属于次一量级	Ⅱ、Ⅲ、Ⅳ、Ⅴ级结构面都存在,且Ⅳ、Ⅴ级发育,结构面张开或闭合,光滑不一	地质构造变动强烈(严重),位于褶曲轴部或断层影响带内,软岩多见扭曲拖拉现象,小断层、节理发育,断裂构造复杂程度为Ⅲ类,最大主曲率K=2.0～4.0×10^{-4}/m	压缩变形量大,整体强度低,岩体塑性变形强,时间效应明显,沿弱面剪切破坏和塑性破坏	似连续介质	地下水作用较强烈,抗水压能力和隔水性能较差
松散结构	结构面很发育,5组以上,杂乱,结构面间距≤0.1m,RQD为0～25%,或K_v值为0～0.25;Hoek-Brown经验系数值m=0.001～0.08,s=0～0.00001	碎屑状和颗粒状	断层破碎带内岩体或采动冒落带岩体,裂隙密集,无序块状夹泥,呈松散状	地质构造变动很强烈,位于断层破坏带内,岩体破碎呈块状、碎石角粒状,有的甚至岩末泥土状,节理很发育,断裂构造复杂程度为Ⅳ类,最大主曲率K≥4.0×10^{-4}/m	压缩变形量大,时间效应明显,似土状,结构体张破坏和滚动,主要表现为塑性破坏	松散连续介质	地下水作用更为强烈,抗水压能力和隔水性能极差

注:1. RQD为岩石质量指标。它是根据钻孔岩芯完整程度判断岩石质量和岩体完整性的指标,用公式 RQD=(L_p/L)×100%表示,其中 L_p 为 10cm 以上岩芯的累积长度,L 为钻孔全长。

2. K_v 为岩体完整性系数。$K_v=(v_m/v_r)^2$,其中 v_m 为岩体声波速度,v_r 为岩石声波速度。

Hoek-Brown 岩体强度经验准则描述了岩体岩性-结构对岩体力学性质的影响,把不同岩体结构的岩体分为六类,即完整岩体、质量极好的岩体、质量好的岩体、中等质量的岩体、质量低的岩体和极差的岩体;提出了岩体破坏的经验强度准则[17]

$$\sigma_{1s} = \sigma_3 + (m\sigma_c\sigma_3 + s\sigma_c^2)^{\frac{1}{2}} \tag{5.2}$$

式中,σ_{1s} 为峰值强度时的最大主应力(MPa);σ_3 为最小主应力(MPa);σ_c 为完整岩石材料的单轴抗压强度(MPa);m 和 s 为经验常数,它们取决于岩石性质和承受破坏应力前岩石已破裂的程度。系数 m 总是一个有限的正值,其变化范围从 0.001(强扰动或高度破碎岩体)到 25(坚硬完整岩体)。系数 s 值的变化从 0(节理化岩体)到 1(完整岩石材料),根据煤层及其顶底板岩性特征,m 和 s 的取值,如表 5-3 所示。

当 $\sigma_3 = 0$ 时,由式(5.2)得到岩体的单轴抗压强度为

$$\sigma_{1s} = \sigma_c = (s\sigma_c^2)^{\frac{1}{2}} \tag{5.3}$$

同样,当 $\sigma_1 = 0$ 时,由式(5.2)得到岩体的单轴抗拉强度为

$$\sigma_3 = \sigma_t = \frac{1}{2}\sigma_c[m - (m^2 + 4s)^{\frac{1}{2}}] \tag{5.4}$$

3. 煤层底板隔水层厚度

煤层底板隔水层厚度是指开采煤层底板至含水层顶面之间隔水岩层的厚度。煤层底板抗水压能力除与煤层底板岩性-结构有关外,还与煤层底板隔水层厚度有关。根据开滦范各庄矿 12# 煤层底板突水资料统计表明,该区煤层底板泥岩极限厚度与水压之间呈正相关关系[2]。

国内一些矿井和矿区,根据以往承压水体上开采过程中,突水和未发生突水工作面的底板承受的极限水压 p 与底板隔水层厚度 h 的关系二次幂函数来计算

$$p = ah^2 + bh + c \tag{5.5}$$

式中,p 为含水层突水前水压(MPa);h 为底板隔水层厚度(m);a、b 和 c 为与突水地质条件相关的回归系数(表 5-4)。开滦范各庄矿煤层底板泥岩层承受的极限水压 p 与底板隔水层厚度 h 的关系与式(5.5)中当系数 $a = 0$ 的情况相一致。这些均表明,煤层底板抗水压能力与煤层底板隔水层厚度呈正相关关系。

表 5-4　式(5.5)中 a、b 和 c 系数的取值

位　置	系数 a	系数 b	系数 c	备　注
淄博矿区黑山矿	0.00177	0.015	−0.43	底板泥岩和砂岩层
淄博矿区石谷矿和夏庄矿	0.0016	0.015	−0.30	底板泥岩和砂岩层
淄博矿区洪山矿和寨里矿	0.0010	0.015	−0.158	底板泥岩和砂岩层
淄博矿区双山矿和阜村矿	0.0008	0.015	−0.168	底板泥岩和砂岩层
峰峰矿区	0.0006	0.026	0	底板泥岩和砂岩层
焦作矿区	0.001	−0.025	0.33	底板泥岩和砂岩层
开滦范各庄矿	0	0.157	1.124	完整底板泥岩层
	0	0.134	−0.465	含裂隙底板泥岩层

5.3.2　水压与隔水层厚度比

开采煤层承受的水压与煤层到主要含水层间相对隔水层厚度之比。当水压与隔水层厚度比

值小于突水系数时,可以安全回采,否则应采取防治水措施保证安全生产。

我国学者早在 1964 年就开始了底板突水规律的研究,并在焦作水文会战中,以煤炭科学研究总院西安分院为代表,提出了采用突水系数作为预测预报底板突水与否的标准。突水系数就是单位隔水层所能承受的极限水压值,即

$$T_s = \frac{p}{M} \tag{5.6}$$

式中,T_s 为突水系数;p 为含水层水压(MPa);M 为隔水层厚度(m)。

突水系数在数值上相当于"相对隔水层厚度"的倒数。由于最先提出的突水系数法没有考虑矿压和水压对底板破坏的影响,20 世纪 70～80 年代,煤炭科学研究西安分院水文所曾先后两次对突水系数的表达式进行了修改。在考虑矿压和水压破坏因素时,从隔水层厚度中减去了矿压和水压对底板的破坏深度。由于原始导高 Z_0 值受不同构造与岩性的影响而变化,难以预测,故要实际探测确定

$$T_s = \frac{p}{M - C_p - Z_0} \tag{5.7}$$

式中,C_p 为矿压对底板的破坏深度(m);Z_0 为隔水底板的原始导高(m)。

根据历次突水实例的分析,我国部分矿区按照式(5.6)得出了临界突水系数值,如表 5-5 所示[1]。在上述突水系数概念指导下,淄博、肥城、井陉、邯郸、峰峰、焦作等矿区采用带压开采方法采出了大量的煤炭。

表 5-5　我国部分矿区临界突水系数的经验值

矿　区	临界突水系数值/(MPa/m)
峰峰	0.066～0.076
邯郸	0.066～0.100
焦作	0.060～0.100
淄博	0.060～0.140
井陉	0.060～0.150

5.3.3　煤层底板突水危险性评价分类

煤层底板突水危险性受控于隔水介质条件、含水层条件和导水通道条件,因此,根据煤层底板隔水层岩性-结构特征和水压与隔水层厚度比值(表 5-6)等关键参数,将煤层底板突水危险性划分为安全(Ⅰ)、中等安全(Ⅱ)、安全差(Ⅲ)和安全极差(Ⅳ)四类,如表 5-6 所示。

(1)安全(Ⅰ):岩体力学强度高,抗水压能力强,隔水性能好,采掘工程一般不受水害影响;防治水工作简单。

(2)安全中等(Ⅱ):岩体力学强度中等,抗水压能力中等,隔水性能中等,采掘工程受水害影响,但不威胁矿井安全生产;防治水工作简单或易于进行。

(3)有危险(Ⅲ):岩体力学强度较差,抗水压能力差,隔水性差,采掘工程受水害威胁大;防治水工程量较大,难度较高,防治水的经济技术效果较差。

(4)极有危险(Ⅳ):岩体力学强度极低,抗水压能力极差,隔水性极差,矿井突水频繁,来势

凶猛,含泥沙率高,采掘工程、矿井安全受水害严重威胁;防治水工程量大,难度高,往往难以治本,或防治水的经济技术效果极差。

表 5-6　煤层底板突水危险性评价分类表

评价类型	煤层底板隔水介质条件			断裂构造	水压与隔水层厚度比值	水压(p_w)与岩体破裂压力(p_c)关系	水压(p_w)与最小主应力(σ_{hmin})关系
	岩石抗水压能力	岩石隔水性能	底板结构				
安全(Ⅰ)	砂岩为主	泥岩为主	完整结构	无断层和陷落柱	<0.025	$p_c > p_w$	$\sigma_{hmin} > p_w$
安全中等(Ⅱ)	砂泥岩复合型(或砂质泥岩)	砂泥岩复合型(或砂质泥岩)	块裂结构	断层面闭合,无影响带	0.025-0.05		
有危险(Ⅲ)	泥岩为主	砂岩为主	碎裂结构	有断层或陷落柱,但不导水	0.05-0.15	$p_c < p_w$	$p_w > \sigma_{hmin}$
极有危险(Ⅳ)			松散结构	有断层或陷落柱,但导水	≥0.15		

注:1. p_c 为岩体破裂压力(MPa),即 $p_c = 3\sigma_{hmin} - \sigma_{hmax} + \sigma_T - p_0$,其中,$\sigma_{hmax}$、$\sigma_{hmin}$ 分别为底板岩层中最大、最小水平主应力(MPa);σ_T 为岩体抗拉强度(MPa);p_0 为底板岩体孔隙压力(MPa)(值小时可忽略不计)。

　　2. p_w 为含水层水压(MPa)。

　　3. 水压(p_w)与岩体破裂压力(p_c)关系和水压(p_w)与最小主应力(σ_{hmin})关系详见第 4 章。

5.3.4　煤层底板突水危险性评价方法

　　根据上面分析可以看出,煤层底板隔水层岩性-结构特征和水压与隔水层厚度比值反映了煤层底板隔水岩层的隔水性能和抗水压能力,因此根据煤层底板隔水介质条件和水压与隔水层厚度比值实现对煤层底板突水危险性进行评价预测。

　　1. 煤层底板隔水层隔水性能评价

　　根据隔水介质条件和断裂结构条件,也就是根据隔水层的岩性和结构特征,将隔水层的隔水性能分为四类(表 5-7)。

表 5-7　隔水层隔水性能分类表

断裂结构条件	隔水介质条件		
	泥岩为主型	砂泥岩复合型	砂岩为主型
完整结构	Ⅰg	Ⅰg	Ⅱg
块裂结构	Ⅰg	Ⅱg	Ⅲg
碎裂结构	Ⅱg	Ⅲg	Ⅳg
松散结构	Ⅲg	Ⅳg	Ⅳg

　　(1) 隔水性能好(Ⅰg):包括泥岩为主型完整结构、砂泥岩复合型完整结构和泥岩为主型块裂结构。

(2) 隔水性能中等(Ⅱg)：包括泥岩为主型完整结构、砂泥岩复合型块裂结构和砂岩为主型碎裂结构。

(3) 隔水性能差(Ⅲg)：包括泥岩为主型松散结构、砂泥岩复合型碎裂结构和砂岩为主型块裂结构。

(4) 隔水性能极差(Ⅳg)：包括砂岩为主型松散结构和碎裂结构、砂泥岩复合型松散结构。

2. 煤层底板隔水层抗水压能力评价

根据水压与隔水层厚度比值和底板岩性，也就是考虑煤层底板隔水层岩性的突水系数分析法，将隔水层的抗水压能力分为四类，即抗水压能力强(Ⅰk)、抗水压能力中等(Ⅱk)、抗水压能力差(Ⅲk)和抗水压能力极差(Ⅳk)，如表5-8所示。

表5-8　隔水层抗水压能力分类表

水压与隔水层厚度比值	底板岩性类型		
	砂岩为主型	砂泥岩复合型	泥岩为主型
<0.025	Ⅰk	Ⅰk	Ⅱk
0.025~0.05	Ⅰk	Ⅱk	Ⅲk
0.05~0.15	Ⅱk	Ⅲk	Ⅳk
≥0.15	Ⅲk	Ⅳk	Ⅳk

3. 煤层底板突水危险性评价

根据煤层底板隔水层的隔水性能和抗水压能力的大小，将煤层底板突水地质条件危险性划分为安全(Ⅰ)、中等安全(Ⅱ)、安全差(Ⅲ)和安全极差(Ⅳ)四类，如表5-9所示。

表5-9　突水地质条件危险性评价分类表

抗水压能力	隔水性能			
	隔水性能好(Ⅰg)	隔水性能中等(Ⅱg)	隔水性能差(Ⅲg)	隔水性能极差(Ⅳg)
抗水压能力强(Ⅰk)	Ⅰ	Ⅰ	Ⅰ	Ⅱ
抗水压能力中等(Ⅱk)	Ⅰ	Ⅱ	Ⅱ	Ⅲ
抗水压能力差(Ⅲk)	Ⅱ	Ⅲ	Ⅳ	Ⅳ
抗水压能力极差(Ⅳk)	Ⅲ	Ⅲ	Ⅳ	Ⅳ

5.4　煤层顶板突水危险性地质评价

煤层开采时导水裂隙带是否导通第四系冲积含水层和煤层上覆砂岩裂隙含水层水，主要取决于开采煤层导水裂隙带高度和开采煤层至含水层之间的距离。

5.4.1　导水裂隙带高度

当工作面初次垮落后，顶板岩体的断裂方向倾向于工作面回采方向；而工作面初次垮落前，顶板岩体的断裂方向倾向于采空区方向。在整个采动影响区形态大致以采区垂向中心线对称，大部分断裂发生在采空区边缘的上方，呈雁行排列，形成梯形断裂，冒裂带高度表现为两边高、中间低，其分布形态呈马鞍形(图 5-3)。

（a）模型5

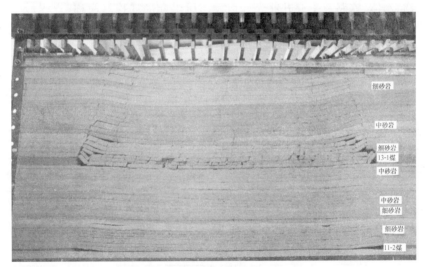

（b）模型6

图 5-3　顶板岩体冒裂带分布形态

1. 垮落带高度和导水裂隙带高度预计公式

冒落带和裂隙带称为两带，即冒落裂隙带，在解决水体下采煤时，称两带为导水裂隙带。两带之间没有明显的分界线，均属于破坏性影响区。一般是上覆岩层离采空区距离越大，破坏程度越小。

为了揭露冒落带和导水裂隙带的高度，许多矿区采用钻探方法，通过冲洗液消耗量来确定。我国根据许多煤矿钻孔观测资料，在《矿井水文地质规程》中总结出冒落带和导水裂隙带最大高度的经验数据和经验公式(表 5-10)。

表 5-10　我国冒落带和导水裂隙带最大高度经验数据及经验公式

煤层倾角/(°)	岩石抗压强度/MPa	岩石名称	顶板管理方法	冒落带最大高度/m	导水裂隙带(包括冒落带最大高度)/m
0～54	40～60	辉绿岩、石灰岩、硅质石英岩、砾岩、砂砾岩、砂质页岩等	全部陷落	$H=(4\sim5)M$	$H_i=\dfrac{100M}{2.4n+2.1}+11.2$
	20～40	砂质页岩、泥质砂岩、页岩等	全部陷落	$H=(3\sim4)M$	$H_i=\dfrac{100M}{3.3n+3.8}+5.1$
	<20	风化岩石、页岩、泥质砂岩、黏土岩、第四系和第三系松散层等	全部陷落	$H=(1\sim2)M$	$H_i=\dfrac{100M}{5.1n+5.2}+5.1$
55～85	40～60	辉绿岩、石灰岩、硅质石英岩、砾岩、砂砾岩、砂质页岩等	全部陷落		$H_i=\dfrac{100mh}{4.1h+133}+8.4$
	>40	砂质页岩、泥质砂岩、页岩、黏土岩、风化岩石、第四系和第三系松散层等	全部陷落	$H=0.5M$	$H_i=\dfrac{100mh}{7.5h+293}+7.3$

注：1. 表中，M 为累计采厚(m)；n 为煤分层层数；m 为煤层厚度(m)；h 为采煤工作面小阶段垂高(m)。

　　2. 冒落带、导水裂隙带最大高度，对于缓倾斜和倾斜煤层，系指从煤层顶面算起的法向高度；对于急倾斜煤层系指从采上限首起的垂向高度。

　　3. 岩石抗压强度为饱和单轴极限强度。

在《建筑物、水体、铁路及主要井巷煤柱留设与压煤开采规程》(简称《规程》)中，煤层覆岩内为坚硬、中硬、软弱、极软弱岩层或其互层时，厚煤层分层开采的垮落带高度和导水裂隙带最大高度经验计算如表 5-11 和表 5-12 所示。

表 5-11　厚煤层分层开采的垮落带高度计算公式

岩　性	计算公式/m
坚硬	$H_m=\dfrac{100\sum M}{2.1\sum M+16}\pm2.5$
中硬	$H_m=\dfrac{100\sum M}{4.7\sum M+19}\pm2.2$
软弱	$H_m=\dfrac{100\sum M}{6.2\sum M+32}\pm1.5$
极软弱	$H_m=\dfrac{100\sum M}{7.0\sum M+63}\pm1.2$

表 5-12　厚煤层分层开采的导水裂隙带高度计算公式

岩　性	计算公式之一/m	计算公式之二/m
坚硬	$H_{I_i}=\dfrac{100\sum M}{1.2\sum M+2.0}\pm8.9$	$H_{I_i}=30\sqrt{\sum M}+10$
中硬	$H_{I_i}=\dfrac{100\sum M}{1.6\sum M+3.6}\pm5.6$	$H_{I_i}=20\sqrt{\sum M}+10$
软弱	$H_{I_i}=\dfrac{100\sum M}{3.1\sum M+5.0}\pm4.0$	$H_{I_i}=10\sqrt{\sum M}+5$
极软弱	$H_{I_i}=\dfrac{100\sum M}{5.0\sum M+8.0}\pm3.0$	

2.《规程》关于导水裂隙带高度预计的有关规定

（1）上、下两层煤的最小垂距 h 大于回采下层煤的垮落带高度 H_{xm} 时，上、下层煤的导水裂隙带最大高度可按上、下层煤的厚度分别选用表 5-11 中公式计算，取其中标高最高者作为两层煤的导水裂隙带最大高度，如图 5-4 所示。

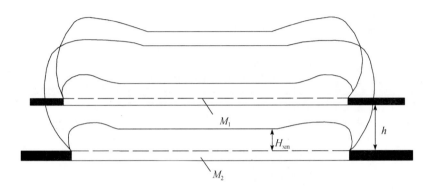

图 5-4　近距离煤层导水裂隙带高度计算（$h > H_{xm}$）

（2）下层煤的垮落带接触到或者完全进入到上层煤范围时，上层煤的导水裂隙带最大高度采用本层煤开采厚度计算，下层煤的导水裂隙带高度则应采用上、下层的综合开采厚度计算，取其中标高最高者作为两层煤的导水裂隙带的最大高度，如图 5-5 所示。

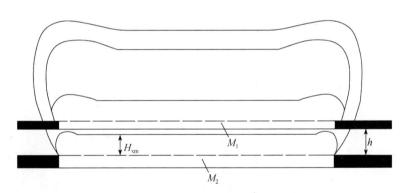

图 5-5　近距离煤层导水裂隙带高度计算（$h < H_{xm}$）

上、下两层煤的综合开采厚度可按以下公式计算：

$$M_{z1-2} = M_2 + \left(M_1 - \frac{h_{1-2}}{y_2} \right) \tag{5.8}$$

式中，M_1 为上层煤开采厚度；M_2 为下层煤开采厚度；h_{1-2} 为上、下两层煤之间的垂向距离，如图 5-6所示；y_2 为下层煤的冒高与采厚之比。

（3）如果上、下层煤的间距很小时，则综合开采厚度为累计厚度

$$M_{z1-2} = M_1 + M_2$$

《煤矿防治水规定》（2009）关于煤层露头防隔水煤（岩）柱的留设，建议冒高（$H_{冒}$）、裂高（$H_{裂}$）的计算参照《规程》的相关规定进行计算。

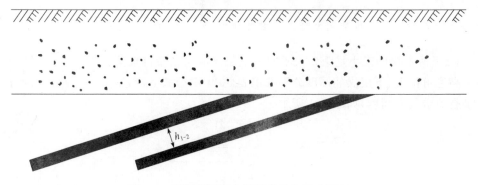

图 5-6　缓倾斜近距离煤层的综合开采厚度

5.4.2　第四系冲积含水层的突水危险性

　　煤层开采时导水裂隙带是否导通第四系冲积含水层,主要取决于开采煤层导水裂隙带高度和开采煤层至第四系冲积含水层之间距离。

　　开采煤层顶界至第四系冲积含水层底界之间距离减去开采煤层一次采全高形成的冒落裂隙带高度为有效保护层厚度 ΔH_2

$$\Delta H_2 = \Delta h - H \tag{5.9}$$

式中,Δh 为开采煤层顶界至第四系冲积含水层底界之间的距离(m);H 为开采煤层一次采全高形成的冒落裂隙带高度(m)。

　　(1)若有效保护层厚度 ΔH_2 小于零,第四系冲积含水层可能涌入回采工作面,造成顶板突水。

　　(2)若有效保护层厚度 ΔH_2 大于零,说明开采时可以一次采全高,不会导致导水裂隙带直接导通第四系冲积含水层水,其突水危险性取决于 ΔH_2 的大小。

　　对厚松散冲积层,含水层水压较大时,类似于底板灰岩承压水上采煤时的突水系数,定义"松散含水层突水危险系数"的概念,即松散含水层水压 p 与有效保护层厚度 ΔH_2 之比称为松散含水层突水危险系数 K_Q

$$K_Q = p/\Delta H_2 \tag{5.10}$$

式中,K_Q 为松散含水层突水危险系数(MPa/m);p 为松散含水层水压(MPa),无实测值时按 $0.01h$ 估算,h 为松散含水层厚度(m);ΔH_2 为有效保护层厚度(m)。

　　与底板灰岩承压水上开采一样,松散含水层下开采,有效保护层厚度和含水层水压不同,顶板突水危险性应存在安全开采的临界系数 K_0:

　　当 $K_Q < K_0$ 时,有效保护层能有效阻隔松散层水压,开采是安全的;

　　当 $K_Q \geqslant K_0$ 时,有效保护层不能有效阻隔松散层水压,存在突水危险。

　　现在,尚没有松散层突水危险性的临界系数的统计值,但可以借鉴底板突水系数的临界值。对于开滦矿区具体的开采地质条件,取 $K_0 = 0.1\text{MPa/m}$。

　　根据 ΔH_2 和松散含水层突水危险系数 K_Q 值,将本区煤层顶板突水危险分为四类,即安全区(Ⅰ)、中等安全区(Ⅱ)、安全性差区(危险)(Ⅲ)和安全性极差区(极危险)(Ⅳ)四种类型,评价分类标准如表 5-13 所示。

表 5-13　煤层顶板松散含水层突水危险性地质评价分类标准

评价类型	有效保护层厚度 $\Delta H_2/\text{m}$	突水危险系数 $K_Q/(\text{MPa/m})$
安全区（Ⅰ）		<0.015
中等安全区（Ⅱ）	$\geqslant 0$	$0.015\sim 0.1$
安全性差区（危险）（Ⅲ）		$\geqslant 0.1$
安全性极差区（极危险）（Ⅳ）	<0	

5.4.3　煤层顶板砂岩裂隙含水层的突水危险性

开采煤层采动时导水裂隙带是否导通开采煤层上覆盖砂岩裂隙含水层主要取决于开采煤层导水裂隙带高度、开采煤层至开采煤层顶板砂岩裂隙含水层之间的距离。

当导水裂隙带高度大于开采煤层至上覆砂岩裂隙含水层之间的距离时，上覆含水层水可以通过裂隙带进入开采煤层回采工作面；反之，当导水裂隙带高度小于开采煤层至上覆砂岩裂隙含水层之间的距离时，上覆含水层水不能进入开采煤层回采工作面。例如，开滦东欢坨 2088、2188$_B$ 发生的顶板突水就是由于采面冒落后，导水裂隙带高度大于 $5\sim 8\sharp$ 的间距，导通了 $5\sharp$ 顶强含水层而发生的突水。

开采煤层至上覆顶板砂岩裂隙含水层之间的距离减去开采煤层一次采全高形成的冒落裂隙带高度设为

$$\Delta H_1 = \Delta H - H \tag{5.11}$$

式中，ΔH 为开采煤层顶至顶板砂岩裂隙含水层之间的距离（m）；H 为开采煤层一次采全高形成的冒落裂隙带高度（m）。

（1）若 ΔH_1 小于零，说明存在顶板突水的必要条件，但不是充分条件。

突水充分条件取决于顶板砂岩裂隙含水层的富水性。若在顶板冒裂范围内的直接充水含水层的富水性较差，即使顶板导水裂隙带发育至充水含水层内，导致其顶板涌水，其水量也是有限的，不会对矿井安全生产产生水害危险。

如果在顶板冒裂范围内的直接充水含水层的富水性好，开采煤层顶板砂岩裂隙承压含水层对煤层开采直接造成威胁，存在顶板突水危险。说明不能一次采全高，需要采取其他措施处理，如采取分层开采或上部注浆帷幕堵水等措施。若是不采取任何措施下采全高，可能上部充水含水层中水就会下渗回采工作面，造成顶板突水。

（2）若是 ΔH_1 大于零，说明开采时可以一次采全高，不会导致导水裂隙带导通隔水岩段。

参 考 文 献

[1]　张金才，张玉卓，刘天泉．岩体渗流与煤层底板突水．北京：地质出版社，1997

[2]　孟召平，易武，兰华．开滦范各庄井田突水特征及煤层底板突水地质条件分析．岩石力学与工程学报，2009，28(2)：228-237

[3]　王连国，宋扬．煤层底板突水突变模型．工程地质学报，2002，8(2)：160-163

[4]　王秀辉．采煤工作面底板突水预报的多参数测试方法．煤田地质与勘探，1998，26(增 1)：36-39

[5]　李白英．预防矿井底板突水的"下三带"理论及其发展与应用．山东矿业学院学报，1999，8(4)：11-18

[6]　Wu Q，Wang M，Wu X. Investigations of groundwater bursting into coal mine seam floors from fault zones. International Journal of Rock Mechanics and Mining Sciences，2004，41(4)：557-571

［7］ Zhang J C,Shen B H. A coal mining under aquifers in China:a case study. International Journal of Rock Mechanics and Mining Sciences,2004,41(4):629-639

［8］ Wang J A,Park H D. Fluid permeability of sedimentary rocks in a complete stress-strain process. Engineering Geology,2002,63(3/4):291-300

［9］ 冯利军,郭晓山. 人工神经网络在矿井突水预报中的应用. 西安科技学院学报,2003,23(4):369-371

［10］ 扬永国,黄福臣. 非线性方法在矿井突水水源判别中的应用研究. 中国矿业大学学报,2007,36(3):283-286

［11］ 张文泉,肖洪天,刘伟韬. 矿井底板岩体裂隙网络模拟与突水通道搜寻研究. 煤炭学报,2000,25(增):75-78

［12］ 许学汉,王杰. 煤矿突水预报研究. 北京:地质出版社,1991

［13］ 郑世书,孙亚军. GIS 在殷庄煤矿微山湖下采区工作面涌水预测中的应用. 中国矿业大学学报,1994,23(2):48-56

［14］ 杨天鸿. 承压水底板突水失稳过程的数值模型初探. 地质力学学报,2003,9(3):281-288

［15］ Zhu Q H,Feng M M,Mao X B. Numerical analysis of water inrush from working-face floor during mining. Journal of China University of Mining and Technology,2008,18(2):159-163

［16］ 孟召平,苏永华. 沉积岩体力学理论与方法. 北京:科学出版社,2006

［17］ Brady B H G,Brown E T. Rock mechanics for underground mining. Kluwer Akademic Publishers,1993

［18］ 孟召平,王睿,汪元有等. 开滦范各庄井田 12 煤层底板突水危险性的地质评价. 采矿与安全工程学报,2010,27(3):310-315

［19］ 彭苏萍,王金安. 承压水体上安全采煤. 北京:煤炭工业出版社,2001

［20］ 钟亚平. 开滦煤矿防治水综合技术研究. 北京:煤炭工业出版社,2001

第6章 开滦范各庄井田煤层顶底板突水危险性评价

6.1 引　　言

　　范各庄井田位于河北省唐山市古冶区境内。井田南北走向长 12.25km,东西最大倾斜长 3.92km,井田总面积为 32.33km²。本区为广阔平原,被第四纪冲积层所掩覆。地面标高北部约 34m,南部约 22m,平均坡度 1‰～2‰,地势平坦。范各庄矿是新中国第一座自行勘察、设计和建造的大型现代化矿井。1955 年 4 月勘探,1958 年 6 月开始建井,1964 年 10 月投产,原设计能力年产 180×10⁴t。1973 年开始矿井改扩建,将毕各庄井田划入范各庄井田开采,在老主井、副井西侧新建混合井,直达二水平,新增生产能力 220×10⁴t/年,将矿井设计能力提高到 400×10⁴t/年。但由于 1976 年唐山大地震和 1978 年 3 月 204 工作面透水淹没二水平等因素影响,新混合井直到 1984 年才完工。又因 1984 年 6 月 2171 工作面透水淹没矿井,使矿井改扩建工作遭受重大挫折。1986 年 6 月治水成功复矿后,改扩建工作继续进行,1996 年核定矿井综合生产能力 320×10⁴t,2002 年矿井年产量达到 410×10⁴t,达到了设计标准。2006 年核定矿井综合生产能力 450×10⁴t,2007 年产量达到 450×10⁴t[1]。矿井突水问题一直是困扰开滦范各庄煤矿生产的突出问题。自 1964 年 10 月投产以来,共发生 0.5 m³/min 以上的突水 49 次,其中开滦范各庄矿于 1984 年 6 月 2 日发生突水量为 2053m³/min 的特大突水淹井事故,造成经济损失达 5 亿元人民币以上。随着矿山开采深度的增加,水压不断增大,深部开采的水害问题日益严重,煤矿突水已成为影响煤矿安全生产的重大关键问题之一[2~4]。因此,开展开滦范各庄井田煤层顶底板突水危险性研究具有理论和实践意义。本章针对开滦范各庄井田实际,从研究区水文地质条件分析入手,从促发与阻抗突水两方面出发,系统分析矿井突水地质条件,揭示本区矿井突水的地质特征和控制性因素,建立煤层顶底板突水与地质条件之间的相关关系和模型,对研究区 12♯煤层底板突水和 5♯煤层顶板突水危险性进行评价,为本区矿井突水防治和煤炭安全生产提供地质保障。

6.2 井田突水特征

　　开滦范各庄井田含煤地层属石炭-二叠系,主要可采煤层为下二叠统大苗庄组的 5♯煤层、7♯煤层、9♯煤层和上石炭统的赵各庄组 12♯煤层,其中 12♯煤层位于本区煤系地层的下部,为复杂结构的厚煤层,煤层厚度 1.05～8.32m,平均 3.54m。12♯煤层底板直接充水含水层有 12～14♯煤层间砂岩组裂隙承压含水层;间接充水含水层有 14♯煤层——唐山灰岩间砂岩-灰岩裂隙承压含水层和煤系地层基底的奥陶系灰岩强含水层。

　　在煤炭开采过程中突水频繁,矿井突水点分布如图 6-1 所示,自建矿以来共发生 1.0m³/min 以上突水 28 次。自 1978 年以来发生大突水 5 次,其中有一次淹井,一次淹水平。到 2008 年 12 月底,范各庄矿一水平开采已经基本结束,二水平已经全面开采。1999～2008 年 10 年间,矿井平均涌水量为 36.83m³/min,最大涌水量为 42.35m³/min。目前矿井总涌水量为 19m³/min,其中一水平 3.24m³/min,二水平 12.78m³/min,三水平 2.73m³/min,四水平 0.25m³/min。

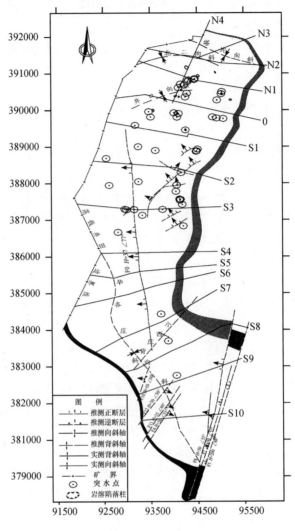

图 6-1　矿井突水点分布图

根据井下突水点资料统计,其突水特征如下:

(1) 矿井涌水量大、突水频繁发生(表 6-1)。建矿以来共发生 0.5m³/min 以上的突水 49 次,其中顶板突水 24 次,底板突水 18 次,岩溶陷落柱突水 5 次,断层突水 2 次,一次淹井,一次淹水平。突水量小于 1m³/min 的次数占 36.73%,1~10m³/min 的占 57.14%,大于 10m³/min 占 6.124%,最大突水量为 2053m³/min。1984 年 6 月 2 月 10 时 20 分,2171 综采工作面发生了世界采矿史上罕见的透水灾害,奥陶系石灰岩强含水层承压水经 9♯陷落柱溃入矿井,高峰期 11h 平均突水量为 2053m³/min,仅历时 20h55min 就淹没了一个年产 300×10⁴t 开采近 20 年的大型矿井。2008 年 8 月底,通过对 208 平 7 孔重大水患治理后,全矿总涌水量保持在 19m³/min 左右。

表 6-1 突水量分类统计表

突水量/(m³/min)	<1	1~10	10~30	30~100	>100	合 计
突水次数	18	28	1	1	1	49
百分比/%	36.73	57.14	2.04	2.04	2.04	100

（2）发生突水的水源以 12~14♯煤层间砂岩组裂隙承压含水层为主,突水 25 次,占 52%;而 5♯煤层顶板砂岩水占 10%,突水量小;岩溶陷落柱和断层突水占 15%,且突水量大。发生突水的含水层水压为 0.02~4.92MPa,平均为 3.03MPa,本区断层破碎带临界突水系数（水压与隔水层厚度比）的经验值为 0.06MPa/m。矿井大多是通过岩层破裂带突水的,并且突水多发生巷道掘进过程、开采过程中、开采后老顶来压阶段,尤其是第一次来压。

（3）岩溶陷落柱的存在是范各庄矿水害隐患的根源。建矿以来已发现 14 个岩溶陷落柱,且集中分布在矿区北部的塔坨向斜区,均有不同的导水性,除对 9♯、10♯两个陷落柱进行治理外,其余 12 个陷落柱均未进行治理。由于陷落柱直接导通奥灰水,严重威胁矿井的安全。同时,由于陷落柱的存在造成煤层不连续,给生产也带来很大的影响。

（4）突水点在空间的分布具有一定的规律性,突水点往往与断裂展布相关。井田中部单斜区中部呈 NWW 向展布的 F0 断层,落差 37m,倾向 SWW,倾角 70°~84°,为高角度正断层,水平延展距离较大。三维地震资料显示,该断层垂向错断了整个煤系地层,向下发育至奥灰,向上接近基岩面,断层附近裂隙发育,含水丰富。南部 F0 断层附近 12♯煤层底板含水层和 K3 灰岩含水层水化学特征接近,北部 F0 断层附近 12♯煤层底板含水层和 5♯煤层顶板含水层水化学特征接近,表明该断层垂向可能沟通各含水层,区内突水点大多沿该断层带分布,并受该断层所控制。

6.3 煤层底板突水危险性地质评价

6.3.1 12♯煤层底板突水地质条件分析

1.12♯煤层底板突水含水层

本区煤系为海陆交替相含煤沉积,岩性由砂岩、泥岩、灰岩和煤组成,沉积旋回明显,纵、横剖面上岩性具有一定变化。如表 6-2 所示,对 12♯煤层开采充水和安全构成威胁的底板主要含水层有 12~14♯煤层间砂岩裂隙承压含水层,14♯煤层-唐山灰岩间砂岩-灰岩裂隙承压含水层和煤系地层基底的奥陶系灰岩强含水层,其中 12~14♯煤层间砂岩裂隙承压含水层距 12♯煤层层间距小,变化大,同时岩性横向变化也大;而 14♯煤层-唐山灰岩间砂岩-灰岩裂隙承压含水层和煤系地层基底的奥陶系灰岩强含水层距 12♯煤层层间距大,且到 14♯煤层之间的间距相对稳定,其中唐山灰岩（K3 灰岩）厚度变化不大（表 6-24）,且岩性在横向上变化也不大,只有在断层破坏隔水层的完整性时才有可能向 12 煤层采区突水。

表 6-2 12♯煤层到底板各含水层之间厚度和岩性统计表

名 称	最 大	最 小	平均值	标准差 S_x	变异系数 C_v/%	统计数 N/个
12~14♯煤层间砂岩裂隙承压含水层	73.65	0.86	50.09	17.51	34.96	28
12~14♯煤层间隔水层厚度	46.43	0.00	9.84	9.87	100.32	28
12~14♯煤层间隔水层泥岩百分比含量	90.31	0.00	17.17	18.58	108.22	28

续表

名　称	最　大	最　小	平均值	标准差 S_x	变异系数 C_v/%	统计数 N/个
K3 灰岩厚度	4.16	2.06	3.13	0.75	24.06	16
K3 灰岩到 12♯煤层间距离	154.97	103.06	118.44	18.91	15.97	16
K3 灰岩到 12♯煤层间泥岩百分比	28.37	0.00	21.04	10.66	50.67	16
奥灰到 12♯煤层间距离	220.04	154.96	183.25	22.37	12.21	6
奥灰到 12♯煤层间泥岩百分比	64.69	14.84	28.91	19.44	67.24	6

因此,本区 12♯煤层直接充水含水层主要是 12～14♯煤层间砂岩裂隙承压含水层,其厚度随着埋藏深度的增加而增大(图 6-2);其他含水层只有在导水构造破坏隔水层的完整性时才有可能向 12♯煤层采区突水。

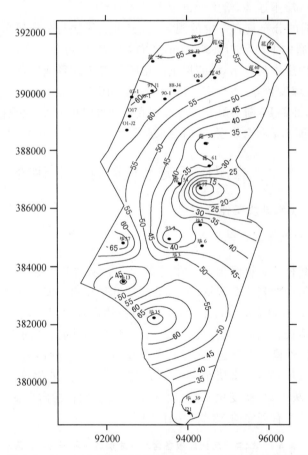

图 6-2　12～14♯煤层间砂岩裂隙承压含水层厚度等值线图

2. 突水介质条件

隔水岩柱的岩性、厚度、分布规律及其力学特性和其与可采煤层的空间位置控制着开采煤层底板突水分布,因此,对隔水岩柱的岩性、厚度及分布规律进行评价是突水评价与预测的基础。

　　根据图 6-3 和图 6-4 可知,12♯煤层底板隔水层厚度最大为 46.43m,最小为 0.00m,平均为 9.84m。其泥岩百分比含量最大为 90.32%,最小为 0%,平均为 17.17%。隔水层厚度变化规律与其泥岩百分比含量变化规律相一致。其规律表现为由东向西,也就是由井田的浅部向深部变薄。在塔坨向斜区北部的 88-J2 孔和中部单斜构造区深部的 O17 孔揭露隔水层泥岩厚度为 0。隔水层厚度小和其泥岩百分比含量低,其隔水性能就弱;反之,则隔水性能就强。

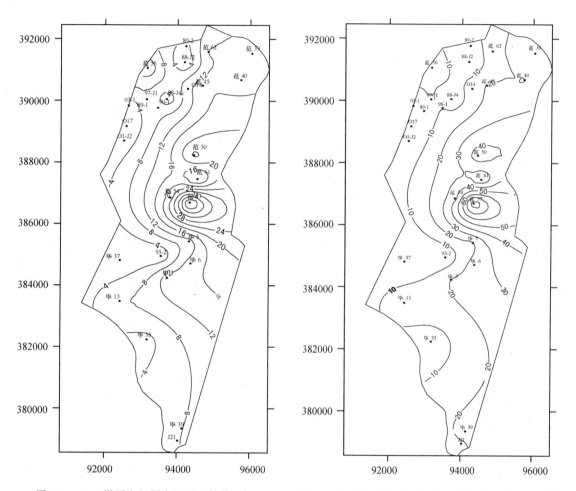

图 6-3　12♯煤层底板隔水层厚度等值线图　　　图 6-4　12♯煤层底板隔水层泥岩百分比含量等值线图

　　对照图 6-1,本区突水点分布除受断裂构造和岩溶陷落柱所控制外,突水点分布集中分布在井田北部的塔坨向斜区和中部单斜构造的深部隔水层厚度较小及其泥岩百分比含量低的区域。

　　多数突水矿区及矿井都根据以往带压开采过程中的突水与未突水工作面的水压与底板岩层厚度的关系绘制成图形或统计得出相应经验公式,作为底板突水预测的依据,以指导新采区及工作面的设计与开采。淄博矿区在分析总结各矿井突水资料的基础上,得出底板极限隔水层厚度与水压力呈抛物线关系,峰峰矿区也得出了类似的经验公式。这些都反映出随着底板隔水层厚度的增加,其抵抗水压的能力增强,隔水性能变好。

　　统计表明,本区煤层底板泥岩极限厚度与水压之间呈正相关关系,如图 6-5 所示。

　　(1) 对于完整底板泥岩层

$$p = 0.157H + 1.124 \tag{6.1}$$

（2）对于底板含裂隙泥岩层

$$p = 0.134H - 0.465 \qquad (6.2)$$

式中，p 为砂岩裂隙含水层突水前水压（MPa）；H 为底板泥岩厚度（m）。

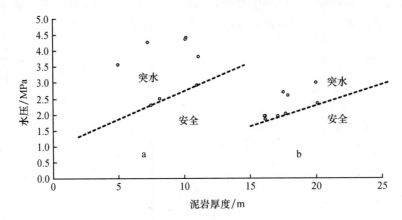

图 6-5　底板泥岩极限厚度与突水前水压之间的关系
a 表示完整底板泥岩；b 表示含裂隙底板泥岩

　　由式（6.1）和式（6.2）可以看出，本区煤层底板泥岩隔水能力强，对于完整底板泥岩层的突水系数为 0.157MPa/m，对于底板含裂隙泥岩层的突水系数为 0.134MPa/m。同时，从图 6-5 也可以看出，完整底板泥岩层隔水的极限厚度小于含裂隙泥岩层的厚度，且抗水能力明显大于含裂隙的底板泥岩层。

　　突水资料进一步统计表明，砂岩裂隙含水层突水前水压与其埋藏深度呈线性相关关系（图 6-6），即

$$p = 0.007D + 0.076 \qquad (6.3)$$

式中，p 为砂岩裂隙含水层突水前水压（MPa）；D 为砂岩裂隙含水层埋藏深度（m）。统计点数15，相关系数 $R = 0.75$。

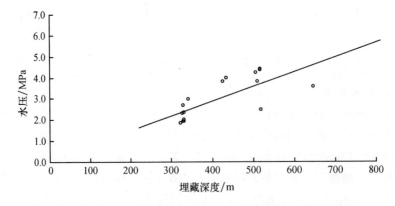

图 6-6　突水前水压与砂岩裂隙含水层埋藏深度之间的关系

　　含水层的富水性与含水层的厚度、岩性、构造及性质和裂隙发育程度等密切相关。由于本区含水层厚度和水压均随着埋藏深度的增加而增大，因此，本区 12♯煤层底板突水危险性随着含水层埋藏深度的增加而增强。

3. 突水构造条件

井田南、北部均为向斜构造,中间为单斜构造,有良好的储水条件,地下水极易沿岩层的孔隙、裂隙集中而达到饱和,其结果使所有含水层均为承压状态,并具有矿井越向深部延伸含水层压力越大的特点。北部塔坨向斜区,以褶皱和陷落柱发育为主要特征,小型断裂构造发育;中部单斜构造区,地层走向变化不大,倾向 NWW 向,地层倾角 8°～24°,由北往南倾角逐渐减小,一般在 15°以下,以小型断裂为主,F0 大断层贯穿该区域;南部的毕各庄向斜区,主体以毕各庄向斜和 F5 大断层为特征。统计表明,本区断裂构造以 NEE、NE、NW、NNW 和近 EW 向断层为主,尤其以 NEE 和 NE 向最为发育(图 6-7)。突水与构造密切相关,断裂构造规模和力学性质以及区域内断裂构造的复杂程度是发生突水的重要因素。统计表明,突水点最大涌水量与断层密度呈正相关关系,随着断层密度的增大,煤层底板突水点最大涌水量也增大(图 6-8)。

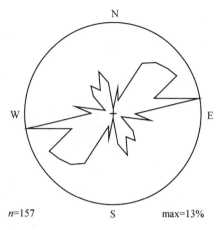

$n=157$　　　　max=13%

图 6-7　断层走向玫瑰花图

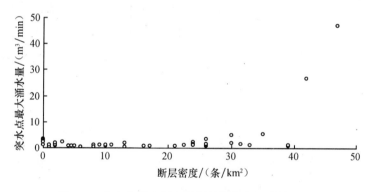

图 6-8　突水点最大涌水量与断层密度相关关系图

断层密度统计分析和煤层底板岩层曲率分析表明,区内断裂构造分布具有明显的不均一性(图 6-9 和图 6-10)。

(1) 北部的塔坨向斜区构造形变较中部单斜构造区复杂,因此该区岩溶陷落柱和突水点较单斜构造区频繁,且强度大。

(2) 中部单斜构造区的断层密度和构造曲率较小,突水点的分布主要受呈 NNW 向展布的张性断层带所控制。生产已经证明,井下发生的突水事故大多与该组断裂有关。

(3) 南部的毕各庄向斜区的西南翼呈 NE 向和 NNE 向展布的断层及其影响带内,煤层构造较复杂,可以预测,在深部煤炭开采中该区断裂发育程度相应增大,水文地质条件复杂。

塔坨向斜区、毕各庄向斜区构造比较复杂,形成的断裂构造多与区域构造应力场有关,有明显的规律性。中部单斜区构造相对比较简单。同时,随着井田开发往深部延伸,构造发育越来越复杂,断层落差增大,对生产的影响也越来越大,特别是位于井田中部的 F0 断层及伴生构造的存在,严重影响矿井正常生产布局。

在断层面附近是含水层的强富水带,也是地下水最容易活动和突水的地点。分析表明,断层

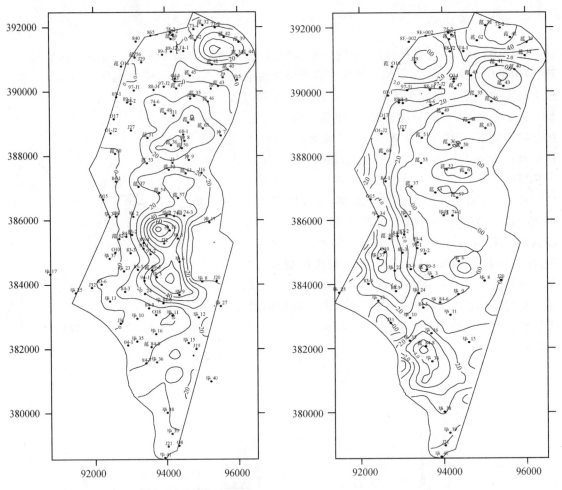

图 6-9　12♯煤层底板断层密度等值线图　　　　图 6-10　12♯煤层底板最大主曲率等值线图

落差大,切割深,断层影响也大。区内发生的突水事故均与断裂构造和岩溶陷落柱密切相关,如表 6-3 所示。因此,对区内断裂构造和和岩溶陷落柱进行预测和控制,对于防止大型突水事故发生,保证矿井安全生产具有重要意义。

表 6-3　范各庄井田 12♯煤层底板水主要突水点统计表

突水地点	突水水源	突水通道	涌水量/(m³/min)			突水描述及危害程度
			最大	最小	稳定	
一水平北翼主运道	奥灰水	陷落柱	2.80			施工中从炮眼喷水打钻探水,水量剧增,另沿 12♯煤层,重掘大巷 250m,耗资 7.5 万元人民币
一水平南翼主运道	12♯煤底板砂岩裂隙水	裂隙	1.10			施工中巷道底部遇裂隙,涌水,当前方遇新出水点后,此出水点被袭夺
一水平南翼主运道	12♯煤底板砂岩裂隙水	裂隙	2.30	1.44		开拓施工中,巷道顶部遇裂隙出水,水量较集中
一水平南主运道	12♯煤底板砂岩裂隙水	裂隙	1.50	0.91	1.50	掘进中巷道顶部遇裂隙出水,砌碹后水集中在底部

突水地点	突水水源	突水通道	涌水量/(m³/min)			突水描述及危害程度
			最大	最小	稳定	
二水平井底车场	12♯煤底部砂岩裂隙水	裂隙	5.50			施工中炮眼出水,停止掘进,此处与204同期淹没 12月份打闸墙闭水压 3.727MPa,以后消失
二水平井底车场	12♯煤底板砂岩裂隙水	裂隙	47.0	5.85	6.70	施工中巷道底板涌水,历经34h,将二水平淹没经9个月强排水排干,损失1000万元人民币
二水平南翼主运道	奥灰水	陷落柱	2.10	0.20	1.06	遇自然井将奥灰水导出
208上山	12♯煤底板砂岩裂隙水	裂隙	1.40	0.54	1.01	208上山开拓打眼时,炮眼出水水量 0.54m³/min,后期水量逐渐增大随巷道延伸,日渐干涸至消失
二水平南三石门	K3灰岩	裂隙	2.70	0.66	2.02	受上部2278采动超前压力影响,巷道底鼓涌水
二水平208皮带巷	奥灰水	陷落柱	26.68	3.98	18.85	钻进中遇陷落柱

范各庄井田位于呈北东向展布的开平向斜的东南翼。从上面的分析可以看出,本区突水地质条件比较复杂,突水地质条件主要受控于区域构造和现代构造环境。开平向斜是华北的一个小规模的古生代含煤断陷盆地。在中生代晚期,古生界石炭-二叠系煤系地层在中生代北东-南西向的挤压应力场下发生变形与破坏而形成现今的褶皱和断裂构造。现代的力学及应力环境发生很大的变化,根据地应力测量和对 1976 年地震后 250 多次余震的研究,发现区域性的应力方位在横向及纵向上均有变化,区域水平挤压作用由中生代的 NW-SE 向转变为近东西向,部分地区伴有地幔上隆作用。震源机制解表明,1976 年唐山地震震区 7.8 级、7.1 级和 6.9 级地震的主压应力轴的方位主要集中在 SWW-NEE 向的范围内,其仰角小于 30°的占 80%,由此推得本区最大主压应力轴方位为近东西向。

现代应力场在很大程度上影响煤层顶底板岩层的渗透性和突水分布。据井下突水点资料并结合邻近井田地下水活动特征,井田内中小型断裂构造突水特征和断裂结构面力学性质及其展布和现代地应力环境密切相关。NNW 向断裂面粗糙,破碎带宽,充填物排列杂乱,角砾岩棱角明显,无定向排列,表现为张性断裂特征;近 EW 向组断裂现代处于拉张环境,沿该方向渗透性好。这组破裂面淋水普遍,煤层顶底板突水大多是由这 2 组断裂引起的。NNE 和 NE 向组断裂面比较紧闭,可见明显的滑动痕迹,表现出压扭性质。该组断裂在开采过程中,因弹性回跳效应而应力释放引起突水,这也是突水具有滞后效应的因素之一。其他组断裂结构面力学性质表现为张扭性或压扭性,很少突水。

6.3.2　研究区 12♯煤层底板突水危险性评价

1. 煤层底板隔水层的岩性-结构评价

1) 煤层底板隔水层的岩性

本区煤系为海陆交替相含煤沉积,岩性由砂岩、泥岩、灰岩和煤组成,沉积旋回明显,纵、横剖面上岩性具有一定变化。对 12♯煤层开采充水和安全构成威胁的底板主要含水层有 12~14♯煤层间砂岩裂隙承压含水层,该含水层距 12♯煤层层间距小,变化大,同时岩性横向变化也大(图 6-3 和图 6-4)。统计表明,12♯煤层底板隔水层厚度最大为 46.43m,最小为 0.00m,平均为

9.84m。其泥岩百分比含量最大为 90.32%,最小为 0%,平均为 17.17%。隔水层厚度变化规律与其泥岩百分比含量变化规律相一致,整体表现为由东向西,也就是由井田的浅部向深部变薄。在塔坨向斜区北部的 88-J2 孔和中部单斜构造区深部的 017 孔揭露隔水层泥岩厚度为 0m。

2) 煤层底板隔水层的结构

曲率是反映线或面弯曲程度的特征量,一般来讲,地层在构造应力作用下发生弯曲变形,变形越大,弯曲程度越高,曲率也越大,破裂作用相应增大,因此地层曲率在一定程度上反映了裂隙的发育程度。

根据曲率发育程度,将研究区 12♯煤层底板隔水层结构划分为完整结构、块裂结构、碎裂结构和松散结构四类(表 6-4)。12♯煤层底板岩层最大主曲率分析表明,区内断裂构造分布具有明显的不均一性。①北部的塔坨向斜区构造形变较中部单斜构造区复杂,因此该区岩溶陷落柱和突水点较单斜构造区频繁,且强度大。②中部单斜构造区的构造曲率较小,突水点的分布主要受呈 NNW 向展布的张性断层带所控制。生产已经证明,井下发生的突水事故大多与该组断裂有关。③南部的毕各庄向斜区的西南翼呈 NE 向和 NNE 向展布的断层及其影响带内,煤层构造较复杂,可以预测,在深部煤炭开采中该区断裂发育程度相应增大,水文地质条件复杂。根据煤层底板岩层最大主曲率的大小,本区 12♯煤层底板隔水层结构分布如图 6-11 所示。

表 6-4 基于最大主曲率的煤层底板岩体结构分级表

参　数	分级依据	分　级
最大主曲率 $K/(\times10^{-4}/m)$	<1.0	完整结构
	1.0~2.0	块裂结构
	2.0~4.0	碎粒结构
	≥4.0	松散结构

2. 煤层底板隔水层的隔水性能评价

根据隔水介质条件和断裂构造条件(表 5-7),也就是根据隔水层的岩性和结构特征,将隔水层的隔水性能分为四类,即隔水性能好(Ⅰg)、隔水性能中等(Ⅱg)、隔水性能差(Ⅲg)和隔水性能极差(Ⅳg)如图 6-12 所示。本区 12♯煤层底板隔水性能表现为由东向西,也就是由井田的浅部向深部隔水层的隔水性能降低(图 6-12)。

3. 煤层底板隔水层的抗水压能力评价

煤层底板隔水层的抗水压能力与开采煤层到主要含水层间相对隔水层厚度和岩性有关。根据水压与隔水层厚度比值和底板岩性(表 5-8),将隔水层的抗水压能力分为四类,即抗水压能力强(Ⅰk)、抗水压能力中等(Ⅱk)、抗水压能力差(Ⅲk)和抗水压能力极差(Ⅳk)。

计算分析表明,开滦范各庄 12♯煤层开采充水和安全构成威胁的底板主要含水层有 12~14♯煤层间砂岩裂隙承压含水层(以下称 12♯煤层底板砂岩裂隙含水层)厚度最大为 73.65m,最小为 0.86m,平均为 50.09m;含水层厚度变化与 12~14♯煤层间隔水层厚度变化规律相反,且随着埋藏深度的增加而增大,也就是含水层厚度由井田的浅部向深部变厚。12♯煤层底板受到其底板砂岩裂隙含水层水压作用大小分布和水压/隔水层厚度比值如图 6-13 和图 6-14 所示,其分布表现为由东向西,也就是由井田的浅部向深部水压增高,水压/隔水层厚度比值也增大。煤层底板隔水层的抗水压能力由井田的浅部向深部降低,其突水危险性增大(图 6-15)。

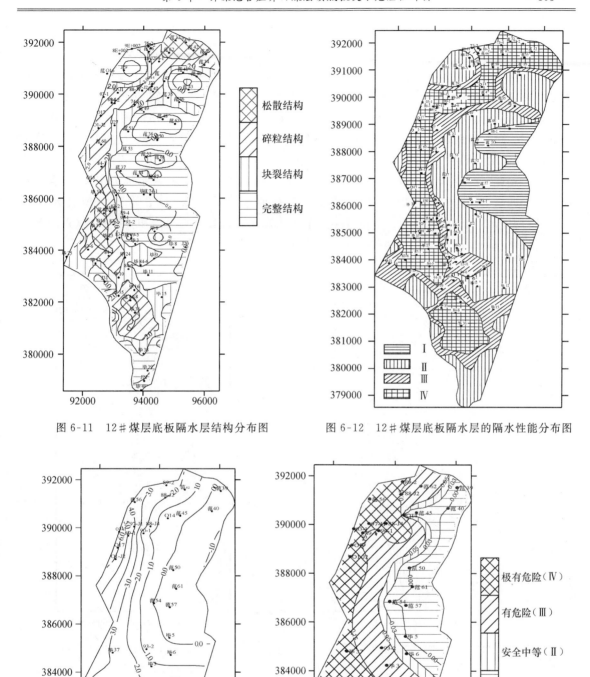

图 6-11　12#煤层底板隔水层结构分布图　　　图 6-12　12#煤层底板隔水层的隔水性能分布图

图 6-13　12#煤层底板含水层水压作用分布图　　图 6-14　12#煤层底板含水层水压/隔水层厚度比值分布图

4.12♯煤层底板突水危险性

根据煤层底板隔水层的隔水性能和抗水压能力的大小(表 5-9),将煤层底板突水地质条件危险性划分为安全(Ⅰ)、中等安全(Ⅱ)、安全差(Ⅲ)和安全极差(Ⅳ)四类,如图 6-16 所示。由图可以看出,范各庄矿 12♯煤层底板的 12～14♯煤层间砂岩裂隙承压含水层距 12♯煤层层间距小,变化大,同时岩性横向变化也大,对 12♯煤层开采充水和安全构成威胁,且随着开采深度的增加,突水危险性增大。生产实践表明,位于研究区北部的塔坨向斜区,由于岩溶陷落柱及导水构造较为发育,12～14♯煤层间砂岩组含水层与奥灰岩溶水联系密切,含水极为丰富,其含水层水压 1.85～4.40MPa,平均 2.86MPa。据范 45 孔抽水试验结果,该含水层单位涌水量为 0.845L/(s·m),渗透系数为 1.725m/昼夜,评价结果该区为安全差(Ⅲ)和安全极差(Ⅳ),与实际情况相吻合。

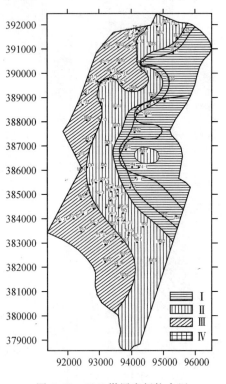

图 6-15　12♯煤层底板抗水压
能力分布图

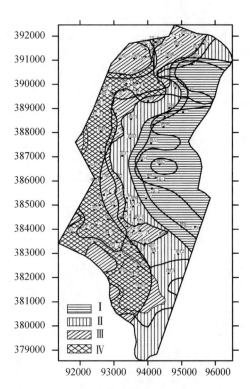

图 6-16　开滦范各庄井田 12♯煤层底板
突水危险性评价图

6.4　煤层顶板突水危险性评价

6.4.1　5♯煤层顶板突水地质条件分析

1.5♯煤层上覆含水层

由 2.3.2 节可知,对 5♯煤层开采充水和安全构成威胁的上覆主要含水层有 5♯煤层顶板砂岩裂隙承压含水层和第四系冲积层含水层,其中第四系冲积层厚度在井田北部为 50m 左右,到井田南部厚度已达 400m 以上(图 6-17 和图 6-18)。本层可分为四个含水段,第一个含水段为潜水层,其他三个含水段为承压含水层。

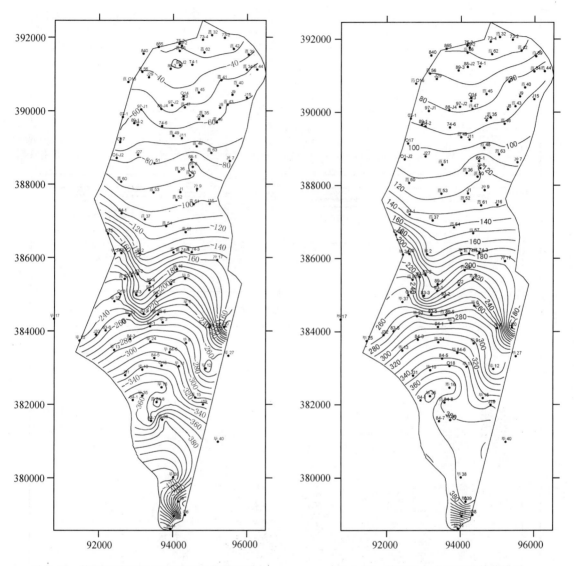

图 6-17　第四系冲积层底界面标高等值线图　　　　图 6-18　第四系含水层厚度等值线图

2. 5♯煤层上覆岩层的岩性特征

范各庄井田石炭-二叠系含煤地层形成于海陆交互相沉积环境。其中,石炭系的唐山组、开平组和赵各庄组属于海陆交互相沉积,二叠系的大苗庄组和唐家庄组属于近海陆相沉积。

5♯煤层上覆岩层岩性主要由中、细砂岩以及粉砂岩、砂质泥岩、泥岩、石灰岩和薄煤层所组成(图 6-19)。5♯煤上覆岩层(5♯煤顶板至第四系)厚度平均为 224.25m,中、细砂岩和粉砂岩平均占 73.67%,泥岩平均占 25.90%,煤平均占 0.24%;平面上的变化如图 6-20 和图 6-21所示。

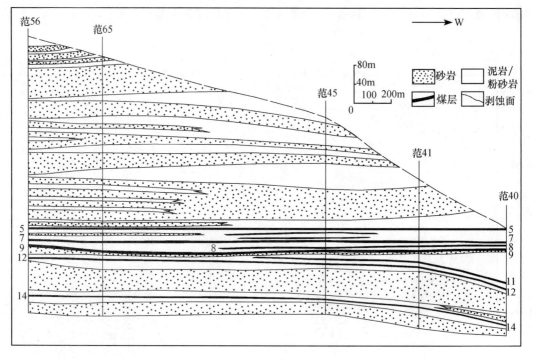

(a)

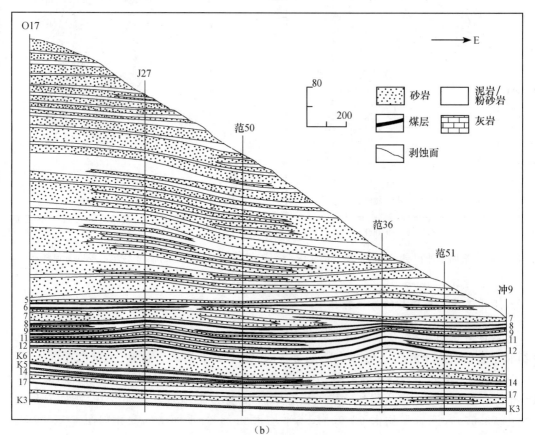

(b)

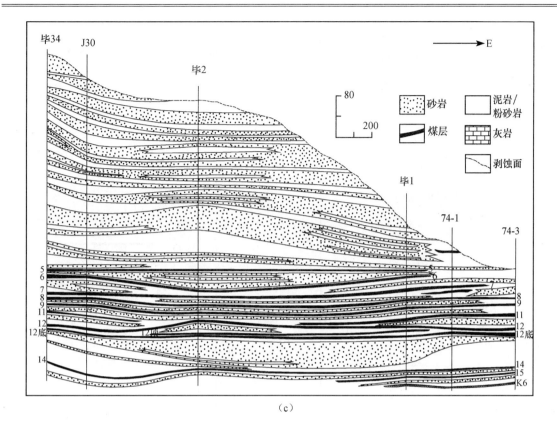

(c)

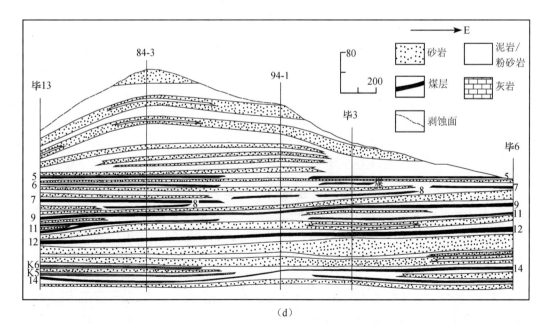

(d)

图 6-19　沉积断面图

(a) N1 勘探线；(b) S2 勘探线；(c) S4 勘探线；(d) S6 勘探线

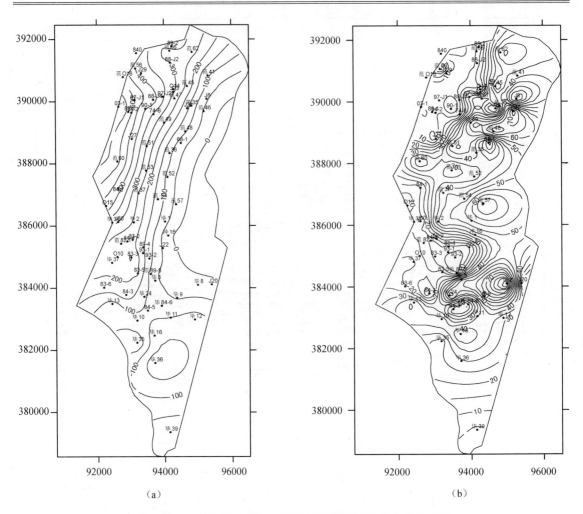

图 6-20 5#煤顶板至第四系间厚度及泥岩百分比含量分布图
(a) 层间距;(b) 泥岩百分比含量

3. 5#煤层采后覆岩导水裂隙带分布

范各庄矿 5#煤层上覆岩层中的 5#煤顶板砂岩裂隙承压含水层对 5#煤的开采直接造成威胁,也是 8#煤层顶板涌(突)水的直接充水含水层。由于 5#煤顶板砂岩裂隙承压含水层下伏于第四系冲积层,第四系底部卵砾石含水层以天窗式和越流式两种方式垂直补给 5#煤顶板砂岩裂隙承压含水层,因此,第四系底部卵砾含水层是 5#煤开采的顶板涌(突)水间接充水水源。

5#煤层顶板突水的主要突水水源是 5#煤层顶板砂岩裂隙含水层。5#煤层顶板砂岩裂隙含水层直接与第四系冲积含水层水力联系,是强含水层,严重影响 5#煤层安全开采。5#煤层开采时由采动所导致的冒落裂隙带高度大于 5#煤层至第四系之间的距离,将可能导致 5#煤层第四系含水层水涌水回采工作面发生突水事故。

1) 5#煤层厚度分布

导水裂隙带高度取决于开采煤层的厚度、开采方法和上覆岩层岩性及其力学性质。5#煤层为简单结构煤层,煤层厚度 0~2.49m,平均 1.14m,厚度变化尚有规律,西北薄,东南厚

（图 6-22）。在北翼塔坨向斜区除一水平北一采区局部可采外，其余均不可采。在中部单斜区二水平的南二采区局部以及三、四水平南二石门以北 J27、吕 37、吕 18、83-1 等孔控制的范围均为大面积不可采薄煤，煤层顶板多直接为砂岩，属于成煤建造期内冲刷造成的。另外，在一、二水平的南二采区和二水平的南三采区存在着内生河流冲刷，并冲蚀部分煤层。毕各庄向斜区除在南 8 剖面以南受大型断裂构造影响外，其余均在可采范围，为较稳定煤层。

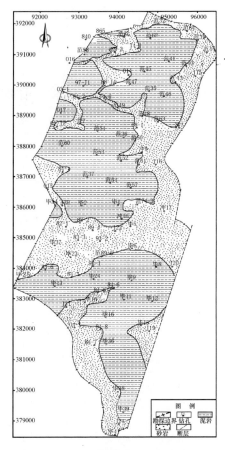

图 6-21　5♯煤层顶板岩性分布图

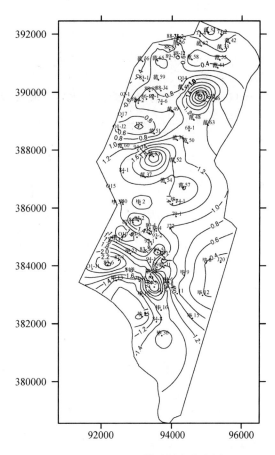

图 6-22　5♯煤层厚度分布图

2）导水裂隙带高度计算

影响导水裂隙带高度的因素很多，如煤层开采厚度、开采面积、覆岩岩性、煤层倾角、断层的影响、采煤方法、煤层顶板管理方法等，因此，很难确切规定出一个普遍适用的计算公式。在开滦矿区，所采煤层均为缓倾斜煤层（0°～54°），根据上面的分析，上覆岩石为砂岩、粉砂岩及泥岩等中硬型岩石，煤层采后顶板导水裂隙带发育高度采用《矿井水文地质规程》给出的计算公式进行计算

$$H_i = \frac{100 \sum M}{1.6 \sum m + 3.6} + 5.6 \tag{6.4}$$

式中，H_i 为导水裂隙带高度（m）；M 为煤层累计厚度（m）。

根据开滦范各庄井田 5♯煤层厚度,按式(6.4)计算获得开滦范各庄井田 5♯煤层一次采全高冒落裂隙带高度分布,如图 6-23 所示。

3)5♯煤层顶板突水危险性评价分类

A. 第四系冲积含水层的突水危险性

5♯煤层至第四系冲积含水层之间的距离减去 5♯煤层一次采全高形成的冒落裂隙带高度为有效保护层厚度 ΔH_2

$$\Delta H_2 = \Delta h - H$$

式中,Δh 为 5♯煤层顶至第四系冲积含水层之间的距离(m);H 为 5♯煤层一次采全高形成的冒落裂隙带高度(m)。

本区 5♯煤层至第四系冲积含水层之间有效保护层厚度 ΔH_2 分布如图 6-24 所示。由图可以看出,有效保护层厚度 ΔH_2 由东往西和由南往西北方向有效保护层厚度 ΔH_2 增厚。

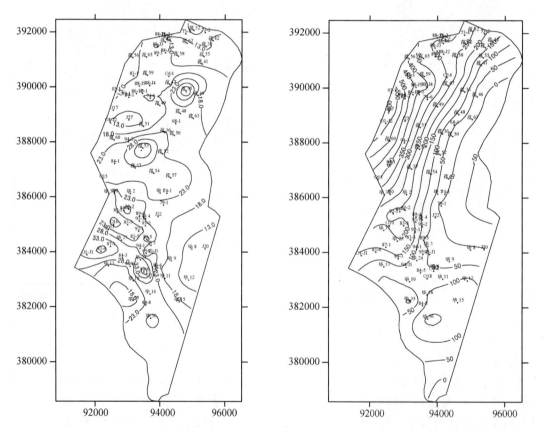

图 6-23　5♯煤层一次采全高冒
落裂隙带高度分布图

图 6-24　5♯煤层至第四系冲积含水层之间
有效保护层厚度 ΔH_2 分布

根据本区 5♯煤层至第四系冲积含水层之间有效保护层厚度 ΔH_2 分布规律,本区 5♯煤层开采时受第四系冲积含水层的突水危险性分布如图 6-25 所示。

根据松散含水层水压 p 与有效保护层厚度 ΔH_2 计算获得的松散含水层突水危险系数 K_Q,并按表 5-13 将研究区突水危险性分为 3 类,如图 6-26 所示。

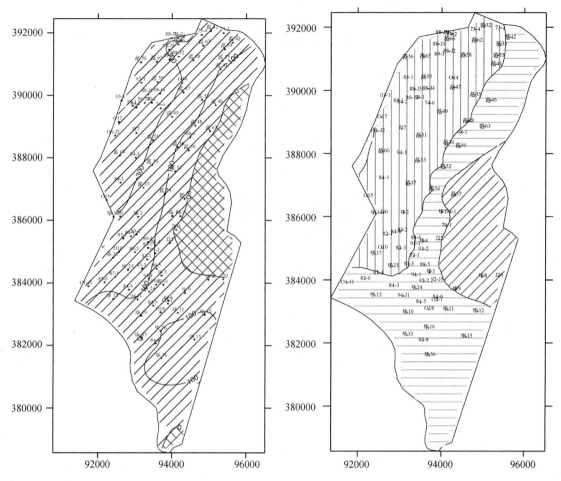

图 6-25　开滦范各庄井田 5♯煤层受第四系松散
层水的突水危险性评价图

（网格线表示极危险区，斜线表示安全性取决于
松散含水层突水危险系数 K_Q）

图 6-26　开滦范各庄井田 5♯煤层开采松散
含水层突水危险系数 K_Q 分布图

（斜线表示危险区（Ⅲ），水平线表示中等安全区（Ⅱ），
垂直线表示安全区（Ⅰ））

综合松散含水层突水危险系数 K_Q 和有效保护层厚度 ΔH_2 两个指标（表 5-13），将本区煤层顶板受第四系冲积含水层的突水危险性分为四类，即安全区（Ⅰ）、中等安全区（Ⅱ）、安全性差区（危险）（Ⅲ）和安全性极差区（极危险）（Ⅳ），如图 6-27 所示。

计算结果表明，研究区的浅部（东部）为安全性差（危险）（Ⅲ）和南部为安全性极差（极危险）（Ⅳ）分布区，且分布范围有限，而在研究区的北部和中南部大范围面积是安全（Ⅰ）、中等安全（Ⅱ）分布区。

B. 5♯煤层顶板砂岩裂隙承压含水层的突水危险性

5♯煤层顶板砂岩裂隙承压含水层对 5♯煤层的开采直接造成威胁，开采 5♯煤层形成的导水裂隙带发育高度都超过其顶板砂岩裂隙承压含水层的底边界，也就是开采煤层（5♯煤层）至顶板砂岩裂隙含水层之间的距离减去 5♯煤层一次采全高形成的冒落裂隙带高度 ΔH_1 小于零，即

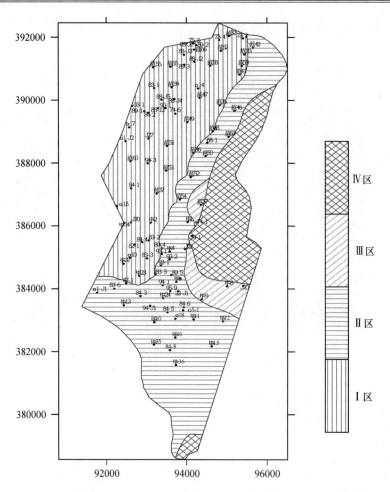

图 6-27　开滦范各庄井田 5♯煤层受第四系松散层水的突水危险性评价图

$$\Delta H_1 = \Delta H - H < 0$$

式中,ΔH 为 5♯煤层顶至顶板砂岩裂隙含水层之间的距离(m);H 为 5♯煤层一次采全高形成的冒落裂隙带高度(m)。

　　5♯煤层砂岩裂隙含水层突水危险性主要取决于顶板砂岩裂隙含水层的富水性。若在顶板冒裂范围内的直接充水含水层的富水性较差,即使顶板导水裂隙带发育至充水含水层内,导致其顶板涌水,其水量也是有限的,不会对矿井安全生产产生水害危险。如果在顶板冒裂范围内的直接充水含水层的富水性好,5♯煤层顶板砂岩裂隙承压含水层对 5♯煤层的开采直接造成威胁,存在顶板突水危险。因此,开滦范各庄井田 5♯煤层顶板砂岩裂隙承压含水层突水危险性主要取决于 5♯煤层顶板砂岩裂隙承压含水层的富水性。

　　研究区 5♯煤层顶板砂岩裂隙含水层的富水性主要取决于裂隙发育程度。如上述地层曲率在一定程度上反映了裂隙发育程度(表 6-4),因此根据 5♯煤层顶板砂岩地层曲率分布,将研究区 5♯煤层顶板砂岩裂隙含水层裂隙发育程度分为四类,如图 6-28 所示。由图可以看出,研究区由浅部往深部裂隙发育程度增加,可以预测,在深部煤炭开采中该区断裂发育程度相应增大,水文地质条件复杂,5♯煤层顶板砂岩裂隙承压含水层的富水性也增强,其突水危险性增高。

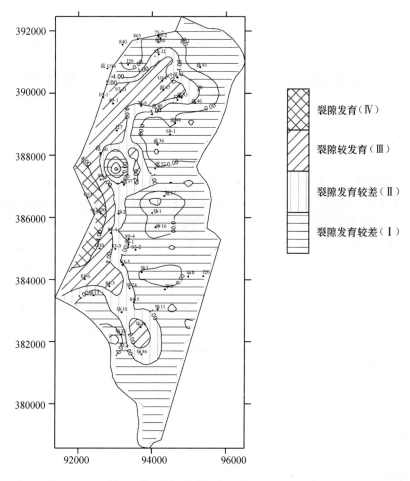

图 6-28　5♯煤层顶板砂岩裂隙发育程度及含水层的富水性分区图

图例：
裂隙发育（Ⅳ）
裂隙较发育（Ⅲ）
裂隙发育较差（Ⅱ）
裂隙发育较差（Ⅰ）

参 考 文 献

[1]　开滦股份范各庄矿业分公司.矿井地质报告.2009

[2]　孟召平,易武,兰华.开滦范各庄井田突水特征及煤层底板突水地质条件分析.岩石力学与工程学报,2009,28(2):228-237

[3]　孟召平,王睿,汪元有等.开滦范各庄井田12煤层底板突水危险性的地质评价.采矿与安全工程学报,2010,27(3):310-315

[4]　钟亚平.开滦煤矿防治水综合技术研究.北京:煤炭工业出版社,2001

第7章　煤层底板突水的复合板力学模型及数值模拟分析

7.1　引　　言

　　煤层底板突水问题是一种复杂的工程地质力学问题,涉及岩石(体)力学、水动力学、矿山压力、工程地质及水文地质学等多学科理论。人们在对煤层底板突水机理及预测的研究中,相继提出了突水系数、下三带理论、原位张裂与零位破坏理论、薄板模型及关键层理论等[1~18]。纵观以往的研究成果,用于预测煤层底板突水的方法主要为:①经验公式;②理论公式;③理论公式与经验公式相结合。由于影响煤层底板突水因素多,采用单一方法难以取得效果。从力学的观点看,煤层底板突水实质上是底板岩层破坏及裂隙导通的过程,在承压水上采煤过程中,底板岩层的原始应力状态遭到破坏,导致其由稳定状态到失稳破裂形成导水裂隙通道所致。煤层底板突水是一种复杂的地质力学现象,是煤层底板含水层水冲破底板隔水层的阻隔,以突发、缓发或滞发的形式进入采掘工作面,造成矿井涌水量增加或淹没矿井的自然灾害。煤层底板隔水层往往由两层或两层以上的岩层组成[9,10],含水层至煤层间岩性往往具有多层介质特征,在采动影响下将产生复合效应。本章针对煤层底板多层介质特征,从力学角度出发对煤层底板岩层进行理论分析,揭示多层不同岩性岩层共同作用对顶底板的隔水效应的影响。根据隔水层的厚度与开采的长度,分别建立煤层底板突水的厚板力学模型和煤层底板突水的复合薄板力学模型,并提出相应的结构力学计算方法;进一步分析各层力学参数变化对底板隔水能力的影响,为煤层底板突水的预测与防治提供理论基础。

7.2　多层厚板力学模型及计算方法[18~28]

　　煤层底板隔水介质条件是影响煤层底板突水的主要因素之一,其抗水压的能力除取决于其厚度外,还与其岩性、组合关系和构造等因素有关。从微观上讲,煤层底板的水压力、最小主应力、裂隙的类型、尺寸及本身的性质等决定采动裂隙的扩展与否,整体表现就是隔水层的阻水能力;宏观上看,煤层底板阻水能力首先取决于隔水层的完整程度、厚度及岩层组合关系。根据煤层底板隔水层与采场的实际情况,按弹性力学中板理论把板分为薄板与厚板,即板的厚度 h 与采场长度 l 的关系:当 $l/h \geqslant 5$,此时满足薄板的要求,这时可以按薄板理论来处理;当 $l/h < 5$,此时作为厚板来处理。

　　煤层开采之后,从煤层底板到底部承压含水层之间可以划分为"两带",即底板采动导水裂隙带 Al 及完整的隔水带 A-Al,见图 7-1。在采动导水裂隙带中岩层主要受到矿压的影响而产生采动导水裂隙。完整的隔水带仍受到矿压的影响。但是其影响程度较小,不产生破坏性裂隙,由于其下部为承压含水层,在水压力的作用下,隔水带像板一样产生弯曲变形。

　　在正常的开采条件下,对于长壁采煤工作面当煤层为近水平及缓倾斜状赋存时,可以假设底板隔水带是四边固支的矩形平板。板的上部受底板导水裂隙带重力 γh_1 的作用,下部受均布水压力 p 的作用。隔水带的体力看成是以 $\gamma(h-h_1)$ 作用于板面的面力[11~21],如图 7-2 所示。

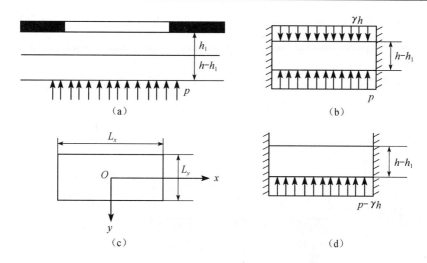

图 7-1 煤层底板隔水带的力学模型

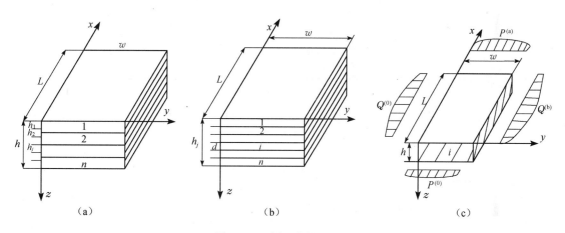

图 7-2 四周固支的叠层板

由于底板隔水带未受到采动破坏,所以它仍可看成是连续介质。假设隔水带是均质各向同性的,符合弹塑性力学的假设条件。将板的理论应用于底板隔水带的计算中,应区分隔水带是属于薄板还是厚板。

实际生产中,一些矿区煤层底板含水层与回采空间之间经常存在两层以上的岩层,这些岩层的力学性能都将对煤矿的突水产生影响。以往在煤层底板突水危险性评价中主要煤层直接受底板岩层的影响。研究表明,煤层底板为不同岩性岩层所组成,当靠近煤层的二层或多层岩层间产生复合效应时,影响突水的岩层将不止一层[29]。因此研究多层不同岩性岩层共同作用时对顶底板的隔水效应对于煤矿突水的机理与防治具有重要意义。

下面以四周固支的多层厚板为例,详细说明多层厚板力学模型及其求解步骤与方法。

对于如图 7-2 所示的多层厚板,板的上表面或下表面受到均布压力来模拟水压。其程序的计算过程主要由多层厚板力学模型建立、多层厚板状态方程的解和多层厚板理论的数值计算等步骤构成。

7.2.1 多层厚板力学模型

如图 7-2 所示的四边固支地基板,现将固支边变为简支边,并加上固支边水平反力 $P^{(0)}$,

$P^{(a)}$，$Q^{(0)}$，$Q^{(b)}$，通过引入特殊函数、弹性力学方程、应用三角级数来构造板的应力和位移函数，然后得到多层厚板的任一层的状态方程：

$$\frac{\mathrm{d}}{\mathrm{d}z}[U_{mn}(z) \quad V_{mn}(z) \quad Z_{mn}(z) \quad X_{mn}(z) \quad Y_{mn}(z) \quad W_{mn}(z)]_i^{\mathrm{T}}$$

$$= D_i[U_{mn}(z) \quad V_{mn}(z) \quad Z_{mn}(z) \quad X_{mn}(z) \quad Y_{mn}(z) \quad W_{mn}(z)]^{\mathrm{T}} + \{B_{mn}(z)\}_i \quad (7.1)$$

式中

$$D_i = \begin{bmatrix} 0 & 0 & 0 & C_8 & 0 & -\zeta \\ 0 & 0 & 0 & 0 & C_9 & -\eta \\ 0 & 0 & 0 & \zeta & \eta & 0 \\ C_2\zeta^2 + C_6\eta^2 & (C_3+C_6)\zeta\eta & C_1\zeta & 0 & 0 & 0 \\ (C_3+C_6)\zeta\eta & C_6\zeta^2 + C_4\eta^2 & C_5\eta & 0 & 0 & 0 \\ -C_1\zeta & -C_5\eta & C_7 & 0 & 0 & 0 \end{bmatrix}$$

$$B_{mn}(z)_i = \begin{Bmatrix} 0 \\ 0 \\ 0 \\ \dfrac{2}{a}(P_n^{(0)}(z) - (-1)^m P_n^{(a)}(z)) \\ \dfrac{2}{b}(Q_m^{(0)}(z) - (-1)^n Q_m^{(b)}(z)) \\ 0 \end{Bmatrix} \quad (m \neq 0, n \neq 0) \quad (7.2)$$

$$\zeta = \frac{m\pi}{a}, \qquad \eta = \frac{n\pi}{b}$$

方程(7.1)称为常系数非齐次状态方程。

7.2.2 多层厚板状态方程的解

图 7-2 所示的四边固支多层厚板，其中的图(b)是局部坐标下任一厚层被分成 n 个薄层板的图，然后抽取图(b)中的任一薄层如图(c)所示，在局部坐标系中建立如式(7.1)的状态方程。只要薄层足够薄，有理由认为作用在薄层边界上的边界反力沿 Z 方向是线性分布的，即

$$\left.\begin{aligned} P_{nji}^{(0)}(z) &= A_{nji} - \frac{A_{nji} - A_{nj(i+1)}}{d_j}z \\ P_{nji}^{(a)}(z) &= B_{nji} - \frac{B_{nji} - B_{nj(i+1)}}{d_j}z \\ Q_{mji}^{(0)}(z) &= C_{mji} - \frac{C_{mji} - C_{mj(i+1)}}{d_j}z \\ Q_{mji}^{(b)}(z) &= D_{mji} - \frac{D_{mji} - D_{mj(i+1)}}{d_j}z \end{aligned}\right\} \quad z \in [0, d_j] \quad (7.3)$$

式中，常数 $A_{j1}, A_{nj2}, \cdots, D_{mj1}, D_{mj2}$ 等是线性函数在薄层端点的函数值，它们由边界条件确定。由于板的上表面受均布压力，故式(7.3)中的常数个数减半。考虑各向同性材料，指数矩阵函数 $\mathrm{e}^{D_j \cdot z}$，有复特征重根，为此采用第 3 章采用的求解指数矩阵函数 $\mathrm{e}^{D_j \cdot z}$ 的方法。如果叠层板每层都很薄，可不必分割成薄层。若某些层较厚，分割的薄层数应视精度要求而定。在试算过程中，

逐渐增加薄层数,如发现当分割成 K 个薄层时,要求保留的有效数字几乎不变,则可认为此时得到的结果是在满足精度要求意义下的精确值。

7.2.3　多层厚板理论解计算程序框图

（1）根据板的厚宽比,决定将多层板中需要划分的厚板分成指定数量的薄层板。

（2）输入板的力学参数,包括板的厚度,板的宽度和长度,板的弹性模量和泊松比,所求应力和位移所在点的坐标,级数项 m、n 的选取。

（3）根据级数项 m、n,设置 for 循环语句,为级数项求和作准备。

（4）给定薄层板的垂直方向坐标 Z,代入薄层板状态方程中的常数项中的列阵 B,列阵 B 中含有每个薄层的待定常数,对于四周固支的单层板,每个薄层的每一个边有两个待定常数,因此也就有八个待定常数。又因为我们所求解的板的上表面受到的是均布压力,所以边界条件的四个方程中只有两个是独立的,故每一个薄层板就只有四个待定常数。

（5）写出含有待定常数的状态方程解的方程表达式中的系数和常数项（G_i 和 C_j）,据此再求出单个薄层板的求解表达式,然后由层间应力和位移的连续性条件求出整个单层厚板的任一层应力和位移的求解方程 R_{jk}。

（6）根据边界条件,令 Z 分别等于单层薄板的局部垂直坐标值即令 $Z=0$ 和 d_j,根据 $Z=Z+d_j$（d_j 是薄层板的厚度）,得到与每个薄层板边界上的坐标值相对应的方程组,求解出各薄层板边的待定常数,当这些常数求出后不难由前面的方程求出初始值,然后根据初始值,通过厚板解的表达式求出任意位置的应力和位移。如果得到的结果不收敛,则增大 m、n 的值直到收敛。

（7）如果发现得到的结果中的有效数字个数并不满足要求,则将板分成更多个薄层板,直到当划分为某个具体的值时,此时解中的有效数字个数按照要求已基本不变。此时的结果就认为是我们所要得到的结果（图 7-3）。

7.2.4　突水危险性分析

通过上述过程即可求得隔水层岩体内部任意一点的应力值。通过计算可以求出板中的主应力 σ_1,σ_2,σ_3。根据 H. Tresca 屈服准则,当隔水层的危险点产生屈服时,主应力满足：

$$\sigma_1 - \sigma_3 \geqslant 2\tau_0$$

式中,τ_0 为岩石的剪切破坏强度。

这样我们可以来预测不同隔水层情况下煤层底板突水的危险性。

如图 7-4 所示四周固支的三层复合板相叠加,各层的力学参数如表 7-1 所示。

表 7-1　隔水岩层的力学参数

岩层编号	体积力/(N/m³)	弹模/GPa	泊松比	剪切强度/MPa	内摩擦角/(°)	厚度/m
1	25000	30	0.2	5	40	20
2	24000	25	0.3	8	35	15
3	25000	30	0.2	10	40	20

工作面的宽度 $W=100$ m,长度随着工作面的推进从 40m、80m、120m 变化,隔水层受压到顶底板的水压力转化为 5MPa 均匀分布的压力。计算结果如表 7-2 所示。

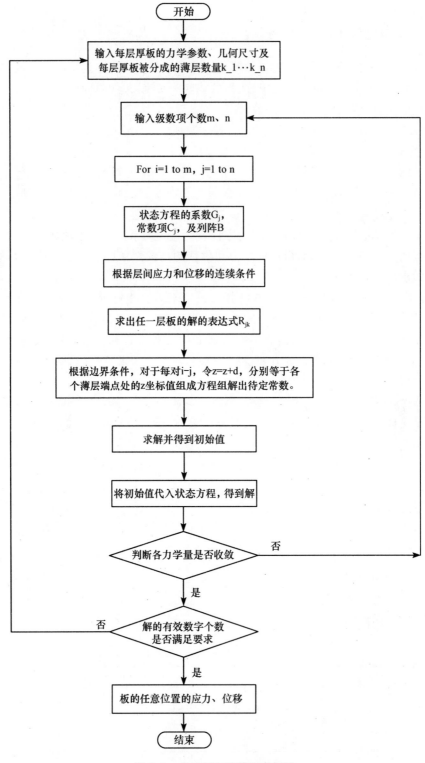

图 7-3　多层厚板计算程序框图

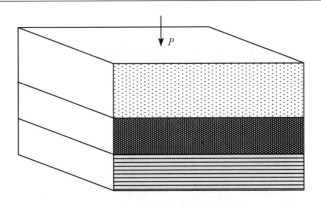

图 7-4　隔水层的计算模型

表 7-2　复合板每一层底面中点处应力

板的长度/m	m、n	I_1、I_2、I_3	σ_{xx}/MPa	σ_{yy}/MPa	$\sigma_1-\sigma_3$/MPa
40	$m=1\cdots79$	6、5、6	-0.42	-4.065	4.065
			-0.09	0.76	0.85
	$n=1\cdots19$		7.3	8.75	8.75
80	$m=1\cdots99$	10、5、6	-4.32	-9.69	9.69
			0.7	2.02	2.02
	$n=1\cdots19$		14.78	17.22	17.22
120	$m=1\cdots99$	6、5、6	-29.46	-29.785	29.785
			5.835	6.15	6.15
	$n=1\cdots19$		50.4	42.86	50.4

表 7-2 中 m、n 的值为力学量的级数取项，I_1、I_2、I_3 分别为复合板从上到下各层划分的薄层板的数量。

从上面的计算中可以看出：当工作面推进 40m、80m 时，三层岩层最大应力均满足 $\sigma_1-\sigma_3\leqslant2\tau_0$，不会发生岩层破坏和裂隙扩展；当工作面推进 120m 时，第一层岩层和第三层岩层均发生破坏，但由于中间一层岩层未达到破坏条件，隔水层还能起到一定的隔水作用，但具有一定的突水危险性。

7.3　煤层底板突水的复合薄板力学理论

7.3.1　三层薄板力学模型

由各向同性的弹性薄层黏合而成的非均匀板，如果已知每一层的弹性常数（E_i，μ_i，$i=1,\cdots,n$）能够导出整体板的抗弯与抗扭刚度，以及板在外力作用下形变的折合弹性模数。

图 7-5 所示为一个三层弹性薄板的微元截面模型。板的总厚度设为 $h=h_1+h_2+h_3$，e 是中性面到下表面的距离。需要注意的是，模型的中性面不再位于板厚的正中央，即 $e\neq h/2$，但仍可按右手螺旋法则规定其为 xy 平面。为获得折合弯曲模量，用 D^e，E_b^e，μ_b^e 代表，我们还需要假定：

（1）各层黏牢在一起发生弯曲形变，层间不发生滑动。

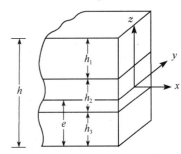

图 7-5　非对称三层薄板截面模型

（2）广义平面应力状态，忽略垂直于平板中性面的法向应力，$\sigma_z = 0$。

（3）多层薄板变形前垂直于中面的直线，变形后仍为垂直于中曲面的直线段，且长度不变，即直法线假定。

（4）多层组合板厚度 h 与平面尺寸相比是小量，仍可视为薄板，可应用薄板弯曲理论。

7.3.2　中性面距离 e 的重新定位

弹性薄板理论假定板弯曲时中性面不发生面内变形，面内的应力值为零。均匀板的中性面位于板中央，$e \neq h/2$。在非对称多层板的情况下，中性面的性质仍然不变，但是 $e \neq h/2$。以下是对中性面距离与各层参数关系的推导。

考虑纯弯曲情形，横截面上的应力有如下关系式：

$$\int_1 \sigma_{x1} \mathrm{d}z + \int_2 \sigma_{x2} \mathrm{d}z + \int_3 \sigma_{x3} \mathrm{d}z = 0 \tag{7.4}$$

$$\int_1 \sigma_{y1} \mathrm{d}z + \int_2 \sigma_{y2} \mathrm{d}z + \int_3 \sigma_{y3} \mathrm{d}z = 0 \tag{7.5}$$

式中，σ_{xi} 代表第 i 层截面上 x 方向应力；σ_{yi} 为 y 方向应力。

弹性板的物理方程为

$$\sigma_x = \frac{EZ}{1-\mu^2}(K_x + \mu K_y) \tag{7.6}$$

$$\sigma_y = \frac{EZ}{1-\mu^2}(K_y + \mu K_x) \tag{7.7}$$

式中，K_x，K_y 为中性面 $z=0$ 的曲率改变量，是 x，y 的函数，与 z 无关。

在小挠度 $\omega \ll h$ 的情况下

$$K_x \approx -\frac{\partial^2 \omega}{\partial x^2}, \qquad K_y \approx -\frac{\partial^2 \omega}{\partial y^2} \tag{7.8}$$

由于 K_x，K_y 与 z 无关，可有

$$\sum_{i=1}^{3} \frac{Ei}{1-\mu_i^2}(K_x + \mu_i K_y)\int_i z \, \mathrm{d}z = 0 \tag{7.9}$$

$$\sum_{i=1}^{3} \frac{Ei}{1-\mu_i^2}(K_y + \mu_i K_x)\int_i z \, \mathrm{d}z = 0 \tag{7.10}$$

将式（7.9）和式（7.10）两式相加，因为

$$K_x + \mu_i K_y + K_y + \mu_i K_x = K_x + K_y + \mu_i(K_x + K_y) = (1+\mu_i)(K_x + K_y)$$

得

$$\sum_{i=1}^{3} \frac{Ei}{(1-\mu_i)(1+\mu_i)}(K_y + K_x)(1+\mu_i)\int_i z \, \mathrm{d}z = 0 \tag{7.11}$$

$$\sum_{i=1}^{3} \frac{Ei}{1-\mu_i}(K_x + K_y)\int_i z \, \mathrm{d}z = 0 \tag{7.12}$$

由层间变形连续条件，各层的曲率 K_x，K_y 相同且是常数，于是得到

$$\sum_{i=1}^{3} \frac{Ei}{1-\mu_i}\int_i z \, \mathrm{d}z = 0 \tag{7.13}$$

设

$$E''_i = \frac{E_i}{1 - \mu_i}, \qquad i = 1, 2, 3 \tag{7.14}$$

则有

$$E''_1 \int_1 z\mathrm{d}z + E''_2 \int_2 z\mathrm{d}z + E''_3 \int_3 z\mathrm{d}z = 0 \tag{7.15}$$

分别将各层积分上下限代入

$$E''_1 \int_{h-e-h_1}^{h-e} z\mathrm{d}z + E''_2 \int_{h_3-e}^{h-e-h_1} z\mathrm{d}z + E''_3 \int_{-e}^{h_3-e} z\mathrm{d}z = 0$$

$$E''_1 \frac{1}{2} z^2 \Big|_{h-e-h_1}^{h-e} + E''_2 \frac{1}{2} z^2 \Big|_{h_3-e}^{h-e-h_1} + E''_3 \frac{1}{2} z^2 \Big|_{-e}^{h_3-e} = 0$$

$$E''_1 z^2 \Big|_{h-e-h_1}^{h-e} + E''_2 z^2 \Big|_{h_3-e}^{h-e-h_1} + E''_3 z^2 \Big|_{-e}^{h_3-e} = 0$$

即

$$E''_1 [(h-e)^2 - (h-h_1-e)^2] + E''_2 [(h-h_1-e)^2 - (h_3-e)^2] + E''_3 [(h_3-e)^2 - e^2] = 0$$

因为

$$(h-e)^2 - (h-h_1-e)^2 = (h-e)^2 - [(h-e)^2 - 2h_1(h-e) + h_1^2]$$

$$= 2h_1 h - 2h_1 e - h_1^2$$

$$(h-h_1-e)^2 - (h_3-e)^2 = h^2 + e^2 + h_1^2 - 2he - 2h_1 h + 2eh_1 - h_3^2 + 2h_3 e - e^2$$

$$= h^2 + h_1^2 - h_3^2 - 2he - 2h_1 h + 2h_1 e + 2h_3 e$$

$$(h_3-e)^2 - e^2 = h_3^2 - 2h_3 e$$

所以

$$E''_1 (2h_1 h - 2h_1 e - h_1^2) + E''_2 (h^2 + h_1^2 - h_3^2 - 2he - 2h_1 h + 2h_1 e + 2h_3 e) + E''_3 (h_3^2 - 2h_3 e) = 0$$

$$E''_1 (2h_1 h - h_1^2) + E''_2 (h^2 + h_1^2 - h_3^2 - 2h_1 h) + E''_3 h_3^2$$

$$= 2h_1 E''_1 e + 2h E''_2 e - 2h_1 E''_2 - 2h_3 E''_2 + 2h_3 E''_3 e$$

化简得

$$e[2h_1 E''_1 - E''_2 (2h_1 - 2h + 2h_3) + 2h_3 E''_3]$$

$$= E''_1 (2h_1 h - h_1^2) + E''_2 (h^2 + h_1^2 - h_3^2 - 2h_1 h) + E''_3 h_3^2$$

又因为

$$h = h_1 + h_2 + h_3$$

所以

$$2h_1 - 2h + 2h_3 = -2h_2$$

$$2h_1 h - h_1^2 = 2h_1 (h_1 + h_2 + h_3) - h_1^2$$

$$= h_1^2 + 2h_1 h_2 + 2h_1 h_3 = h_1 (2h_2 + 2h_3 + h_1)$$

$$h^2 + h_1^2 - h_3^2 - 2h_1 h = (h_1 + h_2 + h_3)^2 + h_1^2 - h_3^2 - 2h_1 (h_1 + h_2 + h_3)$$

$$= h_1^2 + h_2^2 + h_3^2 + 2h_1 h_2 + 2h_1 h_3 + 2h_2 h_3 + h_1^2 - h_3^2 - 2h_1^2 - 2h_1 h_2 - 2h_1 h_3$$

$$= h_2^2 + 2h_2 h_3 = h_2 (h_2 + 2h_3)$$

所以

$$e(2h_1E_1'' + 2h_2E_2'' + 2h_3E_3'')$$
$$= E_1''h_1(2h_2 + 2h_3 + h_1) + E_2''h_2(h_2 + 2h_3) + E_3''h_3^2$$

由上式得到三层板中性面距离的表达式为

$$e = \frac{E_1''h_1(2h_2 + 2h_3 + h_1) + E_2''h_2(h_2 + 2h_3) + E_3''h_3^2}{2(h_1E_1'' + h_2E_2'' + h_3E_3'')} \tag{7.16}$$

经缩写,并设 $h_0=0$ 可得到 n 层板中性面距离的一般表达式

$$e = \frac{\displaystyle\sum_{i=1}^{n} E_i''h_i \left(2h - h_i - 2\sum_{k=0}^{i-1} h_k\right)}{2\displaystyle\sum_{i=1}^{n} E_i''h_i} \tag{7.17}$$

7.3.3　弯曲等效导出抗弯刚度和弯曲折算模量

对于均匀板由弹性薄板的直法线假设,并利用式(7.12)和式(7.13),可得单位中面长度上的截面弯矩为

$$M_x = \int_{-h/2}^{h/2} \sigma_x z \, \mathrm{d}z = -D\left(\frac{\partial^2 \omega}{\partial x^2} + \mu \frac{\partial^2 \omega}{\partial y^2}\right) \tag{7.18}$$
$$M_y = \int_{-h/2}^{h/2} \sigma_y z \, \mathrm{d}z = -D\left(\frac{\partial^2 \omega}{\partial y^2} + \mu \frac{\partial^2 \omega}{\partial x^2}\right)$$

其中抗弯刚度

$$D = \frac{E}{1-\mu^2} \int_{-h/2}^{h/2} z^2 \, \mathrm{d}z = \frac{Eh^3}{12(1-\mu^2)}$$

根据弯曲等效原则,可参照上式得到多层非均匀板的折算抗弯刚度。

令

$$E_i' = \frac{E_i}{1-\mu_i^2}$$

$$D^e = \frac{E_b^e h^3}{12(1-\mu_b^e\mu_b^e)} = \sum_{i=1}^{3} E_i' \int_l z^2 \, \mathrm{d}z = \frac{1}{3}\left(E_1' z^3 \Big|_{h-e-h_1}^{h-e} + E_2' z^3 \Big|_{h_3-e}^{h-e-h_1} + E_1' z^3 \Big|_{-e}^{h_3-e}\right)$$

$$= \frac{E_1'}{3}\left[(h-e)^3 - (h-e-h_1)^3\right] + \frac{E_2'}{3}\left[(h-e-h_1)^3 - (h_3-e)^3\right]$$

$$+ \frac{E_3'}{3}\left[(h_3-e)^3 - (-e)^3\right] \tag{7.19}$$

令 $h'=h-e, h_0=0$ 可将式(7.19)缩写并推广至 n 层板的一般情况

$$D^e = \frac{1}{3}\sum_{i=1}^{3} E_i'\left[\left(h' - \sum_{k=0}^{i-1} h_k\right)^3 - \left(h' - \sum_{k=0}^{i} h_k\right)^3\right] \tag{7.20}$$

同样,可推算出折算弹性模量和泊松比

$$\mu_b^e = \frac{1}{3D^e}\sum_{i=1}^{n} E_i'\mu_i\left[\left(h' - \sum_{k=0}^{i-1} h_k\right)^3 - \left(h' - \sum_{k=0}^{i} h_k\right)^3\right] \tag{7.21}$$

$$E_b^e = \frac{12D^e(1 - \mu_b^e \mu_b^e)}{h^3} \tag{7.22}$$

7.3.4　伽辽金法应用于薄板的小挠度弯曲问题

设有等厚矩形薄板,四边夹支,受有均布载荷 q_0 取坐标轴如图 7-6 所示,则边界条件为

$$(\omega)_{x=\pm a} = 0, \qquad \left(\frac{\partial \omega}{\partial x}\right)_{x=\pm a} = 0$$

$$(\omega)_{y=\pm b} = 0, \qquad \left(\frac{\partial \omega}{\partial y}\right)_{y=\pm b} = 0$$

注意问题的对称性,将挠度的表达式取为

$$\omega = \sum_m C_m \omega_m = (x^2 - a^2)^2 (y^2 - b^2)^2 (C_1 + C_2 x^2 + C_3 y^2 + \cdots)$$

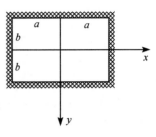

图 7-6　等厚矩形薄板

可见,不论系数 C_m 取任何值,都能满足全部边界条件

$$\omega = C_1 \omega_1 = C_1 (x^2 - a^2)^2 (y^2 - b^2)^2$$

于是得

$$\omega_m = \omega_1 = (x^2 - a^2)^2 (y^2 - b^2)^2$$

$$\nabla^4 \omega = \frac{\partial^4 \omega}{\partial x^4} + \frac{\partial^4 \omega}{\partial y^4} + 2\frac{\partial^4 \omega}{\partial x^2 \partial y^2}$$

$$\frac{\partial^4 \omega}{\partial x^4} = (C_1 (y^2 - b^2)^2 \cdot 2(x^2 - a^2) \cdot 2x)'''$$

$$= (4C_1 (y^2 - b^2)^2 (x^3 - a^3 x))''' = (4C_1 (y^2 - b^2)^2 (3x^2 - a^2))''$$

$$= (4C_1 (y^2 - b^2)^2 \cdot 6x)' = 24C_1 (y^2 - b^2)^2$$

同理

$$\frac{\partial^4 \omega}{\partial y^4} = 24C_1 (x^2 - a^2)^2$$

$$2\frac{\partial^4 \omega}{\partial x^2 \partial y^2} = 32(3x^2 - a^2)(3y^2 - b^2)C_1$$

$$\nabla^4 \omega = 8[3(y^2 - b^2)^2 + 3(x^2 - a^2)^2 + 4(3x^2 - a^2)(3y^2 - b^2)]C_1$$

代入方程

$$\iint D(\nabla^4 \omega)\omega_m \mathrm{d}x\mathrm{d}y = \iint q\omega_m \mathrm{d}x\mathrm{d}y$$

注意 $q = q_0$,并注意问题的对称性,得到

$$4D\int_0^a \int_0^b 8[3(y^2 - b^2)^2 + 3(x^2 - a^2)^2 + 4(3x^2 - a^2)(3y^2 - b^2)]$$

$$\cdot C_1 (x^2 - a^2)^2 (y^2 - b^2)^2 \mathrm{d}x\mathrm{d}y = 4q_0 \int_0^a \int_0^b (x^2 - a^2)^2 (y^2 - b^2)^2 \mathrm{d}x\mathrm{d}y$$

积分以后,求解 C_1,再代回上式,即得

$$\omega = \frac{7q_0 (x^2 - a^2)^2 (y^2 - b^2)^2}{128\left(a^4 + b^4 + \frac{4}{7}a^2 b^2\right)D} \tag{7.23}$$

7.3.5 煤层底板力学特性对复合岩层变形的影响

根据 7.3.2 节中得出的结论,并利用 7.3.1 节中对抗弯刚度 D 的推导,只改变某一层岩石的一个力学参数,固定其他的力学参数,讨论煤层底板力学参数变化对岩层变形的影响情况。

1. 岩层硬度变化对底板复合岩层位移的影响

根据一段煤系岩层的几何和力学特性参数,假定三层岩层的泊松比分别为 $\mu_1 = \mu_2 = \mu_3 = 0.25$,高度分别为 $h_1 = h_2 = h_3 = 3m$,并设 $x = 0, y = 0, a = 50m, b = 25m$,均布载荷设为 $q_0 = 2MPa$。

1)固定 E_2, E_3,改变顶层岩层弹性模量 E_1

首先固定 $E_2 = 3.5GPa, E_3 = 10GPa$,对 E_1 在 $0 \sim 6GPa$ 之间等间距取 20 个数据,相应的 ω 值如表 7-3 所示。

表 7-3 E_1 取不同的值对应的 ω 值

E_1/GPa	0.300	0.600	0.900	1.200	1.500
ω/m	0.266	0.233	0.194	0.172	0.155
E_1/GPa	1.800	2.100	2.400	2.700	3.000
ω/m	0.142	0.131	0.122	0.114	0.108
E_1/GPa	3.300	3.600	3.900	4.200	4.500
ω/m	0.102	0.097	0.093	0.089	0.086
E_1/GPa	4.800	5.100	5.400	5.700	6.000
ω/m	0.083	0.080	0.078	0.075	0.073

从表 7-3 和图 7-7 可知,当 E_1 小于 2.0GPa 时,底板复合岩层的位移对 E_1 的变化特别敏感;当 E_1 增大时底板复合岩层的位移明显减小;当 E_1 取值在 $4.0 \sim 5.0GPa$ 之间时,底板复合岩层的位移有减小的趋势,但不明显比较平稳,如 E_1 等于 5.0GPa 时,底板复合岩层的位移是最大位移的 30.2%,与 E_1 等于 2.0GPa 时的位移相比只减少了 20.4%;特别当 E_1 大于 6.0GPa 时,E_1 的增大几乎对底板位移无影响。

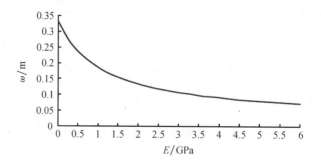

图 7-7 E_1 对底板复合岩层位移的影响

2)固定 E_1, E_3,改变中间岩层弹性模量 E_2

首先固定 $E_1 = 6GPa, E_3 = 10GPa$,对 E_2 在 $0 \sim 4GPa$ 之间等间距取 10 个数据,相应的 ω 值如表 7-4 所示。

表 7-4　E_2 取不同的值对应的 ω 值

E_2/GPa	0.40	0.80	1.20	1.60	2.00
ω/m	0.075087	0.074829	0.074577	0.074332	0.074092
E_2/GPa	2.40	2.80	3.20	3.60	4.00
ω/m	0.072858	0.073629	0.073405	0.073185	0.072969

　　从表 7-4 和图 7-8 可知,当 E_2 取 2GPa 时,位移为 0.074m。E_2 取 4GPa 时,位移为 0.073m,E_2 对底板复合岩层位移几乎没有影响。从复合岩层弹性模量的取值我们可以认为,该底板复合岩层为两个硬岩层中间有一层软岩。它的硬度对复合岩层整体硬度的影响不大。

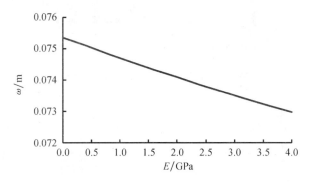

图 7-8　E_2 对底板复合岩层位移的影响

　　3) 固定 E_1,E_2,改变底层岩层弹性模量 E_3

　　首先固定 $E_1=6\text{GPa},E_2=3.5\text{GPa}$,对 E_3 在 0~10GPa 之间等间距取 20 个数据,相应的 ω 值如表 7-5 所示。

表 7-5　E_3 取不同的值对应的 ω 值

E_3/GPa	0.50	1.00	1.50	2.00	2.50
ω/m	0.285667	0.224015	0.187165	0.162646	0.14515
E_3/GPa	3.00	3.50	4.00	4.50	5.00
ω/m	0.132031	0.121826	0.113656	0.106966	0.101385
E_3/GPa	5.50	6.00	6.50	7.00	7.50
ω/m	0.096656	0.092596	0.089071	0.08598	0.083247
E_3/GPa	8.00	8.50	9.00	9.50	10.00
ω/m	0.080812	0.078628	0.076658	0.07487	0.073239

　　从表 7-5 和图 7-9 可知:当 E_3 小于 2.0GPa 时,底板复合岩层的位移对 E_3 的变化特别敏感;当 E_1 增大时底板复合岩层的位移明显减小,如 E_3 等于 6.0GPa 时,底板复合岩层的位移是 E_1 等于 2GPa 的 56.9%;而当 E_3 的取值在 6.0~9.0GPa 时,底板复合岩层的位移有减小的趋势,但不明显,如 E_3 等于 9.0GPa 时比 E_1 等于 6.0GPa 时的位移相比只减少了 17.2%;特别当 E_3 大于 9.0GPa 时,E_3 的增大几乎对底板位移无影响。

2. 岩层厚度变化对复合岩层变形的影响

　　假定三层岩层的泊松比分别为 $\mu_1=\mu_2=\mu_3=0.25$,$E_1=6\text{GPa},E_2=3.5\text{GPa},E_3=10\text{GPa}$。设 $x=0,y=0,a=50\text{m},b=25\text{m}$,均布载荷设为 $q_0=2\text{MPa}$。

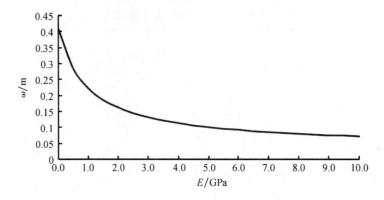

图 7-9　E_3 对底板复合岩层位移的影响

1）固定 $h_2 = h_3 = 3\text{m}$，h_1 取不同的值对应的 ω 值如表 7-6 所示。

表 7-6　h_1 取不同的值对应的 ω 的值

h_1/m	0.25	0.50	0.75	1.00	1.25
ω/m	0.272845	0.229953	0.197125	0.171258	0.150402
h_1/m	1.50	1.75	2.00	2.50	3.00
ω/m	0.133272	0.118986	0.106917	0.087724	0.073239

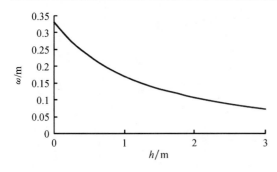

图 7-10　h_1 对底板复合岩层位移的影响

从表 7-6 和图 7-10 可知，当 h_1 小于 1.5m 时，底板复合岩层的位移对 h_1 的变化特别敏感；当 h_1 的值取增大时底板复合岩层的位移明显减小；而当 h_1 的取值在 2.5m 以上，底板复合岩层的位移有减小的趋势，但不明显。

2）固定 $h_1 = h_3 = 3\text{m}$，h_2 取不同的值对应的 ω 的值如表 7-7 所示。

从表 7-7 和图 7-11 可知，不同于 E_2 对底板复合岩层位移的影响，h_2 对底板复合岩层位移

表 7-7　h_2 取不同的值对应的 ω 的值

h_2/m	0.25	0.50	0.75	1.00	1.25
ω/m	0.214424	0.19079	0.170523	0.153059	0.13794
h_2/m	1.50	1.75	2.00	2.50	3.00
ω/m	0.124788	0.113295	0.103209	0.086454	0.073239

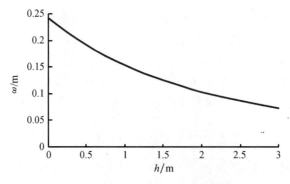

图 7-11　h_2 对底板复合岩层位移的影响

的影响还是有很大的影响,不过它的影响接近于线性关系。

3) 固定 $h_1 = h_3 = 3\mathrm{m}$,h_3 取不同的值对应的 ω 值如表 7-8 所示。

表 7-8　h_3 取不同的值对应的 ω

h_3/m	0.25	0.50	0.75	1.00	1.25
ω/m	0.303345	0.241375	0.200438	0.171129	0.148957
h_3/m	1.50	1.75	2.00	2.50	3.00
ω/m	0.131502	0.117343	0.105589	0.087129	0.073239

从表 7-8 和图 7-12 可知,当 h_3 小于 1.5m 时,底板复合岩层的位移对 h_3 的变化特别敏感;当 h_3 的值取增大时底板复合岩层的位移明显减小;而当 h_3 的取值在 2.5m 以上,底板复合岩层的位移有减小的趋势,但不明显。

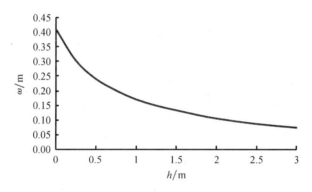

图 7-12　h_3 对底板复合岩层位移的影响

3. 工作面宽度及长度对复合岩层变形的影响

根据式(7.23)可以看出复合板的挠度不仅与各层板的性质、厚度有关,还与板的长度和宽度有关。在煤矿开采中板的长度与宽度对应的工作面采宽与卸压区的长度。图 7-13 给出了不同采宽与工作面卸压区长度时,复合板变形图。

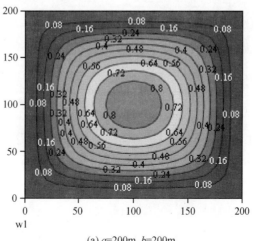

(a) a=200m, b=200m

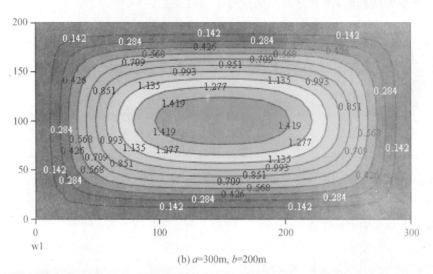

(b) a=300m, b=200m

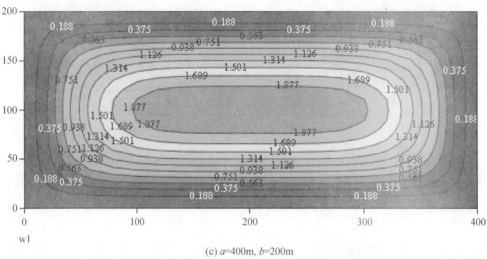

(c) a=400m, b=200m

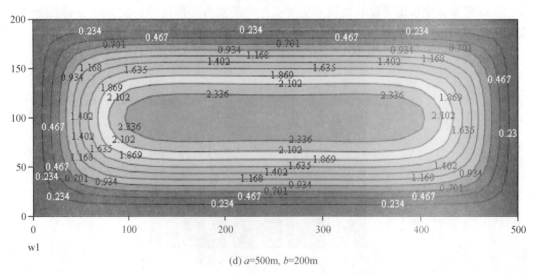

(d) a=500m, b=200m

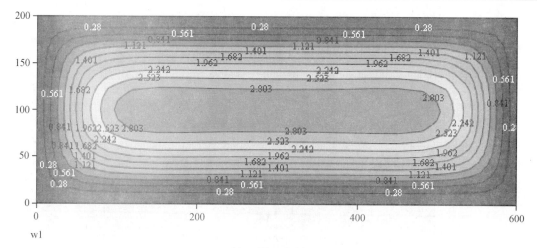

(e) a=600m, b=200m

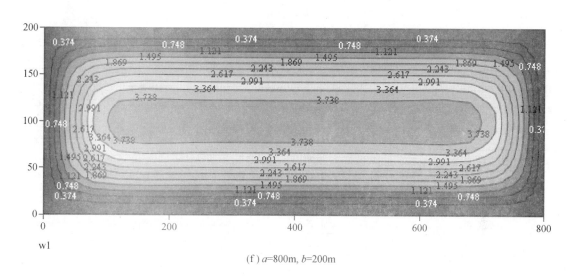

(f) a=800m, b=200m

图 7-13　四边固支板的挠度

7.4　复合薄板理论的数值模拟分析

为了验证复合板理论与实际的多层板结果的等效性，我们采用 FLAC^{3D} 对煤层底板突水危险进行数值模拟分析。根据复合板理论的等效岩石参数建立一个等效模型与实际模型进行比较，观察两个模型在相同载荷作用下各个方向、各个位置的位移、变形之间的差异性。

7.4.1　计算模型

根据开滦范各庄矿的实际地质条件，建立煤层底板复合薄板数值模型，如图 7-14 所示，各岩层参数如表 7-9 所列，模型划分成 300×200 共 60000 个单元，受模型计算容量所限，在模型顶部加 8MPa 的载荷来等效上部 400m 的岩层。岩体只承受自重应力和水压力。边界条件为：两端水平约束，可以垂直移动；底端固定；四面隔水，含水砂岩中初始水压为 4MPa。

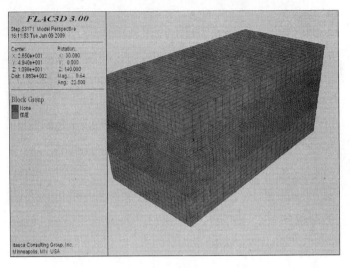

图 7-14　计算模型

表 7-9　煤层顶底板岩石的力学特征参数

序　号	岩　层	厚度/m	容重/(kN/m³)	抗拉强度/MPa	泊松比	弹性模量/GPa	内摩擦角	内聚力/MPa	体积模量/GPa
1	基岩	10	25.6	2.73	0.286	11.571	33	3.5	9
2	顶板	7	23.6	1.50	0.286	3.857	28	2.1	3
3	煤	3	19.0	0.70	0.286	1.286	28	0.8	1
4	底板1	5	23.6	1.50	0.250	3.000	28	1	2
5	底板2	5	23.6	2.10	0.286	3.857	28	2	3
6	底板3	5	23.6	1.50	0.286	5.143	28	3	4
7	底板	15	25.0	1.60	0.266	6.328	30	3	4.5

7.4.2　复合岩层力学参数的计算

由表 7-9 可知,三层底板的泊松比 $\mu_1=0.250$,$\mu_2=0.286$,$\mu_3=0.286$,弹性模量分别为 $E_1=3\mathrm{GPa}$,$E_2=3.875\mathrm{GPa}$,$E_3=5.143\mathrm{GPa}$,厚度 $h_1=h_2=h_3=5\mathrm{m}$。根据第 7 章理论推导中式(7.14)、式(7.18)、式(7.19)可以得出等效的一层复合岩层的中性面位置 $e=6.536\mathrm{m}$,抗弯刚度 $D=1.18\times10^{12}$,泊松比 $\mu=0.268$,弹性模量 $E=3.896\mathrm{GPa}$。由 E,μ 可能确定复合岩层的体积模量 B、剪切模量 S。

因为

$$B=\frac{E}{3(1-2\mu)},\qquad G=\frac{E}{2(1+\mu)}$$

所以得到

$$B=2.794\mathrm{GPa},\qquad G=1.54\mathrm{GPa}$$

本次等效模型数值模拟的输入参数,如表 7-10 所示。

表 7-10　等效顶底板岩石的力学特征参数

序　　号	岩　层	厚度/m	容重/(kN/m³)	抗拉强度/MPa	泊松比	弹性模量/GPa	内摩擦角	内聚力/MPa	体积模量/GPa
1	基岩	10	25.6	2.73	0.286	11.571	33	3.5	9
2	顶板	7	23.6	1.50	0.286	3.857	28	2.1	3
3	煤	3	19.0	0.70	0.286	1.286	28	0.8	1
4	复合底板	15	23.6	1.6	0.268	3.896	28	2	2.794
5	老底	15	25.0	1.60	0.266	6.328	30	3	4.5

7.4.3　数值模拟结果分析

从图 7-15 可知,对于三层底板的情况,采场底板的 z 向位移为 $0\sim3.4$cm,自底板上表面往下,z 向位移越来越小。对于等效底板的情况,采场底板的 z 向位移为 $0\sim4.8$cm,自底板上表面往下,z 向位移越来越小,原始的位移变化梯度比等效的位移变化梯度大少许,等效的位移最大区域比原始的位移最大区域大,这可能主要是因为原来的三层底板被等效成一层底板造成的尺寸效应和弹性模量均匀化。但是仍然可以得出两种情况下采场底板 z 向位移场分布规律基本一致的结论。

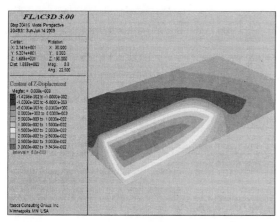
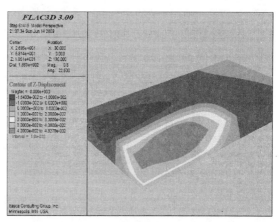

原始底板　　　　　　　　　　　　　　　　　　等效底板

图 7-15　z 方向的位移云图比较

从图 7-16 可知,原始的采场底板的 z 向应力为 $1.7\sim4$MPa,而采场煤壁内侧处的应力集中区域的 z 向应力最大值是 $14\sim16.1$MPa,而且应力集中区域基本上沿整个采场边界分布;等效的采场底板 z 向应力 $1.8\sim4$MPa,应力集中区域在采场煤壁内侧附近,应力最大值为 $13\sim16.4$MPa,应力集中区域基本上沿整个采场的边界分布。本数值模拟计算的是在 z 向渗透压作用下的底板等效,从以上分析可知,底板突水的复合板理论很好地处理了底板突水中复杂底板的简化问题,特别是在底板水压垂直于底板平面时,应用这一理论大大减少了计算量。而煤矿开采中的底板突水问题,主要就是由于垂直于底板的高水压。

从图 7-17 可知,原始的底板与等效底板的 xz 平面的切应力云图非常相似,最大切应力所在区域也基本相同,由此验证了按等效弹性模量计算的正确性。

从图 7-18 可知,原始的底板与等效底板的 z 方向的应力云图非常相似,最大位移所在区域也基本相同,由此验证了按等效弹性模量计算的正确性。

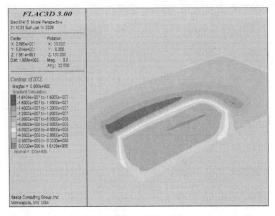
底板 z 方向的应力云图

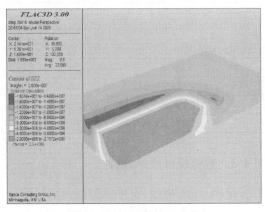
等效底板 z 方向的应力云图

图 7-16　z 方向的应力云图比较

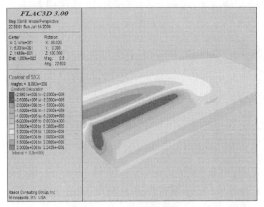
底板 xz 平面的切应力云图

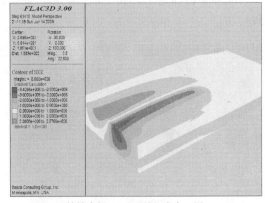
等效底板 xz 平面的切应力云图

图 7-17　xz 平面的切应力云图比较

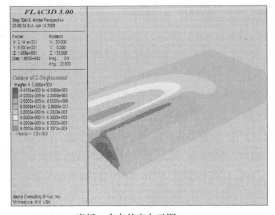
底板 z 方向的应力云图

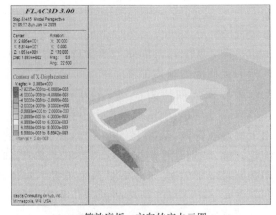
等效底板 z 方向的应力云图

图 7-18　xz 平面的切应力云图比较

7.5　煤层底板突水危险评价力学模型

7.5.1　煤层底板突水危险的理论判据

由于底板有效隔水层带未受到采动影响破坏,所以可将其看成连续、各向同性的均质介质,符合弹性力学假设条件。下面将底板有效隔水层带视为薄板对其所能承载的突水极限压力进行分析。由弹性理论可知应力与板的挠曲函数关系,由式(7.23)可得

$$\frac{\partial^2 w}{\partial x^2} = \frac{7q(y^2-b^2)^2(3x^2-a^2)}{32\left(a^4+b^4+\dfrac{4}{7}a^2b^2\right)D}$$

$$\frac{\partial^2 w}{\partial x \partial y} = \frac{7q(y^2-b^2)(x^2-a^2)xy}{8\left(a^4+b^4+\dfrac{4}{7}a^2b^2\right)D}$$

$$\frac{\partial^2 w}{\partial y^2} = \frac{7q(x^2-a^2)^2(3y^2-b^2)}{32\left(a^4+b^4+\dfrac{4}{7}a^2b^2\right)D}$$

$$\left.\begin{array}{l}
\sigma_x = \dfrac{12Dz}{t^3}\left(\dfrac{\partial^2 w}{\partial x^2}+\mu\dfrac{\partial^2 w}{\partial y^2}\right) = \dfrac{12Dz}{t^3}\left[\dfrac{7q(y^2-b^2)^2(3x^2-a^2)+7q\mu(x^2-a^2)^2(3y^2-b^2)}{32\left(a^4+b^4+\dfrac{4}{7}a^2b^2\right)D}\right] \\[4mm]
\sigma_y = \dfrac{12Dz}{t^3}\left(\dfrac{\partial^2 w}{\partial y^2}+\mu\dfrac{\partial^2 w}{\partial x^2}\right) = \dfrac{12Dz}{t^3}\left[\dfrac{7q(x^2-a^2)^2(3y^2-b^2)+7q\mu(y^2-b^2)^2(3x^2-a^2)}{32\left(a^4+b^4+\dfrac{4}{7}a^2b^2\right)D}\right] \\[4mm]
\tau_{xy} = \dfrac{12Dz}{t^3}\dfrac{\partial^2 w}{\partial x \partial y} = \dfrac{12Dz}{t^3}\dfrac{7q(y^2-b^2)(x^2-a^2)xy}{8\left(a^4+b^4+\dfrac{4}{7}a^2b^2\right)D}
\end{array}\right\}$$

$$(7.24)$$

根据材料力学主应力的计算公式

$$\left.\begin{array}{l}\sigma_1 \\ \sigma_3\end{array}\right\} = \frac{\sigma_x+\sigma_y}{2} \pm \sqrt{\left(\frac{\sigma_x-\sigma_y}{2}\right)^2+\tau_{xy}^2} \qquad (7.25)$$

将式(7.20)代入式(7.21)可得主应力 σ_1、σ_3,根据 H. Ttesca 屈服判据,当板的最危险点发生屈服时,最大、最小主应力满足下式

$$\sigma_1 - \sigma_3 = 2\tau_s \qquad (7.26)$$

式中,τ_s 为材料的剪切强度极限。根据以上的计算就可以得到极限水压的表达式,由于公式比较复杂,因此只能运用数值方法计算,即根据实际给定的数据判断是否达到极限水压,从而判断工作面是否具有突水危险性。

7.5.2　煤层底板复合岩层的极限水压力分析

图 7-19 给出了当岩层厚度 50m、宽度 $b=100$m

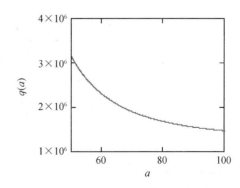

图 7-19　最大水压力值与开采长度的关系

时,隔水层所能承受的最大水压力值随开采范围变化的规律,由图 7-19 可得,随着开采长度的增加,隔水层所能承受的最大水压力值逐渐减少,且减少的幅度越来越大,这就说明在开采过程中合理的设计开采宽度与长度能够有效地预防底板突水。

　　图 7-20 给出了当第二层岩层厚度 $h_2=10\mathrm{m}$,弹性模量 $E_2=3\mathrm{GPa}$,第一层岩层弹性模量 $E_1=30\mathrm{GPa}$ 时,隔水层所能承受的极限水压随第一层岩层厚度变化的规律,由图可得,随着第一层岩层的厚度变厚,隔水层所能承受的极限水压逐渐增加,而且随着厚度的增加,极限水压增加的幅度越来越大,这就说明在增加第一层岩层的厚度能够有效地预防底板突水。

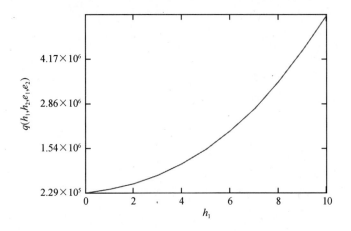

图 7-20　极限水压随第一层岩石厚度的变化规律

　　图 7-21 给出了当第二层岩层厚度 $h_2=10\mathrm{m}$,弹性模量 $E_2=30\mathrm{GPa}$,第一层岩层厚度 $h_1=10\mathrm{m}$ 时,隔水层所能承受的极限水压随第一层岩层弹性模量 E_1 的变化曲线,从图 7-21 可以看出,随着第一层岩层硬度变硬,隔水层所能承受的极限水压逐渐增加,而且随着硬度增加,极限水压增加的幅度越来越小,这就说明增加第一层岩层的硬度能够有效地预防底板突水,但不能无限的增加,到一定程度后再增加硬度就不能提高底板突水的极限水压。

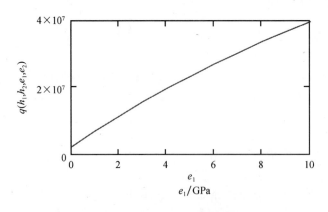

图 7-21　极限水压随第一层岩石弹模的变化规律

　　为保证底板含水层上煤层的安全开采,煤层底板所能够承受的极限水压力应大于底板所承受的实际水压力,即

$$q_{极限} \geqslant q_{实际}$$

对开滦范各庄井田 12#煤层底板主要突水点的 6 个主要巷道进行了验算,结果表明,用此公式预测煤层底板突水成功率达 84%(表 7-11)。

表 7-11　范各庄井田 12#煤层底板主要突水点统计表

序　号	地　点	a/m	b/m	h/m	极限水压/MPa	实际水压/MPa	突水与否	
							预测	实际
1	北翼主运道	90	80	43.7	4.14	3.2	否	否
2	南翼主运道	100	80	35.7	2.29	1.9	否	是
3	一水平南主运道	80	80	40.2	3.45	2.57	否	否
4	二水平井底车场	140	80	41.8	2.35	1.99	否	否
5	208 上山	100	40	32.4	1.66	1.78	是	是
6	二号工作面	65	60	32.2	6.24	4.5	否	否

参 考 文 献

[1]　张金才,张玉卓,刘天泉.岩体渗流与煤层底板突水.北京:地质出版社,1997

[2]　仵彦卿,张倬元.岩体水力学导论.成都:西南交通大学

[3]　钱鸣高,缪协兴,徐家林等.岩层控制的关键层理论.北京:中国矿业大学出版社,2000

[4]　赵阳升,胡耀青.承压水上采煤理论与技术.北京:煤炭工业出版社,2004

[5]　李白英.预防矿井底板突水的"下三带"理论及其发展与应用.山东矿业学院学报(自然科学版),1999,8(4):11-18

[6]　白晨光,黎良杰,于学馥.承压水底板关键层失稳的尖点突变模型.煤炭学报,1997,22(2):149-154

[7]　施龙青,韩进.底板突水机制及预测预报.北京:中国矿业大学出版社,2004

[8]　王连国,宋扬.煤层底板突水突变模型.工程地质学报,2002,8(2):160-163

[9]　中国生,江文武,徐国元.底板突水的突变理论预测.辽宁工程技术大学学报,2007,26(2):216-218

[10]　缪协兴,陈荣华,白海波.保水开采隔水关键层的基本概念及力学分析.煤炭学报,2007,32(6):561-564

[11]　周维垣.高等岩石力学.北京:水力水电出版社,1993

[12]　张金才,刘天泉.论煤层底板采动裂隙带的深度及分布特征.煤炭学报,1990,15(1):46-54

[13]　张金才.采动岩体破坏与渗流特征研究.北京:煤炭科学研究总院博士学位论文,1998.6

[14]　许学汉,王杰.煤矿突水预报研究.北京:地质出版社,1991

[15]　王作宇,刘鸿泉.煤层底板突水机制的研究.煤田地质与勘探,1989(1):11-13

[16]　王作宇,刘鸿泉.承压水上采煤.北京:煤炭工业出版社,1992

[17]　黎良杰.采场底板突水机理的研究.徐州:中国矿业大学博士学位论文,1995

[18]　范家让,盛宏玉.具有固支边的强厚度叠层板的精确解.力学学报,1992,24(5):574-583

[19]　范家让,盛宏玉.纵、横向荷载联合作用下强厚度叠层矩形板的精确解.合肥工业大学学报,1992,15(1):10-19

[20]　Fan Jiarang,Ye Jianqiao. An Extract Solution for the Statics and Dynamics of Laminated Thick Plates with Orthotropic Layers. Int. J. Solids Structures,1990,26(5/6):655-662

[21]　Fan Jiarang,Ye Jianqiao. Extract Solution of Bulking for Simply Supported Thick Laminates. Composite Structure,1993,24:23-28

[22]　Vlasov V Z. The Method of Initial Function in Problems of the Theory of Thick Plates and Shells. 9th Cong. Appl. Mech. ,Brussels,Belgium,1957,6:321-330

[23]　Mindlin R D. Influence of Rotatory Inertia and Shear on Flexural Motions of Isotropic Elastic Plates.

JAM. ,1951,18:31-38

[24]　Sundara Raja Iyengar K T,Chandrashekhara K,Sebastian V K. On the Analysis of Thick Rectangular Plates,Ing. Arch. ,1974,43(5):317-330

[25]　Bahar,L. Y. ,A State Space Approach to Elasticity[J]. Appl. Franklin Inst. 1975,229:33-41

[26]　Das Y C,Rao N V S K. A mixed Method in Elasticity. Appl. Mech. Trans. ASME,1977,44:51-56

[27]　Srinivas S,Rao A K. Bending,Vibration and buckling of simply supported thick orthotropic rectangular plates and laminates. Int. J. Solids Structures,1970,6:1463-1481

[28]　Celep Z. Free Vibration of Some Circular Plates of Arbitrary Thickness. Sound Vib,1980,70(3):379-388

[29]　钱鸣高,缪协兴,许家林,茅献彪. 岩层控制的关键层理论. 徐州:中国矿业大学出版社,2003

第 8 章　采场底板变形破坏规律及其预测

8.1　引　言

煤炭开采过程中底板突水危险性受控于含水层条件、隔水介质条件和导水通道条件等。20世纪 60 年代,我国学者总结了大量突水案例,筛选出含水层水压和隔水层厚度两个主要因子,提出了突水系数的概念,建立了突水系数的经验公式并很快在全国推广使用。由于最先提出的突水系数法没有考虑矿压和水压对底板破坏的影响,70～80 年代,煤科学研究总院西安分院水文所曾先后两次对突水系数的表达式进行了修改。在考虑矿压和水压对底板隔水层破坏影响时,从隔水层厚度中减去了矿压和水压对底板的破坏深度[1,2],因此,准确确定煤炭开采过程中底板岩体变形破坏深度对煤层底板突水危险性评价就尤为重要。长期以来,国内外不少学者已开展了地质因素和开采因素对煤层底板变形破坏和突水的影响,并已进行了卓有成效的研究[3～10]。由于矿井地质条件的复杂性和受地下观测条件的限制,目前认识仍然有限。关于开采因素对底板岩体变形破坏的影响缺乏系统的研究。因此,开展煤炭开采因素对煤层底板岩体变形破坏和渗透性的影响,对煤层底板岩层突水预测与评价具有理论和实践意义[9～12]。

8.2　煤层开采底板岩体变形破坏特征及渗透规律

在采动过程中从开切眼到工作面老顶初次来压,以及正常回采时老顶的周期来压,工作面的压力显现以及顶底板的活动规律大体相同。随着回采工作面的推进,老顶初次来压后,老顶岩层中所形成的力学结构将始终经历"稳定—失稳—再稳定"的变化,能量则表现为"聚集—释放—聚集"的发展变化过程。煤层顶板岩层在纵向上在采空空间上方岩层自上而下形成三带,即弯曲下沉带(Ⅰ)、裂隙带(Ⅱ)和冒落带(Ⅲ)。由于采动影响使采场周围岩体应力重新分布,在横向上划分为四个区,即原岩应力区(a-b)、支承压力区(b-c)、卸载压力区(c-d)和应力恢复区(d-e)(图 8-1)。

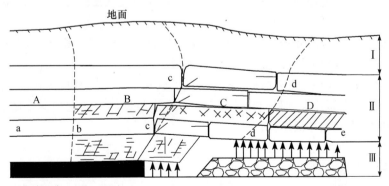

图 8-1　煤层开采顶板岩层变形破坏分布图(Ⅰ表示弯曲下沉带,Ⅱ表示裂隙带,Ⅲ表示冒落带)
A-原岩应力区(a-b);B-支承压力区(b-c);C-卸载压力区(c-d);D-应力恢复区(d-e)

由于采动影响使采场周围岩体应力重新分布,相应地随着回采工作面推进,由于采动卸压,煤层底板岩体应力的急剧释放,从而引起工作面底板岩体发生破坏,这一破坏带是由采动矿压直接引起的,故称为采动矿压破坏带(Ⅰ带)[13,14]。

根据煤层底板岩体受采动影响的特点,在横向上可以划分为四个区,即原岩应力区、超前压力压缩区、采动矿压直接破坏区和底板岩体应力恢复区(图8-2)。

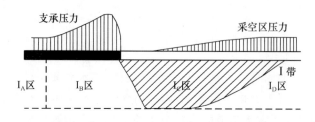

图 8-2 煤炭开采煤层底板变形破坏的分区图

I_A-原岩应力区;I_B-超前压力压缩区;I_C-采动矿压直接破坏区;I_D-底板岩体应力恢复区

原岩应力区(I_A区),该区内的底板岩体没有受到采动的影响,为原岩应力状态;超前压力压缩区(I_B区),该区位于工作面前方,该区内底板岩体受采前超前支承压力作用而产生压缩变形;采动矿压直接破坏区(I_C区),该区内的底板岩体因采后卸压膨胀,表明底板岩体已经破坏;底板岩体应力恢复区(I_D区),该区内由垮落岩体作用,底板岩体应力状态又逐渐恢复到接近原岩应力状态。

在工作面前方80~90m煤层底板压力开始缓慢递增,在工作面前方40~50m压力明显增加,由原岩应力区过渡到支承应力区,最大支承应力位于回采工作面前方煤体5~10m范围,为原始压力的2~3倍。在超前压力压缩区内煤层底板岩体承受着工作面顶板支承压力带来的超前压缩,呈现整体受压状态。在深度方向上随着深度增加,底板岩体对应力传递呈现衰减作用。在超前压力压缩区内,底板岩体类似横弯褶皱作用。靠近煤层底板岩体受水平压缩,而下部岩体受水平拉伸,其下部岩体由于水平拉伸而易产生张裂隙,并沿原生节理、裂隙发展扩大。

在回采工作面及后方(采空区)煤层底板岩体处于一个比原岩应力低的卸载区,为采动矿压直接破坏区,而且在回采工作面推过一定时间后,这个卸载区仍能较稳定地长期保存下来。采空区下方由于卸压而处于膨胀状态,底板破坏。

在工作面后方25m以外,随采空区压力的增加,煤层底板岩体又开始压缩。在工作面后方覆岩活动稳定后,由于采空区后方压力的恢复,采空区下方岩体产生压缩变形。随着工作面开采滞后距的增加,采空区压力逐渐增大,采动矿压直接破坏带内的底板岩体,使其逐渐地接近原岩应力状态,但不能完全恢复。

随着工作面的推进,煤层底板岩体中的每一点都将经历压缩-膨胀-压缩的变形过程。随深度的增加,底板受采动影响的压缩和膨胀程度逐渐减小。

随着工作面的推进,回采工作面前方的支承压力区和工作面卸载压力区与工作面后方的应力恢复区"三区"在工作面开采过程中交替出现。且在底板岩体中的这种变形处于由压缩-膨胀-压缩的交替运动中,直到工作面结束。

根据岩石全应力-应变过程的渗透试验结果可知(图3-5),在煤炭开采过程中I_A区中底板岩体处于原岩应力状态,一般是处于弹性应力状态,且渗透率一般较低。当底板岩体由I_A区进入I_B区后,在工作面前方超前支承压力的作用下,其应力也逐渐增加,渗透率一般随着应力的增加而减小,渗透率下降的大小取决于岩性及应力增量。当底板岩体由I_B区过渡到I_C区后,底板岩体因采后卸压膨胀,底板岩体受到破坏,采动岩体结构因采后卸压发生了较大的变化,其渗透相应增大,一般最大渗透率就出现在该区。I_D 区内的底板岩体在采空区压力作用下其应力又逐渐增加,并逐渐恢复并接近原岩应力状态。这表明该区内的底板岩体在经过 I_C 区的破坏后又恢复,底板岩体重新压实,故其渗透率减小。

8.3　煤层底板三带厚度的确定

对承压水体上采煤底板岩层突水机理的研究表明,在煤层开采过程中,煤层底板岩层由上到下形成采动导水裂隙带(Ⅰ带)、有效隔水层保护带(Ⅱ带)和承压水导升带(Ⅲ带),称为"下三带"。"下三带"的形成及其空间形态与底板隔水层厚度、岩石力学性质、采矿方法和开采参数、地下水水头压力及其地质构造等因素密切相关。有些情况下,并非所有煤层开采都会形成"下三带",除采动引起的导水裂隙带外,其他两带因水文地质条件不同,可能缺失。

8.3.1　煤层底板采动破坏深度的确定[13,14]

煤层底板隔水层的阻水能力主要取决于有效隔水保护带的隔水能力。采动导水裂隙带和承压水导升带的阻水能力很弱,可视为无阻水能力的岩层。因此,从承压水体上安全采煤的角度,应正确评价"下三带"各带的实际厚度,观测与计算有效保护隔水层的阻水能力。

1. 底板采动导水裂隙带深度的确定

可以采用现场实测、经验估算、理论计算等多种手段。现场观测常用的方法有钻孔注(涌)水方法、地质雷达和超声波探测法。

1)经验公式估算

底板破坏深度与工作面埋深、倾斜长度、采高之间有一定的相关关系,因此在进行底板破坏深度的分析时,应结合理论计算、现场观测和数值模拟等多种手段来综合确定底板岩层的破坏深度,根据现场实测和模拟试验研究结果,底板岩层采动破坏深度与工作面的宽度有如下关系[8]:

$$h_1 = 0.7007 + 0.1079L \tag{8.1a}$$

或

$$h_1 = 0.303L^{0.8} \tag{8.1b}$$

式中,h_1 为底板采动导水裂隙带深度;L 为开采工作面斜长。

2)理论计算

根据不同理论假设与强度准则,有如下公式计算底板采动破坏带深度,可比较其结果,取其最大值。

(1)由断裂力学及莫尔-库仑破坏准则

$$h_1 = \frac{1.57\gamma^2 H^2 L}{4\sigma_c^2} \tag{8.2}$$

(2)由弹性理论和莫尔-库仑破坏准则

$$h_1 = \frac{(n+1)H}{2\pi}\left(\frac{2\sqrt{K}}{K-1} - \arccos\frac{K-1}{K+1}\right) - \frac{\sigma_c}{\gamma(K-1)} \tag{8.3}$$

（3）由弹性理论和 Griffith 破坏准则

$$h_1 = \frac{(n+1)p_0}{32\pi^2\gamma\sigma_T}\left[(n+1)p_0 - \sqrt{(n+1)^2p_0^2 - 64\sigma_T^2\pi^2} - 8\pi\sigma_T\arcsin\frac{8\pi\sigma_T}{(n+1)p_0}\right] \quad (8.4)$$

（4）由塑性理论和莫尔-库仑破坏准则

$$h_1 = \frac{0.015H\cos\varphi_0}{2\cos\left(\frac{\pi}{4}+\frac{\varphi_0}{2}\right)}\exp\left(\frac{\pi}{4}+\frac{\varphi_0}{2}\tan\varphi_0\right) \quad (8.5)$$

式中，γ 为底板岩体平均容重；H 为采深；L 为工作面斜长；σ_c 为岩体单轴抗压强度；σ_T 为岩体抗拉强度；φ_0 为岩体内摩擦角；n 为最大应力集中系数。

$$K = \frac{1+\sin\varphi_0}{1-\sin\varphi_0}$$

2. 承压水原始导高带的确定

承压水原始导高带的确定采用现场探测方法，如钻孔统计法和物探方法等，其中钻孔统计是一种简便易行的方法。在有较多钻孔资料的情况下，可获得导高带分布的整体图像。在缺少钻孔资料的情况下，可采用井下物探（电法、地质雷达）探测底板含水性，从而确定原始导高。研究表明，原始导高的发育一般有如下规律：

（1）剖面形态为高低不平的参差状，其发育与构造断裂密切相关。在断层带和陷落柱附近常形成异常导高带；在无构造影响地段，导高带很低或基本不存在。

（2）原始导高与岩性有关。一般在脆性岩层中的发育比在塑性岩层中好，砂岩比泥岩发育好。蒙脱石泥岩中一般不发育原始导高，这与泥岩遇水膨胀裂隙密闭有关。

承压水在采动矿压作用下可以再进一步导升，导升的高度可以通过钻探、物探、超声波法进行探测。其具体操作程序是，在采前探出原始导高，在采动过程中及采后重复探测观察，比较前后探测结果可以确定承压水再导升高度。承压水的再导升与底板隔水层厚度及其力学性质、工作面斜长、顶板管理方式及含水层水头压力等因素有关。理论分析结果表明，采动引起的承压水再导升高度与若干因素存在如下关系：

$$h_3' = \frac{\sqrt{\gamma^2 + 2A(P_w - \gamma h_1)\sigma_T} - \gamma h}{A\sigma_T} \quad (8.6)$$

$$A = \frac{12L_x}{L_x^2(\sqrt{L+3L_x^2} - L_y)^2}$$

式中，h_3' 为底板采动承压水导升高度；h 为底板岩层总厚度；γ 为底板岩层平均容重；P_w 为作用于该区底部的水压；σ_T 为底板岩体抗拉强度；L_x、L_y 分别为工作面斜长，沿推进方向采面至采空区压实区的距离。

承压水导高带是原始导高带与采动导高带之和。

8.3.2　有效隔水层保护带厚度的确定

有效隔水层保护带的厚度（h_2）为底板隔水层总厚度（h）减去采动底板破坏带深度（h_1）与承压水导升带高度（h_3）之和，即

$$h_2 = h - (h_1 + h_3) \quad (8.7)$$

8.4　采场底板破坏深度观测方法

采场底板破坏深度的观测研究方法有多种,根据不同的地质条件及观测目的,目前常用的观测方法有:底板钻孔注水法、现代物探方法、应力-应变技术[15~18]。

8.4.1　底板破坏深度的影响因素分析

煤层底板破坏受到多种因素的影响,主要包括采动影响、工作面长度、岩层岩性及其组合、承压含水层赋水形式及水压力等。

(1) 采动影响。煤层开采后,破坏了底板岩体的应力平衡状态,使岩体应力发生重新分布,造成岩层的移动和变形甚至发展形成贯通性裂隙,并在底板岩层中形成一定的破坏深度。

(2) 工作面长度。在采煤方法一定的条件下,开采空间的大小对底板破坏程度具有重要影响。根据以往的理论分析及现场的观测结果,工作面长度是影响底板破坏深度的一个最主要因素,采煤工作面斜长越长,则底板破坏深度越大,相关关系十分明显。

(3) 岩层岩性。不同岩性的岩层及其组合方式,其抵抗变形的能力和强度不同,会对底板破坏深度产生直接的影响。

(4) 含水层及水压的影响。水在动态渗流条件下会不断潜蚀、冲刷。破坏岩层的软弱结构面,降低岩层的完整性,减弱岩层的抵抗强度并扩大其内部的裂隙。水压、矿压联合作用,会加速底板岩体的破坏,使底板岩层中的原生裂隙重新活动并形成新的裂隙,从而影响底板破坏深度。

8.4.2　采场底板破坏深度观测方法

1. 钻孔注水法

在采前向煤层底板打一定深度及角度的斜孔,在工作面推过观测位置前、后分别观测孔内的注水渗透量,由此再判断底板的最大破坏深度。

在采面还没有推到钻孔位置时,底板岩层没有发生破坏,钻孔内渗水量较小;工作面推过后,底板发生破坏,这时位于底板破坏带内的钻孔渗水量会增大。因此,通过采动过程中不同深度钻孔单位时间内的渗水量的变化和水文地质条件的综合分析,就可以知道采动影响引起的煤层底板破坏深度。

2. 现代物探方法

现代物探方法包括电磁波法、钻孔声波法、震波 CT 技术以及高密度电法等。

电磁波法也叫无线电波透视法,通过对采动前、后接收到的穿过孔间岩体的电磁波强度的对比与分析,可以确定由于煤层采动引起的底板破坏深度。

声波探测技术是利用频率很高的声波和超声波作为信息载体对岩体进行探测的一种方法。由于频率高、波长短,因此分辨率很高。

震波 CT 技术是利用地震波在不同介质中传播速度的差异,根据地震波信号的变化,建立介质速度的二维切片图像,通过这种重建的测试区域地震波速度场的分布特征,来推断底板破坏区域的形态和分布状况。

高密度电阻率成像法是集电测深和电剖面于一体的一种多装置、多极距的组合方法。地下岩层电阻率的大小与岩层的岩性和含水程度有关,还与其结构状态密切相关。当岩体的完整性和连续性遭到破坏,其裂隙结构面增多,阻隔了电流的传导,电阻率将会增大,但若因破坏裂隙发育并充水时,则因水溶液的导电能力高于岩层,而使岩层传导电流的能力增强,电阻率降低。因此,通过岩体发生变化形成破坏前、后电阻率变化规律的对比,可以探测岩体的破坏范围。

3. 应力-应变技术

应力-应变技术是在工作面开采前、后向工作面内煤层底板施工倾斜钻孔,在孔中安装应力-应变探头,在巷道内用应力-应变仪测量开采前、后底板岩层的应力-应变的变化情况,通过反演分析得出底板破坏深度的有效数据,指导煤炭回采工作中防治水措施。

8.4.3　底板破坏深度观测实例

1. 底板钻孔注水观测法

某矿一工作面,开采煤层为 10♯煤层,工作面标高 576～621m,煤层平均厚度 3.6m,煤层倾角平均 2.8°。10♯煤层底板以泥岩为主。

底板破坏深度预计:根据 10♯煤层底板岩性,并结合相关理论和观测经验,底板破坏深度约等于 0.11 倍的工作面面长,因此,预计的底板破坏深度范围为 15～22m。

底板注水观测钻孔布置方案:底板破坏深度的观测钻窝布置在 31006 面的材料巷与 31005 面之间的煤柱内,倾向上距 31005 面上顺槽 21m。钻窝内布置 2 个钻孔,各钻孔的要素如表 8-1 所示,观测钻孔布置剖面图如图 8-3 所示。

表 8-1　31005 面钻窝 Ⅰ 底板破坏观测钻孔要素表

孔　号	方位角	倾　角	长　度/m	孔　径/mm	用　途
1	137°	−18°	85	φ89	底板破坏观测
2	137°	−20°	75	φ89	底板破坏观测

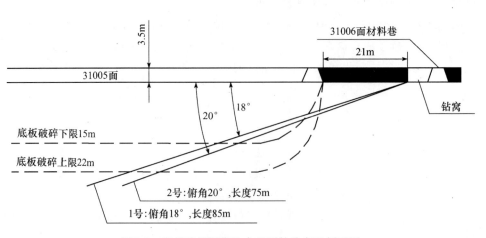

图 8-3　底板破坏深度注水观测钻孔布置剖面图

观测结果:2 个钻孔测试出的底板破坏深度分别如下。

1 号孔:$H(1)=21.6(m)$;

2 号孔:$H(2)=19.8(m)$。

结合分析工作面钻孔柱状图,至 6.56m 厚的铝质页岩时,10♯煤层底板累厚为 20.68m,因此可以确定工作面底板破坏深度发展至铝质页岩层时终止,底板破坏的最终深度为 20.68m。

2. 直流电法观测方案

观测方法:直流电法观测底板导水破坏深度是近年发展的观测方法,主要是利用底板岩体受采动影响破裂后,岩体视电阻率将随之出现明显变化的特征,通过直流电法仪观测开采前、后底板岩体视电阻率变化,从而确定底板导水破坏深度。直流电法与其他方法相比较具有明显的优点:钻孔在采前施工并且安装电极电缆后可封孔,不会形成导水通道;特别适用于突水系数较高的工作面;一般一个测站只布置一个孔;可以在任何工作面布置测站等。

钻孔布置:在观测巷道内需要布置钻窝,在钻窝内打底板观测钻孔,直流电法观测在底板钻孔内进行。

钻孔参数:钻孔参数如表 8-2 所示。电缆电极的布置方式,工作面测站布置图如图 8-4 所示。观测工作面开采前、后底板视电阻率变化结果如图 8-5 所示。

表 8-2 底板破坏观测钻孔要素表

孔 号	方位角	倾 角	长 度/m	孔 径/mm	用 途
1	223°	−20°	75	φ89	窝Ⅰ底板破坏深度观测孔
2	223°	−20°	75	φ89	窝Ⅱ底板破坏深度观测孔

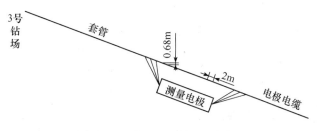

图 8-4 工作面电缆电极布置图

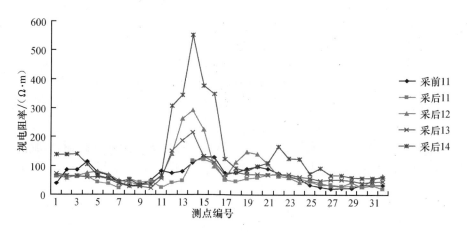

图 8-5 工作面一倍距视电阻率变化

8.5　煤层底板突水影响因素及底板突水优势面理论

8.5.1　煤层底板突水影响因素

煤层底板突水的主要影响因素有:水源,水压,底板隔水层,地质构造,采掘活动等。水源即含水层的赋水条件是底板突水的基本物质前提。水压既是突水的动力,又是决定突水与否和突水量大小的主要因素。隔水层是底板承压水突水的阻抗因素,是岩溶承压水上煤层开采的安全屏障。地质构造应该包括断层、褶曲和岩溶陷落柱等,地质构造是底板突水的通道,绝大多数突水,特别是大型突水一般都与地质构造有关。采掘活动和矿山压力是底板突水的诱导因素。

1. 水源

煤层底板岩层中的灰岩具有岩溶裂隙和溶洞,其中储存着承压水,这是矿井底板突水最基本的物质前提。它决定了底板突水量的大小和突水过程曲线的特征。

底板灰岩岩溶发育规律与诸多因素有关。灰岩的厚度,小于4m厚的灰岩一般没有岩溶。灰岩的岩性:中奥陶统灰岩可划分为三组七段,下段角砾状灰岩、泥质白云岩、泥质灰岩,岩溶不发育;上段纯灰岩、花斑状灰岩、白云质灰岩,岩溶发育。

灰岩的裂隙发育程度、水文地质单元大小、岩溶水的补给和排泄条件、是否处于强径流带、区域地质构造等,也都影响岩溶的发育程度,并决定了底板灰岩的富水性,也就是决定了突水水源的丰富程度。

2. 水压

首先,水对底板岩石具有软化作用,一般都会降低岩石的强度。其次,承压水对裂隙岩层具有有效应力作用,类似于土力学中的太沙基原理,水压会降低裂隙岩层的整体强度。再者,承压水在断层中会起到水楔作用,由下至上逐渐导升,并像楔子一样将断层面挤压撬开。再就是,根据流体力学伯努利方程,在一定的地质条件下,水压决定了突水量的大小。另外,突水过程中,由于水压的存在,水流会将突水通道逐渐冲刷扩大;底板灰岩承压水进入巷道底板岩层中,还会引起巷道底板的底鼓变形。

3. 底板隔水层

底板隔水层的隔水能力主要取决于底板隔水层的厚度。在开采平面上,底板隔水层阻隔水能力具有非均一性,有的区域隔水能力强,有的区域较弱;另外,还与下列因素有关。

(1)底板隔水层的岩性与组合,一般说来,坚硬底板和软、硬相间的底板岩层具有更好的阻隔水能力。

(2)底板隔水层的裂隙发育程度,底板岩层裂隙越少,完整性越好,则其隔水能力也就越强。

(3)承压水的原始导高,即直接覆盖于底板灰岩含水层之上的隔水层中承压水的导升高度,承压水的原始导高越高,则底板隔水层的阻隔水能力就越弱。

4. 地质构造

绝大多数底板突水都与构造有关,在有些矿区有"遇突必断"之说,即较大的突水必然是断层突水。断裂构造是否突水,与断层的规模、年代、性质、位置等有关。

褶曲轴部也是容易突水的地质构造,在褶曲轴部,底板隔水层裂隙发育,隔水能力最差,底板灰岩裂隙发育,富水性最强。

岩溶陷落柱是另一种易于发生底板灰岩突水的地质构造,岩溶陷落柱有穿层陷落柱、隐伏陷落柱之分。岩溶陷落柱必然处于灰岩强径流带上,所以一旦突水往往是大型甚至是特大型突水。

5. 采掘活动

采掘活动引发底板突水,最为明显的是采场矿压对底板的破坏作用。采场矿压不仅使底板岩层应力场重新分布,使底板岩层产生法向压缩和膨胀变形;更重要的是,使底板岩层产生变形破坏导致底板突水。采场矿压作用的底板破坏引发突水主要有三种类型:

(1) 矿压作用导致断层活化引发底板突水;

(2) 矿压作用下底板裂隙进一步扩展、连通,造成底板突水;

(3) 矿压作用在底板灰岩岩溶发育带引起隔水层塌落破坏,造成底板突水。

8.5.2　煤层底板突水优势面理论

1. 突水优势面的理论依据

矿井底板突水问题具有诸多特征。首先,华北煤田采场底板突水是在特定的地质条件下发生的。这些条件包括:在煤系地层中主采煤层的底部存在着薄层或厚层石灰岩;石灰岩中岩溶发育;储存丰富的岩溶水,并构成溶水网络,且岩溶水具有一定的压力。开采煤层至底板灰岩间一般存在几米至一百多米的隔水层;隔水层的完整性往往因断裂、断裂破碎带和裂际带的存在而遭到破坏。其次,底板突水的通道有断层、岩溶陷落柱、底板裂隙等。

底板突水问题的最大特点是,底板承压水在最危险断面处的局部突破性。突水危险性较大的矿区,并非处处突水,即使是发生突水的采场,也绝不是处处都突水。恰恰相反,就某区域而言,底板突水仅仅发生在某一或某几个特定的断面上。这些断面有:底板灰岩强径流带断面、导水断层断面、采动断层断面、褶曲轴部断面等。这些断面一方面是底板隔水层的最薄弱环节,或是底板隔水层遭受破坏最严重的环节,从而成为突水通道;另一方面,这些多数在底板灰岩中也是非连续面,往往是灰岩中的富水带。

采场底板突水的充分必要条件是:①底板灰岩储存有承压水;②底板隔水层有突水通道。底板灰岩最强的含水区和底板隔水层隔水能力最薄弱区一般呈带状分布,在煤系地层表现为一个断面。

2. 底板突水优势面的概念与种类

所谓底板突水优势面,是指在开采平面上最容易发生底板突水的危险断面。突水优势面的观点,一反以往从地层纵向分析认识突水机理的传统,而转向在开采平面上查寻最易突水的薄弱区。

底板突水优势面主要有四种:

(1) 底板灰岩强径流带——突水优面Ⅰ;

(2) 导水断层——突水优势面Ⅱ;

(3) 采动断层——突水优势面Ⅲ;

(4) 底板裂隙发育带——突水优势面Ⅳ。

这种底板突水优势面,与突水类型的关系如表 8-3 所示。

表 8-3　底板突水类型与突水优势面的对应关系

底板突水类型	突水优势面
Ⅰ 构造揭露型突水	强径流带上的穿层陷落柱(突水优势面Ⅰ) 导水断层(突水优势面Ⅱ)
Ⅱ 断层采动型突水	采动断层(突水优势面Ⅲ)
Ⅲ 底板破坏型突水	强径流带或隐伏陷落柱(突水优势面Ⅰ) 底板裂隙发育带(突水优势面Ⅳ)

明确区分出不同的突水类型,找出各种突水优势面,对底板突水机理研究和开采安全性评价(或突水预测预报)具有十分重要的意义。底板突水是一个十分复杂的水文地质和工程地质问题,突水类型较多,且突水机理既有共性又有区别,针对不同的突水类型、突水优势面,建立各自的突水判据准则是一种科学的方法。试图用一种公式简单概括,作为多种不同性质的突水判据是不太现实的。

8.6　开采因素对煤层底板变形破坏影响数值模拟分析

煤层底板变形破坏除受地质因素控制外,还受开采因素影响。下面以开滦范各庄井田 12♯ 煤层及其底板沉积岩层为对象,在煤炭开采底板岩体变形破坏理论分析的基础上,采用 FLAC³ᴰ 模拟软件,针对回采工作面长度、采煤方法和开采深度等开采因素进行数值模拟,系统分析煤炭开采对煤层底板岩体应力分布及其变形破坏规律,为煤层底板突水危险性评价提供了理论依据。

8.6.1　计算模型

为了得到煤炭开采对煤层底板变形破坏的影响,在模型计算中,主要针对回采工作面长度、采煤方法和开采深度进行数值模拟[19]。地质模型以开滦范各庄井田南四采区二水平 12♯ 煤层为对象(图 8-6),取 12♯ 煤层埋深为 280～510m,煤层厚平均约为 6m,倾角为 8°～13°。

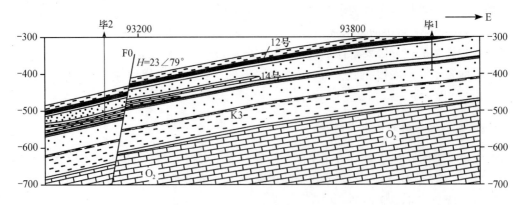

图 8-6　范各庄井田南四地质剖面图

针对不同开采因素建立数值模型,取模型的长(Y 方向)、宽(X 方向)、高(Z 方向)分别为 600m、500m、300m。地质模型岩性由上至下依次为细砂岩、粉砂岩、12♯ 煤层、泥岩、砂岩、粉砂岩和奥陶系石灰岩。

（1）回采工作面长度计算模型，取模型埋深为 300m，分别考虑 10 种不同工作面长度（表 8-4）的情况进行计算。

表 8-4　工作面长度计算模型

计算模型	模型 1	模型 2	模型 3	模型 4	模型 5	模型 6	模型 7	模型 8	模型 9	模型 10
工作面长度 L/m	60	80	100	120	140	160	180	200	220	240

（2）采煤方法计算模型，同样取模型埋深为 300m，分别考虑两种方法进行计算，一种是一次采全高法采煤，采高为煤层厚度 6m；另一种是分层开采法采煤，分层开采的采高分别为煤层厚度的一半，即 3m。工作面长度为 140m，沿走向推进，顶板采用全部垮落法处理。

（3）开采深度计算模型，考虑三种不同开采深度（300m、600m 和 900m）的情况。计算模型的地应力条件按计算模型深度不同分别施加（表 8-5）。回采工作面长度为 140m，沿走向推进，顶板采用全部垮落法处理。

表 8-5　模型上部边界应力

计算模型	模型 1	模型 2	模型 3
模型上部埋藏深度 h/m	300	600	900
垂直应力/MPa	−7.5	−15	−22.5

应用 FLAC^{3D} 数值模拟软件进行回采工作面开采模拟计算。根据地质模型岩性特征，每个模型剖分 32250 个单元和 35464 个节点，计算模型边界条件确定如下：

（1）模型前、后和左、右四侧施加水平方向的约束，即边界水平位移为零，只允许边界节点沿垂直方向的移动。

（2）模型底部为固定边界，即底部边界节点水平位移、垂直位移均为零。

（3）模型的顶部为载荷边界，据模型埋深，按海姆假设确定，且作用在上部边界上。

模拟采用莫尔-库仑力学模型进行计算。模型计算中各层所采用的岩石力学参数如表 8-6 所示[23]。在模拟开采过程中，是在初始应力场的基础上采用全部垮落法采煤，在回采空间的覆岩重力作为附加应力分布在煤层和其两侧回采工作面边缘。

表 8-6　模型中各岩层的岩石力学参数

岩　性	弹性模量/GPa	泊松比	内聚力/MPa	内摩擦角/(°)	抗拉强度/MPa	密度/(g/cm^3)
细砂岩	49.4	0.17	5.65	37	4.12	2.54
粉砂岩	51.8	0.16	2.32	36	4.03	2.48
12♯煤层	2.9	0.3	2.18	38	0.35	1.39
泥岩	11.8	0.27	3.95	42	2.16	2.69
砂岩	52.5	0.18	6.73	35	5.45	2.64
砂质泥岩	19	0.12	2.02	34	3.86	2.35
奥灰岩	20	0.17	7.86	40	6.52	3.02

8.6.2　煤层底板垂直应力分布

随着煤层开采，煤层底板岩层中垂直应力分布明显地表现为工作面前方出现支承应力区，包括应力升高区、应力峰值区和应力降低至原岩应力区，这种超前附加压力，最大支承应力为原始压力的 2~3 倍，位于回采工作面前方煤体前 5~10m 范围。

在工作面后方的附加应力,为覆岩压力的一部分,位于煤柱中或者工作面后方已冒落的矸石上,进一步向后方附加应力减小到上覆岩层压力值(原始应力值)。

在回采空间之上正常的覆岩压力由卸载产生成为一种压力拱,其表现为低压应力分布区,上覆拱顶中间破碎的岩石重力由工作面支架支撑。在回采空间之下由于回采卸载,同样形成一种与上覆岩层对称的压力拱。最大主应力方向在工作面上部按 40°左右角度向工作面前方和后方煤柱中传递,在工作面下部按 40°左右角度向采空区方向的底板岩层中传递。

1. 工作面长度的影响

由于工作面长度不同导致煤层底板岩体中应力分布存在一定变化。随着工作面长度的增大,在工作面前方煤层底板岩体中垂直应力也逐渐增大。从工作面长度 60~240m 的 10 种模型中,工作面前方最大支承应力依次分别为 −14.1MPa、−16.5MPa、−18.7MPa、−20.1MPa、−20.8MPa、−21.3MPa、−22MPa、−22.7MPa、−23.9MPa、−25.1MPa(图 8-7)。随着工作面长度的增加,在回采空间范围内煤层底板岩体垂直应力逐渐减小。在工作面后方,由于采空区后方压力的恢复,随着工作面长度的增加和开采滞后距的增加,煤层底板岩体中垂直应力也逐渐增大(图 8-7)。

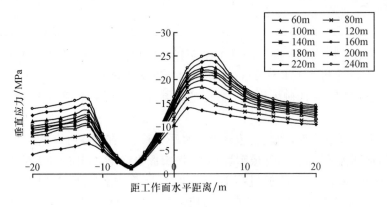

图 8-7　不同长度工作面底板垂直应力对比图

2. 开采方法的影响

开采方法对煤层底板岩体中应力分布也产生影响。当煤层分层开采时,煤层底板垂直应力要小于一次采全高煤层底板垂直应力(图 8-8)。图 8-8 为采用两种不同采煤方法时的底板垂直应力对比图,从图中可以看出,一次采全高时煤层底板岩体应力峰值大约为 −20.7MPa,出现在工作面前方 4m 处左右;分层开采时煤层底板岩体应力峰值大约为 −15.3MPa,出现在工作面前

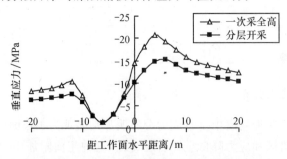

图 8-8　不同采煤方法底板垂直应力对比图

方 6m 处左右,应力降幅为 21.09%。这说明在煤层开采时,采用分层开采法有利于降低采动矿压对回采工作面底板的影响,有利于减小底板的破坏深度,从而降低煤层底板突水的可能性。

3. 开采深度的影响

随着煤层开采深度的增大,煤层底板所受的垂直应力也相应增大,煤层底板岩体支承应力也就越大,影响范围也越大(图 8-9)。

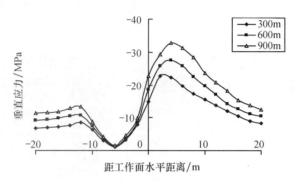

图 8-9　不同采深底板垂直应力对比图

8.6.3　煤层底板岩体的变形破坏规律

用全部垮落法采煤时,随着回采工作面向前推进,采空区不断扩大,压力拱的跨度也将随之增大。且增大到一定程度将发生破坏。但此时却又形成新的压力拱。数值模拟可知,随着工作面的推进,采空区上覆岩层发生弯曲、沉降、断裂以致垮落,表现为垂直位移在采空区中央最大,向两侧逐渐减小,呈盆状分布。回采空间上方顶板岩体向下移动,岩体移动范围大;回采空间下方底板岩体向上移动,移动范围小,主要表现为底鼓。

1. 工作面长度的影响

随着工作面长度的加大,回采空间下方底板岩体位移增大(图 8-10)。根据煤层底板岩体位移和弹塑性分区分布规律,可判断煤层底板岩层发生破裂的深度。由计算结果可知,当工作面推进到 100m 时,不同工作面长度 10 种模型底板岩层发生明显位移的深度分别大约为 6.5m、14.2m、18.7m、20.3m、20.9m、21.4m、22.1m、23.8m、26.5m、31.6m。煤层底板岩体破坏分布如图 8-11 所示。

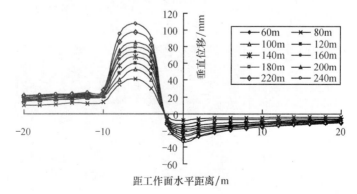

图 8-10　不同长度工作面底板垂直位移对比图

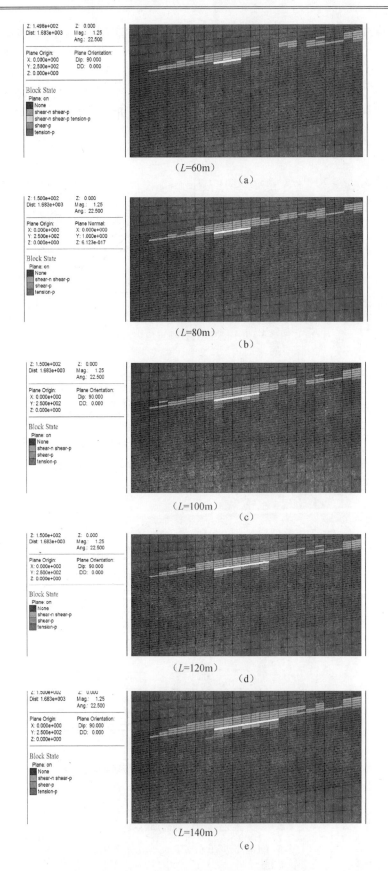

（*L*=60m）
（a）

（*L*=80m）
（b）

（*L*=100m）
（c）

（*L*=120m）
（d）

（*L*=140m）
（e）

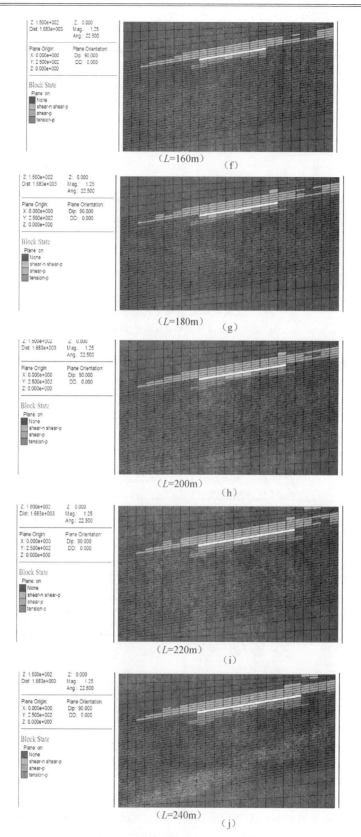

图 8-11　不同工作面长度煤层底板破坏区分布图

　　煤层底板岩层破坏深度与工作面长度之间具有明显的正相关关系(图 8-12),随着工作面长度的增加,煤层底板岩层破坏深度增大;但其变化存在一定的差异性,表现如下:①当工作面长度小于 100m 时,曲线斜率比较大,表明随着工作面长度的增大,底板破坏深度迅速增大;②当工作面长度大于 100m 而小于 200m 时,曲线斜率变化较小,表明随着工作面长度的增大,底板破坏深度变化较小;③当工作面长度大于 200m 时,曲线斜率又逐渐增大,表明随着工作面长度的增大,底板破坏深度增幅变大。

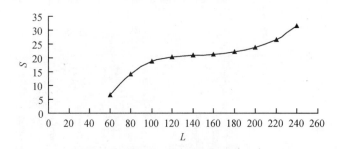

图 8-12　底板破坏深度与工作面长度关系图

(L 为工作面长度,S 为底板破坏深度,单位均为 m)

　　模拟计算结果表明,当工作面长度在 100～200m 时底板破坏深度变化不大,因此合理的工作面长度应在 100～200m,而范各庄矿目前采用的工作面长度为 180～190m,所以模拟结果与实际情况相符合。

　　2. 开采方法的影响

　　不同采煤方法对煤层底板垂直位移产生明显影响,图 8-13 为分层开采和一次采全高两种不同采煤方法时的底板垂直位移对比图,从图中可以看出,两种模型的底板位移变化规律基本相同,均在工作面后方出现最大位移值,且分层开采底板岩体位移明显小于一次采全高的底板位移。当进行分层开采时,煤层底板的最大位移大约为 43.2mm,比一次采全高时减小了大约 23.2mm,降幅达 34.94%。

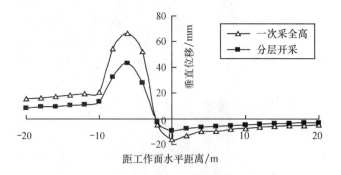

图 8-13　不同采煤方法底板垂直位移对比图

　　当分层开采时,煤层开采后其底板破坏深度要小于一次采全高的煤层(图 8-14)。根据煤层底板弹塑性分区和位移分布,则可以判断煤层底板岩体破坏的深度,对于一次采全高煤层底板岩体破坏深度大约为 20m,对于分层开采时煤层底板岩体破坏的深度大约为 13m。

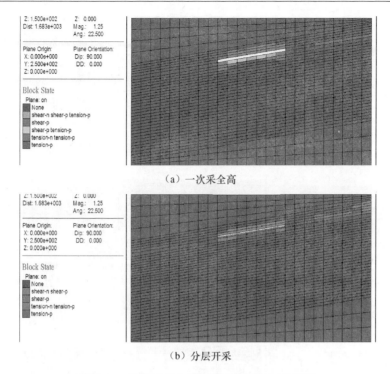

（a）一次采全高

（b）分层开采

图 8-14 不同开采方法煤层底板破坏区分布图

8.6.4 开采深度的影响

图 8-15 为不同开采深度下煤层底板岩体垂直位移对比图,从图中可以看出,随着煤层开采深度的增加,煤层底板垂直位移也相应增大(图 8-15)。当开采深度从 300m 增加到 600m 时,底板的岩层位移量从 76.5mm 增加到 113.8mm,增加了 37.3mm;当开采深度从 600m 增加到 900m 时,底板的鼓起位移量从 113.8mm 增加到 162.6mm,增加了 48.8mm,增加幅度明显变大。

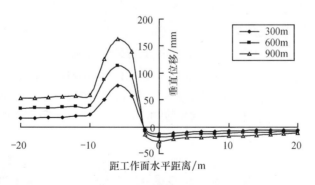

图 8-15 不同采深底板垂直位移对比图

图 8-16 为煤层开采后三种不同开采深度下模型底板破坏区分布情况。从图中可以看出,随着煤层开采深度的增加,煤层底板破坏深度增大。当工作面推进到 100m 时,模型埋藏深度 300m 时煤层底板破坏深度大约为 19m,模型埋藏深度 600m 时煤层底板破坏深度大约为 26m,模型埋藏深度 900m 时煤层底板破坏深度大约为 40m。

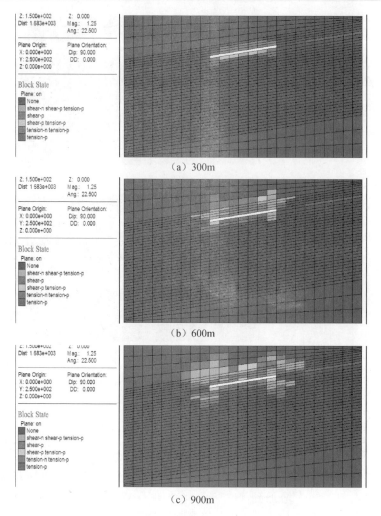

（a）300m

（b）600m

（c）900m

图 8-16　不同开采深度煤层底板破坏区分布图

通过上面的分析计算获得如下认识：

（1）煤层顶底板岩层的变形破坏与开采空间的范围和本身的力学性质有关，要控制煤层底板岩层变形破坏，设法减轻老顶岩层作用在煤体上的集中载荷，缩小采空区卸载范围。

（2）随着回采工作面的推进，煤层底板岩层与顶板一样，在横向上划分为四个区，即原岩应力区、超前压力压缩区、采动矿压直接破坏区和底板岩体应力恢复区。除地质因素对煤层底板岩体变形破坏影响外，回采工作面长度、开采方法和开采深度等开采因素对煤层底板岩体中应力分布及其变形破坏产生重要影响。

（3）随着工作面长度的增大，在工作面前方煤层底板岩体中垂直应力逐渐增大；在回采空间范围内煤层底板岩体垂直应力逐渐减小；当煤层分层开采时，煤层底板垂直应力要小于一次采全高煤层底板垂直应力；随着煤层开采深度的增大，煤层底板所受的垂直应力相应增大，且煤层底板岩体支承应力越大，影响范围也越大。

（4）随着工作面长度的加大，回采空间下方底板岩体位移越大，煤层底板岩层破坏深度与工作面长度之间具有明显的正相关关系，且随着工作面长度的增加，煤层底板岩层破坏深度增大，且工作面长度在 100～200m 时底板破坏深度变化不大。当分层开采时，煤层开采后煤层底板位移及其底板破坏深度要小于一次采全高；随着煤层开采深度的增加，煤层底板垂直位移及其底板破坏深度增大。

参 考 文 献

[1] 张金才,张玉卓,刘天泉.岩体渗流与煤层底板突水.北京:地质出版社,1997

[2] 李白英.预防矿井底板突水的"下三带"理论及其发展与应用.山东矿业学院学报,1999,8(4):11-18

[3] Köse H. Modeltheoretische Untersuchung der Gebirgsdruckverteilung beim Abbau. Glückauf- Forschungshefte. 1987,48(1):17-22

[4] Müller W,Wütele M. Gebirgmechanische Modelltechniken zur Simulierung streckenartiger Hohlräume unter Berücksichtigung hoher Konvergenzen. Bergbau,1994,(9):394-401

[5] Adler B E . Tektonische Deformationszahl zur Gebirgsbeschreibung. Glückauf,1978,114(4):169-175

[6] 孟召平,易武,兰华等.开滦范各庄井田突水特征及煤层底板突水地质条件分析.岩石力学与工程学报,2009,28(2):228-237

[7] 孟召平,程浪洪,雷志勇.淮南矿区地应力条件及其对煤层顶底板稳定性的影响.煤田地质与勘探,2007,35(1):21-25

[8] 王秀辉.采煤工作面底板突水预报的多参数测试方法.煤田地质与勘探,1998,26(增1):36-39

[9] 张文泉,肖洪天,刘伟韬.矿井底板岩体裂隙网络模拟与突水通道搜寻研究.煤炭学报,2000,25(增):75-78

[10] 杨天鸿.承压水底板突水失稳过程的数值模型初探.地质力学学报,2003,9(3):281-288

[11] Zhu Q H,Feng M M,Mao X B. Numerical analysis of water inrush from working-face floor during mining. Journal of China University of Mining and Technology,2008,18(2):159-163

[12] 王连国,宋扬.煤层底板突水突变模型.工程地质学报,2002,8(2):160-163

[13] 彭苏萍,王金安.承压水体上安全采煤.北京:煤炭工业出版社,2001

[14] 彭苏萍,孟召平.矿井工程地质理论与实践.北京:地质出版社,2002

[15] 杨彦利.陶二煤矿 2♯煤层底板破坏规律研究.河北工程大学学位论文,2009

[16] 朱开鹏.非均布水压作用下采煤工作面底板破坏突水机理研究.煤炭科学研究总院,2009

[17] 黄春勇,刘盛东.高密度电法应用于监测底板破坏.中国煤炭学会矿井地质专业委员会 2008 年学术论坛文集

[18] 高延法,底板突水规律与突水优势面,徐州:中国矿业大学出版社,1999

[19] 王萌.开滦范各庄矿 12 煤底板突水因素分析及其数值模拟.中国矿业大学(北京)硕士学位论文.2010

第9章　煤层底板突水危险性评价专家系统

9.1　引　　言

近年来,随着煤炭生产的迅速发展,煤矿开采深度不断加大,采煤工作面宽度不断增加,矿井采掘速度明显提高。这致使煤层底板承压水水压不断增大,采场底板变形破坏加剧,底板灰岩承压水水害威胁日益严重。矿井底板突水危险性评价是突水防治的基础。以往,矿井突水危险性评价研究,是从分析煤层底板隔水层厚度与岩溶承压水水压之间的关系(如突水系数法)来进行的[1~21];但是,底板灰岩承压水突水问题十分复杂,主要表现在水文地质条件与矿山开采条件的复杂性,如灰岩岩溶水富水性不均一、岩层中存在大量节理裂隙、原始应力及采动应力难以测定等[9]。正是由于这种复杂性,单靠突水系数法评价突水危险性往往难以奏效。采用人工智能专家系统的方法进行底板突水危险性评价,是一种新的尝试。早期的底板突水预测专家系统,由于早期系统开发环境、底板突水评价理论和实践经验不足等因素的制约,使其水平受到限制,还没有达到工程实用的程度[10]。目前,随着计算机技术的进一步发展和底板突水预测评价理论、方法的研究进展,研究开发一套理论领先、功能完备、具有工程实用价值的底板突水危险性评价专家系统,就显得十分必要和可行了。因此,如何对矿井底板突水危险性进行评价与预测,并采取相应的防治措施,就成为迫切需要解决的问题。本章将目前煤层底板突水问题的相关研究成果与人工智能方法相结合,建立底板突水危险性评价专家系统,以期为煤层底板突水危险性评价提供一种有效的方法。

9.2　煤层底板突水危险性评价专家系统

9.2.1　系统设计目标及原则

1. 专家系统的类型

专家系统按其任务类型划分,常见的类型及其功能作用如表 9-1 所示。

表 9-1　专家系统的类型

专家系统类型	功能作用
解释型	对已知的信息或数据进行分析,解释这些信息和数据的实际含义
诊断型	根据输入的信息找出处理对象存在的故障及故障产生的原因,并给出排除故障的建议
预测型	主要对处理对象的过去和现在的数据进行分析,并由此来推测未来的演变和发展
规划型	寻找出某个能够达到给定目标的动作序列或步骤
设计型	根据设计要求,求出满足设计问题约束的目标配置
检测型	实时采集有关处理对象的各种数据,并与预期的数据进行比较,若发生异常,就发出报警信号
维修型	对发生故障的对象(系统或设备)进行处理,使其恢复正常工作
教育型	根据学生的特点和学习背景,以适当的教学方法和教案将知识点组织起来,用于对学生进行教学和辅导,调整学生在学习过程中的行为
调试型	对失灵的对象给出处理意见和方法
控制型	自适应地管理一个受控对象或客体的全面行为,使之满足预期要求

2. 系统的设计目标

底板突水危险性评价专家系统(简称系统)属预测、咨询型专家系统,需要根据已知的工程地质、水文地质、岩石力学性质及开采条件等因素,运用目前形成的突水危险性预测与评价理论、方法,按照领域专家的推理逻辑和经验,对受承压水威胁矿井掘进、开采过程中的突水危险性作出预测和评价,指导现场工作人员采取合理的掘进、开采方法和措施,防止底板突水的发生、发展。该系统设计要达到的主要评价目标(求解内容)有两方面:待评价区域突水危险性的整体评价和突水危险带具体评价。

(1)整体评价,即进行待评价区域的突水危险性分区:通过分析待评价区域的总体工程地质、水文地质条件,确定水文地质单元的边界条件、与相邻水文地质单元之间的关系等,将区域按照突水危险性划分为若干条带,从而确定重点分析、评价的范围,做到全局把握、重点突出。

(2)具体评价,即对重点区域的定量评价:在确定重点突水危险带的基础上,具体分析该带内地质构造的数量、分布及性质、煤层底板的地层结构及岩石力学性质、灰岩承压水的水压及分布等,通过多种推理方法得出该危险带的突水概率、突水点位置、突水量等,同时针对不同的突水类型及规模,提出相应的防治水措施。

3. 系统的设计原则

(1)领域知识与开发技术的先进性:信息技术是现代科学技术中最活跃的领域,许多新理论、新技术不断出现,大大提高了我们的工作效率。同时,底板突水防治领域的研究也不断受到重视,涌现出了大量的新的研究成果和理论方法。

(2)知识库与推理机的分离性:知识库与推理机相分离是专家系统设计的基本原则,它可以使知识工程师方便地修改知识库中的领域专门知识而不会影响推理机。

(3)知识表示的统一性:对领域知识的统一表示,便于系统对知识进行统一处理、解释和管理。

(4)人机交互的智能性:用户与专家系统的"对话"是模拟用户与领域专家的交流方式,因此必须具备很强的智能性,既能像领域专家那样回答用户提出的问题,又能针对求解问题的特征在适当的时候向用户"询问"有关信息。

(5)系统内容的可扩充性:专家系统包含了大量的领域专门知识及领域专家的经验知识,随着领域问题的进一步研究和探索,会产生许多新的知识,甚至会对现有知识进行修正和完善,这都要求系统能够方便地进行知识扩充和更新,保证系统求解结果的正确性和可靠度。

9.2.2 专家系统的开发步骤

专家系统作为一个程序系统,其开发也存在一个生命周期的问题,称为知识工程生命周期。专家系统是一种能够对领域问题给出具有专家水平结论的特殊复杂程序,鉴于其开发难度、领域问题的特点、为解决知识获取及其形式化方面存在的瓶颈问题,引入原型技术的专家系统开发方法,即在开发一个实用专家系统之前先开发一个专家系统原型,然后在此基础上逐步开发实用的专家系统[1,2]。引入原型技术的专家系统开发过程的生命周期可分为问题选择与任务确定、需求分析、原型化设计、规划与设计、系统实现、测试与评价、系统维护与完善7个阶段。

专家系统原型如图9-1所示。

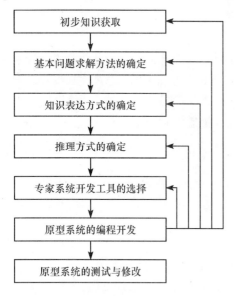

图 9-1　专家系统原型的开发步骤

（1）初步知识获取。知识获取主要是由知识工程师从领域专家等知识来源获取知识，并将这些解决领域问题所需的专门知识以正确的形式表达并存储到知识库中，可能的知识来源包括领域专家、领域研究专著、领域研究的文献资料库、相关专业知识的教科书、现场技术工程师的经验以及现场实践资料等。知识获取是建立专家系统过程当中最为困难的阶段之一。

（2）基本问题求解方法的确定。基本问题的求解是开发一个专家系统最终所要达到的目标。明确基本问题的求解方法是开发专家系统的一个基本前提条件，该求解方法对专家系统方法的适应性及其实现效率、求解精度的高低，都决定着预开发专家系统所具备的特征和功能，也决定着知识表达方式及推理方法的确定。

（3）知识表达方式的确定。知识表达是将知识工程师所获取的领域专业知识转换为计算机程序的过程，也是建立专家系统知识库的重要前提。知识表达方式决定了专家系统对领域专业知识反映的准确度及可靠度。

（4）推理方式的确定。知识工程师在初步获取领域知识、选择了知识的表达方式之后，就要选择合适的推理方法进行求解。专家系统的推理方式要反映领域基本问题的求解方法，能正确、充分地利用知识库中的领域专业知识进行专家级的推理。推理机的设计要便于冲突消解，求解过程尽量简单，并能通过解释机将推理过程呈现给用户。

（5）专家系统开发工具的选择。选择合适的开发工具对开发一个专家系统具有举足轻重的作用。开发工具决定了专家系统的开发周期和开发成本，影响到专家系统的效率和适用性等。因此，必须在研究所求解领域问题的特点、领域知识的特征、领域问题求解方法及系统求解目标等问题的基础上，选择出既能很好地解决所求解问题，又符合当前系统开发实际情况的开发工具。

（6）原型系统的编程开发。系统的编程开发是专家系统原型开发的关键环节，是专家系统方法与领域知识结合的最终载体。通过编程可将前述各环节的研究成果以软件实体的形式展现给用户，让用户体会系统的人机交互界面和基本功能特点，为之后的系统测试及完善提供条件，为系统的实用化奠定基础。

（7）原型系统的测试与修改。系统测试与修改是专家系统原型开发的最后一个环节。通过领域专家、知识工程师及部分用户对系统的测试可以验证前述诸环节研究成果的可行性、适用性及准确性，通过知识工程师对系统的修改可以进一步完善系统的各种功能、校正系统开发中出现的各种错误等，使系统最终走向实用化。

9.2.3　专家系统开发工具的选择

专家系统开发工具（Expert System Development Tool，ESDT）是一种构造专家系统的有效手段。要选择一个"得心应手"的专家系统开发工具，必须遵循专家系统工具正常选择的程序进行。首先，必须明确计划开发专家系统的任务要求，掌握求解领域问题和研究对象的特征，在此基础上确定系统的结构特征，然后综合比选已有的专家系统工具，结合需要和可能，最后分析选定计划开发专家系统采用的专家系统工具[3,4]。其选择程序如图 9-2 所示。

图 9-2 专家系统工具选择的正常程序图

1. 专家系统开发工具类型

专家系统开发工具按系统的开发方式分为：程序设计语言，知识工程语言，专家系统开发环境。如表 9-2 所示。

表 9-2 专家系统开发工具的类型及其特点

开发工具类型		开发工具的优点	开发工具的不足	代表性开发工具
程序设计语言		结构形式灵活，变化范围广	知识表示困难，开发周期长、难度大	PROLOG、LISP、C++ 及 FORTRAN 等
知识工程语言	外壳型	具有固定"框架"，便于快速建造新的专家系统	灵活性和通用性比较差，只局限于某些特定的领域	EMYCIN、KAS 和 EXPERT 等
	通用型	通用性强，灵活性较好	对特定领域的系统开发适应性弱	HEARSAY-Ⅲ、OPS、ROSIE、VP-EXPERT 和 CLIPS 等
专家系统开发环境		大型化、通用化、智能化、多功能集成化程度高	成本和价格偏高，不适于开发一般中小型专家系统	ART、AGE、ESD、Protégé、ODS、"天马"等

（1）程序设计语言是专家系统开发的最基本工具，如传统的通用程序设计语言 PASCA、FORTRAN、BASIC，具有面向对象风格的 C++ 及人工智能语言 PROLOG、LISP 等。

（2）知识工程语言按其特性和设计背景，可以分为外壳型（骨架型）和通用型两种。

外壳型知识工程语言是一种优化的专家系统外壳。它从已有专家系统中抽去原有的领域知识，并作适当修改和扩充，精炼成专家系统骨架。通用型知识工程语言不依赖于任何已有的专家系统，它不是专门针对已确定好了的任何专业领域。

（3）专家系统开发环境：专家系统开发环境是一种为高效开发专家系统而设计和调试用的大型智能计算机程序系统，是以一种或多种工具和方法为核心，加上与之配套的各种辅助工具和友好人机界面的完整集成系统。

2. 选择专家系统开发工具（环境）

考虑到矿井底板突水危险性评价这一领域问题本身的特点、领域知识表达的适应性、领域专家的推理方法与途径、系统开发的应用目标等因素，底板突水危险性评价专家系统拟采用 VC++ 开发平台与 CLIPS 开发工具相结合的开发方式。该开发方式既体现了 C++ 语言面向对象的程序开发思想，又具有知识工程语言 CLIPS 的人工智能特性，非常适合开发本评价系统。

CLIPS 强大的逻辑推理功能适合编写专家系统的知识库和推理机，VC++ 善于开发人机交互界面、处理与数据库和外设的数据交换。CLIPS 在推理过程中遇到复杂的数值运算，可以通过调用 VC++ 编写的外部函数来完成。结合 VC++ 和 CLIPS 编程便可以实现功能强大、界面友好的专家系统。

9.3　煤层底板突水危险性评价专家系统的结构与功能

9.3.1　底板突水危险性评价专家系统的结构体系

底板突水危险性评价专家系统由知识库、推理机、动态数据库、解释机和人机接口五部分组成[5]。系统的结构体系如图 9-3 所示。

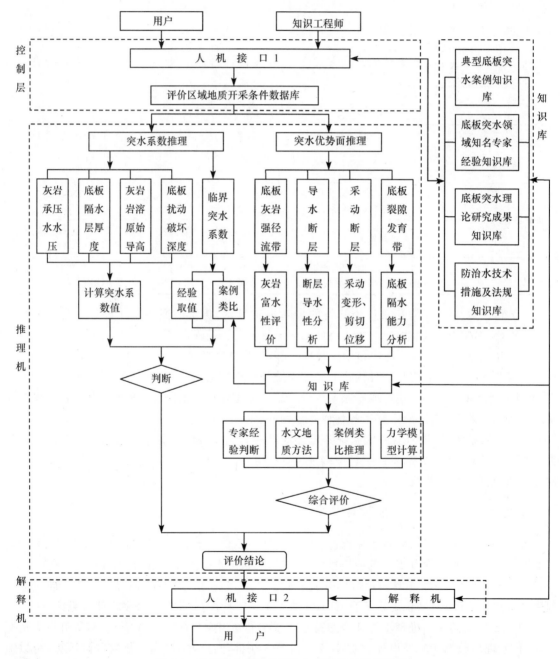

图 9-3　底板突水危险性评价专家系统结构体系图

9.3.2　底板突水危险性评价专家系统的功能

底板突水危险性评价专家系统将矿井底板突水危险性评价理论成果与人工智能技术相结合,为受底板灰岩承压水威胁的矿井开采及掘进的底板突水危险性作出综合评价,并对其突水量及其危害程度作出预计,为底板突水防治工作提供有力的依据。该系统主要具备两方面的功能:一是底板突水危险性评价,二是典型底板突水案例及突水理论研究成果的检索与咨询。

1. 底板突水危险性评价

用户通过人机接口输入待评价区域的开采条件、工程地质、水文地质等相关数据,存储在动态数据库之中,系统根据这些数据信息,运用突水系数、突水优势面两条推理途径,综合知识库中的专家经验知识、典型突水案例及相关防治水理论与方法,运用典型突水案例加权类比、水文地质方法等推理方法,对该评价区域的底板突水危险性作出综合性评价,为用户提供该区域的突水概率、突水类型、突水点位置、突水量等重要结论,并针对评价结果为现场防治水工程提供底板突水防治措施与方法。根据用户的需要,系统解释机还可将推理的基本过程呈现给用户,为用户提供突水预测、评价方法等知识。

2. 典型底板突水案例及突水理论研究成果的检索与咨询

系统知识库中存有大量典型突水案例、底板突水理论研究成果、突水防治法规及防治水技术等,可为用户提供强大的咨询、检索功能。

(1) 典型底板突水案例检索:用户可根据自己的需要,按照不同的参数标准,在案例知识库中查询符合条件的突水案例,以供参考和学习之用。系统提供了可供用户自由选择的多种检索方式,如按照矿区、井田检索,按照突水时间、突水量、突水点位置、突水类型等检索,以及这些检索方式的各种组合等。

(2) 底板突水理论研究成果咨询:底板突水理论研究成果主要包括领域知名专家的相关论文、著作、观点等研究成果。系统知识库中存储了大量领域知名专家的论文、著作等,用户可根据需要按照不同关键词进行查询,以作参考和学习。

(3) 底板突水法规及防治水技术咨询:长期以来,大量科研工作者和现场技术人员在防治水的理论研究与现场实践中,形成了许多防治水规范及实用的防治水技术措施,能够很好地指导现场的防治水工作。为此,系统将这些知识存入知识库,供用户随时查询了解,以便对现场工作人员及时提供指导。

9.3.3　底板突水危险性评价专家系统的特点

底板突水危险性评价专家系统(Expert System of Risk Evaluation on Water Burst through Coal-floor,REES)作为一个预测及咨询系统,能够对具体评价区域的开采安全性作出评价,也能够进行防治水方面的资料检索与咨询[5]。该系统的主要特点如下。

(1) 矿井地质开采信息的数值化:系统进行矿井底板突水危险性评价的直接依据是矿井地质信息资料。为了便于计算机系统进行存储与推理,将由文字及图表表示的矿井地质信息资料在系统内进行了数值化处理和存储。

（2）灰岩富水性与断裂构造的预测功能：系统能够根据岩溶理论、地质力学理论与构造预测理论等，推测底板灰岩岩溶发育状态和隐伏的地质构造。

（3）突水危险性评价推理的智能化：系统能够根据典型突水案例、专家经验和突水研究理论成果，按照一定的逻辑关系，分析评价突水的危险性。

（4）系统的可扩充性：该系统为开放式系统，在实际应用中可不断扩充。随着底板突水预测和防治理论的发展，系统的知识库可以得到不断积累与继承，推理过程可日趋完善，功能不断加强。

9.4　煤层底板突水危险性评价专家系统的结构

9.4.1　底板突水的主要影响因素

底板灰岩承压水威胁煤层开采的危险性评价，其理论基础在于底板突水机理。底板突水相关因素及其在突水中的作用是突水机理研究的一项重要内容。底板突水的主要相关因素可以归纳为五项：水源、水压、隔水层、地质构造和采掘活动。其中，除水压是一个明确的单一因素（或参数）外，其余四项都是由许多因素构成的复合项。①水源即岩溶含水层的赋水条件是底板突水的基本物质前提。②水压既是突水的动力，又是决定突水与否和突水量大小的主要因素。③隔水层强度是底板岩溶承压水突水的阻抗因素，是岩溶承压水上煤层开采的安全屏障。④地质构造应该包括断层、褶曲和岩溶陷落柱等，是底板突水的通道，绝大多数突水，特别是大型突水一般都与地质构造有关，它是底板突水的主因及控制因素。⑤采掘活动和矿山压力是底板突水的诱导和触发因素[6~8]。

9.4.2　系统的参数选取及其量化分析

1. 系统参数的选择

该系统主要考虑了开采条件及方法、底板隔水层性质、地质构造、水文地质条件四个方面的参数[9,10]。具体参数如表9-3所示。

表9-3　系统主要参数列表

参数类型	开采条件	底板隔水层性质	地质构造	水文地质条件
主要参数	煤层开采深度 煤层开采厚度 煤层倾角 已开采揭露面积 煤层开采方法 回采工作面尺寸 工作面斜长 工作面走向长	隔水层厚度 底板各岩层岩性 底板各岩层力学性质 弹性模量 单轴抗拉强度 单轴抗压强度 抗剪强度 底板岩溶裂隙率 底板破坏深度 突水系数临界值	断层构造 断层力学性质 断层落差 断层走向 断层倾角 断裂带宽度 断裂带充填物 断层含水性 褶曲构造 陷落柱	水文地质单元面积 水文地质单元边界条件 薄层灰岩厚度 薄层灰岩富水性 薄层灰岩与奥灰的水力联系 奥灰含水层的富水性 渗透系数 钻孔单位涌水量 承压水原始导高 承压水水压

从以上对系统参数的选择可以看出，本系统的推理评价是建立在众多突水因素基础之上的，需要用户提供较为翔实的资料或数据作为系统评价的前提和基础，系统给出结论的可靠程度与

用户提供资料的准确程度和全面程度也是直接相关的。

2. 系统参数的量化分析

系统参数选定之后,需对每个参数进行量化分析,为其赋以不同形式的、确定的参数值,这样既方便用户获取并输入参数值,又可使系统通过推理判断得出准确可靠、定量化的评价结果。参数取值形式主要有两种,一是数值形式,这类参数的取值一般都可用明确的数值来表示,由用户直接输入即可,如工作面尺寸、水压、隔水层厚度等;二是文字形式,这类参数的取值无法用数值表示,只能用文字来表达,但系统会以备选列表的形式让用户进行选择,经处理后在系统内部依然转换为计算机程序能够识别的数值形式,以便进行准确的推理。

对那些能够用数值表示的参数,其取值是明确的;而对那些不能用数值表示的参数,需要对其可能的取值进行分析、统计,为用户提供科学、完整、准确的参数取值列表,供其选择。表 9-4 和表 9-5 是为部分取值为非数值的参数给出的参数取值列表。

表 9-4　底板隔水层岩性参数取值列表

岩性分类	砂岩类	页岩类	泥岩类	灰岩类	白云岩类	其　他
岩性列表	粉砂岩 砂质粉砂岩 细砂岩 中砂岩 粗砂岩	泥质砂页岩 砂质页岩 铝土页岩	灰泥岩 含灰泥岩 云泥岩 含云泥岩 砂质泥岩 铝土泥岩	泥灰岩 角砾泥灰岩 角砾灰岩 含泥灰岩 含白云质灰岩 白云质灰岩	白云岩 灰质白云岩 含灰质白云岩 泥云岩 含泥云岩	煤层 黏土岩 铝土矿 黄铁矿 石膏 砂页岩互层 砂泥岩互层

表 9-5　断层因素参数取值列表

断层参数	断层类型	断层力学性质	断层活动性	断裂带充填物	断裂带胶结程度	与其他构造的关系
参数取值	正断层 逆断层 平推断层	张性 张扭性 扭性 压性 压扭性	活动构造 非活动构造	角砾岩 碎裂岩 糜棱岩 构造片岩 断层泥	松散填充 胶结差 胶结较好 胶结好 完全胶结	断层交会部位 小断层密集带 近距离组合断层 断层尖灭部位 断层转折部位

9.4.3　底板突水危险性评价专家系统的人机交互界面

专家系统推理过程中与用户的交互很重要,系统为了充分获得评价所需的信息,需要向用户提出建议、让用户确认、让用户进一步输入等。

1. 系统人机交互界面设计

人机交互界面(人机接口)是实现用户与系统、知识工程师与系统进行交互的途径。专家系统人机交互界面的主要功能是提供相关数据的输入与输出,按照功能可分为三个部分:①开发者界面,协助知识工程师进行知识获取、知识库与推理机的编辑与修改、系统的测试与维护;②使用者界面,这是专家系统与用户间的沟通途径,体现了系统使用的亲和性与简易性,可以为用户提供多种操作方法并提示正确的行为模式;③系统接口,使系统能够与其他软、硬件设备整合管理,如连接其他数据库系统、绘图软件或传感器等。

煤层底板突水危险性评价专家系统开始界面如图 9-4 和图 9-5 所示。

图 9-4　系统开始界面　　　　　　　　图 9-5　系统开始菜单

该系统的人机交互界面主要由功能菜单区、信息输入区和结果显示区三个功能区组成。

（1）功能菜单区：为用户提供了本系统的所有可用功能，用户可以根据自己的需要选择相应的功能进行操作。功能菜单分为突水危险性评价和资料检索与咨询两大部分。突水危险性评价包括新建评价和打开评价，系统既可以让用户从头开始输入突水评价所需的各种参数信息进行评价，也允许用户在信息输入过程中有中断，将已完成部分暂时存入数据库，待下次继续使用；资料检索与咨询包括典型底板突水案例检索、底板突水理论研究成果文献检索、防治水技术措施检索和防治水相关法规检索。系统功能菜单结构如图 9-6 所示。

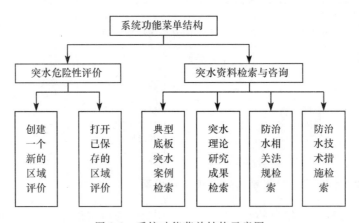

图 9-6　系统功能菜单结构示意图

（2）信息输入区：信息输入可分为突水危险性评价参数信息输入和资料检索的查询条件信息输入。根据系统的参数选择，并考虑用户输入的方便性，参数信息输入区将系统评价所需地质开采信息划分为评价区域基本信息、底板岩层结构、地质构造、含水层状况及强径流带五个方面的选项卡，每页选项卡内包含了要求用户输入的各类信息所包含的所有参数。系统与用户的交互如图 9-7 和图 9-8 所示。

（3）结果显示区：结果显示可分为突水危险性评价结果的显示和资料检索结果的显示两部分。评价结果显示主要是系统经过推理判断给出突水概率、突水类型、突水点位置、突水量及相应的防治水措施等结论性意见，也包括系统在推理过程中得出的一些重要的中间结果，资料检索

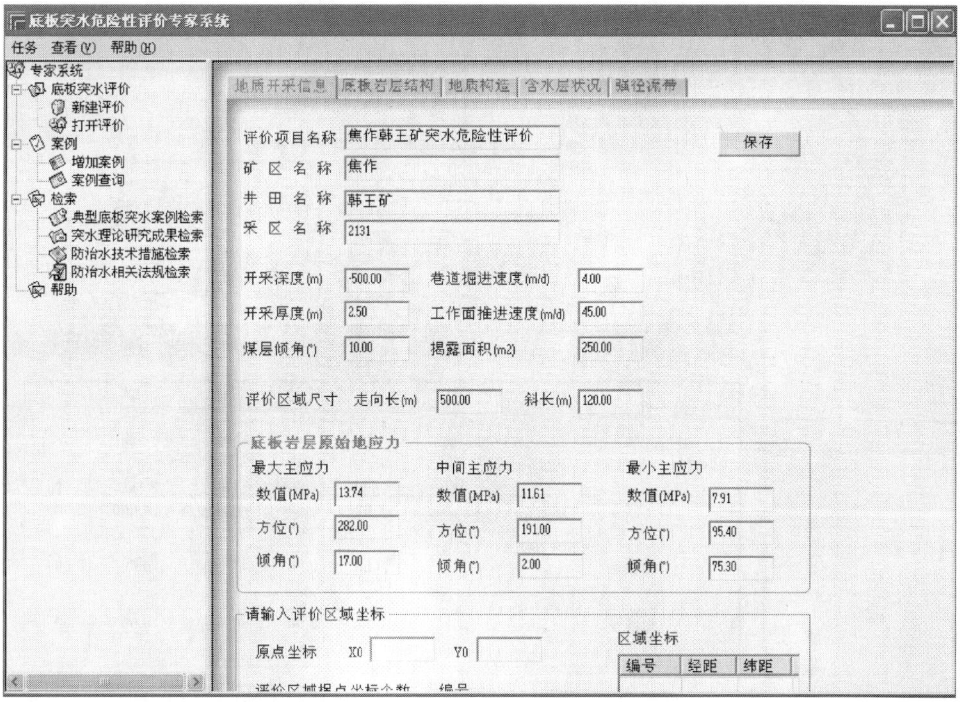

图 9-7　开采条件参数输入界面

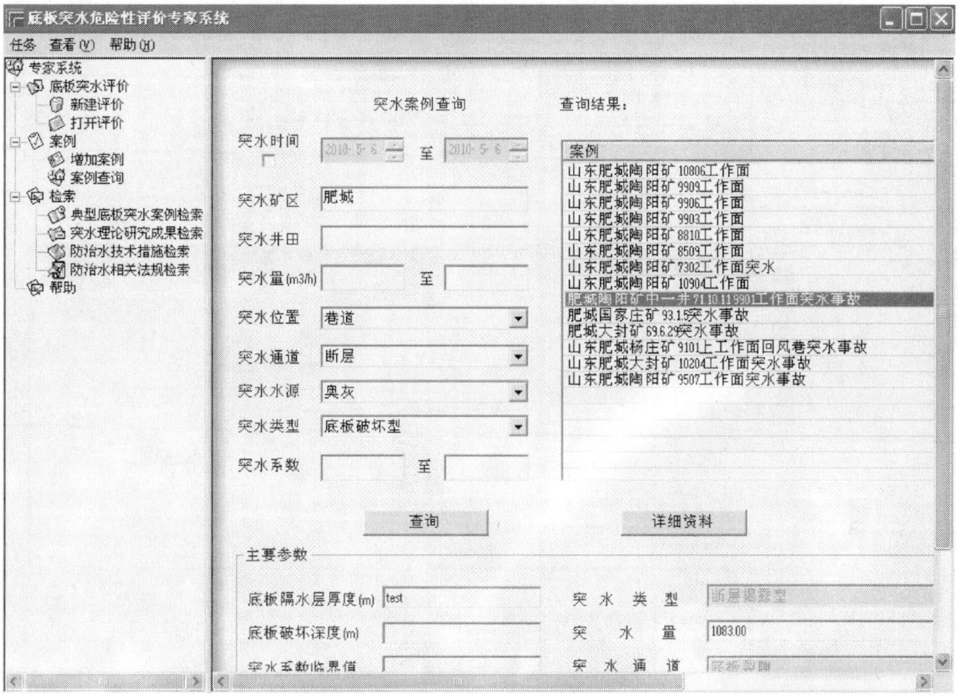

图 9-8　用户检索典型突水案例的界面

结果显示主要是系统按照用户指定的查询条件将检索到的相关资料(如典型底板突水案例、防治水法规等)以概要和详细信息两种方式展示给用户。如图 9-9 和图 9-10 所示。

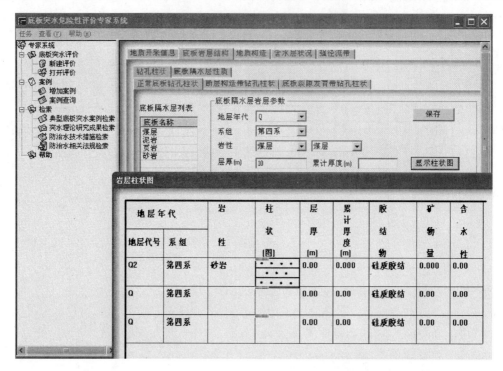

图 9-9　系统自动绘制的底板岩层柱状图

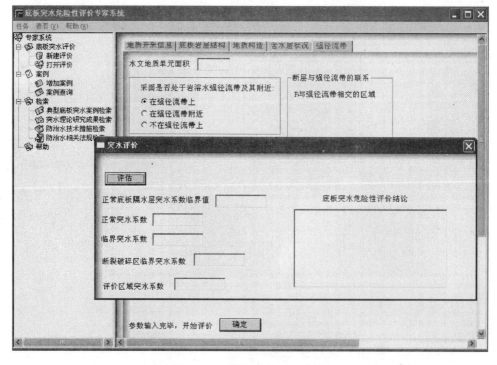

图 9-10　系统评价结论的显示

2. 系统的动态数据库

动态数据库专门用于存储专家系统推理过程中所需要的原始数据(包括用户输入和回答的

所有事实数据)、产生的中间结果、得出的最终结论及运行信息(如推理过程),往往作为暂时的存储区。动态数据库的内容是不断变化的,在求解问题的开始,它存放的是用户提供的初始事实和已知事实;在推理过程中,它存放的是每一步推理所得到的结果。

底板突水危险性评价专家系统的动态数据库主要包含:①用户通过人机交互界面输入的各种参数信息,这部分信息在开始新的评价前可初始化清空;②系统预先设置的供用户输入时选择的部分参数的取值列表,这部分信息具有永久性,不可初始化清空;③系统对用户输入参数值的检测规范、针对检测结果向用户"提问"的内容,属永久性信息;④系统在推理过程中产生的中间结果、得出的最终结论等信息,可初始化清空。

3. 系统的解释机

解释机可以让用户了解系统的推理过程,向用户提供了一个认识系统的窗口。解释机负责回答用户提出的各种问题,包括与系统运行有关的问题及关于自身的问题,是实现系统透明性的主要部件。它可以对系统的推理步骤和系统提问的含义给出必要的、清晰的解释,为用户了解系统的推理过程和系统的维护提供了方便,既使用户容易接受系统作出的建议和决策,又可辅助专家和专家系统开发者发现和更正知识库的缺陷与错误,指导用户使用专家系统。解释机的主要功能是解释系统的结论、回答用户的问题,是系统进行人机交互的重要组成部分。

底板突水危险性评价专家系统的解释机能够解释突水系数和突水优势面推理过程、典型突水案例的类比过程、灰岩岩溶发育状况和地质构造预测的推理过程及其依据等,也能对突水概率、突水点位置、突水量等评价结果作出解释,并以文字、列表、图形等形式呈现给用户。

9.5　煤层底板突水危险性评价专家系统的知识库

专家系统是通过知识库中的知识来模拟领域专家的求解问题的思维方式,因此,专家系统质量是否优越的关键就在于知识库,也就是说,知识库中知识的质量和数量决定了专家系统的质量水平。一个专家系统性能的高低,是由知识库中知识的完善程度及其组织结构的良好程度所决定的。由于专家系统的知识库与推理机是相互独立的,因此,可以通过改变、完善知识库中的知识内容来提高专家系统的性能。

9.5.1　系统的知识库结构

根据系统开发目标及其设计功能,底板突水危险性评价专家系统的知识库分为典型突水案例知识库、专家经验知识库、底板突水理论研究成果知识库和防治水的技术措施以及有关国家法规知识库四部分。

(1) 典型突水案例知识库:通过搜集有关矿井底板突水案例资料、到部分矿区进行现场调研,收集、整理了典型底板突水案例 70 余例,主要来自华北地区各主要受承压水威胁严重、发生过多次底板突水的矿区。

(2) 专家经验知识库:该知识库拟包括相关研究院、高校和各大水矿区防治水工程技术人员等知名专家的防治水理论与工程经验,根据不同专家的擅长领域,将专家经验知识进行分类、分区,并赋以可靠度等限制性参数,以提高专家经验判断结论的准确性和可靠性。

(3) 底板突水理论研究成果知识库:该知识库主要包括有关底板水防治的论文、论著、科研报告和专利等成果,通过系统的检索、咨询功能,为矿井防治水领域的科研工作者和现场技术人员提供参考和指导。

（4）防治水的技术措施及有关国家法规知识库：该知识库中存有目前使用比较广泛、相对成熟的防治水技术措施，如防水煤柱留设技术、探放水技术、疏水降压技术、帷幕注浆截流技术、煤层底板含水层注浆改造技术、注浆封堵技术、巷道过断层预注浆加固技术等，以及相关国家安全规程，如《煤矿安全规程》、《矿井水文地质规程》等。

9.5.2　系统的知识表达方式

1. 人工智能的知识表示方法

专家系统是一种基于知识的人工智能系统，它将领域专家的经验用适当的知识表示方法进行表达，存入知识库中，供推理机使用。人工智能领域已存在多种知识表示方法，目前常见的知识表示方法如表 9-6 所示。在专家系统中运用较为普遍的是产生式规则，但 C＋＋语言特别适于表达基于框架的知识表示[11]。

表 9-6　人工智能知识表示方法的对比

知识表示方法类型	表示方法的优点	表示方法的缺点
状态空间表示法	求解方法简单	容易出现"组合爆炸"
一阶谓词逻辑表示法	逻辑性强，便于计算机存储、推理方便	不能有效表示不确定性知识
语义网表示法	明确表达知识之间的联系，适于复杂的联想式推理	逻辑性和启发性不足
框架表示法	层次结构性和继承性强	不善于表示过程性知识
产生式规则表示法	易于描述事实、规则以及它们的不确定性度量，表达方式灵活	无法描述复杂事物，在表示结构化知识上先天不足
面向对象表示法	具有封装性、继承性的特点，可支持分类知识的表示和演绎推理	结构化表示具有很高的复杂性，知识库维护困难

2. 专家经验知识的表达方法

本系统知识库中的专家经验知识采用产生式规则和面向对象相结合的知识表达方法。这种知识表达方法对表示底板突水领域专家的判断性知识具有明显的优势。

一个产生式系统由三部分组成：总数据库包含与具体任务有关的各种临时信息；规则库由一组对数据操作运算的产生式规则组成；控制策略确定应该应用哪条规则，而且当数据库的终止条件满足时，就停止计算。这三部分之间的关系如图 9-11 所示。

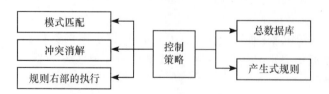

图 9-11　产生式系统的组成及相互关系

（1）规则库：产生式规则的形式为 IF…THEN…，IF 称为规则的条件部分、前件或产生式的左边，当规则的条件满足时才能有动作部分被执行；THEN 部分称为操作部分、后件或产生式的右边。产生式规则可以理解为，如果前提条件得到满足，就产生相应的动作或结论。

（2）总数据库：也称上下文，是产生式规则的数据中心。每一个产生式规则的左边表示启用这一规则之前总数据库内必须有准备好的条件。执行产生式规则的操作会引起总数据库的变化，从而使其他产生式规则的条件可能被满足。

（3）控制策略：作用是说明如何运用规则。通常选择规则的操作分为匹配、冲突消解和操作三步。①匹配，是指总数据库与规则的条件部分相匹配，如果二者完全匹配，则把这条规则称为触发规则。当按规则的操作部分执行时，把这条规则称为启用规则。如果同时有几条规则的条件部分被满足，就需要进行冲突消解。②冲突消解，当有两条以上的规则被触发时，需要决定首先使用哪一条规则的问题。冲突消解的策略，即确定规则启用顺序的方法有专一性排序、上下文限制和规则排序。③操作，就是执行规则的操作部分。经操作后，动态数据库被修改，同时，其他规则有可能被触发。

在产生式系统中完全独立的规则系统虽然易于修改和增删，但寻找可用规则时只能按照顺序进行，效率很低。在实用专家系统中，由于规则较多，所以要按某种方式把有关规则连接起来，形成某种结构以便迅速完成冲突消解。面向对象表示方法的封装性和继承性可以很好地解决这个问题。

面向对象方法包括对象、类、消息与方法三种基本概念。对象即所要描述的事物，对其描述具有静态和动态两种，分别表示其类别属性和行为特性；类是一种对象类型，它描述同一类型对象的共同特征，包括操作特征和存储特征；消息是对象之间相互请求或相互协作的途径；方法是对对象实施各种操作的描述，即消息的具体实现。面向对象方法表示知识的一种描述形式是：

Class<类名>[：<超类名>]
　　　[类变量表]
　　　Structure
　　　　　　　　<对象的静态结构描述>
　　　Method
　　　　　　　　<对象的操作定义>
　　　Restraint
　　　　　　　　[<限制条件>]
END

9.5.3　典型突水案例知识库

1. 典型突水案例知识库的内容

底板突水案例统计是进行突水机理研究的基础，是进行水害防治的依据。为了保证案例知识库中的知识形式与系统评价参数选择的一致性，在突水案例整理、存储时，开采条件及方法、隔水层性质、地质构造和水文地质条件部分的参数设置与系统评价参数相同，再增加突水情况地质剖面图和平面图、突水发展过程、突水原因、突水治理措施、经验教训等内容，如图 9-12 和图 9-13 所示。

通过在肥城等部分矿区的现场调研，并搜集相关突水资料，如中国统配煤矿总公司生产局煤炭科技情报研究所 1992 年编写的《煤矿水害事故典型案例汇编》，赵铁锤主编的《全国煤矿典型水害案例与防治技术》等，收集整理了突水案例 70 余例。这些案例基本囊括了我国华北地区主要的突水矿区，既有奥灰和富水薄层灰岩的直接突水，又有通过薄层灰岩的奥灰间接突水[12~14]。

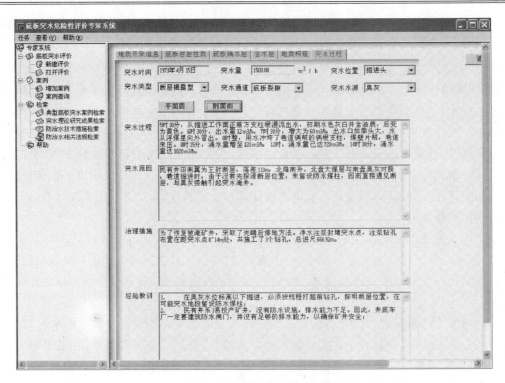

图 9-12　突水案例知识库的内容

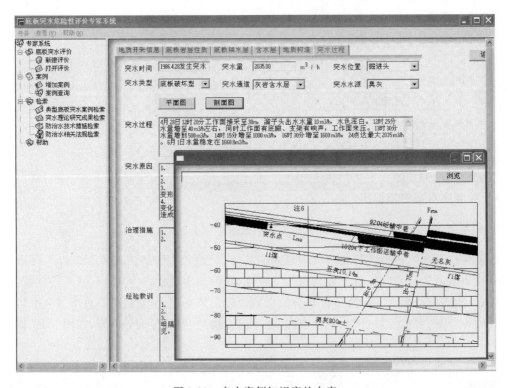

图 9-13　突水案例知识库的内容

典型底板突水案例知识库中的案例整理统计情况如表 9-7 和表 9-8 所示。

表 9-7　主要矿区典型突水案例整理统计表

突水矿区	肥城	新汶	焦作	淄博	徐州	鹤壁	开滦	峰峰	淮南	淮北
突水矿井	大封矿 陶阳矿 国庄矿 杨庄矿 曹庄矿 查庄矿	协庄矿 孙村矿 潘西矿 良庄矿 华丰矿 西岗矿	朱村矿 中马村矿 演马庄矿 小马村矿 王封矿 李封矿 九里山矿 焦西矿 韩王矿 冯营矿	双山矿 寨里矿 龙泉矿 南定矿 北大井 夏庄矿	权台矿 韩桥矿	五矿 九矿	范各庄矿 林西矿 赵各庄矿	一矿 二矿 四矿	谢一矿	杨庄矿 相成矿
合计	13	16	26	5	3	2	4	5	1	2

表 9-8　典型突水案例整理统计表

突水类型	突水点位置	突水构造	突水量/(m³/h)				比 例/%	
			600～1200	1200～3000	≥3000	合计		
构造揭露型	回采面	断层	3	1	4	8	10.4	55.9
		陷落柱	\	1	2	3	3.9	
	掘进头	断层	2	7	13	22	28.6	
		灰岩岩层	1	5	4	10	13	
断层采动型	回采面/巷道	断层	3	5	4	12	15.6	15.6
底板破坏型	回采面	裂隙/岩溶	2	3	8	13	16.8	28.5
	掘进头	裂隙/岩溶	1	2	6	9	11.7	

2. 典型突水案例的知识表示

　　案例是作为一种知识、经验而建立起来的,对其表示既要突出重要特征,又要易于表达和检索。对案例知识的表示需要满足正确性、可理解性、可扩充性及相容性等。从前面对知识表示方法的讨论可知,框架表示法是描述对象间静态关系的结构化表示方法,它可将知识以面向对象的结构组织起来,运用面向对象技术中的分类化、封装性、多态性和继承性、消息驱动等特点,利用方法描述构成框架的属性、对象间的分类和其他关系。框架中数据或属性的表达结构称为槽,对于槽本身的特征则用槽所具有的一些侧面及侧面值来说明。

　　框架表示方法既是层次性的,又是模块化的。一个框架由框架名和一组槽(slots)组成,每个槽表示对象的一个属性,槽的值(fillers)就是对象的属性值。一个槽可以由若干个侧面(facet)组成,每个侧面可以有一个或多个值(values),侧面的值也可以是其他框架,即允许嵌套。框架描述方式用 BNF 范式表示如下:

　　＜框架＞::＝＜框架名＞＜槽＞[＜槽＞]

　　＜槽＞::＝＜槽名＞＜侧面＞[＜侧面＞]

　　＜侧面＞::＝＜侧面名＞＜侧面值＞[＜侧面值＞]

　　＜侧面值＞::＝＜数据值＞[＜注解＞[＜注解＞]]

　　＜注解＞::＝＜标签＞＜消息＞[＜消息＞]

　　一般来说,案例的表示应至少包含两部分:案例发生的背景和原因,案例的结果和经验教训。

因此,一个合格的案例表示应该包括案例发生的背景(条件),案例的结果,案例发生的原因和经验教训,解决方法及效果。

典型突水案例的知识表示即案例的描述。由于突水案例包括了对突水影响条件、突水发生过程、经验教训、防治水措施及效果的描述,所以案例的表示应该包含这四个方面,可以将突水案例表示为一个四元组

（已知地质开采条件,突水发生过程,突水原因和经验教训,防治水情况及效果）

其中,突水案例的已知地质开采条件描述部分主要是将各种影响底板突水的因素进行详细参数化,并与动态数据库中所获取的待评价区域已知条件参数保持一致,以便在案例类比推理时进行相应参数的依次类比,保证类比结果的准确性。

框架表示法是用来表达特殊事件或经验的一种机制,它的建立思想与基于案例推理的思想相一致,比较适合案例的表示。结合突水案例自身的结构特点以及基于案例类比的推理方法,本系统利用框架表示法进行突水案例的表示。系统知识库中突水案例的描述包含已知地质、开采条件,突水发生过程,突水原因和经验教训,防治水情况及效果。其中,已知地质、开采条件主要包括隔水层情况、含水层情况、地质构造情况、承压水水压、开采方法等,突水发生过程主要包括突水时间、突水量变化、突水点位置等,突水原因和经验教训主要是对突水事故发生的主客观原因的分析,防治水措施及效果主要包括对突水事故所采取的防治措施、施工技术及治理效果等。突水案例库的数据关系结构如图 9-14 所示。

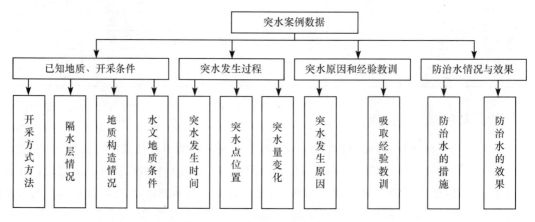

图 9-14　突水案例库数据关系图

本系统中采用框架描述方式表示的突水案例:

突水案例::=<已知地质、开采条件,突水发生过程,突水原因及经验教训,防治水措施及效果>;

已知地质、开采条件::=隔水层情况[,含水层情况[,地质构造情况[,开采方法[,…]]]];

隔水层情况::=隔水层厚度[,隔水层岩层组合状况[,隔水层各岩层力学参数[,…]]]

隔水层各岩层力学性质::=岩石弹模[,岩石泊松比[,岩石单轴抗压强度[,…]]]

隔水层岩层岩性::=岩层1,粗砂岩[,岩层2,砂页岩[,…]]

突水案例名::=突水案例指针,案例的唯一标识或元素对象集合。

3. 典型突水案例知识库的组织管理

一般地,案例的组织方法主要有线性、层状和网状组织。在案例数量少且相互关系不紧密的情况下,采用线性组织较为合适;在案例数量多或存在类别的情况下,采用层状组织结构;在案例

间相互关系复杂的情况下,需采用网状组织结构。实际应用中也可混合使用这三种方法。单个案例的组织方法有统一组织,即把案例作为一个整体进行存储;分散组织,即把案例进行分解,并将各部分分别存储在不同模块中,可单独使用。对结构性差、各部分相关性强的案例,一般采用统一组织的方法,方便案例的存取,但其应用不够灵活;否则就采用分散组织,方便案例的应用、更新和维护等。

本系统的典型突水案例知识库预采用层状组织结构,将案例库中的突水案例按照矿区、井田、突水类型三个标准进行分层存储。对每个突水案例则采用分散组织,即将突水案例的条件信息部分和结果描述部分进行分别存储,这样无论是系统进行突水案例类比推理,还是用户进行突水案例检索,都会从开采条件、工程地质、水文地质等条件信息出发,而不必考虑案例的结果描述部分,大大提高了系统运行的效率,同时,突水案例的统一性和完整性也不会受到影响。本系统对突水案例知识库的组织、管理结构如图 9-15 所示。

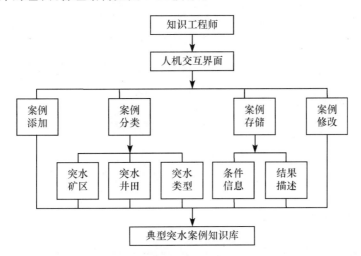

图 9-15　案例库组织管理结构图

根据领域问题的特点为案例建立相应的索引是很重要的,因为系统需要根据案例的索引对其进行查询和维护。案例索引建立得是否合理,决定着系统求解的效率及其有效性。案例的索引分为描述型和关系型,其中,描述型索引是指抽取案例中的重要数据项形成索引;关系型索引是根据案例间的关系建立案例的指针链,形成案例的索引。本系统将主要突水影响因素的特征参数作为突水案例的索引,即描述型索引,使用 SQL 关系数据库管理系统建立突水案例知识库,实现其检索功能。

4. 典型突水案例的检索与咨询

典型突水案例的检索咨询是用户了解以往发生的重要突水案例的途径。通过检索咨询案例库的突水案例,用户可以方便地学习、参考各种突水案例的特征及经验教训,也可以统计分析突水案例,从而得出有用的结论,对本矿井的安全开采及突水防治工作作出指导。为了便于用户的检索,系统设置了不同的检索关键词,即突水案例的关键特征参数,如突水发生时间、突水矿区(井田)、突水类型、突水通道、突水点位置、突水量等。用户可以进行单一关键词的简单检索,也可以进行多个关键词的联合高级检索。同时,当系统检索到符合要求的案例时,既可以显示其概要信息(主要是该案例的主要参数,供用户快速了解该案例的情况),也可以显示案例的详细内容。案例的检索咨询如图 9-16 所示。

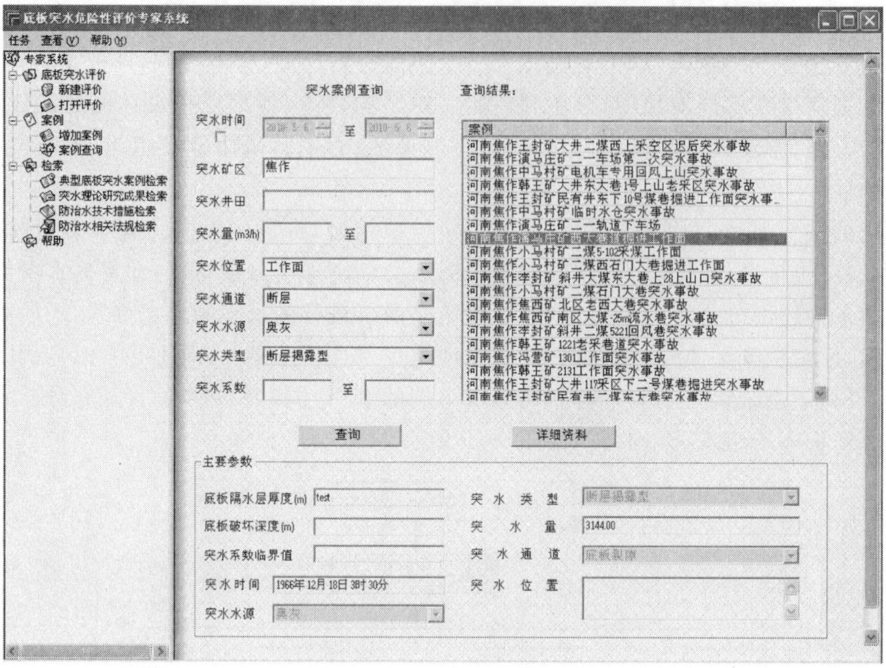

图 9-16　典型突水案例的检索

9.6　底板突水危险性评价推理途径

9.6.1　专家系统的推理方法

专家系统的推理机就是根据动态数据库中的初始信息,利用知识库中的领域知识,按照一定的推理策略求解领域问题。推理机的问题求解算法可分三个层次:①一般途径,就是利用启发式检索(heuristic search)尝试寻找最有可能的答案。②控制策略,有前推式(forward chaining)、回溯式(backward chaining)及双向式(bi-direction)三种。前推式是从已知条件逐步推出结论;回溯式则先设定目标,再证明目标成立。③额外的思考技巧,用来处理不确定性知识,一般使用模糊逻辑(fuzzy logic)进行演算。推理机根据知识库、待求解问题及其复杂程度决定适用的推理层次。可见,推理机就如同专家解决问题的思维方式,而知识库就是通过推理机来实现其价值。知识库和推理机是构成专家系统的核心部分[1,2]。

1. 专家系统的推理技术

专家系统性能的优劣在很大程度上依赖于它的推理机,推理机调度、使用知识的方法称为控制策略(control strategy),控制策略在推理机中起着至关重要的作用,控制策略的好坏决定着系统求解问题的速度。控制策略由推理方法、搜索策略、冲突消解等构成。推理方法表示按什么方式推理以及如何评价结论的可靠性,搜索策略表示如何构造一条花费较少的推理路线。

1) 专家系统的推理方式

按所使用知识的精确性及所得结论的可靠性,推理可分为确定性推理和不确定性推理,或称为精确推理和不精确推理。确定性推理是指推理过程中,领域知识都表示成必然的因果关系,推理的结论或是肯定的或是否定的,也可以把可能性大于某个固定的值(称为阈值或临界值)的假设认为是肯定的。而不确定性推理是指推理所用的知识不都是确定的,其结论也是不完全确定的,其值位于真假之间。推理方法主要有正向推理(forward reasoning)、反向推理(back reasoning)、正反向混合推理(mixed reasoning)。正向推理链和反向推理链的基本特征如表 9-9 所示。

表 9-9　正向链和反向链的基本特征

推理方式	正向链	反向链
基本特征	规划、监视、预测、控制	诊断
	从当前到未来	从当前到过去
	前件到后件	后件到前件
	数据驱动,自底向上推理	目标驱动,自顶向下推理
	向前推理以找到由事实可推出的解决方案	向后推理以找到支持假设的事实
	便于广度优先搜索	便于深度优先搜索
	前件决定搜索	后件决定搜索
	不便于解释	便于解释

(1) 正向推理是指根据原始数据、运用知识库中的领域知识,按一定策略推断出结论。

(2) 反向推理,又叫逆向推理,是先提出结论(假设),再寻找支持该结论的证据(条件),若证据不足,就重新提出新假设。

(3) 正反向混合推理:混合推理是综合利用正、反向推理优点的方法,是指根据数据库中的原始数据,用正向推理选择初始目标,再用反向推理证明该目标;在证明该目标时,又会得到更多信息,此时再进行正向推理,得到更接近的目标,如此反复正、反向推理的过程,直到求出问题的最终解。混合推理既能充分利用现有的信息,又能有目的地进行推理。

2) 推理机的搜索策略

在以上各种推理方法中,都要遇到搜索的问题。搜索策略的适当与否决定着系统的推理速度,它是设计推理机时需要考虑的重要问题。无论在正向推理还是反向推理中,搜索的目标实际上是要在"树形"中找出一条由初始节点到终止节点的最佳推理路线,以避免不必要的推理浪费。常用的搜索策略有宽度优先搜索和深度优先搜索。深度优先搜索是按照深度越大优先级越高的原则进行搜索,而宽度优先搜索是按照深度越小优先级越高的原则进行搜索。根据正向推理和反向推理的特点,可知正向链系统便于实现宽度优先搜索,而反向链系统便于实现深度优先搜索。正向链和反向链的搜索策略如图 9-17 所示。

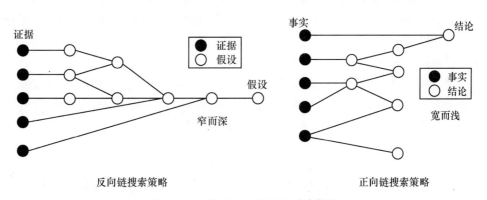

图 9-17　正向链和反向链的搜索策略

3）推理机的冲突消解

冲突消解是指当存在多条可用知识时,如何合理地从中选择一条知识的方法。专家系统求解问题的过程,就是推理机选择知识库中的知识、完成相应的操作,并通过操作进一步选择知识,最终使问题得到解决。知识的选择就是判断某条知识的条件部分与当前数据库内容的匹配程度。一般地,推理机所选的可用知识有多条,即发生"冲突",那么从中选择一条"最可用"的知识并启用的过程就称为"冲突消解"。一般在专家系统中采用将多条知识按优先级排序的冲突消解策略,其排序策略有知识库组织次序排序、专一性排序、就近排序、分块组织、数据排序、数据冗余限制等。

2. 不确定性推理方法

不确定性推理按不同的分类方法有不同的类型,如按是否采用数值来描述不确定性划分,可分为数值方法和非数值方法两大类。数值方法是一种用数值对不确定性进行定量描述和处理的方法。按照依据的理论不同,数值方法又分为基于概率的模型(如置信度推理法、主观贝叶斯方法、证据理论等)和模糊推理。不确定性推理是不能确定结论准确性的推理,推理过程中的证据不一定是肯定的,需要根据一定的数学模型给它某种"权"。

专家系统设计不同于传统程序设计之处就在于,专家系统求解的问题通常没有明确的算法,而是依靠推理来获得一个合理的解决方案。人类专家也知道自己知识的局限性,当问题达到他们的未知界限时,他们会给建议打上一定折扣,人类专家也知道何时"打破规则"。如果专家系统没有专门设计来解决不确定性问题的话,即使它们处理的数据不精确、不完整,专家系统也会以同样的确信来给出建议。专家系统的建议与专家的建议一样,在其不知晓的范围内其合理性应降低。

9.6.2　底板突水危险性评价专家系统的推理途径

底板突水问题因其影响因素众多、各因素之间的组合状况十分复杂,又受地质、水文勘探手段等条件的限制,很多因素本身具有不确定性,而且它们与底板突水之间的关系也不明确。因此,对底板突水危险性进行评价,需要综合当前最新的突水机理研究成果,从不同角度、采用不同方法进行推理评价。底板突水危险性评价专家系统的推理机包含突水系数和突水优势面两种推理途径,在突水优势面推理途径中采用水文地质方法和专家经验判断、典型突水案例加权类等推理方法。系统推理机的组成如图 9-18 所示。

(1)突水系数推理途径:突水系数是评价承压水上煤层开采安全性的经典、实用理论,以其概念明确、求解方便而得到广泛应用。同时,突水系数也考虑了影响底板突水的最关键因素——承压水水压和底板隔水层隔水能力,其评价结果具有一定的代表性。突水系数计算时需区分正常底板、断层构造带、底板裂隙发育带等不同情况。

(2)突水优势面推理途径:突水优势面理论认为,在开采平面上各处的突水危险性有着巨大差别,倡导在开采平面上找出最易突水的危险区(带)即突水优势面,并将突水优势面分为底板灰岩强径流带、导水断层、采动断层和底板裂隙发育带四种。该理论充分考虑了底板突水机理,对底板突水的主要影响因素作了全面分析,可对底板突水危险性作出更为全面、细致、准确的评价。突水优势面推理途径,就是分析不同类型突水优势面的突水影响因素,运用水文地质方法和专家经验,寻找这些因素对底板突水不利的组合状态,从而得出突水危险性评价结论。

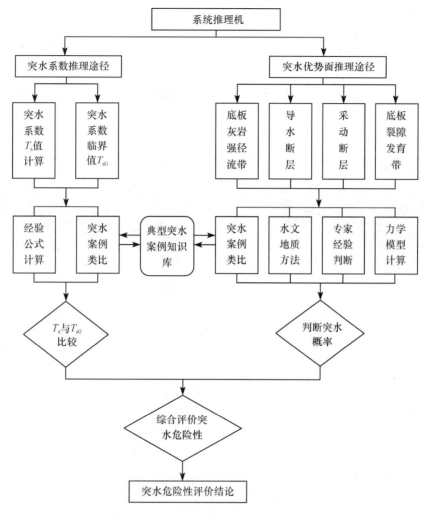

图 9-18　系统推理机组成结构图

（3）突水案例加权类比推理方法：类比是现实中人们最常用的一种推理（思维）方式，也是一种十分有用的推理方法。类比不能像演绎那样进行形式化证明，但它是一种启发式的推理工具。系统在突水优势面推理时，采用了典型突水案例加权类比推理方法。在对突水案例进行突水影响因素参数提取的基础上，赋予参数不同的权重值，最后采用"加权类比"的不确定性推理方法，将待评价区域的具体条件（如断层）与突水案例知识库中与之最相近的突水案例相类比，分析、评价其突水危险性。

9.6.3　基于突水系数的底板突水危险性评价推理途径

1. 突水系数理论

突水系数理论，是当今被普遍接受和广泛采用的一种承压水上开采安全性评价理论。突水系统理论是从地层结构的纵向来分析判断突水的可能性。煤层（或巷道）底板至灰岩含水层顶界面的垂直距离视为底板隔水层厚度，底板隔水层中受采动矿压作用的扰动破坏带、灰岩承压水的原始导升带基本丧失隔水能力，因此，将底板隔水层除矿压扰动破坏带和灰岩承压水原始导升带以外的部分视为有效隔水层厚度[15]。突水系数理论评价底板突水危险性的原理如图 9-19 所示。从图中可以看出：正常水平岩层底板扰动破坏带的空间分布形态大致对称，而断层带附近底板扰动破坏带比正常岩层处增大 0.5～1 倍。

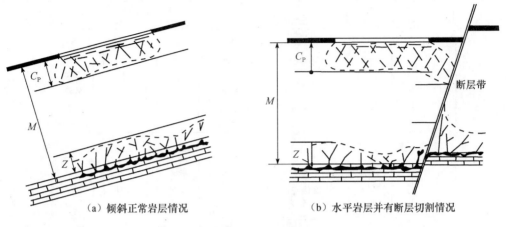

（a）倾斜正常岩层情况　　　　　　（b）水平岩层并有断层切割情况

图 9-19　突水系数理论原理示意图

突水系数理论就是以有效隔水层单位厚度所能承受的底板灰岩承压水压力值作为判断依据，其计算公式为

$$T_s = p/(M - C_p - Z) \tag{9.1}$$

式中，T_s 为突水系数(MPa/m)；p 为隔水层承受的水压(MPa)；M 为隔水层厚度(m)；C_p 为采场底板扰动破坏深度(m)；Z 为底板灰岩承压水原始导高(m)。

通过计算得到该区域的突水系数值以后，以该区域的临界突水系数 T_{s0} 作为判别是否突水的阈值。若实际突水系数小于临界突水系数值则安全，大于则不安全，即

$T_s < T_{s0}$，突水危险性小；

$T_s \geqslant T_{s0}$，突水危险性大。

临界突水系数值是根据大量的突水实测资料统计计算得到的。临界突水系数 T_{s0} 的取值，既要根据底板隔水层和煤层的强度，还要考虑底板裂隙发育状况。如果底板隔水层岩性软弱，多为泥岩、页岩等，同时底板裂隙发育，则可取 $T_{s0} = 0.06$MPa。如果底板岩层以砂岩为主，结构也较完整，则可取 $T_{s0} = 0.1$MPa。一些矿区的临界突水系数经验值如表 9-10 所示。表中的临界突水系数，相当于底板每米隔水层厚度所能抵抗的最大水压。

表 9-10　一些矿区的临界突水系数经验值

矿区名称	峰峰	焦作	淄博	井陉
临界突水系数/(MPa/m)	0.066～0.076	0.06～0.10	0.06～0.14	0.06～0.15

2. 突水系数的计算

利用突水系数对煤层开采安全性进行评价，需明确公式中的各个参数值。其中，承压水水压和底板隔水层厚度可以通过现场勘测获得，其他两个参量的确定方法如下。

（1）煤层底板岩层在开采矿压的作用下产生裂隙，使其连续性受到破坏、导水性也发生改变，这些裂隙的分布范围称为底板扰动破坏带，开采煤层底面到导水裂隙发展最深部边界的法线距离称为"底板破坏深度"。在导水破坏带岩层中一般分布着大量裂隙，当这些裂隙与含水层（或

承压水导升带、导水断层等)沟通时,就会发生底板突水。底板破坏深度的大小与多种因素有关,其计算方法主要有:

① 现场试验观测法。主要采用底板钻孔注放水试验法,其次可辅助钻孔岩移及某些物探方法综合测试(如声波、电磁波法、钻孔超声成像等),试验方法获取的结果最可靠(试验资料认为这一段厚度为 6~14m)。

② 室内模拟试验观测法。采用相似材料模拟、有限元数值模拟等方法,可以模拟多种采矿、地质条件,获取不同采矿、地质条件下的底板破坏深度,而且效率高、费用低。若将模拟结果用一定的现场观测资料进行验证,则其结果更加可靠。

③ 经验公式法。经过对实测资料的分析发现,与底板破坏深度关系最密切的是工作面斜长、采深、倾角及底板岩层坚固系数四个因素。将现场试验的实测资料采用多元非线性回归分析,获得了预计底板破坏深度的经验公式

$$C_p = 7.929\ln(L/24) + 0.0091H - 0.3113F + 0.0448\alpha \tag{9.2}$$

式中,C_p 为底板破坏深度(m);L 为工作面的倾斜长(m);H 为煤层开采深度(m);F 为底板岩层的坚固系数,表达岩石强度的综合指标,根据破坏深度范围内各岩层 F 值加权平均后求得;α 为岩层倾角(rad)。

底板岩层坚固系数 F 的计算公式

$$F = \Big[\sum_{i=1}^{n} (\sigma_i/10)M_i \Big] \Big/ M \tag{9.3}$$

式中,F 为底板岩层的坚固系数;M 为底板隔水层厚度(m);M_i 为底板隔水层第 i 岩层厚度(m);σ_i 为底板隔水层第 i 岩层的单轴抗压强度(MPa);n 为底板隔水层层数。

当式(9.3)中 F 不易求得时,可采用下式计算:

$$C_p = 0.1079L + 0.0085H + 0.1665\alpha + 4.3579 \tag{9.4}$$

由于采面斜长与底板破坏深度的关系最为密切,经逐次回归分析,得出两者的关系为

$$C_p = 0.7007 + 0.1079L \tag{9.5}$$

(2) 灰岩承压水可沿含水层顶面以上隔水岩层中的裂隙导升形成承压水导升带,其上部边界至含水层顶面的最大法线距离称为承压水原始导高。承压水导升带高度的计算主要是现场探测,有的矿区隔水层底部为隔水软岩,无导水裂隙,此时其导高可能为零;有的矿区含水层顶部存在着厚度不等的岩溶充填带,这部分岩层不但不含水且起到隔水作用,一般可作为底板隔水层的一部分,此时的承压水导高可看做负值。在计算突水系数时,根据具体的测试资料或参考与计算矿区地质条件相类似矿区的承压水导升高度来确定 Z 值的大小[6,16~18]。

实践和测试表明,矿压作用下的底板破坏深度一般为 6~14m,灰岩水的导升高度一般为 3~7m,上、下两个破坏带厚度之和为 9~21m。因此,在使用突水系数进行底板突水危险性评价时,对底板隔水层厚度在 20m 左右的情况应予以重点分析,其突水可能性很高。

3. 突水系数推理途径的实现

利用突水系数法进行底板突水危险性评价,主要包括两方面的内容:一是对底板灰岩承压水水压值、有效底板隔水层的厚度值(包括底板隔水层厚度、底板扰动破坏深度和承压水原始导升高度)及临界突水系数值的获取,二是对计算结果的处理。

1) 主要参数取值的获取

（1）水压 p 和底板隔水层厚度 M 一般是明确的实测值，与受承压水威胁煤层及含水层的层位有关。

（2）底板采动破坏带厚度 C_p 或有实测值，或是用经验公式计算（在断层破碎带和裂隙发育带其值会比正常底板岩层增大，需加以修正），公式中的工作面斜长、煤层采深及倾角都是基本的参数值，容易获取。

（3）原始导升带厚度 Z 或有实测值，或是系统给出的经验值（在正常底板处取 $Z=0$，在断层带或裂隙发育带取 $Z=10$m），或是与突水案例类比得出。

（4）临界突水系数 T_{s0} 是评价突水与否的判断标准，主要是统计分析并计算的经验值，因此其取值或是本矿区（或矿井）的经验值，或是系统类比其他类似矿区的经验值。此处，正常底板岩层与断层破碎带或裂隙发育带的临界突水系数应分别取值。

2) 系统对计算结果的处理

系统对计算结果的处理采用以下方法：

（1）对 $T_s < T_{s0}$ 的情况，其突水概率 P_T 较小，转向突水优势面推理作进一步的具体分析。

（2）对 $T_s \geqslant T_{s0}$ 的情况，先求出实际突水系数值 T_s 和临界突水系数值 T_{s0} 的距离，根据其距离大小，按照一定的阈值给出突水概率。T_s 和 T_{s0} 的距离 d_T 计算公式如下：

$$d_T = \frac{T_s - T_{s0}}{T_{s0}} \tag{9.6}$$

突水概率 P_T 的确定函数如下

$$P_T = \begin{cases} 75\%, & 0 < d_T \leqslant 0.5 \\ 85\%, & 0.5 < d_T \leqslant 1.0 \\ 95\%, & d_T > 1.0 \end{cases} \tag{9.7}$$

结论可靠度的确定取决于各相关参数取值的可靠度。具有明确实测值的参数其可靠度均为 1，而无实测值的参数，不论是通过经验公式计算、取经验值或系统类比得到的取值，其可靠度均要相应降低。突水系数推理途径的流程如图 9-20 所示。

9.6.4　基于突水优势面的底板突水危险性评价推理途径

1. 突水优势面的概念

突水优势面是指在受底板灰岩承压水威胁区域的开采平面上最易发生底板突水的危险断面。突水优势面的学术观点包含两方面意义：①在底板突水机理方面，突水优势面观点注意到两个事实，一是某区域突水系数的大小与该区域突水的发生与否，并非必然的对应关系；二是一般情况下，底板突水（特别是中型以上的突水）都发生在某一个断面上。因此，突水优势面观点特别强调底板灰岩富水性和底板隔水能力在层面上的非均一性，认为底板突水必然会发生在某一危险断面上。②在底板突水防治方面，开采受承压水威胁的煤层时，进行突水预测预报或开采安全性评价的最有效途径就是找出突水优势面。

2. 突水优势面的分类

根据对底板突水案例的统计分析和底板突水机理的研究，将突水优势面分为四类：底板灰岩强径流带——突水优势面Ⅰ，导水断层——突水优势面Ⅱ，采动断层——突水优势面Ⅲ，底板裂

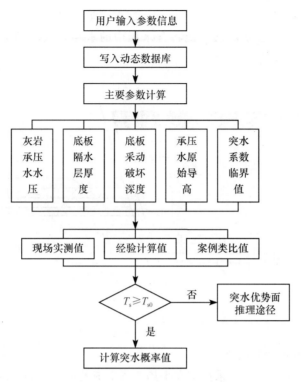

图 9-20　突水系数推理流程图

隙发育带——突水优势面Ⅳ。这四种突水优势面也可以看做是从突水通道类型的角度对突水案例的另一种分类[8,19]。

1）底板灰岩强径流带——突水优势面Ⅰ

底板灰岩强径流带是指底板灰岩（薄层灰岩或奥陶纪厚层灰岩）某一断面上形成了一定直径的岩溶管道，并且是底板灰岩中岩溶水运移的主要通道。灰岩强径流带是底板灰岩岩溶裂隙网络中的"主干"，或者说是岩溶裂隙网络中的"纲"，它是某一区域内灰岩岩溶水的主要富集带。底板灰岩强径流带示意图如图 9-21 所示。

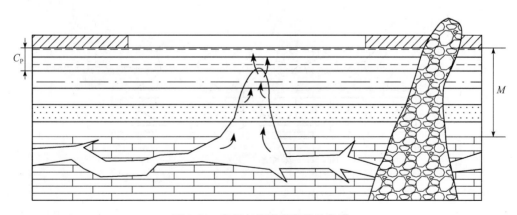

图 9-21　底板灰岩强径流带示意图

2）导水断层——突水优势面Ⅱ

导水断层是一种突水概率较高的突水优势面。导水断层是主要的突水通道之一，由导水断层引起的突水一般均为揭露型,是指采掘工作面揭露或接近导水断层时发生突水,其中多为巷道掘进揭露断层而引发突水。导水断层是能将含水层中的水导入到其切穿的各岩层中的一类断层。导水断层突水示意图如图9-22所示。

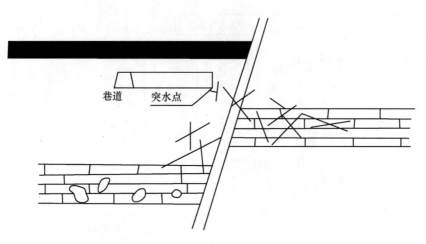

图 9-22　导水断层突水示意图

3）采动断层——突水优势面Ⅲ

采动断层是指采煤工作面的开采活动在采场四周形成的矿山压力(支撑压力)作用于断层两盘岩体,引起断层面的相对移动,使灰岩承压水沿断层面(或断层影响带)进入工作面,从而引发底板突水。采动断层突水示意图如图9-23所示。

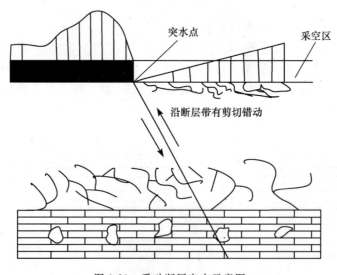

图 9-23　采动断层突水示意图

4）底板裂隙发育带——突水优势面Ⅳ

底板裂隙发育带是指在开采平面上,与底板隔水层的正常区域相比,底板岩层裂隙比较发育且集中的底板裂隙带。在裂隙发育带,底板隔水层隔水能力较低,易于形成突水通道,而底板灰岩裂隙发育成为富水区域,所以与正常底板完全不同,属于一类典型的突水优势面。底板裂隙发育带如图9-24所示。

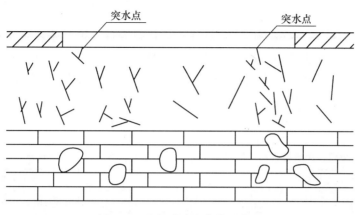

图 9-24　底板裂隙发育带示意图

3. 运用专家经验和水文地质方法的突水优势面推理

底板突水是一个十分复杂的水文地质和工程地质问题,突水类型较多,且突水机理既有共性,又有区别,针对不同的突水类型、突水优势面,建立各自的突水判据准则是一个科学的方法。现以断层突水为例,分析利用突水优势面理论进行底板突水危险性评价的推理方法。

导水断层——突水优势面Ⅱ,一般当回采(或掘进)揭露或接近断层时发生突发型突水。根据各矿区的突水资料显示,此类突水大多是在对断层构造状况不清楚或控制条件差的情况下揭露(或接近)。因此,对于未探明或控制条件差的断层构造,一是加强水文地质勘探,结合现场的一些预兆现象进行精细探测;二是进行构造预测(理论方法与现场观测相结合)。通过系统的评价,若断层存在突水危险性,则提出相应的防治措施,如防水煤岩柱留设、提前进行注浆堵水等[20~25]。

在导水断层突水优势面推理中,将突水影响因素参数分为断层性质、断层与工作面(巷道)的位置关系、灰岩含水层的含水性、断层与灰岩含水层的切割关系四类,利用水文地质方法和专家经验相结合的方法进行推理评价,推理过程如下。

(1) 首先分析断层与灰岩含水层的切割关系,即断层是否沟通水源的问题,对断层突水危险性起到控制作用。不同切割关系对应的突水危险性如表 9-11 所示。如果断层未切入灰岩含水层的含水层位,则判断该断层不会发生突水,推理过程直接退出。此条件可作为控制系统推理结束的条件之一。

表 9-11　断层与含水层在不同切割关系下的突水危险性

断层与灰岩含水层的切割关系	断层切穿含水层(或切入含水层位)	断层对含水层的切割较弱	断层未切入含水层的含水层位
突水危险性	突水危险性大	突水危险性较小	不会突水

(2) 分析灰岩含水层的含水性。在断层强烈切割含水层的区域,灰岩含水性是决定断层突水的前提条件。灰岩富水性决定了断层突水的突水量,承压水水压决定了突水规模。灰岩富水性可通过钻孔抽水试验,用钻孔单位涌水量和渗透系数进行评估。

(3) 分析断层与工作面(巷道)的位置关系,不同位置关系对应的突水危险性如表 9-12 所示。对断层充分接近煤层(巷道)的情况,主要考虑断层的采动活化。对于断层顶距煤层(巷道)有一定距离的情况,需根据距离大小,结合底板裂隙发育深度和承压水水压确定其突水危险性。一般距离越大,突水危险性越小,宜用突水系数方法进行判断。此处,需要加强对隐伏小构造的探查,因为往往是一些小断层,尤其是隐伏的小断层,很容易导致底板突水的发生。因此,要采取各种钻探及物探手段探明隐伏构造,尤其要查明导水构造及其与煤层(巷道)的位置关系。

表 9-12　断层与工作面(巷道)不同位置关系下的突水危险性及突水特征

断层与工作面(巷道)位置关系	突水危险性	突水特征
断层使煤层(巷道)与含水层对接	最危险	一旦揭露或穿过断层,立即突水,水量递增快
断层穿过煤层(巷道)	很危险	一旦揭露或穿过断层,立即突水,水量递增快
断层达到(充分接近)煤层(巷道)	较危险,易发生滞后型突水	在矿压、水压作用下发生突水,水量呈跳跃式上升
断层顶距煤层(巷道)有一定距离	危险性较小,具体视距离大小决定	主要是回采工作面底板裂隙与断层沟通发生突水,水量一般较小

(4) 分析断层性质及其导水性。

① 断层两盘岩性:按照不同岩性对断层导水性的影响,脆性可溶岩>脆性非可溶岩>软质塑性岩。

② 断层力学性质,按照力学性质对断层导水性的影响,张性(张扭性)>压性(压扭性)。

③ 断层落差(0~50m,一般为中小型断层),落差越大突水危险性越高,如为叠瓦式断层,应考虑其综合落差。

④ 断层破碎带宽度(0~50m,一般为中小型断层),破碎带越宽突水危险性越高。

⑤ 断层破碎带填充物及其胶结程度:角砾岩等松散填充物,一般胶结差,易导水;而糜棱岩、断层泥等胶结密实,可以起到阻水的作用。

⑥ 断层形成年代:大多数矿区的突水断层都是新华夏构造体系的断层,主要构造方向为NNE,张性裂隙发育,断层带胶结差。

(5) 分析断层导水优势部位。一般在多条断层交会部位、断层尖灭部位、断层转折部位、小断层密集带和正断层上盘最易发生突水,在这些导水优势部位应特别注意,加强防范措施。

(6) 最后,根据以上分析结果,综合评价区域的突水危险性,并根据断层突水的特征提出相应的防治水措施。

4. 典型突水案例类比推理

典型突水案例类比就是将用户输入的待评价区域(即目标案例)与突水案例知识库中的典型突水案例按照选定的类比参数进行相似性比较,并利用各类比参数的权值求得典型突水案例与待评价区域条件的总体相似度,然后参考突水案例突水发生情况,对待评价区域突水危险性作出评价,再结合其经验教训和防治水情况为用户提出防治水技术措施等建议。现以导水断层突水优势面为例,说明突水案例类比方法的实现过程。典型突水案例类比推理流程图如图 9-25 所示。

1) 确定导水断层突水优势面的类比参数及其取值集合

导水断层突水优势面的案例类比参数及其取值集如表 9-13 所示。

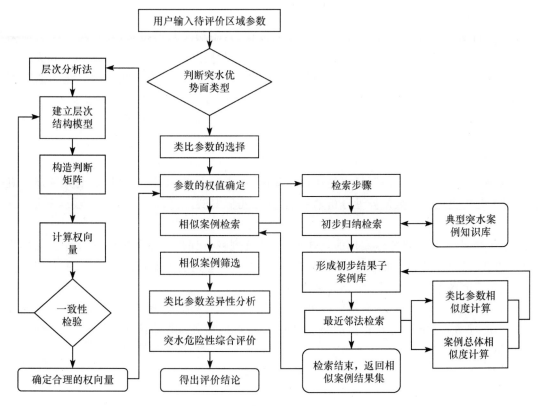

图 9-25　典型突水案例类比推理流程图

表 9-13　导水断层突水优势面的案例类比参数及其取值集

案例类比参数	参数取值集
矿区(或井田)位置	本井田,本矿区,邻近矿区,其他矿区
断层力学性质	张(扭)性断裂(正断层,平推断层),压(扭)性断裂(逆断层)
断层两盘岩性	坚硬,中硬,软弱
断层落差	$0<h<100m$(一般为中小型断层)
断层破碎带宽度	$0<\delta<50m$(一般为中小型断层)
断层带充填物密实度	充填密实,充填中密,充填松散
断层形成年代	新华夏系构造,非新华夏系构造

2) 利用层次分析法确定类比参数的权值

首先建立层次结构模型,如图 9-26 所示。根据建立的层次结构分析模型,确定比较标准,建立判断矩阵。本系统采用专家经验和用户交互相结合的方法建立判断矩阵。

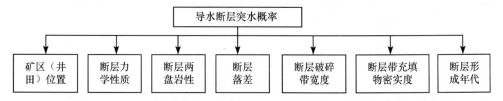

图 9-26　导水断层突水概率层次结构模型

3）进行相似突水案例的查询

针对导水断层突水的特点,相似案例检索的过程为:①初步归纳检索,导水断层与其他突水优势面的最主要区别在于其突水通道为断层、突水类型为构造揭露型,根据突水通道和突水类型这两个特征参数对整个案例库进行初步归纳检索,得到一个子案例库。②最近邻法相似案例检索,先求待评价区域与初步检索所得案例的类比参数相似度,再求二者整体相似度,最后按照相似度降序列出相似案例。若未找到类似案例,则提示用户案例知识库暂无类似案例,以专家经验知识推理为准。

4）相似案例筛选

检索到类似案例之后,按照设定的相似度阈值(初步定为 0.6),筛选出相似度大于该阈值的相似案例,确定出进行参数差异性分析的案例,即最相似案例。

5）参数差异性分析

系统根据筛选出的最相似案例的具体情况,就可判断待评价区域的突水危险性。参数差异性分析的参数比较原则是,如果待评价区域的类比参数值相对类似案例的参数值,更有利于突水的发生,则其突水概率偏大;反之,则其突水概率偏小。

如果筛选出的最相似案例有一个以上,则以各个案例的相似度为权值,将待评价区域与各个相似案例进行参数差异性分析得出的突水概率加权求和,得到该评价区域最终的突水概率值。

参 考 文 献

[1] Giarratand L,Riley G. 专家系统原理与编程(4 版). 印鉴等译. 北京:机械工业出版社,2006

[2] 程伟良. 广义专家系统. 北京:北京理工大学出版社,2005

[3] 汪光阳,胡伟莉. 专家系统及其相关技术的发展. 安徽工业大学学报,2004,21(3):215-219

[4] 马竹梧. 专家系统开发工具及其应用. 基础自动化,1998,5:6-9

[5] 高延法,章延平,张慧敏等. 底板突水危险性评价专家系统及应用研究. 岩石力学与工程学报,2009,28(2): 253-258

[6] 虎维岳. 矿山水害防治理论与方法. 北京:煤炭工业出版社,2005

[7] 靳德武. 我国煤层底板突水问题的研究现状及展望. 煤炭科学技术,2002,30(6):1-4

[8] 高延法,施龙清,娄华君等. 底板突水规律与突水优势面. 徐州:中国矿业大学出版社,1999

[9] 武强,张志龙,马积福. 煤层底板突水评价的新型实用方法 I—主控指标体系的建设. 煤炭学报,2007,32 (1):43-47

[10] 刘伟韬,张文泉,李加祥. 用层次分析-模糊评判进行底板突水安全性评价. 煤炭学报,2000,25(3):278-282

[11] 中国统配煤矿总公司生产局煤炭科技情报研究所. 煤矿水害事故典型案例汇编. 北京:煤炭工业出版社, 1992

[12] 赵铁锤. 全国煤矿典型水害案例与防治技术. 徐州:中国矿业大学出版社,2007

[13] 赵铁锤. 华北地区奥灰水综合防治技术. 北京:煤炭工业出版社,2006

[14] 彭苏萍,王金安. 承压水体上安全采煤. 北京:煤炭工业出版社,2001

[15] 魏久传,李白英. 承压水上采煤安全性评价. 煤田地质与勘探,2000,28(4):57-59

[16] 李白英. 预防矿井底板突水的"下三带"理论及其发展与应用. 山东矿业学院学报(自然科学版),1999,18 (4):11-18

[17] 高延法,李白英. 受奥灰承压水威胁煤层采场底板变形破坏规律研究. 煤炭学报,1992,17(2):32-39

[18] 高延法. 底板突水的研究途径与突水构造优势面. 山东矿业学院学报,1994,13(5):20-23

[19] 靳德武. 煤矿水害防治中的综合水文地质分析方法. 煤田地质与勘探,1998,(2):

［20］　白海波,陈忠胜,张景钟. 徐州矿区奥灰岩溶水突出的原因与防治. 煤田地质与勘探,1999,27(3):47-49

［21］　宋振骐,蒋宇静,杨增夫等. 煤矿重大事故预测和控制的动力信息基础的研究. 北京:煤炭工业出版社,
　　　　2003

［22］　Kuznetsov S V,Trofimov V A. Hydrodynamic effect of coal seam compression. Journal of Mining Science,
　　　　2002,39(3):20-212

［23］　Wang J A,Park H D. Fluid permeability of sedimentary rocks in a complete stress-strain process. Engi-
　　　　neering Geology,2002,63:291-300

［24］　Yuan S C,Harrison J P. A review of the state of the art in modelling progressive mechanical breakdown
　　　　and associated fluid flow in intact heterogeneous rocks. International Journal of Rock Mechanics and Min-
　　　　ing Sciences,2006,43:1001-1022

第 10 章　采场覆岩变形破坏规律及导水裂隙带高度确定方法

10.1　引　　言

由于采动影响,破坏了岩体中原岩应力平衡状态,导致煤层顶板岩体移动变形,致使顶板岩体悬空及其部分重量传递到周围未直接采动的岩体上,从而引起采场周围岩体内的应力重新分布,形成支承压力区和卸载压力区。在工作面前方煤柱及其顶、底板岩体内形成支承压力区,而在采空区顶、底板岩体内形成减压区,其压力小于开采前的正常压力,由于减压的结果,致使顶板岩体向下移动变形,在采空空间上方岩层自下而上形成冒落带、裂隙带与弯曲下沉带。而底板岩体除在垂直方向受减压影响外,还受水平方向的压缩,产生向上隆起现象(底鼓)。因此,对采场覆岩变形破坏规律研究是进行煤层顶板突水危险性评价的关键。长期以来,有关覆岩移动变形破坏规律及机理研究受到人们的高度重视,取得了一些突破。早在 19 世纪,比利时学者就已注意到煤矿采动后的地表岩层移动变化现象。之后,欧洲各国特别是原苏联及东欧(以波兰为主)等国都对采动后矿山压力显现及岩层与地表移动进行了研究。原苏联矿山测量研究院所进行的物理(相似)模拟、库兹涅佐夫等关于老顶岩层形成铰接岩梁平衡规律的研究以及鲁别涅依特弹性梁研究都有广泛影响,波兰李特维尼申的颗粒体随机介质理论则开辟了岩层移动研究新领域。国内进行采动影响研究是从新中国成立以后 50 年代开始的,以刘天泉、仲惟林、钱鸣高、宋振骐等为代表。在原苏联及波兰等学者研究的基础上,通过对煤矿开采岩层破坏与导水裂隙分布作了大量的实测和理论研究,建立了采场岩层移动破断与采动裂隙分布的"横三区"、"竖三带"的总体认识,即沿工作面推进方向覆岩将分别经历煤壁支承影响区、离层区、重新压实区,由下往上岩层移动分为垮落带、断裂带、整体弯曲下沉带;得出计算导水裂隙带高度的经验公式,并指导了我国煤矿的水体下采煤试验。目前,确定导水裂隙带高度的方法有现场实测法、经验公式计算法和数值模拟方法等。现场实测是确定导水裂隙带高度的主要途径,主要有地面钻孔冲洗液消耗量观测[1],井下导高观测仪观测[2]。物探方法包括高密度电阻率法、微地震法、声波法、CT 层析成像法及电视成像法等[3~9]。以往对导水裂隙带高度的研究,多是根据现场观测结果,建立导高计算的经验公式,未能从理论上证明裂隙发育与覆岩岩层变形量的关系。因此,在矿井突水危险性研究中有必要从采场覆岩的地质力学特征分析入手,从理论上研究不同岩性岩层拉伸变形对导水裂隙带发育的影响,并根据现场导高实测成果,建立裂采比与覆岩岩性的关系;研究采动岩体裂隙分布规律和防水煤柱留设,为我国煤层顶板突水防治和有效控制或降低开采沉陷损害程度和保护地下水资源提供理论依据。

10.2　采场覆岩变形破坏规律及垂直分带特征

当地下煤层被采出后,采空区顶板岩体发生较为复杂的移动变形,采空区直接顶板岩层在自重力及其上覆岩层的作用下,产生向下移动和弯曲。当其内部拉应力超过岩层的抗拉强度极限时,直接顶板首先断裂、破碎、相继冒落;而老顶岩层则以梁或悬臂梁弯曲的形式沿层理的法线方向移动、弯曲,进而产生离层和断裂。随着工作面向前推进,开采长度增加,受采动影响的岩层范围不断扩大,距开采层不同位置顶板岩体下沉增加到该地质采矿条件下应有的最大值,此后开采工作面的尺寸再继续扩大时,顶板岩体移动范围随之扩大,但其最大下沉值不再增加,表现为在采空区中央下沉最大,下沉曲线形态将出现平底,水平位移为零,向两侧下沉逐渐减小;同时,在采动影响下,顶板岩体中下部岩体的移动变形大于上部岩体,表现在下沉量和下沉系数,自下而上逐渐减少,呈盆状分布。当开采范围足够大时,岩层移动发展到地表,在地表形成一个比采空区大得多的下沉盆地。在采空空间上方岩层自下而上形成垮落带、裂隙带与弯曲下沉带。

垮落带内顶板岩层在煤层采出后较短的时间内发生破坏,在采空区冒落成为松散状的矸石;导水裂隙带岩层由于弯曲下沉而受拉伸作用,使岩层断裂破坏产生垂直于层面的裂隙,裂隙之间相互导通;弯曲带岩层虽然也经受拉伸或弯曲变形,但拉应力和压应力不足以使岩层发生破坏,从而使岩层不出现垂直层面的裂隙,以自身完整的形式发生弯曲下沉,如图 10-1 所示。

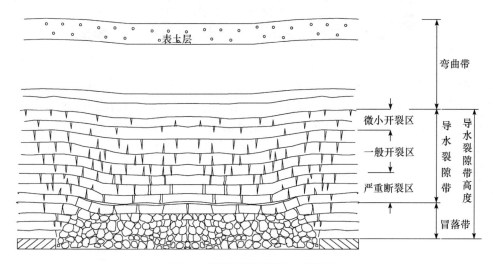

图 10-1　覆岩变形破坏的一般特征

裂隙带处于冒落带之上。现场实测表明,裂隙带内,裂隙的形式及其分布有一定的规律性。无论是在缓倾斜煤层还是在急倾斜煤层的条件下,一般是发生垂直或近于垂直层面的裂隙,即断裂(岩层全部断开)和开裂(岩层不全部断开)。岩层断裂和开裂的发生与否及断开程度,除取决于岩层所承受的变形性质和大小外,还与岩性、层厚及其空间位置有密切关系。靠近冒落带的岩层,断裂严重;远离冒落带的岩层,断裂轻微脆性薄层状砂岩会发生断裂,韧性薄层状石灰岩则会发生弯曲缓慢下沉。

裂隙带内岩层的破坏状况,具有明显的分带性。根据岩层的断裂、开裂及离层的发育程度和导水能力,裂隙带在垂直剖面上可以分为严重断裂、一般开裂和微小开裂三部分。裂隙带内上述三部分如图 10-2 所示。

(1) 严重断裂区:大部分岩层为全厚度断开,但仍然保持原有的沉积层次,裂隙间的连通性好。

(2) 一般开裂区:岩层在其全厚度内未断开或很少断开,层次完整,裂隙间的连通性较好。

(3) 微小开裂区:部分岩层有微小裂隙,基本上不断开,裂隙间的连通性不太好。

在导水裂隙带总高度中(包括冒落带),冒落带高度约占 1/4,严重断裂和一般开裂高度约占 1/2,微小开裂高度约占 1/4。导水裂隙带的这种分布特征,在整个采空区中央部分和边界部分一般都是如此。

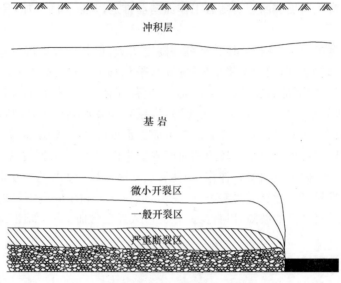

图 10-2　导水裂隙带分区图

　　裂隙带内岩层的另一个特点是,裂隙间的连通性受变形状态的影响。在静态变形状态下,下沉盆地内边缘不均匀下沉区中的垂直裂隙(拉伸和压缩)与离层裂隙往往是彼此连通的,连通区的范围也大一些;下沉盆地中央均匀下沉区的垂直裂隙(断裂)与离层裂隙则是不连通的,连通区的范围小一些。在动态变形状态下,情况则完全相反,即下沉盆地边缘不均匀下沉区中的垂直裂隙(拉伸和压缩)多为不连通的;下沉盆地中央均匀下沉区岩层上、下中垂直裂隙(断裂)则多为连通性的。

10.3　覆岩导水裂隙与层向拉伸率的关系

10.3.1　覆岩破坏状态与导水裂隙带的发育

　　煤层开采后,采场覆岩破坏是一个由下至上的逐步发展过程,在不同高度的岩层其破坏程度不同。根据覆岩破坏状况,一般将采场覆岩由下至上划分为垮落带、导水裂隙带和弯曲带[8]。

　　采场上覆岩层中的任一岩层发生弯曲沉降时,与水平状态相比,弯曲变形后的岩层将被拉长,如图 10-3 所示。一旦层向拉伸应力达到岩石的抗拉强度,岩层将产生垂直于层面的开裂裂隙,其抗弯能力也将大为降低,随之岩层将发生进一步沉降。开裂裂隙持续发展直至贯通整个岩层厚度时,形成断裂裂隙。岩层断裂裂隙在层面方向上呈离散分布,裂隙的形态、密度与宽度决定了岩层的导水性能。

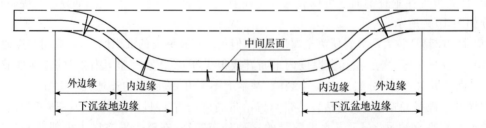

图 10-3　岩层拉伸变形示意图

首先定义岩层"中间层"的概念：岩层中间层是指在岩层纵向剖面上，岩层上层面与下层面之间的几何平分面，即平行于岩层上、下层面，至上、下层面距离相等的中间层面。

从单一岩层的整体角度看，岩层中间层层面拉伸变形量是反映岩层裂隙密度与宽度两个因素的综合性参数，裂隙岩层导水性能与岩层中间层层面的拉伸变形量之间存在直接的因果关系。

充分采动条件下，岩层变形后形成一个下沉盆地，如图 10-3 所示。岩层变形曲线分为三部分，下沉盆地中部近似为水平段，两端内、外边缘为曲线拉伸段。岩层中间层层面下沉拉伸增加的变形量，主要集中在下沉盆地边缘段。

随着岩层层位的提高，岩层沉降曲线越来越平缓，层向拉伸变形量减小，层面的开裂和断裂裂隙也逐渐减少。当达到一定层位高度时，由于岩层拉伸变形量较小，所产生的微小裂隙在上、下层之间不再导通，此时导水裂隙发育截止，达到导水裂隙带上限。

岩层层向拉伸变形量取决于煤层采厚、岩层层位高度和岩性等因素。通过研究岩层层向拉伸率与采厚、层位高度和岩性的关系，可以建立岩层层向拉伸率的计算公式，进而建立基于岩层层向拉伸率的裂隙岩层导水判据。

10.3.2　岩层弯曲下沉曲线形态与岩层拉伸率计算方法

1. 岩层弯曲下沉曲线函数的选择

岩层下沉曲线函数表达式主要有概率积分函数、负指数函数和岩梁弯曲挠度函数等，用这三种函数计算岩层水平变形量时，所需参数较多且计算公式复杂，有时需要计算机编程工作来进行解算，计算难度较大。

采用两段圆弧来拟合岩层下沉盆地的内、外边缘曲线，并假定两段圆弧曲率和弧长相等而曲率方向相反。拟合曲线具有以下特点：

（1）下沉曲线拐点为两段圆弧相接处，其曲率为零，倾斜最大，两段圆弧衔接平缓。

（2）根据岩层最大下沉量及覆岩移动角，可计算出圆弧段的弧长，得出岩层的拉伸变形量，计算公式简单，计算误差较小。

2. 岩层拉伸率计算模型与计算公式

岩层中间层层面的拉伸变形量表征了岩层中裂隙的大小及分布，岩层的变形程度可以用岩层拉伸率 ε 来表示，即岩层拉伸的长度与原长度的比值。

如图 10-4 所示，在岩层下沉盆地边缘曲线段，岩层弯曲变形前后中间层的层向拉伸率 ε 可表示为

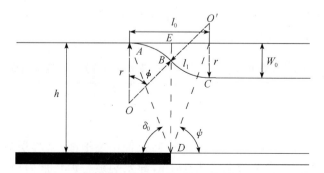

图 10-4　岩层弯曲下沉几何模型

$$\varepsilon = (l_1 - l_0)/l_0 \tag{10.1}$$

式中，l_0 为岩层弯曲变形前的直线段长度；l_1 为岩层弯曲变形后的曲线段弧长。

根据图 10-4 中的几何关系可得

$$l_0 = h(\cot\delta_0 + \cot\psi) \tag{10.2}$$

式中，h 为岩层中间层至煤层的垂距；δ_0 为边界角；ψ 为充分采动角。

充分采动角 ψ 与边界角 δ_0 相差不大，为简化计算近似取值为：$\psi' = \delta_0' = (\psi + \delta_0)/2$。岩层弯曲后的下沉盆地边缘段曲线，假定可以由两段曲率和弧长相等而曲率方向相反的圆弧来拟合，并设圆弧角度为 ϕ，半径为 r，则下沉盆地边缘曲线长度 l_1 为

$$l_1 = 2r\phi \cdot \pi/180 \tag{10.3}$$

由图 10-4 中几何关系可计算得到

$$r = \frac{w_0^2 + l_0^2}{4w_0}, \quad \phi = \arcsin\frac{2w_0 l_0}{w_0^2 + l_0^2} \tag{10.4}$$

式中，w_0 为岩层最大下沉量，$w_0 = m \cdot q$，其中 q 为岩层下沉系数，m 为煤层采厚。

综合上述分析，岩层拉伸率 ε 的计算步骤如下。

（1）求 w_0、l_0

$$\begin{cases} w_0 = mq \\ l_0 = h(\cot\delta_0' + \cot\psi') \end{cases}$$

（2）求 ϕ、l_1

$$\begin{cases} \phi = \arcsin[2w_0 l_0/(w_0^2 + l_0^2)] \\ l_1 = (w_0^2 + l_0^2)\phi \cdot \pi/180 \times 2w_0 \end{cases}$$

（3）最后求岩层层向拉伸率 ε

$$\varepsilon = (l_1 - l_0)/l_0$$

可见，岩层拉伸率 ε 主要受岩层层位高度 h、煤层采厚 m、岩层下沉系数 q、边界角 δ_0 和充分采动角 ψ 等因素的影响。

3. 岩层拉伸率计算实例

以开滦唐山矿导高观测为例，计算不同层位高度岩层的层向拉伸率。唐山煤矿铁二采区属于中硬地层，采厚 $m = 10.14\text{m}$，根据《规程》[10]中硬岩条件下，$q = 0.7$，$\cot\delta_0 = \cot\psi = 0.577$。根据上述计算步骤求得不同层位高度的岩层层向拉伸率，如表 10-1 所示。

表 10-1　开滦唐山矿导高观测工作面覆岩层向拉伸率与层位高度关系

层位高度 h/m	50	100	150	200	250
岩层层向拉伸率 ε/%	1.00	0.25	0.11	0.06	0.04

可见，随着岩层层位高度 h 的增大，岩层层向拉伸率逐渐减小，岩层裂隙程度会逐渐降低。实测知唐山矿铁二采区导水裂隙带高度为 161m，导水裂隙带内顶部岩层的层向临界拉伸率为 0.11。

10.3.3　裂采比、岩层层向临界拉伸率与岩性的关系

覆岩导水裂隙带高度与采厚之比称为裂采比(用 k 表示);导水裂隙带内顶部岩层的层向拉伸率定义为临界拉伸率(用 ε_0 表示),如图 10-5 所示。

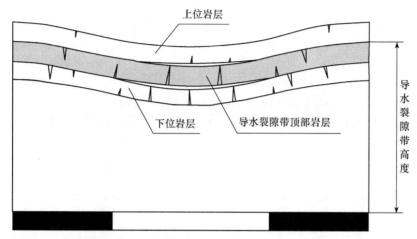

图 10-5　导水裂隙带顶部岩层层位关系示意图

导水裂隙带发育高度及岩层层向拉伸变形量与岩性密切相关。与导高值直接相关的岩石力学参数应该是岩石单轴抗拉强度,但是一般都缺乏岩石单轴抗拉强度的实测值,由岩石力学参数间的相关关系可知[10]:岩石的单轴抗拉强度与单轴抗压强度成正比。所以,可以使用抗压强度或普氏系数 f 研究导高发育与岩性的关系。

因此,研究裂采比 k、临界拉伸率 ε_0 与导水裂隙带内岩层的平均普氏系数 f 之间的关系,对判断导水裂隙带发育高度具有重要作用。

为了研究导高与岩性的关系,统计了十余个矿井的导高实测成果。其中,对北皂矿、钱家营矿和唐山矿导高观测工作面的覆岩岩石进行了力学试验,并确定了导水裂隙带内岩层的平均普氏系数 f,如表 10-2 所示。表 10-2 中其他矿井导水裂隙带内岩层的 f 值是根据岩层的岩性采用类比方法确定的。

表 10-2　裂采比、岩层拉伸率与岩性关系统计表

	采厚/m	导高/m	裂采比 k	岩　性	裂隙带内岩层平均普氏系数 f	层向拉伸率 ε/%		
						下位岩层	裂隙带顶部岩层临界拉伸率 ε_0	上位岩层
开滦林南仓矿	4.26	33	7.75	软弱	1.5	0.48	0.43	0.34
大屯龙东煤矿	4.3	34	7.9	软弱	1.5	0.55	0.47	0.41
龙口北皂矿	3.6	30	8.3	软弱	1.3	0.52	0.40	0.33
汾西河东矿	3.6	36	10.0	中硬	3.0	0.28	0.24	0.23
大屯姚桥煤矿	4.9	63.6	13.0	中硬	3.5	0.18	0.13	0.11
开滦钱家营矿	3.0	40	13.3	中硬	3.4	0.14	0.14	0.08
微山崔庄矿	2.0	27	13.5	中硬	3.3	0.22	0.13	0.11
兖州兴隆庄矿	2.8	41	14.6	中硬	4.0	0.16	0.11	0.09
河北申家庄矿	4.16	63.6	15.3	中硬	4.5	0.14	0.11	0.09
开滦唐山矿	10.14	161	15.88	中硬	4.4	0.11	0.10	0.09
铁麒煤矿	1.7	32.7	19.24	坚硬	5.5	0.05	0.04	0.03

为研究岩层层向临界拉伸率与岩性的关系,分别计算出了各矿导高观测面导水裂隙带顶部岩层及其上位、下位岩层的层向拉伸率,如表 10-2 所示。由表 10-2 可知:

(1) 软弱岩层。裂采比为 7.8~8.3,岩层层向临界拉伸率大于 0.40%。

(2) 中硬岩层。裂采比为 10.0~15.88,岩层层向临界拉伸率为 0.1%~0.24%。

(3) 坚硬岩层只有一个实例,裂采比为 19.2,岩层层向临界拉伸率为 0.04%。

根据表 10-2,绘出了裂采比 k 与覆岩普氏系数 f 的相关关系图,如图 10-6 所示。并采用回归分析方法,计算得出了两者的线性关系式

$$K = 2.63f + 4.47, \quad R = 0.98 \tag{10.5}$$

式中,R 为相关性系数。式(10.5)表明:覆岩岩层越坚硬,则裂采比就越大。

采用同样的方法,求出了导水裂隙带顶部岩层层向临界拉伸率 ε_0 与普氏系数 f 的关系(图 10-7)

$$\varepsilon_0 = 0.946\exp(-0.538f), \quad R = 0.97 \tag{10.6}$$

式(10.6)表明,覆岩岩层越坚硬,裂隙带顶部岩层层向临界拉伸率 ε_0 值就越小。

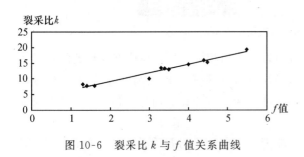

图 10-6　裂采比 k 与 f 值关系曲线

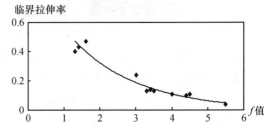

图 10-7　临界拉伸率 ε_0 与 f 值关系曲线

岩层厚度也是一个影响因素。除关键层外,在导水裂隙带内部,由于岩层最终都要断裂破坏,所以其厚度对导高的影响不大;但是在导水裂隙带顶部,岩层的厚度变化会造成导高的离散性。

覆岩结构与岩层厚度影响导高的发展,并会致使导高具有离散性。导高的离散性表现为两个方面:一方面,就单一岩层而言,在层面方向上导水裂隙的分布具有离散性。另一方面,在高度方向上,在导高上限处的岩层要么是导水的,要么是不导水的。所以,如果采厚稍有增大,导高的增加并不是按照裂采比的倍数关系连续增加的,而是以顶部岩层的厚度值为步距分段增加的。这就决定了导高的发育具有离散性。

10.4　采场覆岩离层发育规律分析

采场覆岩变形破坏,一般是从顶板岩层离层开始的,离层是覆岩整体变形破坏的前提条件。煤矿沉积地层的层状结构、层面弱黏结特性和各岩层不同的岩石力学性质,是离层形成的地质条件和岩石力学条件。

10.4.1　层面的弱黏结特性及其离层方式

煤系地层为沉积地层,即使是上、下相邻的岩层,其沉积年代和沉积环境往往也相差很大,岩层力学性质也差别较大。上、下岩层之间的接触面具有弱黏结特性,这在工作面采空区和露天开

采的边坡都可以直接观察到。

采场覆岩的离层方式有两种:一是法向拉伸离层,二是层向剪切离层。当下位岩层的抗弯刚度小于上位岩层时就会产生拉伸离层,当两相邻岩层一起弯曲变形时就会产生剪切离层,如图 10-8 和图 10-9 所示。

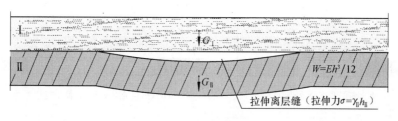

图 10-8　法向拉伸离层

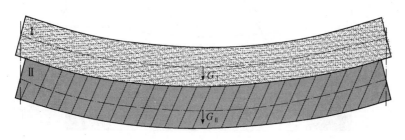

图 10-9　层向剪切离层

法向拉伸离层符合拉伸强度准则

$$\sigma \geqslant C \tag{10.7}$$

式中,σ 为下位岩层作用于层面的拉应力,$\sigma = \gamma h$,其中 γ 为岩石容重,h 为岩层厚度;C 为层面的法向黏结力。

层向剪切离层符合库仑剪切强度准则:

$$\tau = C + \sigma \tan \varphi \tag{10.8}$$

式中,τ 为层面剪应力;σ 为层面正应力;φ 为层面上的内摩擦角。

两层等厚同质复合岩梁在自重作用的弯矩和中性层(即层面)上最大剪切力和最大拉应力分别为

$$\tau_{\max} = \frac{3}{4} \gamma L \tag{10.9}$$

$$\sigma_{\max} = \frac{3}{4} \frac{\gamma L^2}{h} \tag{10.10}$$

式中,$\tau_{\max}$ 为梁横截面上的最大剪应力;$\sigma_{\max}$ 为梁横截面上的最大拉应力;γ 为岩梁的容重;L 为梁的跨度;h 为梁的高度。

10.4.2　离层的三种采动状态

在走向已充分采动条件下,根据工作面宽度的不同,覆岩中的离层具有不同的采动充分程度,与地表的采动程度相结合,可将离层的采动状态划分为三种:①离层非充分采动;②离层充分采动-地表非充分采动;③地表充分采动。如图 10-10 所示。

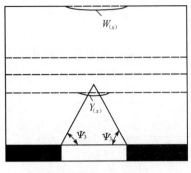

（a）离层非充分采动

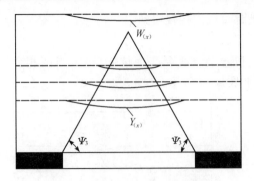

（b）离层充分采动-地表非充分采动

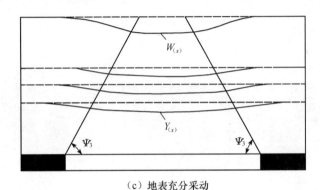

（c）地表充分采动

图 10-10　离层的三种采动状态

　　根据相似材料模拟试验和现场覆岩离层钻孔岩移观测可知,覆岩离层是从煤层顶板开始,逐层或逐个岩层组由下而上发展的。在地表沉陷稳定后,对应于离层的三种采动状态,覆岩内的离层空间将有三种分布方式。

　　（1）离层非充分采动时:覆岩内离层较少,采动空间多残存于垮落带和裂隙带。

　　（2）离层充分采动-地表非充分采动时:覆岩内离层能够充分形成,离层个数多,离层缝宽度大,离层带内会残存大量离层空间。

　　（3）地表充分采动时:虽然在采动过程中覆岩内曾经形成过离层带,但在开采稳定后离层多数都会闭合,其中仅残留少量离层空间。

10.5　覆岩导水裂隙带高度观测方法

10.5.1　导水裂隙带高度的钻孔冲洗液漏失量观测方法

　　煤层开采后,测定覆岩导水裂隙带高度是为了更加合理地留设防水煤柱,最大限度地解放水体下被压煤炭资源的一项重要技术。我国从 20 世纪 50 年代末期开始采用钻孔冲洗液漏失量观测方法测定导水裂隙带高度,先后在 100 多个矿井,数百个工作面测定了上千个钻孔,完成相关研究课题几十项,解放了数亿吨水体下被压煤量。编制了《导水裂隙带高度的钻孔冲洗液漏失量观测方法》煤炭行业标准(MT/T 865—2000)。

1. 观测项目及仪器

用钻孔冲洗液漏失量观测方法测定覆岩导水裂隙带高度的常规观测项目及相应的观测内容、观测仪器，如表 10-3 所示。

表 10-3　观测项目及仪器

观测项目	观测内容	观测仪器、工具	观测精度
冲洗液漏失量	水源箱内原有水量、钻进过程中加入水量、水源箱内剩余水量、测量时间、钻进的进尺数、孔深	浮标尺、秒表、测尺、钻杆	孔深误差<0.15% 浮标尺读数误差<5mm 进尺读数误差<10mm 水位深度误差<100mm
孔内水位	每次下钻前孔内水位、每次起钻后孔内水位。停钻期间孔内水位、观测时间	测钟、测绳、秒表、电测深仪	
冲洗液循环中断	冲洗液不能返回水源箱时的钻孔深度、时间。如果用注水使冲洗液循环正常，则应记录注入水量	钻杆、测尺、秒表	
异常现象	向钻孔内吸风或瓦斯涌出、掉钻、卡钻、钻具振动及相应的孔深	钻具、测尺	
岩芯鉴定	全岩取芯、岩层层位、岩性、倾角、破碎状态		

2. 观测钻孔设计及施工

对于水平、缓倾斜煤层钻孔的孔位布置方式如图 10-11 所示。

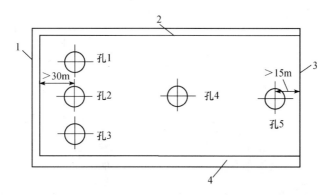

图 10-11　水平、缓倾斜煤层观测钻孔布置示意图
1. 始采线；2. 回风巷；3. 终采线；4. 运输巷

竖直钻孔均布置在采空区上方，要求钻孔所在采空区范围沿走向和倾向的长度均大于 50m；开采厚度变化不大；钻孔距回采工作面的始采线应大于 30m，距终采线大于 15m，并在回风巷和运输巷以内。俯斜钻孔参照竖直钻孔要求布置。

对于急倾斜煤层，竖直钻孔均布置在采空区上方，要求钻孔所在采空区范围沿走向和倾向的长度均大于 50m；钻孔距始采线和终采线均大于 10m，并在回风巷和运输巷以内。俯斜钻孔参照竖直钻孔要求布置。

观测导水裂隙带最大高度及岩层破坏特征时，观测孔至少为 2 个，如图 10-11 中所示孔 1 和孔 3；观测导水裂隙带高度及岩层破坏特征在工作面倾斜方向上的分布形态时，其观测孔数不得少于 3 个，如图 10-11 中所示孔 1、孔 2、孔 3；观测导水裂隙带高度及岩层破坏特征在工作面走向和华侨方向上的分布形态时，观测孔数不得少于 5 个。必要时，应在采前施工对比孔 1 或 2 个。

地面钻孔进入基岩观测段的孔径不得小于 91mm，井下钻孔孔径不得小于 60mm。根据覆岩的软硬程度，钻孔施工应滞后回采时间 1~2 个月，覆岩偏软时，滞后时间偏短。

在钻孔穿过松散层或其他上部岩层达到基岩预定的止水段后，则要对观测段以上的孔段下套管止水。止水段要求在基岩稳定的隔水层中，高度不少于 5m。下套管止水后应扫孔、洗孔至水清，扫孔超过套管底口以下的深度不少于 200mm，然后对止水效果进行检查，管内水位变化经过 8h 不大于 40mm 为止水合格。

在基岩观测段内钻进必须用清水做冲洗液，每个回次的长度不得超过 4m，在裂隙带不得超过 2m。观测段钻进时，在未进入预计的导水裂隙带之前如遇原生裂隙带或含水带等地层异常引起钻孔冲洗液漏失量明显变化，则应采取堵漏措施，然后方可继续钻进。孔底到达观测区所采煤层底板时或孔底进入垮落带并已知煤层底板标高时方可终孔。全孔钻进完毕且观测、测井工作结束后，起拔套管后应对钻孔进行封闭，垮落带顶点以上孔段全部用水泥封堵。

3. 观测方法

观测系统如图 10-12 所示。要求水源箱、循环槽、沉淀池不得漏水，水源箱和沉淀池容积均为不小于 1m×1m×1m 的正方体，水源箱内安设浮标式水位测尺。

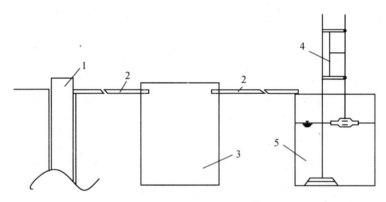

图 10-12 冲洗液漏失量观测系统示意图
1. 钻孔；2. 循环槽；3. 沉淀池；4. 浮标式水位测尺；5. 水源箱

开钻后，当冲洗液形成循环时，测定一次水源箱的水位，并记录开钻时间、钻孔深度，每钻进 0.5m 再测定和记录一次。当漏失量变大时，可缩短为 0.3m 测定和记录一次。完成一个回次以后，再测定和记录一次。并用钢尺测出该回次的实际进尺量。在观测段钻进时，每次起钻后下钻前均测定钻孔内水位。当停钻时间较长时，应每隔 5~10mm 观测一次水位。当冲洗液循环中断时，及时记录孔深和时间。当钻进到裂隙带时，每次起钻后，如有向钻孔内吸风或瓦斯涌出等现象时，应记录当时的钻孔深度。观测段的取芯率要求不低于 75%，并要求准确判断岩层的层位、岩性、倾角及描述岩芯的破碎状况。当钻孔内冲洗液循环中断时，应将钻具提出孔外，然后用泵直接向孔内注入清水，再通过水源箱测定水量的漏失情况，试验时要求注入量大于漏失量。

4. 导水裂隙带顶点及高度的确定

导水裂隙带由裂隙带和垮落带上、下两部分组成。

钻孔内导水裂隙带的顶点根据以下 3 方面的资料并加以综合分析确定：

（1）冲洗液漏失量显著增加，并且基本上呈现出随钻孔深度增加而增加的趋势；或者冲洗液全部漏失,经堵漏后再向下钻进时仍然如此。在一般情况下,应采取对比方法,即与对比孔和本孔的正常段漏失量比较确定之。

(2) 钻孔水位显著降低,水位下降速度加快,有的甚至孔内无水。

(3) 岩芯有纵向裂隙及钻孔有轻微吸风现象。

钻孔内垮落带的顶点应根据以下 4 方面的资料加以综合分析确定:①掉钻次数频繁;②钻进速度时快时慢,有时发生下钻及钻具振动加剧现象;③钻孔有明显吸风现象;④岩芯破碎,采取率很低,有纵向裂隙和劈开的岩芯增多,岩芯层理、倾角等紊乱。

用钻孔所对应的开采煤层顶板的垂直深度减去裂隙带顶点所对应(采前)的垂直深度得出导水裂隙带的高度。

垮落带是包括在裂隙带之内的,其高度为钻孔所对应的开采煤层顶板的垂直深度减去垮落带顶点所对应(采前)的垂直深度。

10.5.2　井下仰斜钻孔导高观测方法

在工作面周边,向采空区上方的覆岩导水裂隙带内打仰斜钻孔,采用导高观测仪观测导高。与传统的地面打钻孔,采用钻孔冲洗液消耗量观测法相比,该方法工程量小,成本低,精度高,简单易行,如图 10-13 所示。

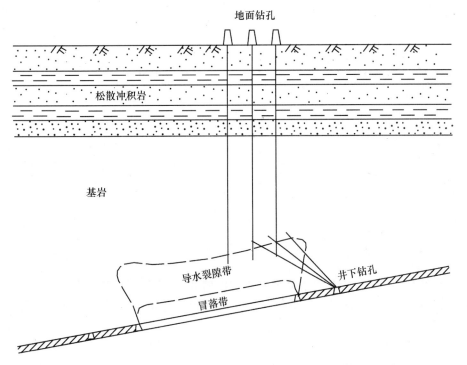

图 10-13　井下仰斜钻孔导水裂隙带高度观测示意图

1. 导高观测仪结构

导高观测仪由三部分组成,即双端堵水器、连接管路、控制台,如图 10-14 和图 10-15。双端堵水器由两个起胀胶囊和注水探管组成。连接管路有两条:起胀管路和注水管路。控制台也是对应两个,即起胀控制台和注水控制台。起胀控制台、起胀管路和双端堵水器的两个胶囊相连通,构成控制胶囊膨胀和收缩的控制系统。注水控制台、注水管路和双端堵水器的注水探管相连通,构成一个控制和观测岩层导水性的注水观测系统。

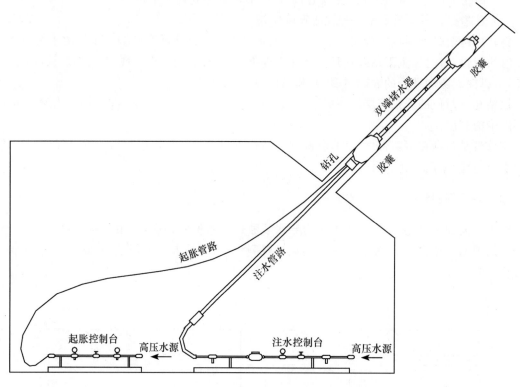

图 10-14　井下仰斜钻孔导高观测原理系统图

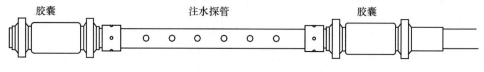

图 10-15　双端堵水器结构示意图

2. 井下仰斜钻孔导高观测方法

(1) 仰斜钻孔穿过导水裂隙带。在回采工作面周边的适当位置,向采空区上方打仰斜钻孔,该钻孔要穿透覆岩导水裂隙带,并进入其上方的弯曲带一定距离,一般 5~10m 则可,该钻孔就是导高观测钻孔。

(2) 使用双端堵水器测试各段岩层的透水性。使用双端堵水器,由孔口起自下而上逐段(每段 1m)测试每段岩层的导水性能,一直测试到孔底。实测到的透水岩层的最大高度,就是采场覆岩的导水裂隙带高度。

(3) 双端堵水器的控制与岩层透水性观测。起胀控制台和注水控制台的一端分别连接起胀管路和注水管路,另一端则连着高压水源。要观测某一高度位置的岩层的透水性,就首先操作起胀控制台,使双端堵水器的两个胶囊处于无压收缩状态;然后使用钻机钻杆(或使用推杆,人力推动)将双端堵水器推移到位;接着则是操作起胀控制台,对双端堵水器的两个胶囊注水加压,使之处于承压膨胀状态,从而封堵分隔一段钻孔;最后则是操作注水控制台,对分隔出的一段钻孔进行注水观测,通过注水控制台上的流量表,观测出这段岩层单位时间的注水渗流量,从而测试出这段岩层的透水性能。

3. 导高观测仪器的改进

新型导高观测仪与以往相比,在性能上有了较大的提高,针对在以往 30 余个矿井观测实践中遇到的技术难题,作了五项重大改进。这主要包括:①控制台增加了两对过滤器,避免了仪表的堵塞损坏;②起胀胶管使用了高强度的钢编管,避免了拉断、磨断和挤裂;③所有接头都使用了 O 型圈和标准件,保证了水和气两套系统不泄漏;④一对起胀胶囊之间,使用了外连接方式,使结构大为简化而且性能更加可靠;⑤采用了优质高强度胶囊保障了在额定起胀压力下不会破裂。

10.6　巨厚松散层防水煤岩柱高度确定方法

要确定巨厚松散层下防水煤岩柱的高度,首先需要进行覆岩地层结构分析,从而明确地层结构特征和可能形成水患的含水层层位;然后建立力学模型,找出影响防水安全煤岩柱阻隔水性能的主要因素,进而论证松散冲积层厚度与防水安全煤岩柱高度的关系。

10.6.1　防水安全煤岩柱的地层结构力学模型

以开滦钱家营煤矿开采七煤层为例进行分析,建立力学模型,如图 10-16 所示,松散冲积为"四含三"隔结构,厚度为 h_0。四含水头高度为 h_w。煤层为缓倾斜,导水裂隙带高为 H_{li},保护层厚度为 H_b,防水安全煤岩柱高度为 H_{sh}。

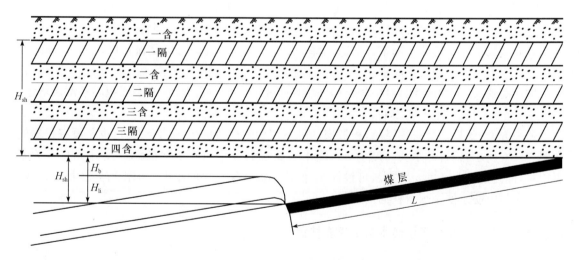

图 10-16　防水安全煤岩柱地层结构力学模型(缓倾斜煤层)

对于图 10-16 所示的地层结构力学模型,当煤层倾角较小时,则煤柱长度很大。例如,钱家营煤矿六采区的条件,煤层倾角为 17°,则所留设的煤柱长度 L 是岩柱高度 H_{sh} 的 3.42 倍,若取 $H_{sh}=56m$,则 $L=191.52m$。所以煤柱具有良好的稳定性,不可能成为突水通道。

那么,对于图 10-16 所示的地层结构力学模型,冲积含水层的涌水途径就只有导水裂隙带。导水裂隙带是否会成为涌水途径,则完全取决于基岩保护层(厚度为 H_b)的阻隔水能力。

10.6.2 松散层厚度与防水安全煤岩柱高度的关系分析

首先,根据图 10-16 所示的地层结构力学模型,防水安全煤岩柱的阻隔水能力仅与基岩保护层厚度 H_b 有关,与其他因素如松散层的总厚度无关。

其次,《规程》中附录六"近水体采煤的安全煤岩柱设计方法",给出的导高 H_{li} 预计公式和保护层厚度 H_b 计算公式,H_{li} 和 H_b 也仅考虑覆岩岩性的强弱、煤层的开采厚度以及松散冲积层底部是否有隔水层,所以,在"三下采煤规程"中导高 H_{li} 和保护层厚度 H_b 这两个参数的大小也是与松散层的总厚度无关的。

过去有的老一辈水文地质工作者之所以提出了"防水安全煤岩柱高度应考虑松散层的总厚度,在松散层总厚度大于某个值 H_0^* 后,松散层总厚度每增加 10m,防水安全煤岩柱高度应增加 1m"的观点,我们推测可能主要是基于以下原因和想法。

(1) 曾经出现过冲积含水层透水现象。虽然防水煤岩柱是按《三下采煤规程》留设的,但仍出现了透水现象。查找原因后归结为松散层总厚度较大,所以形成了"在松散层总厚度较大时,应留设更大的防水安全煤岩柱"的观点。

但是,这种透水情况,其原因有多种可能性,例如①煤层局部区域厚度变大,采厚加大,导高增大,导致透水。②地层结构变化,局部基岩上界面变低,保护层厚度不够,而透水。③工作面遇到断裂破碎构造而透水。④采区、顺槽或上山顶部铰车房硐室局部抽冒而透水。

上述各种原因都有可能,所以并不能得出透水与松散层总厚度有关的必然结论。

(2) 认为松散层厚度大时,地压大,含水层水压大,因而更易于透水。

一方面,所谓地压大,也就是指松散层作用基岩上界面的垂向地应力,如图 10-16 中的 σ_2,$\sigma_2 = h_0 \gamma$,其中 h_0 为松散层的总厚度,γ 为松散层的平均容重。

在采空区上方,覆岩变形破坏后,煤层顶板岩层形成冒落带,再上部的岩层形成导水裂隙带,导水裂隙带之上则是弯曲沉降带。弯曲沉降带中厚度为 H_b 的岩层即是保护层。弯曲沉降带岩层的自重应力和其上部岩层的垂向地应力,都是直接作用在裂隙带岩层上。垂向地应力 σ_2 的大小。对导高的大小没有影响,对保护层的完整性也没有影响。所以,没有必要担心松散层增厚会对防水安全煤岩柱产生不利影响。

另一方面,如果认为松散层厚,松散层的最下部含水层段的水压就会大,这也是没有根据的。如图 10-16 所示,四含的水头高度为 h_w,该水头高度的大小与松散层的总厚度并无直接关系。再就是,即使是水头高度 h_w 较大,可根据 h_w 值适当加大保护层的厚度。但没有必要根据松散层的总厚度加大防水安全煤岩柱的高度。

10.6.3 厚松散层条件下的防水安全煤岩柱留设方法

根据《规程》,留设防水安全煤岩柱的目的是:不允许导水裂隙带波及水体。其垂高(H_{sh})应大于或等于导水裂隙带的最大高度(H_{li})加上保护层厚度(H_b),如图 10-17 所示,即

$$H_{sh} \geqslant H_{li} + H_b \tag{10.11}$$

1. 根据《规程》预计导水裂隙带高度

煤层覆岩内为坚硬、中硬、软弱、极软弱岩层或其互层时,厚煤层分层开采的导水裂隙带最大高度可选用《规程》中的公式计算。

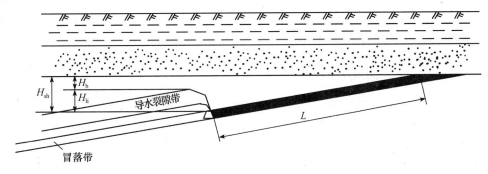

图 10-17　防水安全煤柱设计

2. 保护层厚度的选取

防水安全煤岩柱的保护层厚度,可根据有无松散层及其中黏性土层厚度按表 10-4 中的数值选取。

表 **10-4**　**防水安全煤岩柱保护层厚度**(不适用于综放开采)　　　　　　　(单位:m)

覆岩岩性	松散层底部黏性土层厚度大于累计采厚	松散层底部黏性土层厚度小于累计采厚	松散层全厚小于累计采厚	松散层底部无黏性土层
坚硬	4A	5A	6A	7A
中硬	3A	4A	5A	6A
软弱	2A	3A	4A	5A
极软弱	2A	2A	3A	4A

注:$A = \dfrac{\sum M}{n}$,其中 $\sum M$ 为累计采厚,n 为分层层数。

根据上述分析,对于厚松散层条件下的防水安全煤岩柱留设考虑如下特征:

(1) 缓倾斜煤层条件下,松散含水层透水途径不会是层面方向的上部煤柱,而是上覆岩层的导水裂隙带或断裂破碎带。

(2) 松散含水层是否透水,与松散层的总厚度并无直接关系,而与含水层的水头压力有关。

基于上述认识,厚松散层条件下的防水安全煤岩留设,除了按"三下采煤规程"留设保护层厚度外,还应进一步计算保护层厚度与含水层水头压力的比值,根据该比值大小,考虑是否加大和如何加大保护层的厚度。为此,提出如下方法。

(1) 松散含水层透水系数。

对厚松散冲积层,含水层水压较大时,类似于底板灰岩承压水上采煤时的突水系数,定义"松散含水层透水系数"的概念,即松散含水层水压 p 与保护层厚度 H_b 之比称为松散含水层透水系数 T_s

$$T_s = p/H_b \tag{10.12}$$

式中,T_s 为松散含水层透水系数(MPa/m);p 为松散含水层水压(MPa);H_b 为保护层厚度(m)。

(2) 根据松散含水层透水系数检验保护层厚度。

与底板灰岩承压水上开采一样,松散含水层下开采,也应该存在安全开采的临界透水系数 T_{so},当 $T_s < T_{so}$ 时,开采是安全的;当 $T_s \geqslant T_{so}$ 时,则存在透水危险。

现在,尚没有松散层临界透水系数的统计值,但可以借鉴底板突水系数的临界值。暂时取 $T_{so} = 0.1MPa/m$。

(3) 高水压时加大保护层厚度的计算方法。

当 $T_s \geqslant T_{so}$ 时,应该加大保护层厚度 H_b。

如果按线性比例加大保护层的厚度,则水压 p 增大,保护层厚度 H_b 呈线性增加。根据岩石力学的理论,岩层厚度与抗水压能力并不是线性关系,而是幂函数关系,即岩层厚度增加一倍,其抗水压力能力不是提高一倍,而是变成原来的 $2n$ 倍,$n \geqslant 2$,如图 10-18 所示。

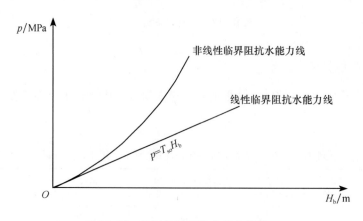

图 10-18 岩层临界阻抗水能力曲线图

对于 $T_s \geqslant T_{so}$ 的情况,提出如下增大保护层厚度的计算方法。

① 算水压超限值 Δp

$$\Delta p = p - T_{so} H_b \tag{10.13}$$

② 计算应增加的保护层厚度 ΔH_b

$$\Delta H_b = (\Delta p / T_{so})^{\frac{1}{2}} \tag{10.14}$$

③ 计算保护层总厚度 H_b'

$$H_b' = H_b + \Delta H_b \tag{10.15}$$

由公式(10.13)~式(10.15)求出的 H_b',就是在松散含水层水压超限时应该留设的保护层厚度。

10.7 覆岩导水裂隙带高度观测应用实例分析

10.7.1 龙口矿区北皂煤矿海域导水裂隙带高度观测研究

北皂煤矿位于山东半岛北部龙口市境内,隶属于龙口矿业集团煤业公司,陆地开采面积 9km²。北皂煤矿井田含煤 4 层,其中可采 3 层,分别是煤$_1$油$_2$、煤$_2$ 和煤$_4$;煤$_3$ 厚约 0.3m,因为厚度较小,不适宜开采。煤$_2$ 厚约 4.5m,煤$_4$ 厚约 10m 是北皂煤矿的主采煤层。煤层倾角 5°~21°,一般小于 10°。龙口矿区地层介于软弱与极软弱的"三软"条件,煤$_2$ 及其覆岩的单轴抗压强度都在 10MPa 左右。经过多年开采,北皂煤矿面临陆地煤炭储量枯竭的问题。

　　龙口矿区在海域扩大区已经做了大量工作,在北皂煤矿北部的渤海海域经过勘探,在面积约 18.1km² 的区域内发现埋藏有丰富的煤炭资源,总储量 11667×10⁴t,设计储量 5243×10⁴t,可采储量 3978×10⁴t。

　　为保证海水下开采的安全顺利,必须确定海下开采工作面的导水裂隙带高度,为此对海域 H2101 面采场覆岩导高进行观测。通过海域导水裂隙带观测,能有效地掌握海下综采放顶煤工作面采后导水裂隙带高度发育规律和覆岩移动破坏规律,为海下开采提供可靠的技术依据和安全保障。

　　1. 工作面概况

　　H2101 面位于海域扩大区−350m 水平井底车场以东、东一采区的南部,处于海域首采区煤层埋深最深的块段;走向长度 430m,倾斜长度 150m,开采煤层煤₂层,煤层平均厚度 4.5m 左右,倾角 0°~4.6°,硬度系数 $f=1.5$。工作面上方海域内有养殖区,海水深度 3~5.5m。第四系底界标高为−126.5~−131.5m。煤₂层顶板上距第四系地层底界距离为 227~236.9m,工作面煤层标高−355~−371.4m。

　　2. 观测方案

　　根据已有巷道布置状况,导高观测点位置选在 H2101 面的停采线一侧。

　　海域煤₂顶板含油泥岩十分破碎,最近北皂矿在 H2101 面钻探顶板钻孔证实,钻孔打出后,会从孔中向外滚落破碎矸石,无法成孔。因此,为了保障导高钻孔能够成孔而且如期完成,研究决定打一条观测巷道进入到含油泥岩的上部煤₁油₂层位内,开口位置为 HB22 号测点,施工方位 301°,巷道断面为净断面,(高)2.6m×(宽)2.4m,钻机窝净规格为 3m×3m×3m。观测巷道的布置如图 10-19 所示。

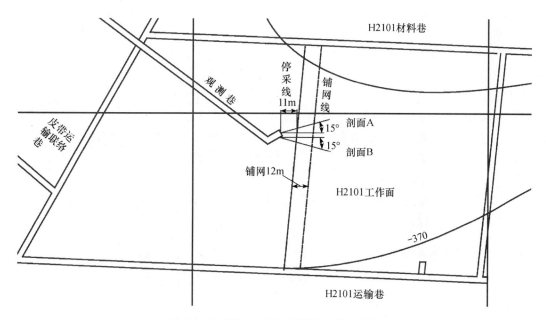

图 10-19　H2101 工作面钻孔布置平面图

　　导高观测钻孔布置平面图及钻孔要素如图 10-20 及表 10-5 所示。

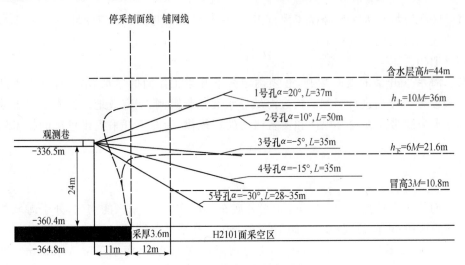

图 10-20　导高观测剖面图

表 10-5　H2101 工作面两带高度观测钻孔要素表

孔　号	钻孔仰角	钻孔长度	钻孔方位	钻孔分类	孔　径
1	20°	37m	北东 75°	导高观测孔	$\phi89$
2	10°	50m	北东 75°	导高观测孔	$\phi89$
3	−5°	35m	北东 75°	导高观测孔	$\phi89$
4	−15°	35m	北东 75°	导高观测孔	$\phi89$
5	−30°	28～35m	北东 75°	导高观测孔	$\phi89$

3. 观测成果

5 个钻孔测试出的导水裂隙带的高度分别如下。

1 号孔：$H(1)=24+6=30(\mathrm{m})$；

2 号孔：$H(2)=24+5=29(\mathrm{m})$；

3 号孔：$H(3)=24+6=30(\mathrm{m})$；

4 号孔：$H(4)=24+6=30(\mathrm{m})$；

5 号孔：$H(5)=24+5=29(\mathrm{m})$。

取 1 号孔的观测成果图，如图 10-21 所示。

综合上述观测成果可以得出结论：H2101 工作面覆岩导水裂隙带的高度为 $H=30\mathrm{m}$。

H2101 工作面是综放开采，在停采线一侧，煤层的平均采厚为 $M=3.6\mathrm{m}$，所以，H2101 工作面的导高与采后之比为：$H/M=30/3.6\approx8.3$ 倍。

该观测成果在导高预计范围值之内，即导高上限 $H_{导上}=10M=10\times3.6=36(\mathrm{m})$，导高下限 $H_{导下}=6M=6\times3.6=21.6(\mathrm{m})$。

4. 导水裂隙带发育形态

据观测成果，北皂海域首采面导水裂隙带马鞍形发育形态如图 10-22 所示。导水裂隙带侧边扩展（外凸）宽度在 10m 左右。

导水裂隙带的上界面在煤$_2$上部覆岩第 5 层厚度为 3.9m 的泥岩中，由于图 10-22 右侧是一个地层综合柱状，所以可能层厚与层位高度略有误差，一般导水裂隙带应该终止在岩层层面处，分析认为，导水裂隙带的上界面应该在厚度为 3.9m 的泥岩与厚度为 2.9m 的炭质泥岩的交界面处。

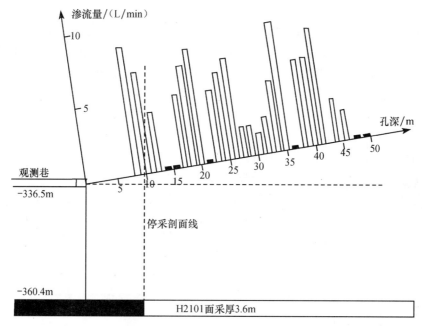

图 10-21　1 号采后孔观测成果图

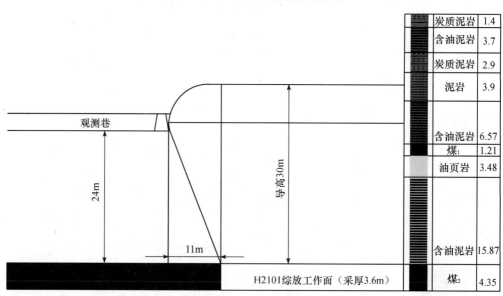

图 10-22　H2101 面导水裂隙带发育形态

导水裂隙带马鞍形形成和侧向边界外凸的原因是：在开采边界处，覆岩弯曲变形的曲率最大，所以开采边界处的导高最高；在开采边界外侧即煤柱上方，弯曲变形的覆岩处于拉伸应力状态，容易产生张开型裂隙，因此，导水裂隙带侧向边界外凸。

10.7.2　开滦钱家营煤矿七煤层开采覆岩导高观测

钱家营矿业公司是开滦集团公司最大的生产矿井，年产量已超过 500×10^4 t。井田浅部煤层开采受到松散冲积层含水的威胁，必须留设足够的防水安全煤岩柱。但是，如果防水安全煤岩柱留设过大，就会造成煤炭资源浪费，影响矿井经济效益，减少矿井服务年限。所以采场覆岩导水裂隙带高度观测和开采上限研究，对钱家营煤矿有着重要的经济价值和长远意义。

1. 工作面地质开采条件

观测面 1672 东综采工作面位于−600m 水平六采区,开采七煤层。1672 东综采面走向长 519m,倾斜长 143.3m。煤层厚度 2.8~3.9m,平均 3.51m。煤层倾角 15°~21°,平均 17°,煤层开采深度为 446.4~520.7m。煤层顶板分别为泥岩、粉砂岩和细砂岩等,属于中等坚硬顶板,底板为粉砂岩和细砂岩等,如图 10-23 所示。

柱状	真厚/m	累厚/m	岩石名称	岩 性 描 述
	0.60	0.60	6#煤层	黑　色
	4.41	5.01	粉砂岩	灰褐色,致密,均一,含有植物根化石及黄铁矿结核,局部夹有炭质薄膜
	3.27	8.28	泥岩	深灰色,致密,均一
	5.0	13.28	粉砂岩	深灰色,致密,欠均一,局部含植物根化石,有方解石脉充填,部分颗粒较粗
	3.0	16.28	细砂岩	灰色,成分以石英为主,余为暗色岩屑,分选较好,磨圆为棱角状,硅质孔隙式胶结,底部有波状层理
	6.47	22.75	细砂岩	深灰色,成分以石英为主,泥硅质胶结,分选较好,局部颗粒变粗,含中砂条带及黄铁矿晶体,稍见菱铁质结核,有粉砂岩包裹体
	$\frac{0.6\sim6.62}{2.5}$	25.25	粉砂岩	深灰色,致密块状,成分以石英为主,磨圆为次棱角状,近煤处有条带状及串珠状褐色结核,断口参差状,硅泥质结核,具水平-缓波状层理
	$\frac{0\sim0.5}{0.1}$	25.35	泥岩	灰褐色,质较软,松散易冒落
	$\frac{2.8\sim3.9}{3.51}$	28.86	7#煤层	黑色,块状,以镜煤为主,暗煤次之,夹镜煤条带,强沥青光泽,内生裂隙较为发育,阶梯状断口,条痕褐色,属半亮型煤,局部有1或2层泥岩夹矸
	1.2	30.06	粉砂岩	深灰色,致密,块状,泥质胶结,含植物根化石及炭质植物碎片,颜色略发褐
	4.5	34.56	细砂岩	灰色带状,成分以石英为主,泥硅质胶结,层理发育,层面含炭质及植物碎屑化石
	2.0	36.56	粉砂岩	深灰色,致密,泥质胶结,显水平灰色小条带
	2.44	39.0	8#煤层	黑　色

图 10-23　1672 东综采工作面综合柱状图

2. 方案设计

导高观测钻窝设在 1672 东风道开口处六采 7^S 轨道上山与运输上山之间的小川内。在小川内布设 3 个钻孔(1～3#),1#、2#钻孔用于观测导高,3#钻孔用于观测未受采动影响地层中的原始渗透性。通过岩层渗透性观测结果判断确定导高。导高观测钻孔布置平面图如图 10-24 所示,钻孔要素如表 10-6 所示。

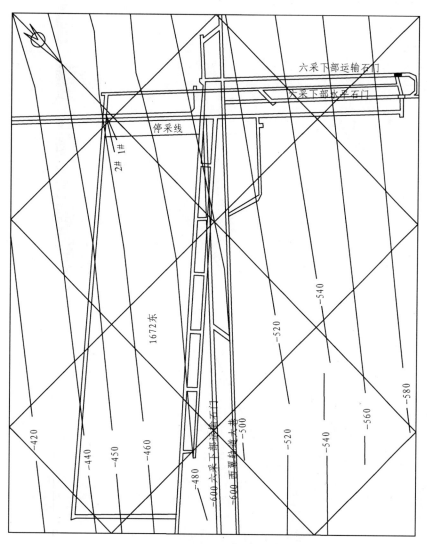

图 10-24　导高观测钻孔布置平面图

表 10-6　1672 东面导高观测钻孔要素表

孔　号	倾　角	斜　长	方位角	孔　径	备　注
1#	35°	85m	18°	φ89mm	导高观测孔
2#	25°	110m	18°	φ89mm	导高观测孔
3#	65°	60m	18°	φ89mm	地层原始渗透性观测孔

3. 岩层渗透性观测成果

1672 东综采工作面观测成果图如图 10-25 所示。

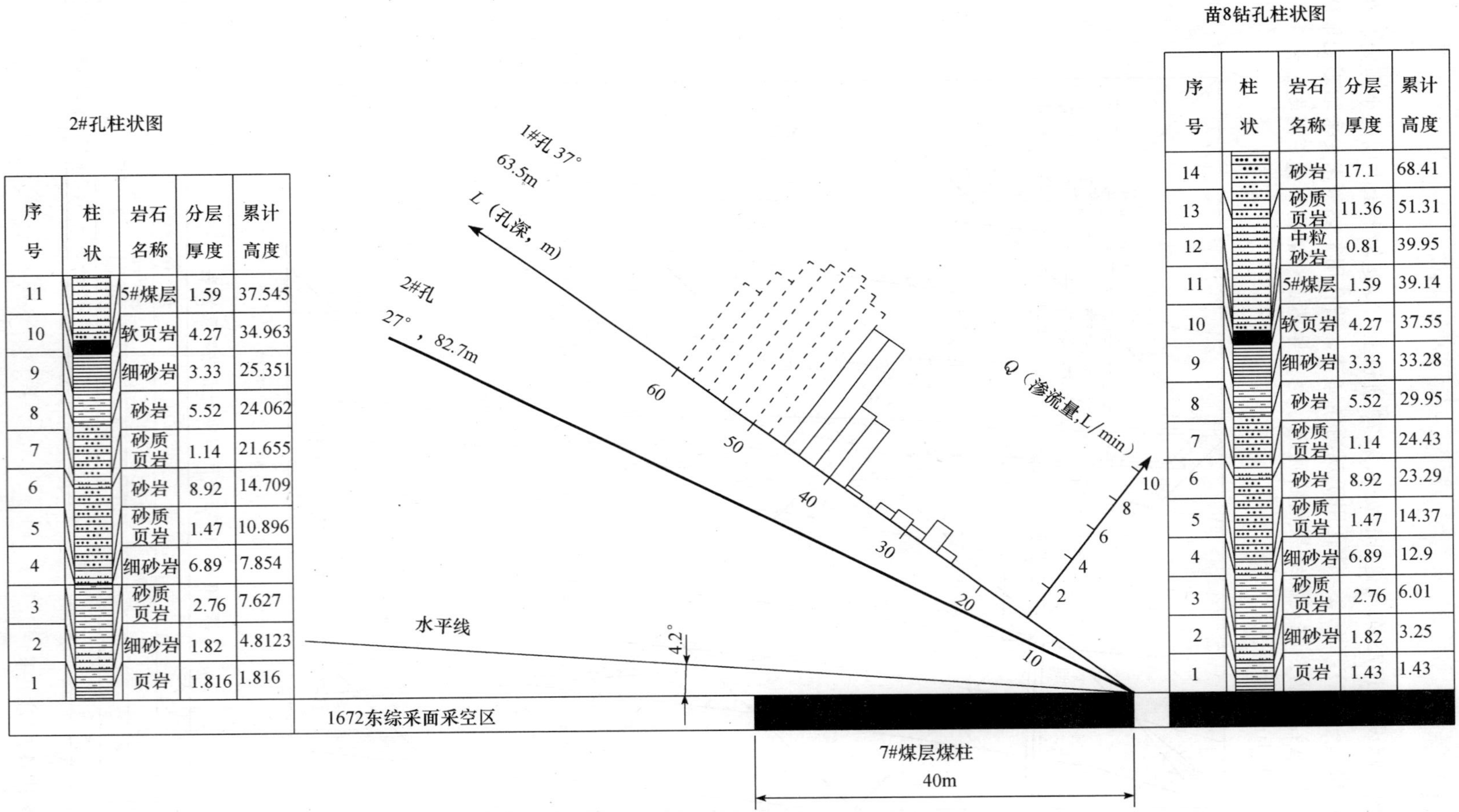

苗8钻孔柱状图

序号	柱状	岩石名称	分层厚度	累计高度
14		砂岩	17.1	68.41
13		砂质页岩	11.36	51.31
12		中粒砂岩	0.81	39.95
11		5#煤层	1.59	39.14
10		软页岩	4.27	37.55
9		细砂岩	3.33	33.28
8		砂岩	5.52	29.95
7		砂质页岩	1.14	24.43
6		砂岩	8.92	23.29
5		砂质页岩	1.47	14.37
4		细砂岩	6.89	12.9
3		砂质页岩	2.76	6.01
2		细砂岩	1.82	3.25
1		页岩	1.43	1.43

2#孔柱状图

序号	柱状	岩石名称	分层厚度	累计高度
11		5#煤层	1.59	37.545
10		软页岩	4.27	34.963
9		细砂岩	3.33	25.351
8		砂岩	5.52	24.062
7		砂质页岩	1.14	21.655
6		砂岩	8.92	14.709
5		砂质页岩	1.47	10.896
4		细砂岩	6.89	7.854
3		砂质页岩	2.76	7.627
2		细砂岩	1.82	4.8123
1		页岩	1.816	1.816

图 10-25 导高观测成果分析图

在 1672 东综采面的停采线一端（即导高观测区域）7♯煤层的厚度为 2.8～3.8m，平均 3.3m。覆岩顶板为中等坚硬型顶板，导高上限是采厚的 15 倍，导高下限是采厚的 9 倍预计，导高应在 30～50m。

2 号导高观测孔进入 5♯煤层顶板含水层后，钻孔涌水量由 0 骤增到 1.2m³/min，，而在 1672 东面开采过程中，工作面涌水量正常，这充分证明：①该区域 5♯煤层顶板砂岩富水；②开采形成的覆岩导水裂隙带高度没有达到 5♯煤层顶板，在 5♯煤层顶板含水层与其下部的导水裂隙带之间存在着较完整的隔水层。

1 号导高观测孔的观测表明：从 1 号孔孔深 38m 处进入覆岩导水裂隙带，该点是导水裂隙带的外边界，一直到孔深 44m 处岩层渗透性都较强，全部是在导水裂隙带范围之内。孔深 44m 至终孔点，即 5♯煤层的底板，岩层为软弱页岩，1 号观测孔和相距仅有 30m 的"苗 8 勘探孔"的钻探资料一致证明，该页岩松散破碎，呈碎渣状。因此，5♯煤层底板页岩自身原始结构破碎，不具备隔水能力，应划归为覆岩导水裂隙带。

综合上述分析可以得出：1672 东综采面覆岩导水裂隙带上界面为 5♯煤层底板。根据苗 8 勘探孔、1 号导高观测孔和 2 号导高观测孔的钻孔柱状，5～7 煤层的垂高分别为 39.26m、43.01m 和 37.05m，平均 39.77m。即 1672 东综采面导水裂隙带高度为 $H_{li}=39.77m \approx 40m$。该观测剖面处煤层采厚为 2.8～3.2m，平均采厚为 3.0m，所以导高是采厚的 13.3 倍。

参 考 文 献

［1］　王双美.导水裂隙带高度研究方法概述.水文地质工程地质，2006，(5):126-128

［2］　高延法，曲祖俊，邢飞等.龙口北皂矿海域下 H2106 综放面井下导高观测.煤田地质与勘探，2009，37(6):35-38

［3］　汪华君，姜福兴，成云海等.覆岩导水裂隙带高度的微地震(MS)监测研究.煤炭工程，2006，(3):74-76

［4］　王桦，程桦，刘盛东.基于并行电阻率法的导水裂隙带适时探测技术研究.煤矿安全，2007，7:1-5

［5］　靳俊恒，孟祥瑞，高召宁等.1262(1)工作面导水裂隙带发育高度的数值模拟研究.煤炭工程，2010，(11):68-70

［6］　陈荣华，白海波，冯梅梅.综放面覆岩导水裂隙带高度的确定.采矿与安全工程学报，2006，23(2):220-223

［7］　许家林，王晓振，刘文涛等.覆岩主关键层位置对导水裂隙带高度的影响.岩石力学与工程学报，2009，28(2):380-385

［8］　宋振骐.实用矿山压力控制.徐州:中国矿业大学出版社，1988:64-65

［9］　邹友峰，邓喀中等.矿山开采沉陷工程.徐州:中国矿业大学出版社，2003:10-15

［10］　国家煤炭工业局.建筑物、水体、铁路及主要井巷煤柱留设与压煤开采规程.北京:煤炭工业出版社，2000，98-108

第11章　含水层(水体)下安全开采上限确定工程实例

11.1　引　　言

20世纪80年代以来,随着我国煤炭开采深度的增加,煤矿突水事故频繁发生,其中煤矿在巨厚松散层下开采过程中顶板突水事故时有发生,因此对巨厚松散含水层下含水层的突水机理、煤层采后导水裂隙带发展规律和防水煤岩柱合理留设的研究越来越引起了国内广大学者的重视。有关突水机理和煤岩柱合理留设的研究取得了显著进展[1~5],其中包括刘天泉院士的"上三带"理论[6]、中国矿业大学钱鸣高院士的关键层和绿色开采理论[7,8]、从Darcy定律衍生的顶板岩体中的渗流理论[9,10]等。然而这些理论在实际应用过程中均有其针对性与局限性。因此,系统地开展巨厚松散层下煤岩柱合理留设技术研究,对于巨厚松散含水层覆盖下煤炭资源回收和煤矿的安全生产都具有重大的现实意义。

开滦矿区位于华北断块的北缘及燕山的山前地带,被第四系的巨厚松散层所覆盖,第四系沉积厚度由北向南增厚,最大可达1000m,由于第四纪松散冲积层厚度变化大,而且松散层内地层组成结构复杂,其中松散层底部卵砾石层含水性强,与基岩面又多为直接接触,可对煤系地层进行渗透补给,严重威胁下覆煤层开采[11]。因此,如何留设防水煤柱一直受到工程技术人员的关注。开滦矿务局曾针对矿区内巨厚松散层特点按规程留设了80m防水煤柱,来保障下覆煤层安全开采。无论是2002年在开滦东欢坨矿进行的8♯煤层回采导高试验,还是2004年对该矿2081工作面进行的缩小冲积层煤柱试采结果均表明,80m防水煤柱留设过大[12],造成了煤炭资源的浪费。因此,针对目前留设防水煤柱存在的问题开展含水层(水体)下安全开采上限确定,缩小了防水煤柱的留设,对于煤炭安全开采和提高煤炭回采率具有理论和实践意义。本章针对含水层(水体)下安全开采上限存在的问题,采用理论分析方法,对开滦钱家营矿和林南仓矿巨厚含水冲积层下安全开采上限和黑龙江七台河铁麒煤矿桃山水库下煤层安全开采上限进行了应用研究,并提出了计算理论和方法,缩小了防水煤柱的留设,为研究区煤炭安全开采提供了理论依据。

11.2　开滦钱家营矿巨厚含水冲积层下安全开采上限研究

开滦矿业集团公司钱家营煤矿是一座年产$500×10^4$t的现代化矿井。井田内煤层走向近似北东—南西方向,倾向为北西,煤层倾角15°~21°。矿井生产方式为立井多水平联合开拓。由于矿井生产接续的需要,需要开采浅部六采区范围内的8♯、9♯和12♯煤层。

本区地层结构显著特点是第四纪松散冲积层厚度很大,厚度范围为300~400m。而且松散层内地层组成结构复杂,存在丰富的含水层,对六采区浅部煤层开采造成较大威胁,因此必须留设足够的防水安全煤岩柱。但是,如果防水安全煤岩柱留设过大,就会造成煤炭资源浪费,影响矿井经济效益,减少矿井服务年限;如果防水安全煤岩柱尺寸过小,有可能存在突水隐患。因此,研究六采区具体地质条件下的采场覆岩变形破坏规律,合理确定开采上限,对六采区充分开采煤炭资源和安全生产都是至关重要的。

由于六采区为煤层群联合开采,各煤层开采对上覆岩层产生的破坏可能会产生叠加效应。这样,就必须研究在近距离煤层群同时开采情况下覆岩导水裂隙带的发育规律,优化煤层开采布局,减轻覆岩破坏程度,合理确定开采上限。这对钱家营煤矿有着重要的经济意义。

开滦矿区根据矿区自身的特点,曾于 1989 年制定了《开滦矿务局矿井水文地质及防治水工作细则》(简称《细则》),多年来开滦矿区一直按其留设含水冲积层下采煤的防水安全煤岩柱。在留设含水冲积层下采煤的防水安全煤岩柱问题上,其与《规程》的主要差别是,《细则》中提出:"在松散层底部黏土层厚度小于累计采厚和无黏土层时,当冲积层的厚度大于 200m 时,冲积层的厚度每增加 10m,保护层的厚度 H_b 要增加 1m 抗水压厚度"。在厚冲积层条件下,与《规程》相比,开滦矿区的《细则》偏于安全与保守。例如,钱家营煤矿六采区冲积层的厚度达 400m,就要多留设 20m 高的防水安全煤岩柱,而煤层的倾角平均只有 18°,那么煤柱的宽度就要增加 65m,致使煤炭资源损失严重。

11.2.1　钱家营矿六采区的地质开采条件

1. 六采区地质开采条件概况

钱家营矿六采区位于 -600m 水平西翼,东至五、六采区边界线,南至原冲积层防水煤柱线,西至六、九采区边界线,北至 -600m 5♯煤层底板等高线。该区域上限标高 -344m,下限标高 -600m,地面标高 $+15.36$m。六采区 $7\sim17$ 号地质勘探线之间走向长 4430m,采区倾斜长 670m。

地表地形为平原形,地势平坦,多为农田和林木。煤系地层以上至地表有新生界第四纪冲积层覆盖,厚度 $270\sim400$ m。波及范围内较大的地面建筑有闫庄、钢铁厂、水泥厂、黄各庄、大苗庄等。本区地表的东南部有沙河(季节河)流向西南。

2. 六采区含煤地层及煤层特征

含煤地层为上石炭系至下二叠系。上部掩盖新生界第四纪冲积层,基底地层为中奥陶系马家沟统石灰岩。含煤地层厚约 500m,可采煤层群厚约 90m。自下而上依次为:①石炭系中统有 G 层铝土岩,K1、K2、K3 灰岩。②石炭系上统开平组有 K4、K5、K6 石灰岩,赵各庄组有 12-1♯煤层腐泥质黏土岩及 11♯煤层泥岩顶板。③二叠系下统大苗庄组有 6♯煤层泥岩顶板,唐家庄组有 A 层铝土岩。

本区可采煤层共六层,即 5^S、7^S、8^S、9^S、11^S、$12\text{-}1^S$,赋存于较简单的宽缓单斜构造上,走向北东—南西,倾向北西。5^S 和 11^S 为薄煤层,7^S 为厚煤层,其余为中厚煤层。$12\text{-}1^S$ 厚度变化较大,为不稳定煤层,其他为较稳定煤层。7^S 为复结构煤层,含 1 或 2 层夹矸,9^S 为单一结构煤层,其他煤层仅局部含有 1 层夹矸,大部分为单一结构,六采区范围内煤层赋存情况如表 11-1所示。

表 11-1　六采区范围内煤层赋存情况表

煤层名称	煤厚/m 平均值 最小值～最大值	倾角/(°)	层间距/m	K_m	r/%	结构特征及区内分布稳定性
5	1.06 / 0.39～1.43	15 / 10～19	44.43	0.86	34.5	单一结构,较稳定
7	3.52 / 0.97～5.17	16 / 10～22	8.22	1	33.3	复杂结构,较稳定
8	1.88 / 0.67～2.67	16 / 10～22	5.30	0.89	29.5	单一结构,较稳定
9	2.20 / 0.66～2.92	16 / 10～21	12.86	0.89	28.7	单一结构,较稳定
11	1.27 / 0.26～2.10	16 / 10～23	12.73	0.89	45.2	单一结构,较稳定
12-1	2.52 / 0.55～5.47	17 / 10～24		0.90	59.0	单一结构,较稳定

3. 六采区煤层顶底板特征

根据六采区内部钻孔资料以及大量矿井实际生产地质资料,对本采区内各煤层顶底板岩性、厚度进行了统计,其结果如表 11-2 所示。可以看出区内煤层的顶、底板大部分为中硬的粉砂岩和细砂岩,小部分是泥岩岩性。其中,5#煤层顶板在东部岩性较细,为泥岩、粉砂岩,西部渐变为细、中砂岩;9#煤层直接底炭质泥岩极不稳定,仅钱 10 孔可见,老底细砂岩全区稳定;其他煤层顶底板岩性在全区发育较稳定,相变较小。

表 11-2　六采区内煤层顶底板特征表

煤层	类别		岩石名称	厚度/m	主要岩性特征(含水性)
5#	顶板	直接顶	粉砂岩	4.95	泥质胶结,岩性较细,时变为细砂
		老顶	细砂岩	4.47	硅质胶结,时为粉砂岩
	底板	直接底	粉砂岩	3.95	上部细为泥岩,下渐变细砂岩
		老底	细砂岩	3.22	泥硅质胶结,东北部为粉砂或泥岩
7#	顶板	直接顶	泥岩	1.43	深灰色,致密,厚度不稳定,时变细砂
		老顶	细砂岩	5.40	硅质胶结,下部细为粉砂岩,局部中砂岩
	底板	直接底	粉砂岩	2.17	极不稳定,可变为细砂或泥岩
		老底	细砂岩	1.84	泥硅质胶结,浅灰色,不稳定
8#	顶板	直接顶	粉砂岩	4.21	深灰色,致密,较稳定,下部较细
		老顶	细砂岩	1.84	7 煤老底
	底板	直接底	粉砂岩	3.90	深灰色,泥质胶结,西部变为泥岩
		老底	细砂岩	0.86	泥硅质胶结,不稳定,仅中、西部存在
9#	顶板	直接顶	泥岩	3.11	深灰色,致密,较脆,上部变为粉砂岩
		老顶	细砂岩	0.86	8 煤老底
	底板	直接底	炭质泥岩	0.29	极不稳定,大部分变为老底岩性
		老底	细砂岩	5.90	深灰色,硅泥质胶结,时夹泥质团块

续表

煤层	类别		岩石名称	厚度/m	主要岩性特征(含水性)
11#	顶板	直接顶	泥岩	6.96	深灰色,下部含炭较高,局部为腐泥质泥岩
		老顶	细砂岩	5.90	9 煤老底
	底板	直接底	泥岩	0.63	灰色,致密,时变为老底
		老底	细砂岩	2.45	灰色,泥质胶结,易风化,遇水易膨胀
12-1#	顶板	直接顶	腐泥质黏土岩	3.40	黑色,有时变薄为 0.46m,有时变为泥岩
		老顶	泥岩	6.25	时变为粉砂岩
	底板	直接底	粉砂岩	3.42	深灰至灰色,富含根化石,局部为泥岩
		老底	中、细砂岩	5.06	浅灰色,泥硅质胶结,有时缺失,为泥岩

4. 六采区地质构造及水文地质条件

该区位于钱家营井田中部单斜区内,煤层走向及倾角较稳定,地质构造简单。深部由地面钻孔揭露 F19、F20 两条张性正断层,落差均小于 10m,构造产状要素及控制程度一览表如表 11-3、表 11-4 所示。钱补 3、钱 19、钱 5 三孔揭露有火成岩侵入,岩性为辉绿岩。钱补 3 孔火成岩见于冲积层内,厚约 30m;钱 19 孔、钱 5 孔火成岩厚度为 0.32m 和 0.10m,侵入于 7# 煤层顶板。

表 11-3　六采区深部地质构造特征表

构造编号	构造性质	走向	倾向	倾角/(°)	落差/m	实见位置及控制情况
F19	正	N12°E	W	70	8	钱 103 孔单孔控制,产状系推测
F20	正	N12°E	NW	70	9	钱 19 孔和钱 5 孔双孔控制,走向有摆动,倾向系推测

表 11-4　六采区浅部地质构造特征表

断层编号	构造性质	倾向	倾角/(°)	落差/m
F37	正	E	10～35	10
F38	逆	S	13～43	7
F39	正	N	24～85	14

本区从构造上及勘探时期水文地质资料分析,水文地质条件比较简单,但勘探时期水文地质资料很少,应加强资料的收集、分析研究,预防水患。本区对煤层开采有直接影响的含水层有 5# 煤层顶板砂岩裂隙含水层,7# 煤层顶板砂岩裂隙含水层,12～14# 煤层砂岩裂隙含水层。冲积层含水层覆盖在煤系地层之上,主要是顺层补给,垂直补给很弱。奥灰岩溶裂隙含水层现藏在 12# 煤层以下 170～180m,对煤层开采一般影响不大。

5. 六采区煤层储量计算

本区开采纵向范围上至各煤层冲积层防水煤柱线,下至－600m 水平各煤层底板等高线;平面范围东至五、六采区技术边界线,西至六、九采区技术边界线。不可采范围以 0.7m 为界。参加储量计算的煤层有 5#、7#、8#、9#、11#、12-1# 六层。其中,按照 60m 冲击层防水煤柱煤量,5# 煤层 25.0×10⁴t,7# 煤层 127.7×10⁴t,8# 煤层 48.3×10⁴t,9# 煤层 123.7×10⁴t,11# 煤层 32.0×10⁴t,12-1# 煤层 86.4×10⁴t,合计 443.1×10⁴t。三下压煤,闫庄 388.7×10⁴t,钢铁厂、水泥厂 621.9×10⁴t,黄各庄 605.8×10⁴t,南苗庄 20.2×10⁴t,总计 1636.6×10⁴t。

11.2.2　钱家营矿六采区覆岩结构分析

1. 地层与水文地质结构类型

1) 区域水文地质条件

井田含煤地层为上石炭系至下二叠系,上覆第四系冲积层厚度为 270～400m,基底为中奥陶系马家沟石灰岩。煤系地层厚约 500m,含煤十余层,煤层总厚约 20m。六采区位于井田中部单斜区,煤层走向及倾角较为稳定,勘探查明的较大断层仅有两条(F19、F20),但三维地震补勘发现断层及裂隙比较发育。采区局部有火成岩侵入。

对煤层开采有直接影响的含水层为 5♯煤层顶板砂岩裂隙含水层、1♯煤层顶板砂岩裂隙含水层、12～14♯煤层砂岩裂隙含水层。冲积层局部卵砾石含水层为主要的间接充水水源,它对煤系地层有稳定的补给。

预计采区正常涌水量为 4.05m³/min,最大涌水量为 6.1m³/min。

2) 地下水类型

由六采区地层和地表水文地质条件可知,六采区含水层为单纯的松散含水层,即松散层中的砂层水和砂砾层水,这类水体属于孔隙水。松散含水层中的水体是自由流动的,受重力作用控制,传递静水压力,服从于一般静水力学的规律。孔隙水的特点是流速小,流量小,这是实现水体下采煤的有利条件。

由苗 8 和钱补 4 钻孔柱状图分别可得表 11-5 和表 11-6。

表 11-5　松散冲积层含(隔)水层段划分表(苗 8 钻孔)

地层分段	深　度/m	厚　度/m	主要地层
一含	0～11.2	11.2	砂层,以及砂土
一隔	11.2～60.79	49.59	黏土,砂质黏土
二含	60.79～93.17	32.38	卵石,以及砂
二隔	93.17～169.37	76.20	黏土,砂质黏土
三含	169.37～209.99	40.62	砂,以及砂含砾石
三隔	209.99～227.29	17.30	砂质黏土
四含	227.29～309.45	82.16	卵石、砾石等,其中有 28m 为薄隔水层
四隔	309.45～345.12	35.67	黏土、黏土含砾石

表 11-6　松散冲积层含(隔)水层段划分表(钱补 4 钻孔)

地层分段	深　度/m	厚　度/m	主要地层
一含	0～61	61	表土,砂土
一隔	61～93.8	32.8	黏土,砂质黏土
二含	93.8～168	74.2	中砂,细砂
二隔	168～180.1	12.1	黏土
三含	180.1～199	18.9	细砂,砂土
三隔	199～213.8	14.8	黏土
四含	213.8～300.8	87	中砂,砂砾
四隔	300.8～336.8	36	黏土

　　我国水体下采煤的实践表明,在多数情况下,松散层上部砂层水和中部砂层水的富水性强,补给、径流、排泄条件好,但是下面有较厚的黏性土隔水层时,对矿井生产的威胁性是较小的。如果松散层上部砂层水和中部砂层水的补给、径流、排泄条件不好,即使其下面黏性土隔水层较薄,对矿井生产的威胁也是比较小的。由表 11-5 和表 11-6,底隔均为厚度 36m 左右的黏土隔水层,对矿井生产非常有利。

　　但是,关键的问题是在整个六采区的范围内底隔(即四隔)的平面分布是否连续完整,只有连续完整的隔水层才能真正起到隔水作用。

3)水文地质结构类型

　　从地层中隔水层和含水层的宏观组合关系看,不同类型的水文地质结构,对矿井治水的方法及水体下采煤的开采技术途径的选择有着不同的影响。根据由六采区钻孔的柱状图统计分析可得,地层的松散层结构较复杂(表 11-5、表 11-6),含水层和隔水层间隔分布。分散的含水层之间的垂向的水力联系,因被其间的隔水层阻隔而不畅通,地下水则以水平运动为主。

2. 第四纪松散冲积层的含(隔)水能力分析

1)松散层厚度平面分布特征分析

　　根据六采区内地质钻孔柱状图,统计分析得出了松散层的厚度、基岩顶界面标高,详见表 11-7,六采区域内各地质勘探剖面线煤层露头处的冲积层厚度如表 11-8 所示。由表 11-8 可以看出,六采区域煤层露头处冲积层厚度变化具有如下两个显著特点:

表 11-7　松散层厚度统计表

孔　号	松散层总厚度/m	基岩顶界面标高/m
苗 8	345.12	−329.96
钱补 4	336.80	−321.65
钱补 7	355	−340.43
钱补 3	375.35	−360.58
钱 10	304.00	−288.47
钱 18	313.8	−298.8
林 89	339.7	−324.7
苗 1	334.65	−320.1
苗 3	398.80	−384.63

表 11-8　钱家营矿六采区各剖面线煤层露头处冲积层厚度表

剖面号	12-1♯煤层	9♯煤层	8♯煤层	
7 号	329.0m	324.0m	321.0m	
9 号	348.0m	337.0m	336.0m	其中 12-1♯煤层露头处冲击层的厚度最大,以下取该值为依据进行计算分析
11 号	386.0m	382.0m	382.0m	
13 号	425.0m	417.0m	415.0m	
15 号	490.0m	485.0m	480.m	
17 号	520.0m	510.0m	505.0m	

　　(1)在煤层走向方向,从 7 号剖面到 17 号剖面,冲积层厚度逐渐增大,如图 11-1 所示。

　　(2)在煤层倾斜方向,从 8～9♯煤层,再到 12-1♯煤层,冲积层厚度依次增大。

　　由表 11-7 作出了六采区松散层厚度分布立体图、松散层等厚线图、松散层底界面标高等值线图、松散层底界面分布立体图,如图 11-1～图 11-2 所示。

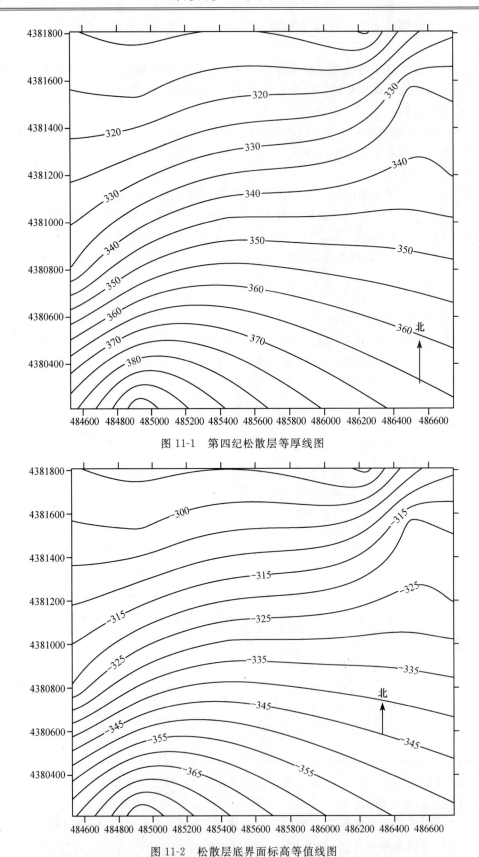

图 11-1　第四纪松散层等厚线图

图 11-2　松散层底界面标高等值线图

2)松散层纵向结构分析

在六采区上山中部有一个苗 8 勘探钻孔,处于采区中部,能够较好地反映六采区的地层结构状况。8#煤层防水煤柱线下方有一个钱补 4 勘探钻孔,能够较好地反映出六采区浅部煤层上面的第四系松散层结构分布特征。

根据苗 8 和钱补 4 钻孔柱状图,这两钻孔处第四系松散冲积层的厚度分别为 345m 和 337m,其中所含地层主要有:黏土层、砂质黏土层、含卵石黏土层、卵石层、卵石含土层和砂层等。整个松散层由上至下可划分为"四含四隔"。其中,与含水冲积层下压煤开采关系较密切的是第四含水层段和第四隔水层段。根据苗 8 钻孔柱状图可知,整个松散冲积层的最底部为隔水层段,即第四隔水层段。

在一般正常地质条件下,厚度较大、分布稳定的第四隔水层段,能有效隔断其上部含水层与下部基岩的水力联系,是阻隔水的有效屏障,这对于含水冲积层下压煤开采是十分有利的。但是仅据现场提供的两个钻孔并不能确定整个第四隔水层的平面分布情况。

3)底含与底隔平面分布特征分析

根据六采区内地质钻孔柱状图,统计分析得出了第四纪松散层下段含(隔)水层分布统计表,如表 11-9 所示。由表所得,仅有苗 8 和钱补 4 两个钻孔含有第四隔水层,其余钻孔处松散层最下段都是含水层,即四含。所以六采区属于松散含水层直接覆盖于基岩顶界之上,并没有一定厚度的隔水层保护,按《规程》的要求,必须留设顶板"防水"安全煤岩柱。

表 11-9 松散层结构统计表

孔 号	四 隔		四 含		三 隔		基岩风化带岩性
	厚度/m	土层比例/%	厚度/m	砂层比例/%	厚度/m	土层比例/%	
钱补 7	0	0	36.80	95	12.00	88	粉、中砂岩、泥岩
钱补 3	0	0	5.80	100	34.07		粉、细、中、粗砂岩
钱补 6	0	0	16.69	100	4.15	100	泥岩、炭质泥岩
苗 8	35.67	100	82.16	68	17.30	100	砂质页岩
钱补 4	36.00	100	97.20	89	4.60	100	粗砂岩
钱补 27	0	0	126.60	100	11.00	85	细、粗砂岩
钱 10	0	0	25	100	12.50	72	砂页岩互层

根据表 11-9,可以得出六采区底含、底隔的厚度分布立体图及等厚线图,如图 11-3~图 11-4 所示。

4)松散层四含颗粒级配测试

2005 年上半年施工了"钱补 31 钻孔",专门用于松散冲积层结构和基岩岩石力学参数的测试研究。

钱补 31 钻孔处:松散冲积层厚度为 379.91m,四隔厚度为 6.11m,四隔为黏土,隔水性能良好。四含厚度为 50.95m,四含底部砂层的颗粒级配筛分表明 0.6~0.15mm 的细砂占 65.1%,含水性较强,如表 11-10 和图 11-5 所示。

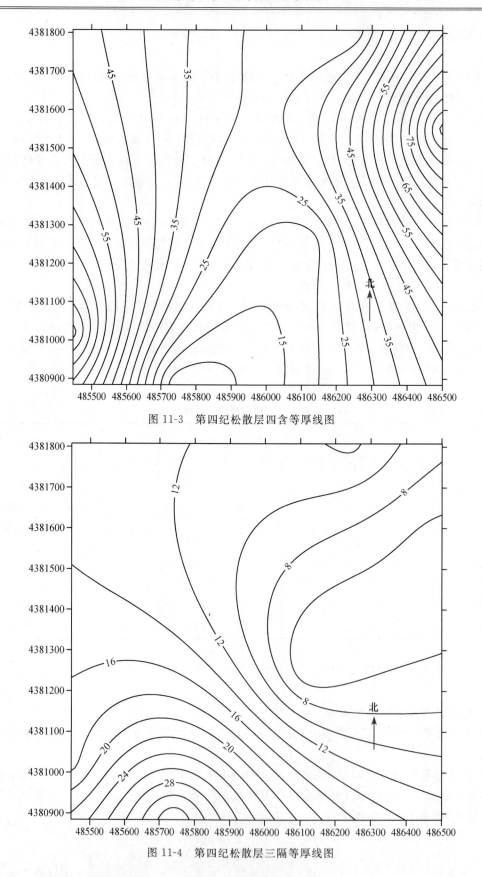

图 11-3　第四纪松散层四含等厚线图

图 11-4　第四纪松散层三隔等厚线图

表 11-10　筛分试验记录表

筛孔尺寸/mm	试样质量:500g						试样产地:开滦钱家营煤矿				
	分计筛余质量/g			分计筛余/%			累计筛余/%			通过/%	标准级配范围
	1	2	平均	1	2	平均	1	2	平均		
9.5	0	0				0			0		0
4.75	14	18	16			3.2			3.2		0~10
2.36	18	32	25			5			8.2		0~15
1.18	18	22	20			4			12.2		10~25
0.6	35	45	40			8			20.2		16~40
0.3	154	161	157.5			31.5			51.7		55~85
0.15	176	160	168			33.6			85.3		90~100
筛底	83	60	71.5			14.3			99.6		
∑	498	498	498								

细度模数:$M_t=(A2+A3+A4+A5+A6-5A1)/(100-A1)=1.67$(细砂)

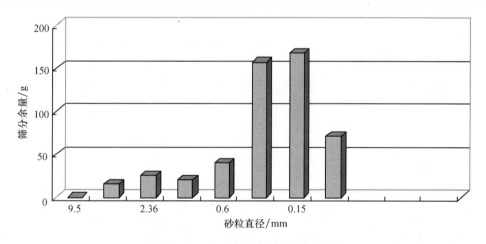

图 11-5　四含砂层颗粒级配直方图

5) 三隔与四含含(隔)水性能分析

三隔是由厚度为 4~34m 的分布不均的黏土和砂质黏土构成;为下部地层沉积时间较长,且在上部地层重力的长期作用下,砂层由疏松状逐渐变为密实状,黏性土层则变为半固结或固结状,故与浅部含水层之间的水力联系较差;具有很好的隔水性能,对于隔断底含与上部含水层的纵向水力联系具有好的效果,对矿井的安全生产具有重要的作用。

四含是由卵砾石、粗砂岩、中细砂等组成,含水性强,对煤层开采的威胁性较大。

基岩顶界面上部没有完整的隔水层覆盖,必须留设一定厚度的防水安全煤岩柱。

3. 覆岩岩石力学参数与结构特征分析

1) 基岩地层结构分析

根据苗 8 钻孔柱状图,从基岩上界面(孔深 345.12m)到 7♯煤层顶板(孔深 476.04m),基岩厚度为 131m。由 5♯煤层顶板至基岩上界面,整段地层几乎全是分层厚度为 1.5~18m 的砂岩或砂质页岩,根据有关水文地质资料,除 5♯煤层顶板厚度为 0.81 的中粒砂岩富水外,其他岩层不含水。所以 5♯煤层以上的岩层(砂质页岩和砂岩)作为防(隔)水安全岩柱,具有良好的结构特性和力学特性。

基岩风化带深度一般为 20m。

2）覆岩岩石力学参数统计分析

根据六采区钻孔岩芯，实验统计分析得到岩石力学参数如表 11-11 所示，因表 11-11 中仅给出 7#煤层顶板及以上的岩石力学参数，并没有 8#、9#及 12#煤层顶底板覆岩的岩石力学参数，只能通过工程类比的方法进行估算。

表 11-11　煤层顶板覆岩的岩石力学参数

岩芯编号	岩层深度/m	岩石名称	单轴抗压强度/MPa
1	597	7#煤层顶板砂岩	66.28
2	595.5	7#煤层顶板砂岩	96.37
3	593	砂质泥岩	29.13
4	591	砂质泥岩	23.14
5	568	粉砂岩	33.70
6	561	泥岩	45.50
7	549	泥岩	28.87
8	545	粉砂岩	36.23
9	537	粉砂岩	28.73
10	522	细砂岩	88.65
11	518	细砂岩	82.15
12	512	细砂岩	51.49
13	504	砂质泥岩	29.37
14	497	细砂岩	62.9
15	440	泥岩	30.57
16	397	粉砂岩	29.30

8#、9#和 12#煤层顶底板岩性特征描述如表 11-2 所示。根据同地层相同岩性的岩石类比可得 8#煤层顶板为中硬的粉砂岩，单轴抗压强度为 28～40MPa。9#煤层的顶板为深灰色、致密较脆的泥岩，上部变为粉砂岩，单轴抗压强度为 25～30MPa。12#煤层的顶板为黑色腐泥质黏土岩，有时变为泥岩，单轴抗压强度为 25～30MPa。

由此可得，8#、9#、12#煤层的顶板均为中硬偏软的岩层，不利于导水裂隙带的发育。而且没有关键层存在，导水裂隙带的高度可以按照中硬岩层来进行计算。

11.2.3　8#、9#和 12#煤层开采上限的确定

1. 煤层群开采时的采场覆岩导水裂隙带高度预计

导水裂隙带高度是确定煤层开采上限，合理留设防水保护煤岩柱的主要依据。因此，必须根据开采煤层的地质条件、开采方式对其导高进行预计。

钱家营煤矿六采区浅部各煤层的厚度、设计采高和层间距如表 11-12 所示，其中 8#煤层设计采厚 2.3m，9#煤层设计采厚 2.3m，12#煤层设计采厚 3.3m。8#、9#和 12#煤层属于近距离煤层开采，8#煤层与 7#煤层平均间距为 8.2m，9#煤层与 8#煤层平均间距为 5.3m，12#煤层与 9#煤层平均间距为 25.2m。近距离煤层群工作面不同布置方式下的导高预计主要采用《规程》公式法、经验公式法和数值分析方法。

表 11-12　六采区各剖面线露头处煤层赋存情况表

煤层名称	9 号剖面			11 号剖面			13 号剖面			15 号剖面			17 号剖面		
	煤厚/m	采高/m	层间距/m	煤厚/m	采高/m	层间距/m	煤厚/m	采高/m	层间距/m	煤厚/m	采高/m	层间距/m	煤厚/m	采高/m	层间距/m
5#	0.96		40	0.84		35	1.31		43	2.47		41	0.2		31.5
7#	3.26			3.21			3.68			5.19			3.82		
8#	1.92	2.3	8	0.67	2.3	6.5	1.77	2.3	7.5	1.40	2.3	5.5	0.1	2.3	13.5
9#	2.13	2.3	7	2.49	2.3	4.5	2.70	2.3	4.5	2.72	2.3	3.5	0.74	2.3	7
11#	0.87		12	0.89		14	2.1		11	0.65		6.0	1.19		7
12#	4.13	3.3	10	2.39	3.3	12	3.67	3.3	12	4.85	3.3	11	3.72	3.3	31

2. 按《规程》预计导水裂隙带高度

1) 各煤层垮落带高度预计

钱家营矿六采区 8#、9# 煤层顶板覆岩属于中硬岩层,采厚都是 $\sum M = 2.3\text{m}$,则有

$$H_m = \frac{100 \sum M}{4.7 \sum M + 19} \pm 2.2 = H_m = \frac{100 \times 2.3}{4.7 \times 2.3 + 19} \pm 2.2 = 7.7 \pm 2.5 (\text{m})$$

即 8#、9# 煤层开采其垮落带高度为 5.2~10.2m,对照表 11-12 可知:①8# 煤层垮落带高度在一些区域大于 8~7# 煤层的间距。②9# 煤层垮落带高度大于 9~8# 煤层的间距。应该按上、下两层煤的综合开采厚度预计导高。

12# 煤层顶板覆岩属于中硬岩层,按采厚 $\sum M = 3.3\text{m}$ 计算得到

$$H_m = \frac{100 \sum M}{4.7 \sum M + 19} \pm 2.2 = \frac{100 \times 3.3}{4.7 \times 3.3 + 19} \pm 2.2 = 9.6 \pm 2.5 (\text{m})$$

即 12# 煤层开采垮落带高度为 7.1~12.1m,对照表 11-12 可知,该值小于 12~9# 煤层的间距。

2) 8#、9# 和 12# 煤层工作面单独开采区导高预计

8#、9# 煤层的采厚都是 $\sum M = 2.3\text{m}$,则有:

由公式一

$$H_{li} = \frac{100 \sum M}{1.6 \sum M + 3.6} \pm 5.6 = \frac{100 \times 2.3}{1.6 \times 2.3 + 3.6} \pm 5.6 \approx 31.6 \pm 5.6 (\text{m})$$

由公式二

$$H_{li} = 20 \sqrt{\sum M} + 10 = 20 \times \sqrt{2.3} + 10 \approx 40.3 (\text{m})$$

12# 煤层采厚 $\sum M = 3.3\text{m}$,则有

由公式一

$$H_{li} = \frac{100 \sum M}{1.6 \sum M + 3.6} \pm 5.6 = \frac{100 \times 3.3}{1.6 \times 3.3 + 3.6} \pm 5.6 \approx 37.2 \pm 5.6 (\text{m})$$

由公式二

$$H_{li} = 20 \sqrt{\sum M} + 10 = 20 \times \sqrt{3.3} + 10 \approx 46.3 (m)$$

3）8＃、9＃和12＃煤层工作面开采重合区导高预计

8＃煤层开采时，8＃和7＃煤层的导高：由于8＃煤层垮落带高度在一些区域大于8～7＃煤层的间距，因此应该按上、下两层煤的综合开采厚度预计导高。8＃与7＃煤层的综合开采厚度为

$$M_{z1-2} = M_2 + \left(M_1 - \frac{h_{1-2}}{y_2} \right) = 2.3 + \left(4 - \frac{8.2}{3} \right) = 3.6 (m)$$

综合采厚小于7＃煤层的开采厚度4m，所以应该取7＃煤层单独开采时的导高值。

9＃煤层开采时，9＃和8＃煤层的导高：由于9＃煤层垮落带高度在一些区域大于9～8＃煤层的间距，因此应该按上、下两层煤的综合开采厚度预计导高。9＃与8＃煤层的综合开采厚度为

$$M_{z1-2} = M_2 + \left(M_1 - \frac{h_{1-2}}{y_2} \right) = 2.3 + \left(2.3 - \frac{5.3}{3} \right) = 2.8 (m)$$

则有9＃煤层开采的导高如下：

由公式一

$$H_{li} = \frac{100 \sum M}{1.6 \sum M + 3.6} \pm 5.6 = \frac{100 \times 2.8}{1.6 \times 2.8 + 3.6} \pm 5.6 \approx 34.7 \pm 5.6 (m)$$

由公式二

$$H_{li} = 20 \sqrt{\sum M} + 10 = 20 \times \sqrt{2.8} + 10 \approx 43.5 (m)$$

按9＃和8＃煤层的综合采厚求出的导水裂隙带上限标高，低于8＃煤层单独开采的导水裂隙带上限标高，所以应取8＃煤层单独开采时的导高。

12＃煤层开采时，垮落带高度小于12～9＃煤层的间距。因此，应按12＃煤层的开采厚度单独预计导高。综上所述，根据《规程》预计的导高为：

（1）8＃、9＃煤层分别开采时预计导高各为 $H_{li} = 40.3m$；

（2）12＃煤层开采时预计导高为 $H_{li} = 46.3m$。

4）按经验公式预计导水裂隙带高度

根据2001年1672E综采面导水裂隙带高度现场观测结果，1672E综采面导水裂隙带高度 $H_{li} = 39.77m \approx 40m$。该观测剖面处煤层采厚为2.8～3.2m，平均采厚为3.0m，导高是采厚的13.3倍。因此，本区煤层顶底板条件相差无几，导高发育规律应该一致，按照采厚的13.3倍预计各煤层的导高。

（1）8＃、9＃煤层开采厚度 $\sum M = 2.3m$，$H_{li} = 13.3 \times 2.3 \approx 30.6 (m)$；

（2）12＃煤层开采厚度 $\sum M = 3.3m$，$H_{li} = 13.3 \times 3.3 \approx 43.9 (m)$。

5）8＃、9＃和12＃煤层开采的导水裂隙带高度

根据钱家营矿六采区采动覆岩变形破坏规律数值模拟分析的研究成果：

（1）8＃煤层单独开采时预计导高为 $H_{li} = 34m$；

(2) 8#、9# 和 12# 煤层工作面开采边界水平错开情况下的预计导高 $H_{li}=40m$。

根据《规程》公式、经验公式和数值模拟三种方法分别得出了导高预计值,取其最大值作为最终的导高预计值,即 8#、9# 和 12# 煤层的导高分别为 40.3m、40.3m 和 46.3m,如表 11-13 所示。

表 11-13　六采区 8#、9# 和 12# 煤层开采的导水裂隙带预计高度表

煤层与采厚	《规程》预计法	经验公式预计法	数值模拟预计法	最终确定导高预计值
8#煤层,2.3m	40.3m	30.6m	34m	40.3m
9#煤层,2.3m	40.3m	30.6m	34m	40.3m
12#煤层,3.3m	46.3m	43.9m	40m	46.3m

3. 六采区 8#、9# 和 12# 煤层开采上限的确定

8#、9# 和 12# 煤层的导高预计值与防水保护层的厚度如表 11-14 所示,六采区各剖面线煤层露头处冲积层厚度如表 11-15 所示。

表 11-14　8#、9# 和 12# 煤层的导高与防水保护层表

煤　层	采　厚/m	导高预计值/m	保护层厚度 H_b/m
8#	2.3	40.3	13.8
9#	2.3	40.3	13.8
12#	3.3	46.3	19.8

表 11-15　钱家营矿六采区各剖面线煤层露头处冲积层厚度表

剖面号	12-1#煤层	9#煤层	8#煤层
7 号	329.0m	324.0m	321.0m
9 号	348.0m	337.0m	336.0m
11 号	386.0m	382.0m	382.0m
13 号	425.0m	417.0m	415.0m
15 号	490.0m	485.0m	480. m
17 号	520.0m	510.0m	505.0m

1) 六采区 8#、9# 和 12# 煤层防水安全煤岩柱高度计算

8#、9# 煤层采厚为 2.3m,预计导水裂隙带高度为 $H_{li}=40.3m$,保护层厚度 $H_b=6A=13.8m$。由于是在巨厚松散含水层下开采,必须验算保护层的厚度,以 11 号地质剖面为例。

现钱家营煤矿六采区松散层四含水位标高为 $h_w=-50m$,六采区地表标高为 $+15m$,在 11 号地质勘探剖面上 8# 和 9# 煤层露头处的冲积层厚度为 382m,由此求得基岩面标高为 $+15-382=-367m$,水头高度为 $H_w=367-50=317m$,相当于水压 $p=3.17MPa$。隔水层的透水系数为

$$T_s = p/H_b = 3.17/13.8 \approx 0.23$$

则有

$$T_s > T_{so} = 0.1$$

四含水压超限值为

$$\Delta p = p - T_{so} \cdot H_b = 3.17 - 0.1 \times 13.8 = 1.79 (\text{MPa})$$

应增加的保护层厚度为

$$\Delta H_b = (\Delta p / T_{so})^{\frac{1}{2}} = (1.79/0.1)^{\frac{1}{2}} = (17.9)^{\frac{1}{2}} \approx 4.2 (\text{m})$$

最终保护层厚度应为

$$H_b = 13.8 + 4.2 = 18.0 (\text{m})$$

所以,六采区 8♯煤层在 11 号地质剖面上的防水安全煤岩柱的高度

$$H_{sh} \geqslant H_{li} + H_b = 40.3 + 18.0 = 58.3 (\text{m})$$

同样的方法,求得六采区 7～17 号地质剖面上 8♯和 9♯煤层防水安全煤岩柱的高度分别为 57.6m、57.8m、58.3m、58.7m、59.4m、59.6m,详见表 11-16。

12♯煤层采厚 3.3m,预计导水裂隙带高度为 $H_{li} = 46.3\text{m}$,12♯煤层保护层厚度 $H_b = 6A = 19.8\text{m}$。同样,由于是在巨厚松散含水层下开采,必须验算保护层的厚度。同样以 11 号地质剖面为例。

现钱家营煤矿六采区松散层四含水位标高为 $h_w = -50\text{m}$,六采区地表标高为 $+15\text{m}$,在 11 号地质勘探剖面上 12♯煤层露头处的冲积层厚度为 386m,由此求得基岩面标高为 $+15 - 386 = -371\text{m}$,水头高度为 $H_w = 371 - 50 = 321\text{m}$,相当于水压 $p = 3.21\text{MPa}$。隔水层的透水系数为

$$T_s = p / H_b = 3.21/19.8 \approx 0.16$$

则有

$$T_s > T_{so} = 0.1$$

四含水压超限值为

$$\Delta p = p - T_{so} H_b = 3.21 - 0.1 \times 19.8 = 1.23 (\text{MPa})$$

应增加的保护层厚度为

$$\Delta H_b = (\Delta p / T_{so})^{\frac{1}{2}} = (1.23/0.1)^{\frac{1}{2}} = (12.3)^{\frac{1}{2}} \approx 3.5 (\text{m})$$

最终保护层厚度应为

$$H_b = 19.8 + 3.5 = 23.3 (\text{m})$$

所以,六采区 8♯煤层在 11 号地质剖面上的安全开采防水煤岩柱的高度

$$H_{sh} \geqslant H_{li} + H_b = 46.3 + 23.3 = 69.6 (\text{m})$$

同样的方法,求得六采区 7～17 号地质剖面上 12♯煤层防水安全煤岩柱的高度分别为 68.7m、69m、69.6m、70.1m、70.9m、71.2m,详见表 11-16。

根据表 11-16,六采区北翼、南翼分别确定防水安全煤岩柱高度如下。

采区北翼:8♯、9♯和 12♯煤层的防水安全煤岩柱高度分别为 58m、58m 和 70m。

采区南翼:8♯、9♯和 12♯煤层的防水安全煤岩柱高度分别为 60m、60m 和 72m。

表 11-16　六采区 8♯、9♯和 12♯煤层防水煤岩柱留设高度

| 煤　层 | 采　厚 /m | 预计导高 /m | 保护层厚度/m | | | | 应留设防水安全 煤岩柱高度/m |
			地质剖面	按规程留 设厚度	考虑水压 增加厚度	保护层 总厚度	
8♯	2.3	40.3	7 号	13.8	3.5	17.3	57.6
			9 号	13.8	3.7	17.5	57.8
			11 号	13.8	4.2	18.0	58.3
			13 号	13.8	4.6	18.4	58.7
			15 号	13.8	5.3	19.1	59.4
			17 号	13.8	5.5	19.3	59.6
9♯	2.3	40.3	7 号	13.8	3.5	17.3	57.6
			9 号	13.8	3.7	17.5	57.8
			11 号	13.8	4.2	18.0	58.3
			13 号	13.8	4.6	18.4	58.7
			15 号	13.8	5.3	19.1	59.4
			17 号	13.8	5.5	19.3	59.6
12♯	3.3	46.3	7 号	19.8	2.6	22.4	68.7
			9 号	19.8	2.9	22.7	69.0
			11 号	19.8	3.5	23.3	69.6
			13 号	19.8	4.0	23.8	70.1
			15 号	19.8	4.8	24.6	70.9
			17 号	19.8	5.1	24.9	71.2

2) 六采区 8♯、9♯和 12♯煤层开采上限确定

根据六采区浅部 7～17 号地质剖面处的冲积层厚度,算出的 8♯、9♯和 12♯煤层开采上限标高值如表 11-17 所示。

表 11-17　六采区 8♯、9♯和 12♯煤层开采上限参数表(地表标高按＋15m)

煤　层	采　厚/m	预计 导高/m	防水煤岩 柱高度/m	北翼 7 号 剖面开采 上限/m	北翼 9 号 剖面开采 上限/m	11 号剖面 开采上限 /m	南翼 13 号 剖面开采 上限/m	南翼 15 号 剖面开采 上限/m	南翼 17 号 剖面开采 上限/m
8♯	2.3	40.3	北翼 58 南翼 60	−364	−379	北翼−425 南翼−427	−460	−525	−550
9♯	2.3	40.3	北翼 58 南翼 60	−367	−380	北翼−425 南翼−427	−462	−530	−555
12♯	3.3	46.3	北翼 70 南翼 72	−384	−401	北翼−441 南翼−443	−482	−547	−577

根据表 11-17,8♯、9♯和 12♯煤层开采上限平面图如图 11-6 所示。

4. 8♯、9♯和 12♯煤层提高开采上限后所增加的储量

1) 各煤层每提高 1m 开采上限增加的可采储量

六采区 7～17 号地质剖面走向长度约 4430m,煤层倾角 18°。这样开采上限每提高 1m,能增加开采宽度约 3.236m,全采区则能增加开采面积 $1.4336\times10^4\,m^2$。

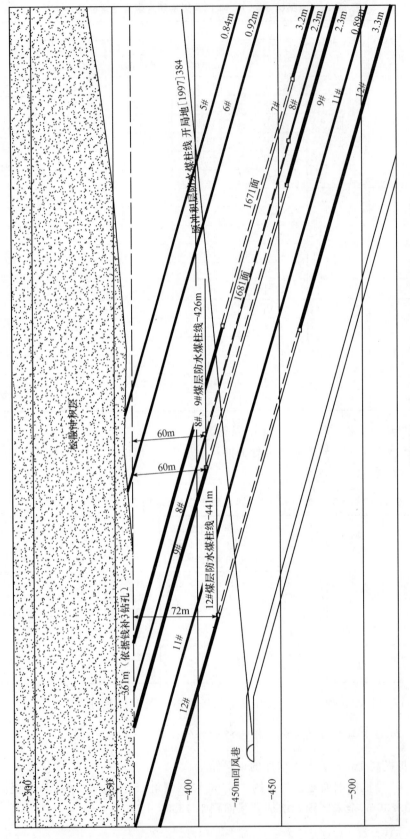

图11-6　8#、9#和12#煤层开采上限高度确定剖面图（六采区上山剖面，依据线补3钻孔）

　　8♯和9♯煤层采厚2.3m,煤体容重1.4t/m³。开采宽度增加1m,全采区能增加可采储量1.4265×10⁴t。开采上限提高1m,7~17号地质剖面范围内能增加可采储量4.62×10⁴t。

　　12♯煤层采厚3.3m,煤体容重1.3t/m³,开采宽度增加1m,全采区能增加可采储量1.90×10⁴t。开采上限每提高1m,7~17号地质剖面范围内能增加可采储量6.15×10⁴t。

　　开采上限每提高1m,六采区7~17号地质剖面范围内8♯煤层、9♯煤层和12♯煤层总共能增加可采储量15.39×10⁴t。

　　2) 按《细则》校核12♯煤层的原开采上限

　　由12♯煤层开采平面图,确定的12♯煤层开采上限曲线低于图中的原12♯煤层开采上限曲线,初步分析认为原12♯煤层开采上限曲线有误,现校核如下。

　　如前面所述,12♯煤层采厚为3.3m,按《规程》求出的覆岩导高值为$H_{li}=46.3m$,保护层厚度为$H_b=19.8m$。

　　《细则》中规定:"在松散层底部黏土层厚度小于累计采厚和无黏土层时,当冲积层的厚度大于200m时,冲积层的厚度每增加10m,保护层的厚度H_b要增加1m抗水压厚度"。即

$$\Delta H_b = (冲积层厚度 - 200) \div 10$$

$$H_{sh} \geqslant H_{li} + H_b + \Delta H_b$$

　　根据上式计算求得的各个地质剖面上的开采上限详见表11-18,根据表11-18校核后的开采上限值,新画出的开采上线曲线如图11-6所示。

表 11-18　按开滦水文地质细则求出 12♯煤层开采上限参数表(地表标高按+15m)

	北翼7号剖面	北翼9号剖面	11号剖面	南翼13号剖面	南翼15号剖面	南翼17号剖面
冲积层厚度/m	329	348	386	425	490	520
ΔH_b/m	12.9	14.8	18.6	22.5	29.0	32
H_{sh}/m	79.0	80.9	84.7	88.6	95.1	98.1
本书确定的 H_{sh}/m	70	70	70 72	72	72	72
开采上限提高值/m	9	10.9	14.7 12.7	16.6	23.1	26.1

　　3) 8♯、9♯和12♯煤层提高开采上限后所增加的储量

　　按照表11-18提高开采上限后,六采区范围内(走向长4430m)8♯、9♯和12♯煤层增加的可采储量112.4×10⁴t,详见表11-19。其中,12♯煤层的原开采上限是根据校核后的值。

表 11-19　8♯、9♯和 12♯煤层提高开采上限后六采区范围内增加的储量

煤 层	采 厚/m	密 度/(t/m³)	开采面积/m²			可采储量/(×10⁴t)
			南翼长×宽	北翼长×宽	总面积	
8♯	2.3	1.4	2520×32.5	2058×26.2	135819.6	43.7
9♯	2.3	1.4	2505×23.6	1898×32.1	120043.8	38.7
12♯	3.3	1.3	2490×18.4	1960×10.6	70021.5	30.0
合计	7.9					112.4

11.3 林南仓矿含水冲积层下安全开采上限研究

开滦集团公司林南仓煤矿位于河北省玉田县境内,1970 年建井,1985 年 11 月正式投产,矿井设计能力 120×10⁴t,现生产能力为 115×10⁴t。现矿井地质储量约 27440×10⁴t,可采储量仅约有 10250×10⁴t。井田范围内基岩上部覆盖着厚度为 140～440m 的松散层。原矿井设计留设防水安全煤岩柱垂高为 80m。由于煤层倾角较小,该防水安全煤岩柱内呆滞煤炭储量较大。如能在保证开采安全的条件下,合理提高开采上限,解放其中的一部分呆滞煤炭储量,将能缓解当前采掘衔接紧张的被动局面,延长矿井服务年限,提高矿井经济效益。

为了合理确定开滦林南仓煤矿西四采区 11♯煤层和 12♯煤层的开采上限,专门立项开展了"开滦林南仓煤矿西四采区 11♯、12♯煤层开采上限研究"。

首先进行了煤层厚度分布、松散冲积层厚度分布、松散层底含与底隔的含(隔)水性能分析;进而进行了 11♯、12♯煤层开采覆岩变形破坏状况的数值模拟研究;结合 2002 年林南仓矿在西一采区附近进行采场覆岩导水裂隙带高度的观测成果;根据《规程》预计了导水裂隙带高度,确定了合理的开采上限。

11.3.1 林南仓矿地质开采条件

1. 地质开采条件概况

林南仓井田位于河北省玉田县林南仓镇境内。其地理坐标为东经 117°37′30″,北纬 39°50′00″,是蓟玉煤田东北端的一个独立向斜构造。林南仓井田东起白庄子,西至甫庄、黄庄子一带,南起李三庄,北至后湖定府、岳庄附近,东西长约 7km,南北宽约 3.5km,面积约为 22km²。井田位于京、津、唐三角地带中部,交通便利。

开采上限的研究区域为西四采区,该范围北起 F9、F10 断层组,东起 F2 断层,西、南至井田边界,涉及的煤层为 11♯煤层和 12♯煤层,如图 11-7 所示。

2. 含煤地层及煤层特征

本矿煤系地层由石炭系和二叠系组成,煤系地层总厚度约 472m,含煤 20 余层,平均煤层总厚度为 26.24m,含煤系数 5.6%,主采煤层共 4 层,即 8-1♯、9♯、11♯和 12♯煤层。通过钻孔仓补 2、仓补 3、仓补 12、仓补 40、仓补 41、仓生 41、仓生 48 和仓生 49 8 个钻孔资料,统计西四采区的煤层厚度、层间距和煤层结构表,如表 11-20 所示。

表 11-20 西四采区 11♯、12♯煤层厚度、层间距和煤层结构表

煤层	厚度/m 最小值～最大值 平均值(点数)	层间距/m 最小值～最大值 平均值(点数)	发育情况	煤层结构
11♯	$\frac{1.6～6.35}{3.98(8)}$	$\frac{12.52～40.4}{26.5(8)}$	层位稳定,大部分可采	结构复杂,有夹矸 1 或 2 层
12♯	$\frac{2.13～6.45}{4.29(8)}$		层位稳定	结构较简单,局部有夹矸 1 或 2 层

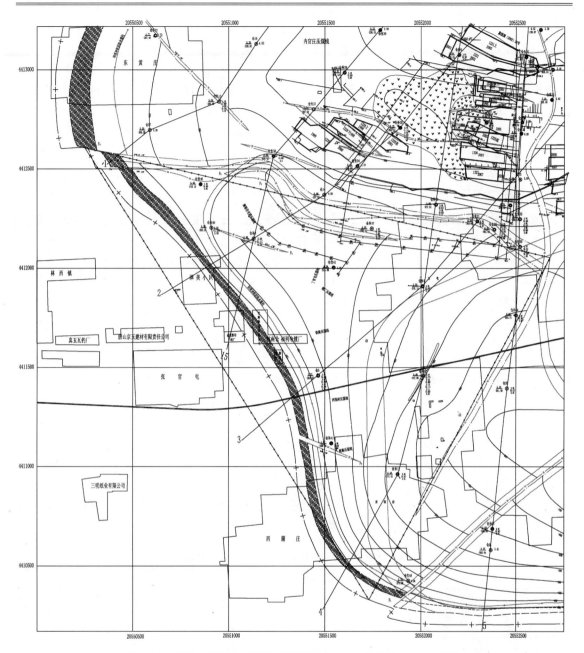

图 11-7 开采上限研究区域平面图(图中—○—线所标出三角区域)

11#煤层:煤层厚度为 1.1~6.47m,平均 3.18m。层位稳定,整体上呈现西厚东薄趋势,大部分可采,复杂结构,有夹矸 1 或 2 层。

12#煤层:煤层厚度为 1.82~7.1m,平均 4.59m。层位稳定,仅井筒西部(仓补 1、仓补 31、仓补 32)及东南(仓补 22 孔)变薄,复杂结构,局部有夹矸 1 或 2 层。

3. 顶底板特征

11#煤层顶板:条带状灰色粉砂岩,致密,显水平层理及缓波状层理,并含有大量的菱铁质结核,薄层,岩石大部分为碎块状,层面含有方解石膜,该层含有星轮木、楔叶木、细羊齿、芦木、柯达木等植物化石,层厚0~4m,通过回采过的工作面观测,直接顶初次垮落步距4~6m,老顶初次来压步距3m,老顶周期来压步距10~12m,顶板属1类1级。

12♯煤层顶板:灰色粉砂岩,厚5.0m,致密、坚硬、呈条带状,灰、灰白、褐色相间,有时附着绿色物质,层理呈水平或缓波状,泥质胶结,含有丰富的植物叶化石,初次垮落步距14~16m,老顶初次来压步距为32m,老顶周期来压步距10~12m,顶板属Ⅰ类Ⅱ级。

12♯煤层底板:灰-深灰色细砂岩,厚度2.0m,层状产出,岩石较硬,为钙质或菱铁质胶结,全井田发育较好。

4. 地质构造及水文地质条件

林南仓矿构造较为复杂,其中F1为横向延伸构造,长度在4000m范围之内,F2切割井田的西部,并切割F9、F10,F49切割F5,而且该井田又是一个向斜盆地,轴线为近东西走向,在西一、西二、东一三个采区的生产中,还发现了不同幅度的褶曲,对生产已构成较大的影响。

西四采区范围内第四系冲积层厚度一般为140~220m。降水及地表水体对矿井无直接影响,矿井直接充水含水层为5♯煤层顶板、5~12♯煤层、12~14♯煤层、14~K3四个砂岩裂隙含水层(组),补给水源主要为冲积层底部砾石强含水层和煤系底部的奥陶石灰岩水。

11.3.2　林南仓矿西四采区煤层厚度及覆岩结构分析

1. 西四采区11♯煤层和12♯煤层厚度分析

根据采场覆岩移动破坏理论和《规程》可知,采场覆岩导水裂隙带高度与采厚成正比,并且保护层的厚度也是根据采厚确定。因此,首先应该研究西四采区11♯煤层和12♯煤层厚度的分布规律。由仓补2、仓补3、仓补12、仓补32、仓补40、仓补41、仓生41、仓生48、仓生49等钻孔的资料,统计得出11♯和12♯煤层厚度如表11-21所示。钻孔位置如图11-8所示。根据表11-21作出了11♯和12♯煤层厚度变化平面图(图11-9、图11-10)。

表11-21　西四采区11♯煤层和12♯煤层厚度统计表(m)

钻孔号	钻孔坐标		11♯煤层	12♯煤层	层间距
	经距	纬距			
仓补2	20552008	4411910	3.82	3.47	20
仓补3	20551129	4412150	5.53	3.33	12.52
仓补12	20551877	4410962	2.99	3.2	40.4
仓补32	20552011	4411458	—	3.33	—
仓补40	20550854	4412423	6.61	5.48	28.3
仓补41	20551533	4411117	1.6	2.6	15.84
仓生41	20551545	4412004	2.34	5.45	16.73
仓生48	20551932	4410424	3.85	6.1	26.9
仓生49	20550910	4412204	6.13	6.04	24.16
最小值~最大值 平均值			1.6~6.61 3.7	2.6~6.1 4.3	12.5~40.4 23.1

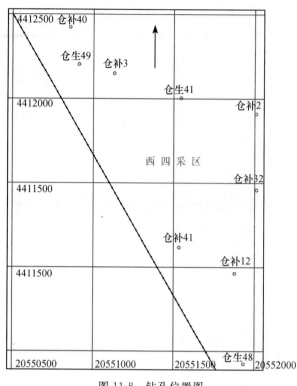

图 11-8　钻孔位置图

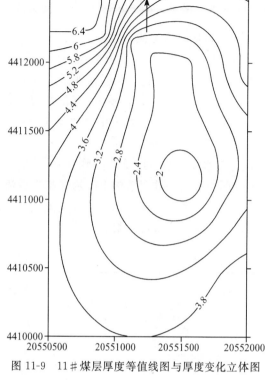

图 11-9　11♯煤层厚度等值线图与厚度变化立体图

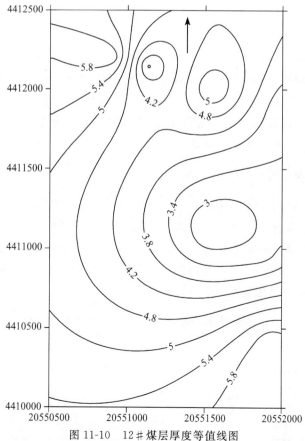

图 11-10　12♯煤层厚度等值线图

2. 西四采区地层与水体的水文地质结构类型

1) 区域水文地质条件

西四采区北以 F9、F10 断层与西二为界,东以 F2 断层与西一为界,南至井田边界线、F2 断层,西至井田边界线。因此,西四采区近似于一个独立的水文地质单元。

西四采区东部、南部受 F2 断层的影响,北部受 F9、F10 、FB 断层的影响,构造发育,使区内水文地质条件复杂。开采中主要受 12～14♯煤层含水层、14～K3 含水层、奥灰含水层及 F2 、F9、F10、FB 断层等的影响。

2) 水体的水文地质结构类型

西四采区松散含水层中的水体是自由流动的,受重力作用控制,传递静水压力,服从于一般静水力学的规律。孔隙水的特点是流速小,流量小,这是实现水体下采煤的有利条件。表 11-22 为各钻孔含(隔)水层的组成情况。

表 11-22　各钻孔底含、底隔表

钻孔号	孔口坐标		底含及其厚度	底隔及其厚度	底含、底隔
	经距/m	纬距/m			
仓补 2	20552008	4411910		黏土、砂质黏土,18.45m	底隔
仓补 3	20551129	4412150	卵砾石,4.13m	—	底含
仓补 32	20552011	4411458	—	黏土、砂土,22.15m	底隔
仓补 40	20550854	4412423	中细砂,4.7m	—	底含
仓补 41	20551533	4411117		黏土,3.76m	底隔
仓生 48	20551932	4410424		砂质黏土,11.05m	底隔
仓生 49	20550910	4412204	中砂,1.70		底含

底含、底隔的划分原则:厚度超过 2m 的含黏土、砂土类冲积层(如黏土、亚黏土、砂土、含砾砂土等)为隔水层,其他为含水层。同时,几层相近的含(隔)水层也可以形成一个整体的含(隔)水层。

从表 11-22 中可以看出,西四采区范围内钻孔揭露本区松散层底部隔水黏土层分布不均匀,而且大部分基岩直接赋存在松散层底部含水层之下。

3. 第四纪松散冲积层的含(隔)水能力分析

1) 松散层厚度平面分布特征分析

根据林南仓矿西四采区仓补 2 等 9 个地质钻孔柱状图,统计分析得出了松散层的厚度,详见表 11-23,研究区域煤层露头处冲积层厚度变化具有如下特点:①在煤层走向方向,从 6～11 号剖面,冲积层厚度先变大后变小,且在 9 号勘探线附近冲积层厚度最大。②在煤层倾斜方向,研究区域冲积层厚度大致由南到北逐渐变厚。

表 11-23　各钻孔松散层厚度统计表

钻孔号	松散层厚度/m	钻孔号	松散层厚度/m
仓补 2	147.9	仓补 41	154.7
仓补 3	154.6	仓生 41	144.7
仓补 12	158.6	仓生 48	214.7
仓补 32	151.3	仓生 49	158.8
仓补 40	162.9	平均	160.9

根据钻孔,最厚 214.7m,最薄 144.7m,平均 160.9m。

由表 11-23 作出了西一、东一采区松散层厚度分布等厚线图,如图 11-11 所示。

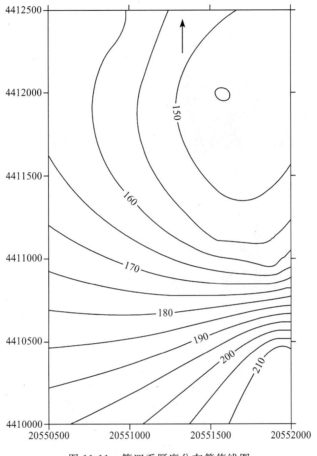

图 11-11　第四系厚度分布等值线图

表 11-24 为各剖面线煤层露头处冲积层厚度。

表 11-24　西四采区 2~4 号剖线煤层露头处冲积层厚度表

剖面号	11♯煤层	12♯煤层
2 号	157.7m	157.4m
3 号	150.7m	150.2m
4 号	161.6m	164.4m

2) 松散层纵向结构分析

仓补 2、仓补 3、仓补 40 钻孔都位于西四采区,2 号勘探线及 4 号勘探线之间,能够很好地反映研究区域煤层上面第四系松散层结构分布特征。

仓补 2、仓补 3、仓补 40 钻孔处第四系松散冲积层厚度分别为 147.9m、154.6m 和 162.9m,其中所含地层主要有黏土层、砂质黏土层、含卵石黏土层、卵石层、卵石含土层和砂层等,而与含水冲积层下压煤开采关系较密切的是底含或底隔。

3）底含与底隔平面分布特征分析

松散层水对于开采影响最大的部分是底部含水层和底部隔水层的厚度与完整性,若底部有较厚的隔水层如黏土岩、泥岩等则能阻断上层含水层的下渗,对于含水松散层下采煤十分有利;如果底部为含水层如砂岩、砾岩、砂土等,则会对下部岩层产生补给,不利于煤层的开采。根据 9 个钻孔的底含与底隔厚度,绘出图 11-12。

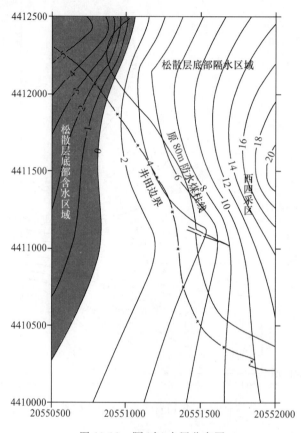

图 11-12　　隔(含)水层分布图

注:松散层底含厚度取为正值,松散层底隔厚度取为负值。

4）底含与底隔含(隔)水性分析

底隔由分布不均的黏土和砂质黏土构成;为下部地层沉积时间较长,且在上部地层重力的长期作用下,砂层由疏松状逐渐变为密实状,黏性土层则变为半固结或固结状,故与浅部含水层之间的水力联系较差,具有很好的隔水性能。

底含是由卵砾石、粗砂岩、中细砂等组成,含水性强,对煤层开采的威胁性较大。

基岩顶界面上部没有完整的隔水层覆盖,必须留设一定厚度的防水安全煤岩柱。

通过图 11-12 可知,西四采区松散层底部 90% 以上为隔水区域,仅在采区西北边界处为含水区域。含水区域较大,具有很好的隔水性能。

4. 覆岩结构特征与地质构造分析

1）基岩结构分析

根据仓补 2 钻孔柱状图,从基岩上界面(孔深 147.9m)到 12♯煤顶板(孔深 390.2m),基岩厚度为 142.3m。所含煤层为 5♯、6♯、8♯、11♯、12♯煤层,岩层基本上为砂岩,基岩风化带深度一般为 20m。

西四采区浅部基岩钻孔资料表明:西四采区及其附近区域覆岩岩性软弱。

2)基岩水文特征分析

矿井的直接充水含水层为 5♯煤层顶板、5~12♯煤层、12~14♯煤层、14~K3 四个砂岩裂隙含水层(组),补给水源主要为冲积层底部砾石强含水层和煤系底部的奥陶石灰岩水,由于冲积层底部砾石层水的运动,净储量十分丰富,与煤系各含水层均角度不整合,因而它不仅可以对上述直接充水含水层从基岩面向下顺层进行正常补给,而且还与奥灰水之间有极为广阔的互补关系,使奥灰水也有可能通过冲积层底部砾石层向各煤系含水层进行间接补给。由于采后破坏,出现了以开采区为中心的降落漏斗,造成含水层之间存在着水力联系,并随着开采深度的增加,这种水力联系也在增强。表 11-25 为基岩中各直接充水含水层的赋存情况。

表 11-25　基岩中直接充水含水层的赋存情况

编　号	名　称	厚　度	岩　性	水质类型
VA	5♯煤层以上 0~50m 段砂岩裂隙承压含水层	$\dfrac{3.23m}{20.48m}$	以深灰尘、灰色色砂砂岩为主,黏土色岩次之。岩性致密,岩石坚硬,砂岩多位于中下部,为泥砂质胶结	HCO₃88.83 M0.209—T14.5℃ Na95.08
IV	5~12♯煤层砂岩裂隙承压含水层	$\dfrac{20~50m}{30m}$	岩性以细砂岩、粉砂岩为主,间或为黏土岩。上部岩石松散,含水性较差,下部岩石粒度较粗,较坚硬,构造裂隙发育区,含水性较强	HCO₃90.97 M0.209—T16℃ Na56.77 Mg21.25 Ca20.43
III	12~14♯煤层砂岩裂隙承压含水层	$\dfrac{10~20m}{15m}$	以粉砂岩、细砂岩为主,为泥砂质胶结,岩石坚硬,裂隙发育,钻孔泥浆消耗量大于 0.5m³/h,占全部钻孔的 40%以上,为井巷工程的主要充水来源	HCO₃92.49 M0.246—T16℃ Na54.10 Mg25.00
II	14~K3 砂岩裂隙承压含水层	$\dfrac{4.41~6.22m}{5m}$	为细、粉砂岩,黏土岩,粉砂岩砂岩占全段的 1/3 以上,泥砂质胶结,岩石坚硬,裂隙发育含水性较强,钻孔泥浆消耗量达 10m³/h	HCO₃86.65 M0.266—T18℃ Na42.75 Mg29.41 Ca27.27

3)西四采区地质构造分析

通过钻探工程及井巷工程,发现该区存在七条较大的断层,其中 F2、F9、F10 为采区边界,FB、FC 位于采区边界处,FD 位于井田边界处,对采区影响不大,而 FA 位于采区中央,落差 5~15m,延展 800m,对本采区影响较大。另外,还有一些落差较小的断层,影响不大。

该区域内发现有火成岩侵入,12 个钻孔中 9 个钻孔存在火成岩侵入现象,火成岩多沿煤层中间或底板侵入,对煤层破坏严重。以钻孔仓补 32 为中心,形成一个闭合圈,对今后的回采将有很大的影响。

本区内尚未发现有陷落柱和古河床冲刷现象。

11.3.3　林南仓矿西二采区导高观测与提高开采上限现状

林南仓矿西二采区 1221 面于 2002 年 7~8 月进行了井下观测钻孔施工,并采用井下导高观测仪进行了导水裂隙高度的观测,取得了较准确的导高观测值。由于西四采区的地层结构、覆岩性质和开采条件与西二采区相似,因此西四采区开采上限的确定可以借鉴西二采区的观测成果。

1. 西二采区 1221 面导高观测方案

1) 1221 面地质开采条件

1221 轻放工作面位于一水平西二采区,开采 12♯煤层。工作面走向长 420～460m,平均 430m。倾斜长 50～100m,平均 71m。煤层厚度 1.8～5.6m,平均 4.8m。煤层倾角 0°～24°,平均 8°。回采工作面标高-222～-229m,地面标高+6.0m。采用轻型支架放顶煤开采,一次采全高。开采时间为 2001 年 11 月至 2002 年 5 月。

2) 导高预计

导高预计是导高观测设计的依据,导高和冒高值的大小主要取决于煤层上覆岩层的力学性质和开采方法。1221 轻放面中部采厚 $M=4.5m$,覆岩导高预计如下。

导高上限: $H_{导上}=14M=14×4.5=63(m)$;

导高下限: $H_{导下}=10M=10×4.5=45(m)$;

冒高: $H_{冒}=3M=3×4.5=13.5(m)$。

3) 导高观测方案

导高观测钻孔的钻窝设在 1221 面南侧的总回风巷内,钻窝至西侧上山 260m,东至总回风巷拐弯点 70m,如图 11-13 所示。在该钻窝内,共布置 3 个钻孔,2 个导高观测孔,1 个地层原始渗透性观测孔。观测钻孔布置如图 11-14 所示,钻孔要素如表 11-26 所示。

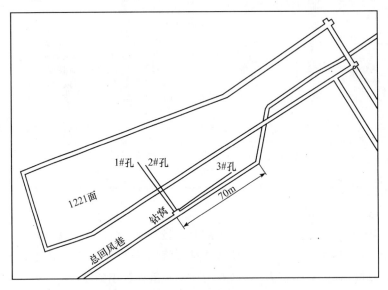

图 11-13　1221 面导高观测钻孔布置平面图

表 11-26　1221 面导高观测钻孔要素表

孔　号	方位角	倾角	长度/m	孔径/mm	用　途
1	16°	50°	120	φ89	导高观测
2	16°	56°	110	φ89	导高观测
3	106°	50°	120	φ89	岩层原始渗透性观测

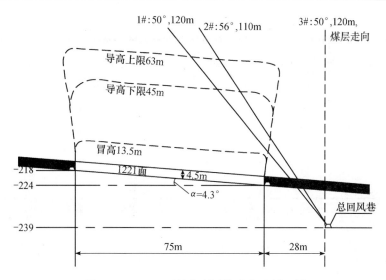

图 11-14　1221 面导高观测钻孔布置剖面图

2. 西二采区 1221 面导高观测成果

导高观测时,双端堵水器胶囊起胀压力为 0.4MPa,岩层渗透观测的注水压力为 0.1MPa。实际观测钻孔多于设计钻孔数,其中 2♯、4♯ 和 5♯ 钻孔的导高观测成果如表 11-27~表 11-29 和图 11-15~图 11-17 所示。

表 11-27　2♯钻孔导高观测成果表

（孔仰角应为 50.5°,孔深 80m,气压起胀）

孔　深/m	测点静压/MPa	注水控制台压力/MPa	岩层渗流量/(L/min)	备　注
26	0.21	0.31	16	
28	0.22	0.32	18	
30	0.23	0.33	0	
32	0.25	0.35	9	
34	0.26	0.36	5	
36	0.30	0.40	0	
37	0.31	0.41	6.5	
38	0.32	0.42	7	
40	0.33	0.43	23	
41	0.34	0.44	28	
42	0.35	0.45	32	
44	0.36	0.46	38	
46	0.37	0.48	34	
46m 之后为黏土岩塌孔,无法继续观测				

表 11-28　4♯钻孔导高观测成果表

（钻孔仰角 49°,孔深 73m,套管封孔深度 49.5m,水压起胀）

孔　深/m	测点静压/MPa	起胀控制台压力/MPa	注水控制台压力/MPa	岩层渗流量/(L/min)	备　注
51.5	0.36	0.76	0.46	0	
53.5	0.37	0.77	0.47	0	
56.5	0.40	0.80	0.50	11	
58.5	0.43	0.83	0.53	0	
59.5	0.43	0.83	0.53	0	

表 11-29　5♯钻孔导高观测成果表

（钻孔仰角 49°,孔深 68.48m,套管封孔深度 43m,水压起胀）

孔　深/m	测点静压/MPa	起胀控制台压力/MPa	注水控制台压力/MPa	岩层渗流量/(L/min)	备　注
46	0.33	0.73	0.43	4.0	
48	0.345	0.745	0.445	7.0	孔口出水
50	0.36	0.76	0.46	0	
52	0.375	0.775	0.475	0	
54	0.39	0.79	0.49	7.0	
56	0.405	0.805	0.505	22.0	孔口出水
58	0.42	0.82	0.52	1.5	
60	0.435	0.835	0.535	3.0	
62	0.45	0.85	0.55	0	
64	0.465	0.865	0.56	17.0	孔口出水
66	0.48	0.88	0.58	0	

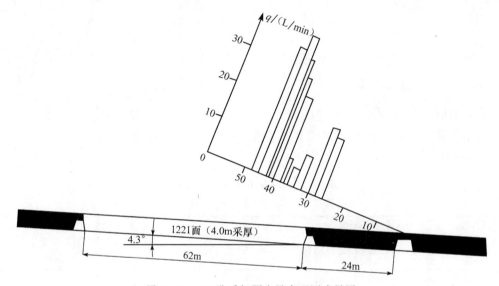

图 11-15　2♯孔采场覆岩导高观测成果图

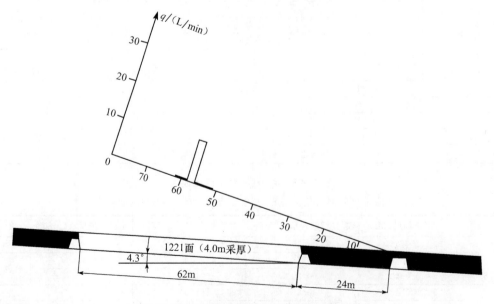

图 11-16　4♯孔采场覆岩导高观测成果图

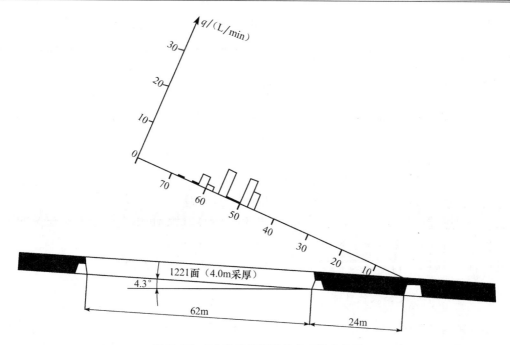

图 11-17　5♯孔采场覆岩导高观测成果图

根据表 11-27～表 11-29、图 11-15～图 11-17 可知,这次导高观测获得成果的有 3 个钻孔,即 2♯孔、4♯孔和 5♯孔。

其中,2♯孔测出的是导水裂隙带内岩层的渗透性,最大渗流量为 38L/min,最小渗流量为 0。

根据 5♯钻孔的观测成果,从孔深 46～66m,渗流量大于 5L/min 的只有三个点。井下观测过程中,就已发现这三个流水过程中,钻孔孔口漏水增大,这说明,注水段钻孔孔壁不完整,有水从双端堵水器探头中涌出。这也就说明,实际上这三个点处的岩层渗透性并不像注水量观测值那么大,而是要少许多。由此可以得出:5♯钻孔孔深 46～66m 的 20m 岩层是导水裂隙带之上的弯曲带。

根据 4♯钻孔的观测成果,从孔深 51.5～59.5m,只有一个渗流点,且渗流量较小,为 11L/min,根据多个矿的观测经验,这个渗流量属于原生裂隙渗流量的范围。这就证明,4♯钻孔 51.5m 以上属于覆岩弯曲带。

下面分别计算各个钻孔观测到的覆岩导高值。

导高值＝测点静压－对应煤层顶板相对观测巷底板高度

2♯钻孔: $h_1 = 37 - 46 \times \cos 50.5° \times \tan 4.3° - 1.8 = 37 - 2.2 - 1.8 = 33 (m)$;

4♯钻孔: $h_2 = 36 - 51.5 \times \cos 46° \times \tan 4.3° - 1.8 = 36 - 2.7 - 1.8 = 31.5 (m)$;

5♯钻孔: $h_3 = 33 - 46 \times \cos 49° \times \tan 4.3° - 1.8 = 33 - 2.3 - 1.8 = 28.9 (m)$。

导高最大值为 $H_{li} = \max(h_1, h_2, h_3) = 33 (m)$;

导高平均值为 $\overline{H}_{li} = (h_1 + h_2 + h_3)/3 \approx 31 (m)$。

需要说明的是,根据实测观测情况,如果单纯考虑 2♯钻孔的观测情况,导高最大值还可能更大一些。如果单独考虑 4♯和 5♯钻孔的观测成果,导高平均值应该更小些。综合考虑后认为,1221 面导高值可判定为 33m。

1221 面的煤层开采厚度为 $M = 4.0m$,轻型支架放顶煤开采,所以其导高采厚比为

$$H_{li}/M = 33/4.0 = 8.25 (m)$$

该工作面的导高观测值较小,其原因是采场覆岩较软弱。

11.3.4 林南仓矿西四采区煤层开采上限的确定

1. 各煤层开采采场覆岩导水裂隙带高度预计

导水裂隙带高度是确定煤层开采上限,合理留设防水保护煤岩柱厚度的主要依据。因此,必须根据开采煤层的地质条件、开采方式对采区导高进行合理预计。

林南仓煤矿西四采区浅部各煤层的厚度和层间距如表 11-21 所示,表中统计了仓补 2、仓补 3 等 9 个钻孔 11♯煤层和 12♯煤层的煤层厚度和间距。

导高预计主要采用《规程》公式法、实测法和数值分析方法。

11♯煤层厚度 1.6～6.1m,平均 3.7m。留设防水煤柱时按 4m 计算。12♯煤层厚度 2.6～6.1m,平均 4.3m,留设防水煤柱时按 2 种方案计算分别为 4m,5m。

其中,11♯煤层与 12♯煤层平均间距为 23.1m,取煤层的平均倾角为 35°。

2. 按《规程》中有关公式预计导水裂隙带高度

林南仓矿西四采区开采上限范围内的 11♯、12♯煤层顶板覆岩属于软弱岩层,理由有二:首先,通过林南仓矿西二采区 1221 面于 2002 年 7～8 月进行的井下观测钻孔施工情况发现,导高观测钻孔易塌陷,不易成孔,岩层十分软弱。其次,通过地质资料可知,采区内存在风化带,而提高开采上限的位置距离第四纪松散层很近,风化程度更大,对岩石强度造成影响。因此,按《规程》预计导水裂隙带高度时,应采用岩性为软弱岩层的垮落带高度计算公式和导水裂隙带高度计算公式。

1) 11♯和 12♯煤层垮落带高度预计

林南仓矿西四采区 11♯和 12♯煤层煤顶板覆岩属于软弱岩层,其中 11♯煤层按采厚 4m 计算,12♯煤层按采厚 4m 和 5m 计算。

11♯煤层开采垮落带高度(按 4m 采厚):$\sum M = 4\text{m}$,$H_m = \dfrac{100\sum M}{6.2\sum M + 32} \pm 1.5 = 7.0 \pm 1.5(\text{m})$;

12♯煤层开采垮落带高度(按 4m 采厚):$\sum M = 4\text{m}$,$H_m = \dfrac{100\sum M}{6.2\sum M + 32} \pm 1.5 = 7.0 \pm 1.5(\text{m})$;

12♯煤层开采垮落带高度(按 5m 采厚):$\sum M = 5\text{m}$,$H_m = \dfrac{100\sum M}{6.2\sum M + 32} \pm 1.5 = 7.9 \pm 1.5(\text{m})$。

即 11♯煤层开采按 4m 采厚时垮落带高度为 5.5～8.5m。12♯煤层开采,按 4m 采厚时垮落带高度为 5.5～8.5m,按 5m 采厚时垮落带高度为 6.4～9.4m。11♯煤层与 12♯煤层开采垮落带高度均小于煤层的层间距,故 11♯煤层和 12♯煤层开采的导水裂隙带高度可以分别进行计算。

2) 11♯和 12♯煤层工作面单独开采区导高预计

林南仓矿西四采区 11♯、12♯煤层顶板覆岩属于软弱岩层,其中 11♯煤层按 4m 计算,12♯

煤层分别按采厚 4m 和 5m 计算。

11♯煤层开采的导水裂隙带垂高如下:

由公式一

$$H_{li} = \frac{100 \sum M}{3.1 \sum M + 5.0} \pm 4.0 = \frac{100 \times 4}{3.1 \times 4 + 5.0} \pm 4.0 = 23.0 \pm 4.0 (\mathrm{m})$$

由公式二

$$H_{li} = 10 \sqrt{\sum M} + 5 = 10 \sqrt{4} + 5 = 25 (\mathrm{m})$$

12♯煤层开采的导水裂隙带垂高(按采厚 4m 计算)如下:

由公式一

$$H_{li} = \frac{100 \sum M}{3.1 \sum M + 5.0} \pm 4.0 = \frac{100 \times 4}{3.1 \times 4 + 5.0} \pm 4.0 = 23.0 \pm 4.0 (\mathrm{m})$$

由公式二

$$H_{li} = 10 \sqrt{\sum M} + 5 = 10 \sqrt{4} + 5 = 25 (\mathrm{m})$$

12♯煤层开采的导水裂隙带垂高(按采厚 5m 计算)如下:

由公式一

$$H_{li} = \frac{100 \sum M}{3.1 \sum M + 5.0} \pm 4.0 = \frac{100 \times 5}{3.1 \times 5 + 5.0} \pm 4.0 = 24.4 \pm 4.0 (\mathrm{m})$$

由公式二

$$H_{li} = 10 \sqrt{\sum M} + 5 = 10 \sqrt{5} + 5 \approx 27.4 (\mathrm{m})$$

综上所述,根据《规程》预计的导高如下。

11♯煤层按采厚 4m 开采时,预计导高为 $H_{li} = 27.0 \mathrm{m}$;

12♯煤层按采厚 4m 开采时,预计导高为 $H_{li} = 27.0 \mathrm{m}$;

12♯煤层按采厚 5m 开采时,预计导高为 $H_{li} = 28.4 \mathrm{m}$。

11♯煤层开采时导高是采高的 6.2 倍,12♯煤层按 4m 和 5m 开采时导高是采高的 6.2 倍和 5.6 倍。对于相似的煤层覆岩地层结构,导高、采厚比数值应该变化不大,而从以上计算值可以看出,导高、采厚比数值变化很大,导高、采厚比数值明显偏小,故不能一味地照搬《规程》中的经验公式。因此,综合考虑从实测法和数值模拟角度对导水裂隙带高度进行分析。

3. 按实测数值预计导水裂隙带高度

1) 西四采区与西二采区地层结构的相似性分析

林南仓矿西二采区 1221 面于 2002 年 7~8 月进行了井下导水裂隙高度的观测,根据导水裂隙带高度现场观测结果,1221 轻放工作面导水裂隙带高度为 $H_{li} = 33 \mathrm{m}$。

导水裂隙带和垮落带的发育高度主要取决于地层结构、岩石力学性质和开采方法。因此,只要西四采区与西二采区的覆岩地层结构和岩性相似,在开采方法相同的情况下(林南仓决定西四采区提高开采上限区域采用综合机械化一次采全高开采方法,不采用放顶煤开采),西四采区就可以运用西二采区的导高观测成果。从两个采区的距离和钻孔柱状图分析两采的覆岩地层结构。

西四采区边界到西二采区 1221 面的距离约 1200m,平面距离不大。

西四采区和西二采区的地层主要是砂岩、泥岩等软弱岩层。没有厚度较大的关键层。两个采区地层结构比较相似。因此,西二采区的导高观测成果可以运用到西四采区。

2) 按实测数值预计导水裂隙带高度

西二采区 1221 面观测剖面处煤层采厚为 4.0m,导高是采厚的 8.25 倍。因为西四采区煤层顶底板条件与西二采区相差无几,导高发育规律应该一致,同时为了保证更安全,导高与采厚的比值取 9.0,因此

(1) 11♯煤层开采厚度 $\sum M = 4\text{m}, H_{\text{li}} = 9 \times 4 = 36\text{m}$;

(2) 12♯煤层开采厚度 $\sum M = 4\text{m}, H_{\text{li}} = 9 \times 4 = 36\text{m}$;

(3) 12♯煤层开采厚度 $\sum M = 5\text{m}, H_{\text{li}} = 9 \times 5 = 45\text{m}$。

4. 西四采区各煤层开采导水裂隙带高度预计综合成果

根据《规程》、实测和数值模拟三种方法分别得出了导水裂隙带的预计值,如表 11-30 所示,通过三种方法的对比分析,为安全起见导水裂隙带高度均取三种方法的最大值。得到 11♯煤层按 3m、4m 采厚开采时导水裂隙带高度分别为 27m、36m,11♯煤层按 3m、4m 和 5m 采厚开采时导水裂隙带高度分别为 27m、36m 和 45m。

表 11-30　西四采区 11♯和 12♯煤层开采的导水裂隙带预计高度表

煤　层	采　厚	按《规程》预计	根据实测值预计	最终确定导高预计值
11♯	4m	27m	36m	36m
12♯	4m	27m	36m	36m
12♯	5m	28.4m	45m	45m

5. 西四采区 11♯和 12♯煤层开采上限的确定

1) 防水安全煤岩柱垂高确定

防水安全煤岩柱的地层结构力学模型如图 11-18 所示,根据前述松散层结构特征分析,松散

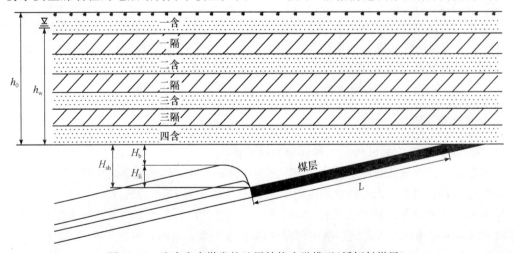

图 11-18　防水安全煤岩柱地层结构力学模型(缓倾斜煤层)

冲积为四含三隔结构,厚度为 h_0,四含水头高度为 h_w。煤层为缓倾斜,导高为 H_{li},保护层厚度为 H_b,防水安全煤岩柱垂高为 H_{sh}。

由于西四采区范围内钻孔揭露本区松散层底部隔水黏土层分布不均匀,大部分基岩直接赋存在松散层底部含水层下,并且西四采区的覆岩岩性为软弱岩层。《规程》关于防水安全煤岩柱的保护层厚度的规定如表 11-31 所示。因此,本区松散层下煤层开采所取保护层厚度为 $5A$。则各煤层保护层厚度如下。

(1) 11♯煤层保护层厚度(按 4m 采厚计算): $H_b = 5 \times 4 = 20 (m)$;

(2) 12♯煤层保护层厚度(按 4m 采厚计算): $H_b = 5 \times 4 = 20 (m)$;

(3) 12♯煤层保护层厚度(按 5m 采厚计算): $H_b = 5 \times 5 = 25 (m)$。

表 11-31　防水安全煤岩柱保护层厚度表　　　　　　　　　单位:m

覆岩岩性	松散层底部黏性土层 厚度大于累计采厚	松散层底部黏性土层 厚度小于累计采厚	松散层全厚小于 累计采厚	松散层底部 无黏性土层
坚硬	$4A$	$5A$	$6A$	$7A$
中硬	$3A$	$4A$	$5A$	$6A$
软弱	$2A$	$3A$	$4A$	$5A$
极软弱	$2A$	$2A$	$3A$	$4A$

注: $A = \dfrac{\sum M}{n}$,其中 $\sum M$ 为累计采厚, n 为分层层数。

2) 西四采区 11♯和 12♯煤层开采上限的确定

留设防水安全煤岩柱的目的就是确定煤层合理的开采上限,保证松散含水层下煤层的安全开采。防水煤岩柱的高度(H_{sh})应大于或等于导水裂隙带的最大高度(H_{li})加上保护层厚度(H_b)

$$H_{sh} \geqslant H_{li} + H_b$$

11♯、12♯煤层的导高预计值和防水保护层的厚度如表 11-32 所示,其开采上限高度确定剖面图,如图 11-19 所示。

表 11-32　西四 11♯和 12♯煤层防水煤岩柱留设高度

煤　　层	采　厚/m	预计导高/m	保护层厚度/m	导高与保护层厚度之和/m	确定留设防水安全煤岩柱垂高/m
11♯	4	36	20	56	56
12♯	4	36	20	56	56
12♯	5	45	25	70	70

3) 提高开采上限后所增加的储量

(1) 各煤层每提高 1m 开采上限增加的可采储量。

西四采区原 80m 防水煤柱线长度约为 2600m。煤层倾角取 35°,开采上限每提高 1m 能增加开采宽度约 1.74m,增加开采面积 $0.45 \times 10^4 m^2$。

11♯煤层按采厚 4m 开采,煤体密度 1.3t/m³。开采上限增加 1m,西一、东一采区各能增加可采储量 $4 \times 1.3 \times 0.45 \times 10^4 = 2.34 \times 10^4 t$。

12♯煤层按采厚 4m 开采,煤体密度 1.3t/m³,开采上限增加 1m,西一、东一采区各能增加可采储量 $4.5 \times 1.3 \times 0.45 \times 10^4 = 2.34 \times 10^4 t$。

12♯煤层按采厚 5m 开采,煤体密度 1.3t/m³,开采上限增加 1m,西一、东一采区各能增加可采储量 $5 \times 1.3 \times 0.45 \times 10^4 = 2.93 \times 10^4 t$。

(2) 提高开采上限后所增加的储量。

根据原开滦矿务局关于林南仓矿西四采区开采上限的批复文件,西四采区原先留设的防水

煤岩柱垂高为80m。按照表11-32提高开采上限后,西四采区范围内11♯和12♯煤层增加的可采储量计算如下:

11♯煤层按4m采厚,留设防水煤岩柱垂高为56m,西一采区开采上限提高24m,增加的可采储量为$24 \times 2.34 \times 10^4 t = 56.2 \times 10^4 t$。

12♯煤层按4m采厚,留设防水煤岩柱垂高为56m,西一采区开采上限提高24m,增加的可采储量为$24 \times 2.34 \times 10^4 t = 56.2 \times 10^4 t$。

12♯煤层按5m采厚,留设防水煤岩柱垂高为70m,西一采区开采上限提高10m,增加的可采储量为$10 \times 2.93 \times 10^4 t = 29.3 \times 10^4 t$。

西四采区11♯煤层、12♯煤层提高开采上限后,各煤层增加的可采储量汇总如表11-33所示。

表11-33　西四采区11♯和12♯煤层提高开采上限增加储量表

煤　层	采厚/m	设计留设防水安全煤岩柱垂高/m	开采上限提高量/m	增加的可采储量/($\times 10^4$ t)
11♯	4	56	24	56.2
12♯	4	56	24	56.2
12♯	5	70	10	29.3

4）11♯和12♯煤层采煤方法的建议

11♯和12♯煤层厚度变化较大,考虑到如下两个因素:一是放顶煤采煤法不容易控制开采厚度,不利于含水冲积层下提高开采上限;二是煤层厚度变化较大不便采用放顶煤开采,林南仓决定西四采区11♯、12♯煤层提高开采上限区域采用综合机械化开采（一次采全高）,不采用放顶煤开采（图11-19）。

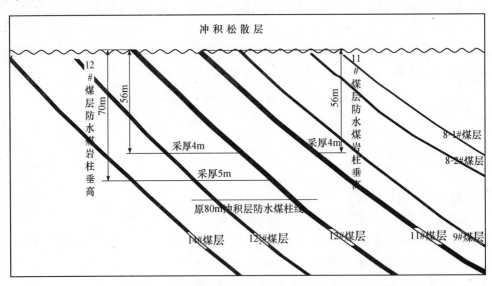

图11-19　11♯、12♯煤层开采上限高度确定剖面图（依据9号地质剖面图）

11.4　七台河铁麒煤矿桃山水库下煤层安全开采上限研究

铁麒煤矿是黑龙江七台河市地方煤矿中规模最大的矿井,年生产能力3×10^5 t。经过多年的开采,铁麒煤矿井田范围内南部陆地区域的煤炭资源已近枯竭,但井田北部桃山水库下压煤区尚有大量煤炭储量,只有解放桃山水库下压煤,才能实现矿井的可持续发展。铁麒煤矿桃山水库下压煤区煤层赋存条件具有显著的自身特点:第四纪松散冲积层很薄、煤层为薄及中厚煤层、水库边缘处煤层埋深较大。根据库区煤层的赋存特点,查清库区内的地质构造,选择最佳的开采方法,合理确定开采上限,采取有效的安全技术措施,对于保障水库下压煤的安全开采具有重要意义。

11.4.1　铁麒煤矿地质条件

1. 区域地质概况

1) 地层

勃利煤田盆地基底为下元古界黑龙江群变质岩系和古生界泥盆系浅变质岩组成。煤系地层为中生界中、上侏罗系由滴道组、城子河组、穆棱组组成,与基底地层呈不整合接触关系。煤系地层上覆白垩系桦山群地层,由山东组、猴石沟组、金沙组组成,厚 1500～2300m,与煤系地层呈假整合接触关系。白垩系地层上覆第四系冲积层与下伏地层呈不整合接触,地层厚 10～30m。

2) 构造

勃利煤田所处大地构造位置,是新华夏系第二隆起带上,双鸭山以南到鸡西之间的中生代凹陷的中部,在前古生代褶皱基础上,经中生代强烈活动形成强断陷盆地,煤田呈现向南突出的弧形构造。弧形构造以桃山为转折点,弧形构造两侧基底岩性不同,受力作用程度不同,所以构造形态各异,西部煤系基底由古老的结晶岩体组成,构造比较简单,多呈张性断裂,地层走向北西,向南西倾斜的单斜构造。东部煤系基底多为古生代地层,岩性坚硬程度较差,多以压性断裂、短轴褶皱为主,属于复背向斜构造,地层走向呈北西向南东倾斜的急倾斜,构造比较复杂。

2. 井田地质构造

铁麒煤矿处于勃利煤田弧形构造的东翼,靠近转折点处。本区存在着近似东西向褶皱及东西向逆冲断裂,这说明本区构造形成时期所受的地应力主要是南北向的挤压力,从而产生了这些东西向褶皱与挤压性逆断裂,如 F31、F5、F1 及 F31 与 F5 之间的褶皱,断层以北的北岗向斜为东西向构造,为本区的主要构造形态。

3. 铁麒煤矿水文地质条件

在铁麒煤矿井田内,根据地貌和第四系地层分布的差异,可划分为河谷和丘陵两个水文地质区。

1) 河谷水文地质区

分布于茄子河及倭肯河河谷地区,地下水埋藏深度 2～4m。煤系地层被第四系含水层覆盖,形成大气降水—第四系含水层—煤系地层的渗透途径和补给关系。风化带发育深度 0～80m。因地下水的水平运动较强,风化带深度内裂隙充填物较少。由于同大气降水和第四系含水层形成水力联系,地下水的矿化度较低,补给条件较好,岩石的富水性较强。据水 1 孔 1、2 段抽水资料,渗透系数为 1.204～1.476m/昼夜,单位涌水量为 0.557～1.083kg/s。

2) 丘陵水文地质区

分布于本区南部丘陵地区,上部多被黏土覆盖,地下水埋藏深度 10～30m,风化带发育深度 0～30m。风化带上部 30～40m 深度内,岩石裂隙部分被黏土质充填;风化带下部 40～80m 深度内,裂隙部分被次生矿物方解石、黄铁矿等充填。由于地下水的径流作用减弱,故水的矿化度较高,补给条件不良,岩层含水性较差,据水 2 孔抽水资料,渗透系数为 0.379m/昼夜,单位涌水量为 0.236～0.475kg/s。

11.4.2　桃山水库下压煤开采可行性论证

1. 桃山水库压煤区地质开采条件分析

1) 桃山水库压煤区地层结构分析

本区地层由中生代鸡西群滴道组、城子河组组成,其中城子河组地层厚度约 1400m,滴道组约 200m 厚。第四系在全区发育,地层厚度 5~15m。地层由新到老依次如下。

第四系(Q):在本区广泛发育,覆盖在含煤地层之上,由坡积层、黏土层、冲击层的砂、砾石等组成,厚度 5~15m,与下伏煤系呈不整合接触关系。

城子河组上段(J3ch-3):范围从 71 煤层上部的中砂岩至 57 煤层,是本区的主要含煤地层,含煤近 30 层,其中可采煤层和局部可采煤层 10 层,煤层总厚度约 14.27m,层群厚度 420m,岩性较细,岩石成分泥质较多。

城子河组中段(J3ch-2):从 106 煤层以上的砾岩层至 71 煤层上部中砂岩,地层厚 400m 左右,岩性以中粒岩石为主,粗砂岩、粉砂岩、炭质泥岩及煤层呈互层出现,下部岩石层面富集云母片。本段含煤层 29 层,其中可采和局部可采 8 层,煤层总厚度约 5.30m。

城子河组下段(J3ch-1):本段从 106 煤层以上砾岩层至滴道组以上,地层厚度由东至西 350m 到 160m 减小,由于滴道组凹凸不平影响,厚度变化较大。本段岩性较粗,以砾岩、含砾粗砂岩、粗砂岩及中砂岩为主。细砂岩、粉砂岩、炭质泥岩、煤层呈薄层出现。上部含煤层 9 或 10 层,其中可采及局部可采 5 或 6 层,煤层总厚度 3.5m 左右。

全区共含有煤层 80 余层,其中可采和局部可采 25 层,煤层总厚度 21~24m,煤多为粉末状,除 57、63、67上、67、72、110、113 等煤层为复结构外,其余煤层均为单一结构。煤层多而薄是本区含煤地层的最主要的特征。

铁麒煤矿地层特征如下:

(1) 煤系地层和覆岩为中生代和新生代,地层的地质年代较新。

(2) 覆岩地层多为砂岩,岩石压实密度较小,岩石强度一般中等或软弱。

(3) 可采煤层多为薄及中厚煤层,只有一层厚煤层为 3.32m。

2) 桃山水库压煤区水文地质分析

(1) 水文地质分区。

铁麒矿区被水库边界划分为南、北两个部分。东部和北部为河谷地区,分布于茄子河及倭肯河河谷地区,地下水埋藏深度 2~4m。煤系地层被第四系含水层覆盖。由于第四系含水层较薄,因此在此区域形成大气降水—第四系含水层—煤系地层的渗透途径和补给关系。风化带发育深度 0~80m,因此地下水的水平运动较强,风化带深度内裂隙充填物少。由于同大气降水和第四系含水层形成水力联系,地下水的矿化度较低,补给条件较好,岩石的富水性较强。

(2) 岩层含水性分带。

本区风化裂隙发育是随深度增加而减弱的,故岩层富水性随垂直深度的增加而减小,根据岩层含水性可将其划分如下。

风化裂隙含水带:发育深度 0~80m,因风化裂隙普遍发育,在该带内无明显隔水层,地下水多为裂隙空隙潜水。

亚风化裂隙空隙含水带:发育深度 80~160m,因风化作用减弱,裂隙发育随岩性不同的特征较为明显。由于裂隙发育的不均匀性,在该带中有较明显的隔水层,地下水由水平运动过渡为垂直运动。地下水多为裂隙空隙间的承压水。

构造裂隙含水带:由于断层和褶皱的应力作用形成构造裂隙,能够储存大量的水。当有压性断层存在时(如 F31 逆断层),由于压性应力产生的积压作用力,增强了断层两侧岩石的致密程度,形成了隔水作用从而抬高了地下水位。

(3) 河谷区岩层含水性划分。

茄子河河谷第四系空隙潜水含水层:分布于本区东部河谷区,松散层多为二元结构,上覆 2~3m,河谷两侧为 3~5m 压黏土或腐植土。含水层厚度 3~6m,大部分为 3~3.5m,含水层岩性上部为 1.5~2m 分选较好的细砂,下部为 1.5~4m 分选较差的砾石。含水层赋存状态多呈水平状结构,靠沟谷边缘夹淤泥及粉细砂,多呈透镜体及参差状结构。地下水埋藏深度 2~5m。

倭肯河河谷第四系孔隙潜水含水层:分布于本区北部,上覆 0.5~5m 腐植土、压砂土。含水层厚度 3~7m,赋存状态多呈水平状结构。含水层岩性上部为 2~5m 分选较好的粉、细砂,下部为分选较差的石英质为主的含砾粗砂、砾石、卵石。地下水埋藏深度 0.15~5m,现本区域都为水库淹没范围。

(4) 地下水的补给排泄条件。

丘陵地区:煤系地层上部被黏土覆盖,不利于大气降水的渗透。斜坡地形有利于地面水的排泄,地下水动储量主要来源为地下水径流,补给条件不良。

河谷地区:地处低洼,有利于地面水、地下水的聚集。河谷平原上部河流水系切割了第四系含水层,形成了河流—第四系含水层—煤系地层的渗透途径,地下水补给条件好。

(5) 水库区(河谷区)水文地质特征。

第四系松散层很薄,只有 3~5m,是含水层,没有隔水层,不具备隔水能力。

基岩风化带很深:风化裂隙含水带发育深度 0~80m,亚风化裂隙空隙含水带发育深度 80~160m。地表水与风化裂隙带水、断层水很容易产生水力联系。

该区域水体的水文地质结构类型属于地表水与松散层水的复合水体,由于松散层较薄,两者可以看做是同一个水体。

2. 桃山水库压煤区地质构造特征分析

1) 水库压煤区区域构造分布特征

桃山水库压煤区位于 F31 断层以北。地层走向:东部为北西 50°左右,中部近东西向,西部北东 20°左右。向斜向南倾斜,地层倾角为 10°~50°。桃山水库压煤区构造分布如图 11-20 所示。

该区近似东西向褶皱及东西向逆冲断裂的存在,表明本区受地应力为南北向的挤压力作用,从而产生了东西向褶皱及压性逆断裂。

从本区北西向和北东向的断裂存在可知,本区主要受南北积压力过程中出现的剪切力作用从而形成一系列断层如 F10 等,其性质多为张扭性或压扭性断裂,为本区分区构造。

2) 水库压煤区主要断层参数

桃山水库压煤区内,现已查明的主要断层共 9 条。其中,逆断层 2 条,东西走向,为压性构造;正断层 7 条,走向为北 30°~57°西,多为张扭性断裂。

(1) F31 和 F5 为逆断层,横贯井田东西,是井田内的主要断层。仅在库区西部边界处出现,对库区压煤开采有一定影响。

(2) F10 是正断层,位于库区东北部边界,对库区压煤开采有一定影响。

(3) F52、F74、F70、F55 和 F56 是 5 条正断层,分布于库区压煤区内部,对库区压煤开采影响较大。其中,F74 和 F70 两条断层的控制程度不够。

(4) F54 是正断层,位于 12 与 3 勘探线之间,走向分布范围较短,对库区压煤开采的影响较小。

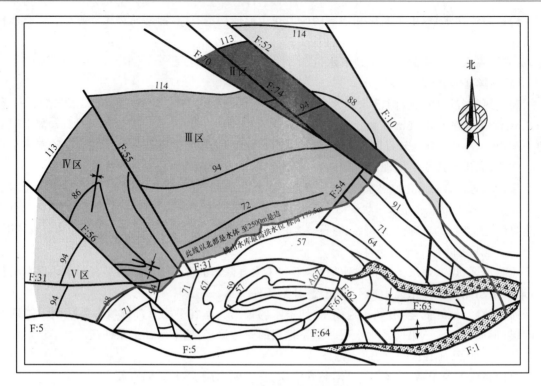

图 11-20　水库压煤区构造分区图

3）水库压煤区的划分

桃山水库压煤区，根据断层的分布，由东至西可以划分为 5 个区，如图 11-20 所示。

Ⅲ区和Ⅳ区（绿色区）地质构造比较简单，煤层呈单斜构造，应该优先开采。

Ⅰ区和Ⅴ区（黄色区）地质构造相对比较复杂，可考虑在后期开采。

Ⅱ区（红色区）范围较窄，宽度仅有 400m 左右，其中分布着 F52、F74 和 F70 3 条断层，除去断层保护煤柱，所剩可采储量很有限，该区水害威胁较大，不宜开采。

3. 桃山水库下压煤开采可解放呆滞的煤炭资源

本矿区煤炭资源储量计算时以水库边界和大型断层为界划定了几个分区来计算，其中"水库压煤区"以水库边界线以北到各可采煤层为界。这个区域都是处于桃山水库库区以下。在储量计算划分的边界内，114、113、110、106 煤层全部位于该区，96、94、91、88、86 煤层的大部分都处在桃山水库以下属于该区，72、72$_上$、71 煤层的上部也处于该区。其中，参与储量计算的可采煤层和局部可采煤层有 71、72、72$_上$、86、91、94、96、106、110、113、114 煤层，只有 88 煤层不在其列。

根据铁麒煤矿储量探测计算所得资料显示："水库压煤区"表内储量 A＋B＋C 级储量为 2437.20×10^{4}t，高级储量 A＋B 为 577.06×10^{4}t，占总量的 24％；表外储量为 190.14×10^{4}t。

因此，为了合理利用煤炭资源，提高煤炭资源的利用率，铁麒煤矿实行水体下采煤势在必行。

4. 桃山水库下压煤开采的技术可行性

铁麒煤矿桃山水库区的第四系比较薄，在水库库区北部，上覆 0.5～5m 腐植土、压砂土，含水层厚度 3～7m，赋存状态多呈水平状结构；东部库区，松散层多为二元结构，上覆 2～3m，含水层厚度 3～6m，大部分为 3～3.5m，地下水埋藏深度 2～5m。由于第四系含水层较薄，大气降水和第四系含水层形成水力联系,因此在此区域形成大气降水—第四系含水层—煤系地层的渗透途径和补给关系,补给条件较好,岩石的富水性较强。

因此,可以认为水库水体与松散含水层之间具有水力联系。必须科学地计算出破碎带和导水裂隙带的高度,根据"两带"高度,以确保开采安全、杜绝水患为原则,科学合理地确定留设防水煤柱的高度。

11.4.3　桃山水库压煤区开采上限的确定

1. 第四纪松散冲积层的分布特征

桃山水库压煤区位于桃山水库南部,第四系含水层直接与煤系地层接触,上覆第四系松散层厚度为5～15m;上覆0.5～5m腐植土、亚砂土,地下水埋藏深度为0.15～5m,含水层厚度3～7m,赋存状态多呈水平状结构;含水层岩性,上部为2～5m分选好的粉、细砂,下部为分选较差的半圆状石英质为主的含砾粗砂、砾石、卵石;渗透系数为1.204～1.476m/昼夜,单位涌水量为0.557～1.083L/(m·s)。

松散冲积层结构如表11-34所示。由表11-34作出松散含水层等厚线图(图11-21)。

表 11-34　松散冲积层结构统计表

钻　孔	松散总厚度/m	底界面标高/m	顶界面标高/m	松散层岩性描述
560	7	176	183	黄褐色泥,有少量砂,大部分为黏泥
5085	10	183	193	表土,含有砂粒
5055	6	164	170	表土,其中含有流沙
5054	6	164	170	表土,下层含有流沙
5102	5	164	169	表土为2.45m厚,下层为流沙
5101	7	155	170	表土为5.2m厚,往下为流沙
563	12	183	195	黄土与砂粒组成
5052	11	168	179	表土与砂粒
5051	8	162	170	含砂褐色泥土
5099	7	164	171	无岩石,为褐色黏泥

根据《规程》,对于不同类型的松散含水层,要分别留设"防水"或"防砂"安全煤岩柱:

Ⅰ"直接位于基岩上方或底界面下无稳定的黏性土隔水层的松散孔隙强、中含水层水体",必须留设顶板"防水"安全煤岩柱。

Ⅱ"底界面下为稳定的厚黏性土隔水层或松散弱含水层的松散层中、上部孔隙强、中含水层水体",可以留设顶板"防砂"安全煤岩柱。

桃山水库第四系松散含水层下压煤开采,属于含水丰富的松散含水层直接覆于煤系地层上部,无黏土隔水层,需要留设顶板防水安全煤岩柱。

2. 覆岩地层结构特征分析

1) 桃山水库压煤区地层结构分析

不同性质的岩层自上而下的组合形成了覆岩的结构特征,不同的结构特征对采后覆岩的破坏规律有着不同的影响。因此,掌握该采区地层结构特征具有重要的意义。

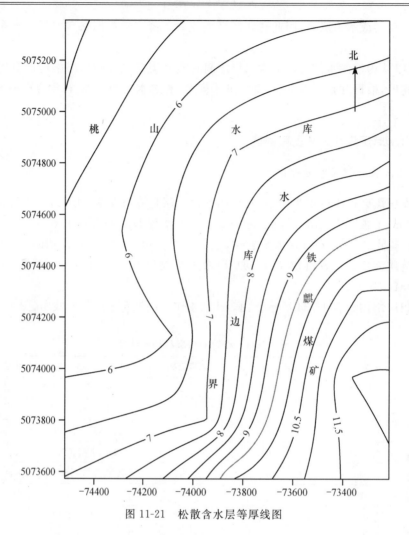

图 11-21　松散含水层等厚线图

水库压煤区可采煤层共有 11 层,分别是 71、72_上、72、86、88、94、96、106、110、113 和 114 煤层,在库区煤层走向及倾角较为稳定。煤层厚度小(大部分厚度小于 1m),层数多,相邻煤层间距大。只有 86 与 88 煤层间距为 12m,71 与 72 煤层_上间距为 13m,72_上 与 72 煤层间距为 14m,其余相邻煤层间距均大于 20m。

桃山水库压煤区地质剖面图如图 11-22 和图 11-23 所示,所以一般情况下,相邻的上、下两层煤层开采时,下层煤的冒落带不会与上层煤的冒落带相导通。这样多层煤开采时,就可取导水裂隙带标高最高者作为导水裂隙带的最大高度。另外,在开采工作面布置时应尽量避免上、下煤层的回采工作面边界垂向重合,从而避免导高叠加。

根据 5051 号钻孔柱状图,从基岩上界面到 114 煤层底板,孔深 609m,共穿过可采煤层 8 层(86、88、94、96、106、110、113、114 煤层)。5052 号钻孔,从基岩上界面到 96 煤层底板,孔深639m,共穿过可采煤层 7 层(71、72_上、72、86、88、94、96 煤层)。

2) 煤层覆岩岩性及其岩石力学参数分析

覆岩破坏高度与覆岩的力学性质有着密切的关系,如果采区上覆岩层为脆性岩层,受开采影响后很容易断裂,所以覆岩破坏高度大;如果覆岩为塑性岩层,受开采影响后不易断裂但是容易下沉,能使冒落岩块充分压实,最终表现为覆岩破坏高度降低。所以,对煤层上覆岩层

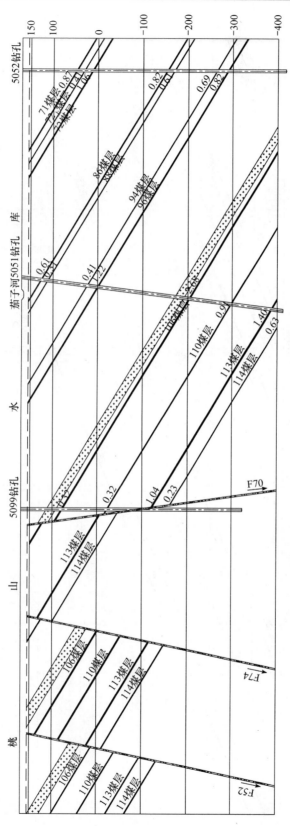

图11-22　桃山水库压煤区第13号勘探线地质剖面图

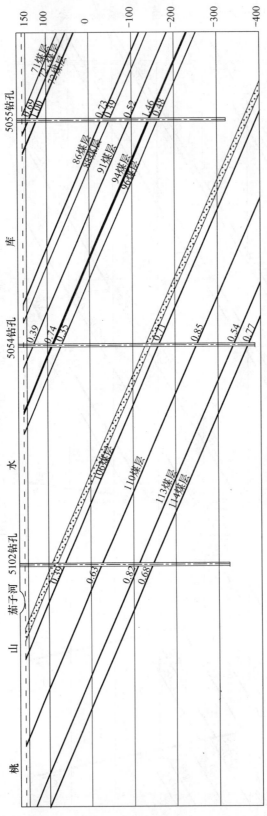

图11-23 桃山水库压煤区第14号勘探线地质剖面图

的岩石力学性质进行研究是必要的。利用钻孔柱状图统计其煤层顶板覆岩岩性,得出桃山水库压煤区覆岩种类及其累计厚度统计表,如表 11-35 所示。其中,各种砂岩及砾岩占 99%。

表 11-35　钻孔柱状岩性统计表

岩　性	粗砂岩	细砂岩	粉砂岩	粉细互层	中砂岩	砾　岩	含炭泥岩	煤页岩
层数	24	29	23	27	7	3	2	1
厚度/m	75.5	88	64.9	115.25	21.1	38.2	1.95	0.8

根据钻孔柱状图可知,桃山水库压煤区上覆岩层岩性种类与厚度统计,如图 11-24 所示。不同岩石性质与漏水点分布百分数关系如图 11-25 所示。

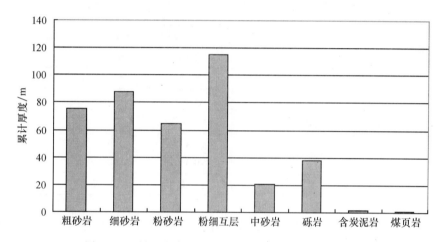

图 11-24　桃山水库压煤区覆岩岩性种类与厚度统计图

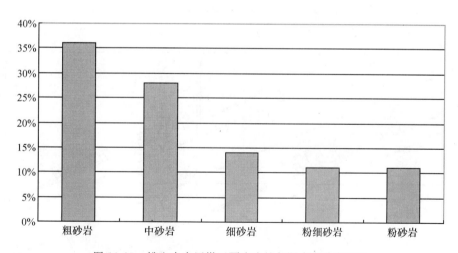

图 11-25　桃山水库压煤区覆岩岩性与漏水点分布关系

3. 导水裂隙带高度预计

水体下采煤的实践证明,搞清和利用煤层覆岩的破坏规律,既是评价水体下采煤可行性的关键,又是实现水体下采煤安全生产的关键。覆岩破坏的最大高度,是覆岩破坏的最重要特征,因此计算覆岩的导水裂隙带高度成为水体下采煤的首要问题。

根据钻孔柱状图和 5051 钻孔岩芯的岩石力学参数统计成果,得出桃山水库压煤区煤层顶板覆岩属于中硬岩层,根据所采煤层厚度,利用公式计算可得各可采煤层的导水裂隙带高度,如表 11-36 所示。

表 11-36　水库压煤区可采煤层导水裂隙带高度计算汇总表

煤层编号	一般煤厚/m	煤层倾角/(°)	覆岩岩性	导水裂隙带高度/m	
				公式一	公式二
66	0.74	30～40	中硬	15.5±5.6	27.2
67上	0.88	35	中硬	17.6±5.6	28.8
67	1.58	35	中硬	25.8±5.6	35.1
71	0.65	35	中硬	14±5.6	26.1
72	1.27	30	中硬	22.5±5.6	32.5
86	0.73	40	中硬	15.3±5.6	27.1
94	0.70	25	中硬	14.8±5.6	26.7
96	0.42	30	中硬	9.8±5.6	22.9
106	0.77	30	中硬	15.9±5.6	27.5
110	1.05	25	中硬	19.9±5.6	30.5
113	1.04	25	中硬	19.8±5.6	30.4

当煤层倾角为 36°～54°,采用走向长壁式采煤方法时,冒落岩块下落到采空区底板后,向采空区下部滚动,于是采空区下部很快能被冒落岩块所填满,而采空区上部由于冒落岩块的流失,等于增加了开采空间,故其冒落高度就大于下部,如图 11-26 所示。

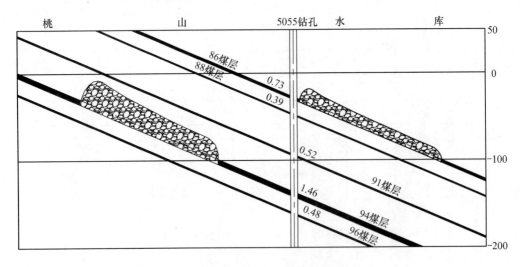

图 11-26　覆岩破坏性影响分布形态

当煤层倾角为 36°～54°时,采空区倾斜剖面上冒落带、导水裂隙带范围的最终形态呈上大下小的抛物线拱形。在走向方向上,由于采空区尺寸较大,冒落带、导水裂隙带范围仍然能成为马鞍形形态,如图 11-26 所示。

根据对龙口海下压煤区、微山湖下压煤区、钱家营煤矿、孔庄煤矿等矿区的导水裂隙带高度测量情况,结合与桃山水库压煤区地层结构、覆岩岩性、煤层赋存情况相类似的矿区的导水裂隙带高度发育情况,利用经验类比的方法得出桃山水库压煤区导水裂隙带高度约为煤层厚度的 15 倍。桃山水库压煤区可采煤层导水裂隙带高度如表 11-37 所示。

表 11-37　桃山水库压煤区可采煤层导水裂隙带高度

煤层编号	一般煤厚/m	煤层倾角/(°)	覆岩岩性	导高/m
66	0.74	30～40	中硬	11.1
67$_{上}$	0.88	35	中硬	13.2
67	1.58	35	中硬	23.7
71	0.65	35	中硬	9.75
72	1.27	30	中硬	19.05
86	0.73	40	中硬	10.95
94	0.70	25	中硬	10.5
96	0.42	30	中硬	6.3
106	0.77	30	中硬	11.55
110	1.05	25	中硬	15.75
113	1.04	25	中硬	15.7

4. 桃山水库压煤区开采上限的确定

1) 按《规程》确定防水安全煤岩柱的垂高

按《规程》选取保护层厚度用于防水安全煤岩柱的保护层厚度,桃山水库压煤区 13 号地质勘探线剖面上可采煤层共有 5 层,累计采厚为 $\sum = 4.9\mathrm{m}$。

桃山水库压煤区覆岩岩性应该按坚硬岩层考虑,松散层底部无黏土层。所以,防水安全煤岩柱保护层厚度应该按累计煤层采厚的 6 倍考虑,则有

$$H_\mathrm{b} = 4.9 \times 6 = 29.4(\mathrm{m})$$

按《规程》确定防水安全煤岩柱的垂高:按煤层厚度最大的 67 煤层计算导高,根据《规程》中的第二个公式,求出的导高值为 35.1m。

留设防水安全煤岩柱的目的是,不允许导水裂隙带波及水体。其垂高(H_sb)应大于或等于导水裂隙带的高度(H_li)加上保护层厚度(H_b)。如果松散含水层为强或中等含水层,且直接与基岩接触,而基岩风化带也含水,则应考虑基岩风化带深度,则有公式

$$H_\mathrm{sh} \geqslant H_\mathrm{li} + H_\mathrm{b} + H_\mathrm{fe} = 35.1 + 34.3 + 80 = 149.4 \approx 150(\mathrm{m})$$

即桃山水库压煤区开采,防水安全煤岩柱的垂高应大于 150m。

2) 桃山水库压煤区开采上限的确定

在桃山水库压煤区的第Ⅲ区(绿色区)有第 14、第 4 和第 13 勘探线,钻孔孔口标高最低的是第 14 勘探线上 5102 钻孔,其孔口标高为 169.12m。茄子河河底标高要低于该值,按河道深度为 4m 考虑,则桃山水库库区最低标高 165.12m。

综合考虑上述各种因素,桃山水库压煤区开采上限确定为 −35m,煤层至水库库底的最小距离约为 200m,如图 11-27 和图 11-28 所示,在地质剖面上沿垂向将煤层划分为三个带:

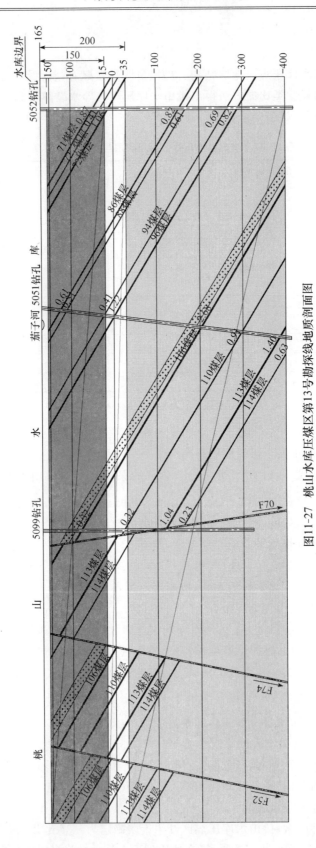

图11-27 桃山水库压煤区第13号勘探线地质剖面图

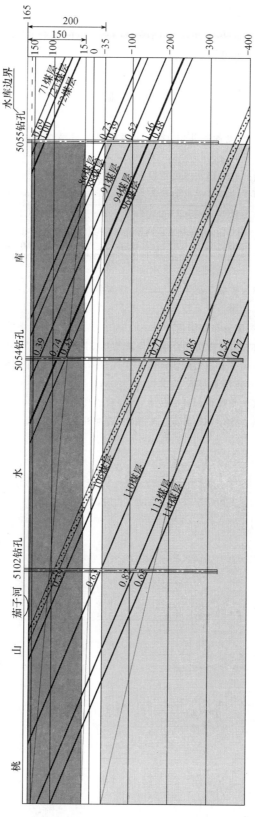

图11-28　桃山水库压煤区第14号勘探线地质剖面图

+15m 以上的黑色带,不能开采;

+15～-35m 的浅色带,前期不宜开采,后期根据具体情况再研究是否开采;

-35m 以下的灰色带,现在可以试采。

参 考 文 献

[1] 孟召平,王睿,汪元有等.开滦范各庄井田 12 煤层底板突水危险性的地质评价.采矿与安全工程学报,1010,27(3):310-315

[2] 许延春.防水煤岩柱保护层的有效隔水厚度留设方法.煤炭学报,2005,30(6):305-308

[3] 康永华.巨厚含水砂层下顶水综放开采试验研究.煤炭科学技术,1998,26(9):17-21

[4] Zhu Q H,Feng M M,Mao X B. Numerical analysis of water inrush from working-face floor during mining. Journal of China University of Mining and Technology,2008,18(2):159-163

[5] 孟召平,易武,兰华等.开滦范各庄井田突水特征及煤层底板突水地质条件分析.岩石力学与工程学报,2009,28(2):228-237

[6] 刘天泉.矿山岩体采动影响与控制工程学及其应用.煤炭学报,1995,20(1):1-5

[7] 钱鸣高,许家林,缪协兴.煤矿绿色开采技术.中国矿业大学学报,2003,32(4):343-347

[8] 许家林,钱鸣高.岩层采动裂隙分布在绿色开采中的应用.中国矿业大学学报,2004,33(2):141-144

[9] 杨延毅,周维恒.裂隙岩体的渗流-损伤耦合模型分析及其应用.水利学报,2001,12(5):19-27

[10] 赵阳升,杨栋.三维应力作用下岩石裂隙水渗流物性规律的试验研究.中国科学 E,1999,29(1):82-86

[11] 刘伯.开滦矿区水害类型及防治水对策.河北煤炭,2005,(1):1-2

[12] 李瑛,吴承梅.缩小冲积层防水煤柱的开采技术.煤炭科学技术,2006,34(10):15-16

[13] 于永幸,肖华强.巨厚松散含水层压煤开采上限研究.煤矿开采,2008,13(2):52-54